Bolesław Prus

Les Enfants
(Dzieci)

BOLESŁAW PRUS

Les Enfants
(Dzieci)

TRADUIT DU POLONAIS ET ANNOTE
PAR RICHARD WOJNAROWSKI

Page de couverture :
« Printemps 1905 » (détachement de cosaques sur l'Avenue Ujazdowskie de Varsovie), 1906, huile de Stanisław Masłowski (1853-1926)
Musée National de Varsovie

© Richard Wojnarowski

**Bolesław Prus** (Aleksander Głowacki de son vrai nom) est né en 1847 à Hrubieszów, d'un père régisseur de domaine privé dans la voïvodie actuelle de Lublin, qui à l'époque faisait partie du « Pays de la Vistule » placé sous tutelle russe. Il perdit sa mère à l'âge de trois ans et fut élevé successivement par sa grand-mère maternelle puis une tante. Il perdit son père à l'âge de neuf ans.

En compagnie de son frère aîné Leon Głowacki, qui le prit en charge en 1861, il s'engagea très tôt dans l'action patriotique et participa à l'insurrection de 1863. Blessé, il fut hospitalisé et libéré par les Russes, compte tenu de son jeune âge et grâce à l'intervention de sa tante. Emprisonné en janvier 1864 pour sa participation au soulèvement, il resta incarcéré jusqu'en avril dans le château-forteresse puis dans une caserne de Lublin. Libéré mais privé de ses titres de noblesse, il fut remis sous la tutelle de son oncle, son frère Leon souffrant de graves troubles psychiques.

Ces évènements marquèrent profondément le jeune Głowacki, qui en gardera des séquelles physiques et psychiques pendant toute sa vie.

Il poursuivit et termina ses études secondaires à Lublin en 1866, et entama des études supérieures scientifiques à l'Ecole Centrale de Varsovie, études qu'il dut interrompre deux ans plus tard en raison de difficultés matérielles. Il intégra l'Institut d'économie rurale et forestière des Puławy, dans la voïvodie de Lublin, dont il fut renvoyé à la suite d'une altercation avec un professeur russe.

En 1870 il regagna Varsovie et, après avoir exercé plusieurs petits boulots, se tourna vers le journalisme pour subvenir à ses besoins. Sa collaboration avec plusieurs journaux et périodiques, dont notamment le Courrier de Varsovie à partir de 1874, lui apporta l'indispensable autonomie financière pour poursuivre une carrière journalistique sous le nom de Bolesław Prus (il réservait son vrai nom à ses publications scientifiques « sérieuses »). Il est l'auteur d'un nombre impressionnant de chroniques, feuilletons, nouvelles, dont l'ensemble a été regroupé en 20 tomes publiés entre 1953 et 1970.

Il débute en 1885 une carrière de romancier, avec les titres *Placówka* (L'Avant-poste, 1886), *Lalka* (La Poupée, 1890), *Emancypantki* (Les Emancipées, 1894), *Faraon* (Le Pharaon, 1897).

Marié en 1875, il recueille en 1888 un neveu de sa femme, âgé de deux ans, qui se suicidera à l'âge de 18 ans.

Ecrivain à la personnalité complexe, pétrie de contradictions et introvertie, Prus voyage surtout à l'intérieur du pays, un peu en Galicie, autre partie, sous tutelle autrichienne, de la défunte République Polonaise. Son seul voyage à l'étranger a lieu en 1895 : il visite l'Allemagne, la Tchéquie et la Suisse, ainsi que Paris, où, dit-on, son agoraphobie ne lui aurait pas permis de traverser la Seine !

En dehors de ses activités littéraires, Prus se consacre aussi à des œuvres philanthropiques, caritatives et pédagogiques : organismes de prévoyance, d'aide aux chômeurs, implantation de bains publics, alphabétisation…

Pendant la révolution de 1905-1907, il retrouve sa plume de publiciste et milite pour une autonomie raisonnée, s'opposant aux éphémères et violentes actions d'éclat. Les évènements lui inspirent son dernier roman achevé, *Dzieci* (Les Enfants, 1909), écrit au soir de sa vie, dans lequel il fait revivre maints souvenirs personnels.

Le 19 mai 1912 meurt d'une attaque cardiaque celui à qui les Polonais ont décerné le titre de *Serce serc* (Cœur des cœurs).

I

Monsieur Świrski Wincenty[1] avait dans les soixante-dix ans. C'était un homme de grande taille, mince, se tenant toujours droit, tiré à quatre épingles. Il portait une barbichette pointue à la Napoléon III, des moustaches pointues et une tignasse poivre et sel. Il parlait peu, ne riait presque jamais, traitait tout le monde de haut et avec sévérité. Dans ses jeunes années il avait combattu sous Garibaldi, puis participé brièvement à l'insurrection[2], et en 1870 servit dans les francs-tireurs français, ce qui lui valut la légion d'honneur. Pendant ses longues années d'absence au pays, sa famille disait qu'il voyageait. Et lorsqu'il revint chez lui vers 1880 et eut réglé les droits liés à ses documents d'identité, il rentra sans aucun problème en possession du patrimoine de ses parents, et s'acquit auprès des autorités locales la réputation d'un homme tranquille et loyal.

A vrai dire il avait beaucoup changé. Jadis démocrate enflammé et révolutionnaire, il prit en haine, les années passant, la révolution et la démocratie, mère, comme il disait, de la Commune de Paris, qu'il voyait avec ses propres yeux. Une fois installé au pays, il se retira rapidement de toute vie sociale et menait une vie solitaire. Il dépensait peu, plaçait ses revenus à la banque, maintenait son nombreux personnel, principalement masculin, sous une férule toute militaire. Il considérait les paysans, avec lesquels il était constamment en procès, comme des voleurs nés, accapareurs de terres et de bois, appelait les artisans des paresseux, et les commerçants des escrocs. Il partageait les Juifs en deux groupes : les usuriers et les aigrefins ; il faisait une exception pour son commissionnaire Symcha et son négociant en grains Weintraub.

— Seuls ces deux-là — disait-il — ont quelque valeur, le reste — bons à pendre...

Il ne fréquentait pratiquement pas sa famille, ne voyant que de temps en temps son frère cadet Witold, dont il avait tenu le fils unique, prénommé Casimir, sur les fonts baptismaux. Lorsque, quelques années plus tard, les parents du malheureux garçon décédèrent, le vieil original devint son tuteur, s'attacha à l'orphelin, s'efforçant même de lui transfuser ses principes.

Sa profession de foi était des plus simples. La tête de la nation est et

---

[1] Vincent.
[2] Insurrection de janvier 1863 contre la Russie tsariste.

doit être la noblesse[3]. Le paysan, le bourgeois, peuvent être membres du bas clergé, petits fonctionnaires ou officiers subalternes ; mais seul le gentilhomme peut être évêque, gouverneur de province, ministre ou général, car lui possède dans le sang la capacité de gouverner. La noblesse devrait être non seulement nantie, mais intelligente, cultivée et courageuse ; ce n'est qu'alors qu'elle pourra gouverner et éduquer le peuple.

L'état polonais est déchu, et le peuple entier ne vaut pas grand-chose parce que la noblesse s'est abâtardie. Afin de relever le peuple, il faut régénérer la noblesse, à savoir — lui rappeler et lui enseigner les devoirs inhérents à cette classe. Le gentilhomme ne devrait pas aspirer à écrire des vers, faire de la musique, s'adonner à la médecine et même à l'agronomie, mais devrait apprendre l'art de gouverner. Il devrait servir dans l'administration, la justice, la diplomatie et l'armée.

C'est selon ces principes que le vieil original élevait son neveu, dont il disait qu'il devait devenir — général. Il le baignait dans l'eau froide, le nourrissait et l'habillait simplement, le réveillait tôt. Il lui apprit l'équitation, le tir, l'escrime. Il créa à son intention un détachement de paysans du village, qui étaient armés de petits fusils d'enfant, habillés de splendides uniformes et manœuvraient pas trop mal.

L'oncle racontait à Kazio[4], depuis son plus jeune âge, les biographies enjolivées de célèbres hommes de guerre n'ayant peur de rien, intrépides, sachant endurer les pires calamités. Il étayait la théorie par des exercices pratiques ; et donc il emmenait promener le garçon pendant les tempêtes, l'accompagnait la nuit dans le bois et au cimetière, parfois l'y envoyait seul. Un tel système d'éducation, appliqué sans nuance, eût pu détruire un enfant assez fragile. Par bonheur Kazio était sain, fort et capable, et donc se mua en un adolescent peu commun.

Au départ l'oncle voulut envoyer Kazio chez les cadets ; mais prenant conscience qu'il ne pourrait se séparer de lui pour longtemps, il l'inscrivit au lycée à X., éloigné d'une douzaine de milles[5] des Świerki.

---

[3] La *szlachta*, que nous traduisons, pour simplifier, par « noblesse » ; mais ce terme recouvre une réalité composite, désignant à la fois la haute noblesse des magnats, comptant quelques centaines de familles, et la petite et moyenne noblesse des gentilhommes, hobereaux et petits propriétaires terriens qui constituaient environ dix pour cent de la population au 19ème siècle. Les membres de la *szlachta* sont les *szlachcice*, que nous traduisons par « gentilshommes ».
[4] Diminutif de *Kazimierz*, Casimir.
[5] La mille polonaise valait environ 8,5 kilomètres à l'époque.

La famille des Świrski n'approuvait pas les intentions de l'oncle concernant Kazio, et même l'un de ses membres les plus âgés eut cette conversation avec le fantasque tuteur :

— Que pensez-vous faire de Kazio, mon cousin, car il nous arrive des informations bizarres ?

— Vous voyez bien, ce que j'en fais ! — répliqua l'oncle, — je l'envoie aux écoles...

— Mais au sujet de cette armée, qu'en est-il ?...

— Quand il aura fini l'école, il s'engagera comme volontaire... il passera l'examen d'officier les doigts dans le nez... puis intégrera l'académie militaire...

— Tara tata !... — l'interrompit le cousin. — Ils ne l'accepteront pas à l'académie...

— Tara tata !... répliqua vertement l'oncle. — C'est mon affaire qu'on l'accepte à l'académie...

— Et après ?...

— Ensuite il rentrera à la maison et s'il le veut, il pourra s'occuper du domaine...

— Alors à quoi lui servira l'académie militaire ?... — demanda le cousin.

— Afin que dans le pays il y ait des gens connaissant l'art de la guerre... comprenant ce qu'est la guerre...

— Et pour quoi faire ?...

— Pour faire que vous vous absteniez d'idiotes insurrections !... — répondit en grommelant l'oncle courroucé. — Nous devons à notre ignorance, à notre manque de connaissances les plus élémentaires de l'art de la guerre, que l'année soixante[6] une douzaine de morveux poussa le pays dans la guerre... Un pays ne disposant d'aucun bataillon, d'aucun canon, pas même d'un général.

Aux Świerki il y avait un vieux palais, ressemblant à un immeuble à un étage ainsi qu'un énorme parc, humide et lugubre.

Tant que Kazio résida à la campagne, retentissaient dans le parc de joyeux cris d'enfants, les coups des petits fusils à amorce, des commandements criards. A l'époque l'oncle aimait arpenter les allées envahies par les herbes, observer les marches au pas, les bivouacs, les embuscades et les batailles des enfants. Mais quand le garçon partit faire ses études,

---

[6] 1860.

le vieil original ne mit presque plus les pieds dans le parc ; il traînaillait dans les énormes pièces du palais, fumait sa pipe et pensait... pensait... pensait...

Il pensait que les Świerki étaient tout de même tristes sans Kazio et que lorsque le garçon intégrerait l'armée il faudrait le suivre... Il pensait que lorsqu'il aurait élevé avec tant d'intelligence son pupille, les autres gentilhommes l'imiteraient et que par là même petit à petit se créerait en Pologne une nouvelle noblesse qui s'opposerait aux insurrections et étoufferait des chimères se prétendant démocratiques, mais en réalité anarchistes.

Et donc monsieur Wincenty marchait, fumait sa pipe et pensait... Et maintes fois s'arrêtait au beau milieu d'une grande pièce, comme s'il attendait quelque chose, ou peut-être prêtait l'oreille aux échos de ce nouvel avenir, dont il voulait être le précurseur...

Pendant ce temps Kazio apprenait au lycée et petit à petit se forgeait une situation. A l'école il fit surtout la connaissance de fils de militaires, et par eux d'officiers de différentes armes, avec lesquels il entretint des rapports jusqu'en cinquième[7]. Il assistait aux exercices, participait activement aux séances de tir, même d'artillerie, prenait part à des manœuvres de quelques jours. Plus d'une fois les officiers le réveillèrent dans la nuit pour l'emmener en expédition.

Cet élève prédisposé à la vie militaire et cultivant des rapports avec les officiers plaisait aux enseignants qui pour la plupart étaient des Russes. Ses camarades en revanche étaient moins enthousiastes, d'autant que Kazio ne manifestait aucun sentiment pro-polonais.

Il connaissait médiocrement sa littérature, adorait les auteurs russes et en dehors de l'école fréquentait volontiers la jeunesse russe. L'un de ses camarades l'appela un jour « esprit moscovite », mais en prit une « dans les gencives » de la part de Kazio et se calma ; l'opinion publique, tout bien pesé, était du côté de Świrski.

Et de fait le garçon méritait la sympathie : c'était un excellent camarade. Il partageait absolument tout : petits pains, saucisses, gâteaux, livres, linge, chaussures et argent, et tous les ans payait les droits d'entrée de quelques élèves parmi les plus pauvres.

L'oncle-tuteur, qui n'était pas un parangon de générosité publique et opinait comme un froid grippe-sou, appréciait le bon cœur du garçon et

---

[7] Le système scolaire polonais numérote les classes dans le sens croissant, à l'inverse du système français.

ne freinait pas ses élans de bonté. Aussi, bien que ne lui ayant attribué que six cents roubles annuels pour ses menues dépenses, il remboursait toujours avant les vacances quelques milliers de roubles[8] de dettes que Kazio, en supposé secret de son oncle, avait contractées auprès de Weintraub.

— Mais ne se laisse-t-il pas aller à quelque débauche ?... — demandait l'oncle au négociant.

— Non. C'est un très bon panicz[9]... Lui, s'il perd sa fortune, ce sera sans doute par philanthropie — répondait Weintraub.

Une deuxième qualité de Kazio, appréciée de ses collègues, était un sentiment aigu de la justice et de la dignité humaine. Non seulement il ne permettait pas de léser les plus faibles, mais il s'insurgeait contre les soupçons non étayés. En quatrième un de ses collègues fut accusé d'entretenir des rapports non indispensables avec l'inspecteur, on commença à l'embêter, et même à l'appeler espion en catimini. Świrski prit sa défense, expliquant que le collègue persécuté, du fait de sa misère, s'efforçait d'obtenir du travail auprès de l'inspecteur, et avec l'aide des autres lui trouva des cours particuliers bien payés. C'était une action qui, chez ce garçon d'une quinzaine d'années, traduisait non seulement de la noblesse de caractère, mais aussi un jugement assez profond ; aussi, même les élèves des classes supérieures respectaient Kazio et recherchaient sa compagnie.

Le jeune Świrski était affable avec ses professeurs, appréciait d'être distingué par eux, mais ne permettait pas qu'on commît une injustice envers lui-même ou un autre. Un jour, c'était vers la fin de l'année, en quatrième, un des professeurs cria à un élève :

— Espèce de porc !...

— Réponds-lui : porc vous-même !... — s'exclama Świrski.

Le professeur bondit de sa chaise, courut chez le directeur dire que Świrski l'avait traité de porc publiquement, nota bene en polonais... Le directeur commença par faire remarquer au pédagogue qu'il n'avait pas de quoi se vanter, puis mena une enquête, au cours de laquelle il s'avéra que Świrski avait bien dit quelque chose en polonais, mais quoi ?... cela personne ne l'avait entendu, pas même les élèves russes.

Le Directeur punit Świrski en le mettant aux arrêts pendant quatre

---

[8] Rappelons que cette partie de la Pologne, désignée Royaume du Congrès, se trouvait à l'époque sous tutelle tsariste.
[9] « Jeune seigneur », titre qu'on donnait aux fils de bonne famille.

heures et lui demandant de s'excuser auprès du professeur ; mais comme le garçon ne voulait pas s'excuser, on écrivit à son oncle, qui se rendit aussitôt sur les lieux et par l'intermédiaire de Weintraub négocia avec l'offensé.

Le résultat fut si brillant que le professeur vint lui-même voir Kazio, lui pardonna de s'être exprimé en polonais dans l'école, ce qui était interdit, et lui offrit une petite brochure sur « La tactique de la compagnie », écrite par le général Dragomirov[10].

Le garçon fut si touché par la bonté du professeur qu'il lui fit envoyer une caisse de vin par Weintraub, et le professeur à partir de ce moment se fit des plus compréhensifs. La popularité de Świrski au lycée atteignit son apogée.

En cinquième, les relations de Kazio subirent de profonds changements. Les troupes, jusqu'à présent cantonnées à X., partirent pour la Mandchourie[11], et furent remplacées par de nouveaux régiments, avec les officiers desquels Świrski ne lia plus connaissance. En outre le garçon dut quitter le lycée pour la raison suivante :

Un jour un de ses camarades remit à Świrski « Les Aïeux »[12] de Mickiewicz, qui lui plurent à tel point qu'il les lisait pendant le cours d'histoire de la Russie. Le professeur le remarqua, s'approcha de Świrski sur la pointe des pieds et... se saisit du livre sur lequel pesaient jusqu'à deux péchés mortels : il était non seulement polonais, mais aussi interdit.

Evidemment une enquête fut diligentée, mais « Les Aïeux » eurent beau se transformer auprès de l'administration de l'établissement en « L'Odyssée » dans sa traduction par Siemieński[13], on conseilla à l'oncle Wincenty d'enlever son neveu du lycée.

Lors des adieux, le directeur eut cette remarque :

— Kazimierz Witoldowicz[14] est bon, doué, généreux, mais... il a changé ces derniers temps... Faites attention à cela !...

— Vous savez, le garçon grandit — répliqua l'oncle — ce sera bientôt

---

[10] Mikhaïl Dragomirov (1830-1905), général russe, auteur de nombreux écrits sur l'art de la guerre.
[11] Lors de la guerre russo-japonaise de 1904-1905.
[12] Poème dramatique, une des œuvres majeures d'Adam Mickiewicz (1798-1855), publiée en quatre parties dans les années 1823-1860.
[13] Lucjan Siemieński (1807-1877), poète, écrivain, critique littéraire et patriote polonais, traduisit l'Odyssée d'Homère en 1873.
[14] « Le fils de Witold » dans les patronymes russes.

un jeune homme...

— Oui, vous avez raison... Il a visiblement changé parce qu'il grandit...

Après avoir quitté le lycée, le jeune Świrski entra dans une école de commerce. Il y fit connaissance d'autres professeurs, d'autres camarades, et de nouvelles pensées commencèrent à fermenter en lui. Jusqu'à présent il n'avait pas senti de différence entre lui et les Russes ; à présent, après son expulsion de l'école à cause d'un poème de Mickiewicz, il commençait non seulement à comprendre, mais aussi à ressentir que les Polonais obéissaient à d'autres lois que le reste des hommes.

« Pourquoi — pensait-il — le Russe, l'Allemand, le Français, et même le Juif peuvent lire leurs auteurs dans leur langue ?... Qui a le droit de contrôler les livres que je lis ?... ou de me demander de qui je les tiens ?... Pourquoi à la police ne veulent-ils pas nous parler en polonais, et même dans les tribunaux, et les écoles nous punissent à cause de cela ?... Serais-je pire qu'un Ivan Skowortsow ou qu'un Johann Schmidt ? En attendant ceux-là ont leur langue, et moi non... »

Dans sa nouvelle école il commença à fréquenter les réunions de collègues, prêter l'oreille à des conférences et des débats qui lui dévoilèrent un monde jusqu'à présent inconnu et pas même pressenti par lui — un monde d'injustice. Aux réunions assistaient non seulement des élèves de l'école de commerce, mais aussi de jeunes fonctionnaires, des commis, des artisans que rassemblait, en dépit de la diversité de leurs métiers et de leurs situations, un point commun : une grande injustice.

Chacun d'eux avait rêvé en son temps, pas forcément de terminer des études universitaires, mais au moins l'école secondaire ; chacun d'eux avait des capacités et l'envie d'apprendre... Mais pour certains les droits d'inscription étaient trop élevés, et ils avaient donc dû renoncer en troisième ou quatrième ; d'autres, incapables d'atteindre le niveau exigé en langue russe, ne pouvaient passer dans la classe supérieure. Quelques-uns furent exclus de leur école pour avoir lu des livres polonais, quelques-uns ne terminèrent pas leur lycée à cause du numerus clausus imposé pour l'année en cours. L'un d'eux fut exclu à vie de toutes les écoles et emprisonné pendant quelques mois pour avoir enseigné à des artisans. Et l'un d'eux avait écrit une dissertation en russe dont le professeur dit, après l'avoir lue :

— Votre dissertation semble avoir été écrite par un adulte. Et comme vous n'êtes pas un adulte, je vous mets un deux...

A cause de ce deux le garçon ne put passer dans la classe supérieure

1 Meeting d'élèves

et dut quitter le lycée.

« Injustices... injustices... terribles injustices... » — pensait Świrski, se remémorant ces récits et d'autres semblables, sans fin. Mais y avait-il un remède à ces injustices ? à cela, il n'avait pas encore pensé.

Un certain soir Świrski assistait à une réunion à laquelle un adulte parlait de la nécessité de faire la révolution.

— Comment la ferez-vous, sans armes et surtout sans soldats exercés ?... — demanda Świrski.

— Il faut tuer un par un les dignitaires qui dirigent au gouvernement...

— Et si eux ne se laissent pas tuer, ou même vous tuent ?...

— C'est pourquoi il faut les attaquer par surprise... à plusieurs contre un... — répliqua l'orateur.

— Mais ce sera une lutte indigne — se fâcha Świrski.

— N'as-tu pas voulu toi-même entrer dans l'armée ? — s'immisça l'un de ses collègues — et l'armée ne tue-t-elle pas elle aussi ?...

— Je te demande pardon ! — rétorqua Świrski. — L'armée ne tue pas ceux qui sont désarmés, et de surcroît par surprise. Et du reste ça n'intéresse pas l'armée de tuer Pierre ou Paul, mais de détruire, désorganiser une armée ennemie... La guerre c'est un jeu, c'est un art ; mais tuer des individus, c'est du meurtre... Enfin, la guerre est efficace car elle détruit le gros des forces ennemies, tandis que les assassinats individuels éliminent des types qu'on peut remplacer par d'autres encore pires qu'eux...

S'ensuivirent un vacarme, des débats, et il s'avéra en fin de compte que l'opinion de Świrski était partagée par la majorité des participants. Aussi bien la jeunesse des écoles, des artisans et des commerçants, et même les demoiselles, se prononçaient pour la guerre régulière, et contre les assassinats par surprise.

Świrski l'emportait en général dans les réunions. Une fois par exemple, alors qu'on parlait de l'école, quelqu'un proposa une motion en faveur de l'école libre.

Un jeune artisan. Que signifie une école libre ?

Jędrzejczak. Une école qu'on a le droit de ne pas fréquenter... (Rires).

Linowski. Ou alors, si on la fréquente, ne pas étudier... (Rires).

Le requérant. L'école libre c'est une école que quiconque peut ouvrir, où l'on peut enseigner en toute langue, qu'on ne peut imposer à personne, et dont le programme, enfin, est établi par les professeurs et le directeur, et non par quelqu'un d'extérieur à l'école.

Un des élèves. Et les élèves seront-ils admis aux délibérations ?

Le requérant. Bien sûr... Quand il s'agira de juger un collègue, de le dispenser de droits de scolarité, ou de lui accorder une bourse...

Une vieille enseignante. Et pourquoi les élèves ne pourraient-ils prendre part aux débats concernant le programme ?... (Sensation).

Świrski. Admettons : pourquoi les élèves de première ne pourraient-ils débattre des cours de trigonométrie, ou sur les logarithmes ?... (Rire).

Après la remarque de Świrski l'assemblée décida de transmettre l'affaire de l'école libre, et surtout celle de la participation des élèves aux débats, à une commission spécifique. Et en attendant Świrski fit plus ample connaissance de Jędrzejczak et de Linowski qu'il connaissait peu jusqu'à présent.

Parfois, au lieu de motions qu'on examinait, adoptait ou rejetait, on formulait des points de vue, sortes de dogmes au sujet desquels ceux qui n'étaient pas d'accord étaient qualifiés de bourgeois ou de réactionnaires. Par exemple : le temps de travail ne devait pas excéder huit heures par jour, et devait permettre à l'ouvrier de vivre correctement et d'avoir une vieillesse assurée. Chacun devait tirer ses moyens d'existence exclusivement de son propre travail et jamais des intérêts du capital. La terre et les usines appartiennent à la collectivité qui nomme les directeurs et les administrateurs ; ces derniers à leur tour sont sous le contrôle de leurs plus proches collaborateurs. Toute propriété privée et tout héritage sont supprimés...

— Je ne vois pas mon père — se manifesta Jędrzejczak — renoncer à sa terre.

— Ni mon oncle... — chuchota Świrski.

— Et puis mon père ne se laissera pas contrôler par les gardes forestiers, qu'il contrôlait jusqu'à présent... — ajouta Linowski en riant.

— Et, du reste, par quel moyen amènerez-vous tous ces changements ?... — demanda Świrski à l'orateur qui exposait les points de vue ci-dessus.

— Par la force !... par la lutte !... — rétorqua l'orateur. — Nous renverserons le gouvernement des capitalistes et des réactionnaires, et créerons le nôtre, de progrès et démocratique...

— Pour la lutte il faut une armée... des armes... — répliqua Świrski.

— Tout prolétaire est un soldat — lui répondit-on. — Et pour ce qui est des armes, nous en achèterons une partie et en conquerrons une autre...

— Avec quoi ?... vos poings ?...

— Et les brownings ?

— Vous pensez donc, messieurs — interrogeait Świrski en refreinant son agacement — que des hommes bruts de fonderie, non formés et armés de seuls brownings, peuvent vaincre une armée régulière, entraînée, dotée de fusils et de canons ?...

— Nous ne pensons pas... nous en sommes certains !...

Linowski se mit à rire, un autre à siffler... Une confusion s'ensuivit, des menaces tombèrent... Świrski prit alors la parole et s'exprima sensiblement de la sorte :

— Ce n'est pas encore le moment de se poser la question de la suppression de la propriété. Les Anglais, les Français, même les Suisses et les Américains reconnaissent le droit de propriété et ne s'en portent pas si mal... Je suppose également que Polonais et Russes ont besoin non pas tant d'une école dont les programmes seraient établis par les élèves, que d'une école de qualité, bon marché, sinon gratuite... Je pense que nos ouvriers non plus n'ont pas besoin d'élire leur directeur, mais devraient disposer de dirigeants capables et honnêtes...

En résumé — termina Świrski — nous Polonais, et sans doute aussi Russes, avons surtout besoin d'une liberté pareille à celle dont jouissent déjà les peuples civilisés : Anglais, Français, Suisses... Cette liberté, il nous faut la conquérir, mais nous ne la conquerrons pas sans armes correctes et sans hommes militairement entraînés.

Et donc former une armée courageuse et pénétrée de l'esprit de liberté, voilà notre but prioritaire. A cette occasion, nous nous rendrons compte que même les gens ayant du bien sont utiles : leur patrimoine, en effet, peut servir à l'achat d'armes et faciliter l'entraînement des militaires...

— Ce sera la liberté des bourgeois, dont les braves ouvriers ne tireront que misère et exploitation, comme à présent — s'écria l'un des présents.

— Il faut toujours que le camarade Świrski amène la zizanie dans les réunions ! — ajouta un autre.

— *Monsieur* Świrski, *monsieur* Świrski ! — renchérit avec ironie une voix de fausset.

La réunion se divisa. Les ouvriers étaient contre les points de vue de Świrski, en faveur desquels votèrent Linowski, Starka, Chrzanowski et dans l'ensemble les élèves.

— Le collègue Świrski a raison ! — criait Chrzanowski. — D'abord la liberté, et ensuite les réformes économiques...

— D'abord du pain ! — se manifesta un artisan assez âgé.

Lorsque les participants commencèrent à se disperser, un homme d'âge indéterminé aborda Świrski, brun, avec des favoris et des moustaches noirs.

— Je m'appelle Kulowicz — dit-il, prenant Kazio sous le bras. — Vous avez tout à fait raison : il faut d'abord conquérir la liberté, c'est-à-dire former notre gouvernement démocratique, et seulement après s'attaquer aux réformes économiques. Mais ce bétail ne comprend rien, il faut donc lui promettre monts et merveilles...

— Mais est-ce bien de promettre ce qu'on ne réalisera pas ? — demanda Świrski.

— Moi je ne dis pas qu'on ne le réalisera pas un jour, mais pas tout de suite... Du reste on en reparlera...

Il hocha la tête et disparut au coin d'une rue sombre. Świrski s'adressa à Linowski :

— J'ai déjà vu ce type-là quelque part... J'ai l'impression qu'il était déjà à une réunion...

— Et à moi il me semble qu'il avait alors les cheveux et une barbe châtains et s'appelait...

— Nożyński ?

— Plus d'un change toutes les semaines de système pileux et de nom — conclut en riant Linowski.

Quelques jours plus tard Kulowicz rendit visite à Świrski et lui fit savoir que, bien que partageant ses points de vue, il lui conseillait cependant de ne pas les exprimer trop souvent et avec insistance, afin de ne pas introduire de division.

— Aujourd'hui, tous les partisans de la liberté devraient faire bloc. L'union fait la force ! — termina Kulowicz.

Świrski était têtu dans ses opinions, mais aussi sensible à la flatterie. Et comme Kulowicz l'ensevelissait sous les compliments et vantait ses capacités, le garçon continua à participer aux réunions, se gardant de querelles stériles.

Coïncidant presque avec le moment du séjour de Kulowicz, commencèrent à circuler en ville des propos, on ne sait par qui alimentés et répandus, affirmant que la société, et notamment la jeunesse locale, n'acceptaient pas de participer au mouvement révolutionnaire[15].

---

[15] Il s'agit de la révolution de 1905 qui, partie de Saint-Pétersbourg, touchera aussi le Royaume du Congrès (devenu depuis 1868 purement et simplement province russe dénommée « Pays de la Vistule » par l'administration tsariste), et se prolongera jusqu'en 1907.

— Ailleurs ils se battent — disait-on — tuent et meurent, et pas ici…
Il conviendrait de donner signe de vie !...

Plus tard on commença à chuchoter que Świrski lui-même avait reconnu la nécessité d'attentats individuels, qu'il avait même formé une association ad hoc et que bientôt la ville apprendrait du nouveau.

Ces rumeurs étonnèrent les amis de Świrski, et irritèrent ce dernier. Afin de mettre un terme à ces racontars, il annonça que lors d'une toute prochaine réunion il tiendrait une causerie sur l'art de la guerre.

— En voilà une affaire ! — riait un vieux clerc de notaire. — Un élève de sixième, qui n'a pas passé une seule heure dans l'armée, veut enseigner la science militaire ?... La fin du monde approche !...

D'autres cependant lui firent remarquer qu'il ne devrait pas porter de jugement hâtif, car Świrski lisait beaucoup de livres sur l'armée, et avait jadis fréquenté des officiers et même participé à des manœuvres.

— Et même… il a tiré du canon… Je le tiens d'un des officiers… — disait un partisan de Świrski.

II

Dans le faubourg de Bagno se trouvait un vieil entrepôt abandonné ; là se rassemblèrent tard dans la soirée quelques dizaines de personnes pour écouter l'exposé de Świrski. Il y faisait froid, sombre, humide, mais les participants, à la faible lueur de trois lanternes fuligineuses, s'y amusaient davantage qu'une élégante assistance dans une salle de bal illuminée. Leur tenaient compagnie deux déités : un enthousiasme juvénile et la foi en l'avenir.

Świrski se plaça près d'une des lanternes et commença :

— Je vais vous dire, chers auditeurs, ce qu'est une bataille…

— Avec des faits d'expérience ? — lui fit écho une jeune voix.

— Une bataille — poursuivit Świrski — rappelle un duel. Un duel se déroule entre deux adversaires, armés d'une certaine façon, tandis qu'une bataille se déroule entre deux chefs opposés, disposant chacun d'une armée. L'armée est donc l'arme du chef. Dans tout combat, que ce soit aux poings, à l'épée, ou avec des fusils et des canons, il faut avant tout avoir le plus grand mépris de la mort et la plus grande audace dans l'action. Il faut aller chercher l'adversaire, le traquer, se jeter sur lui et, en dépit de la douleur et de la fatigue, le frapper jusqu'à ce qu'il se rende ou soit désagrégé…

— Oui… frapper !... massacrer !... — gronda la grosse voix du forgeron Zając.

— Mais outre l'audace dans l'action — dit Świrski — il faut avoir d'excellentes armes et savoir s'en servir… Autrement dit : le commandant en chef doit disposer d'une excellente armée, et en outre, doit savoir, avec cette armée, porter des coups à l'ennemi et repousser ses attaques…

— Frapper… massacrer !... répétait Zając.

— Pour que vous compreniez plus facilement, *messieurs dames*…

— Quels *messieurs dames* ?... on dit *camarades* !...

— Pour que… — Świrski hésita — pour que… chers auditeurs, vous compreniez plus facilement quelles qualités doit posséder un chef, fût-il du grade le plus modeste, et quelles qualités doit avoir une armée, je vais donner un exemple…

— Pincez-moi, s'il vous plaît !... — entendit-on, venant du recoin le plus sombre de l'entrepôt.

— Beau monde, il n'y a pas à dire ! — intervint quelqu'un à l'accent distingué.

— Alors dégage, si tu ne le trouves pas beau !...
— Je vais donner un exemple — poursuivit Świrski. — Un commandant de compagnie, laquelle est divisée, comme on sait, en quatre pelotons, dispose de deux cent quarante hommes armés. Chaque peloton, comptant dans ce cas soixante hommes, est cantonné dans un village différent, chaque village étant distant du village voisin de trois ou quatre verstes[16]... C'est un exemple formidable... Soudain, vers le soir, on signale au capitaine qu'à deux milles devant lui se trouve un petit détachement ennemi, comptant cent cinquante hommes, et donc notablement plus faible, qu'on pourrait sans problème attaquer et détruire.

Que fait alors l'officier ?... Avant tout il cherche à vérifier l'information, c'est-à-dire à s'enquérir le plus précisément possible de l'effectif ennemi, ... de sa position, ... de la date prévue de son départ, ... s'il y a des renforts à proximité ... Quand il a vérifié cela, il envoie des ordres aux pelotons pour que, de leurs cantonnements, ils fassent mouvement la nuit, chacun par le chemin le plus court, jusqu'à tel et tel point et s'y trouvent — mettons — à cinq heures du matin.

Les chefs de peloton exécutent l'ordre scrupuleusement, toute la compagnie se retrouve à l'heure indiquée à l'endroit indiqué, se repose... Alors le capitaine conçoit un plan d'attaque et passe à l'exécution. Il envoie un peloton, c'est-à-dire soixante hommes, en tirailleurs ; il s'agit d'une formation semblable à une chaîne, dans laquelle chaque homme est distant de l'autre de trois ou quatre pas, parfois plus, parfois moins. Derrière les tirailleurs, qui se faufilent comme des chats vers leur souris, il envoie un deuxième peloton, à savoir quatre sections, chacune composée de quinze hommes, pour appuyer les tirailleurs en comblant les espaces libres dans la chaîne.

Ce peloton de tirailleurs et son peloton d'appui, cent vingt hommes au total, forment ce qu'on appelle une ligne de combat. Cette ligne remplit un rôle pour ainsi dire de bouclier. Quant à la deuxième moitié de la compagnie, restée auprès du capitaine, rassemblée en une colonne, on l'appelle réserve, et elle remplit un rôle — pareil à celui d'un glaive dans les mains du commandant. En effet, quand l'ennemi va se découvrir, quand on commencera à tirer de part et d'autre, quand le commandant aura reconnu la ligne de combat et la réserve de l'adversaire, il pourra alors :

---

[16] Unité de longueur utilisée autrefois en Russie, correspondant à environ un kilomètre.

Soit envoyer un peloton pour attaquer ce dernier de flanc, ou encore — jeter toute la demi-compagnie au centre, baïonnette au canon, ou sur une aile de la ligne ennemie, afin de la briser en son endroit le plus faible.

Il peut encore faire beaucoup d'autres choses, mais le but de son opération sera toujours de causer le plus grand dommage à l'ennemi, avec le moins de pertes possibles pour lui.

— Et maintenant : comment fait-on la révolution ?... — demanda-t-on sur le côté.

— La révolution — répondit Świrski — consiste soit — à renverser le gouvernement et le remplacer par un autre, soit — à contraindre un gouvernement existant à introduire les réformes exigées. Et comme tout gouvernement se protège par une armée, une révolution doit en priorité défaire, doit vaincre l'armée gouvernementale...

Je reviens à la bataille, ce qui nous permettra de déterminer quelles qualités doivent posséder le chef et son armée.

Le commandant doit avant tout : connaître les forces de l'ennemi et son déploiement. Le commandant reçoit en permanence toutes sortes d'informations de la part d'espions et d'éclaireurs ; ces informations peuvent être contradictoires, exagérées, parfois fausses, mais le commandant doit en tirer un point de vue précis sur l'ennemi. Car s'il n'apprécie pas correctement les forces de ce dernier, il peut en rencontrer de très importantes et se faire battre ; et s'il ne sait pas précisément comment s'est déployé l'ennemi, il peut exposer une partie de ses troupes à une attaque surprise et — là aussi se faire battre.

En deuxième lieu, quand le commandant a fait son plan, évidemment après mûre réflexion, et une fois qu'il a donné ses ordres, il ne devrait plus changer d'avis, reculer, peaufiner... Il peut en effet provoquer la confusion dans les déplacements, exposer certains détachements à l'anéantissement et, dans tous les cas — il suscitera le doute au sein des troupes. Le soldat à qui on a commandé une fois d'avancer, et ensuite de rebrousser chemin, est en droit de supposer qu'il a devant soi un ennemi supérieur et peut céder à la panique.

Concevoir un bon plan et l'exécuter sans hésiter, sans considération pour ce qu'il en coûtera, tels sont les devoirs fondamentaux du chef.

Je passe aux soldats.

Nous savons déjà qu'un bon soldat devrait être impatient de combattre, de vaincre l'ennemi, dût-il pour cela mourir cent fois ou s'exposer aux souffrances les plus douloureuses. Mais ce n'est pas tout. En effet, le soldat devrait de surcroît bien se débrouiller avec son arme : tirer, apprécier les distances, combattre à la baïonnette...

Mais cela non plus n'est pas suffisant. Le soldat devrait encore connaître sa position dans la section, celle de la section dans le peloton, celle du peloton dans la compagnie et ainsi de suite. Le soldat devrait savoir marcher au pas normal, accéléré, ou de course, afin d'avancer au même rythme que les autres ; car si chacun marchait à son propre rythme, alors il suffirait de cent pas pour faire d'une ligne une cohue, et d'une colonne — un troupeau.

Et enfin, sans doute le plus important, le soldat doit obéir, obéir aveuglément à son officier. On lui commande de se lever la nuit — il doit se lever ; on lui commande de marcher par temps de tempête — il doit marcher ; on lui commande de rester immobile sous le feu — il doit rester immobile...

— Eh, eh !... c'est pas pour notre frère, ça... — s'exclama-t-on d'une voix de baryton.

— Les démocrates devraient exécuter les ordres d'un quidam ?... j'aime !... — ajouta une voix juvénile.

— Je me permettrai une remarque — dit une dame — le camarade Świrski présente l'armée et les batailles d'une manière bizarrement froide... bureaucratique... Dans ses descriptions on n'entend pas les canons tonner... les étendards flotter au vent... les cris d'enthousiasme...

— Aujourd'hui déjà on nous dit : obéis, canaille, à ce qu'on te commande, sinon tu en prendras une dans les gencives !...

— Théories de bourgeois !...

— Non, pas de bourgeois, mais de la haute... ça sent son panicz...

Ainsi criaient les uns, tandis que les autres applaudissaient Świrski. En conclusion l'exposé se termina par une exaspération générale et une division encore plus profonde entre deux camps. Les partisans de Świrski étaient d'accord pour la discipline militaire, l'obéissance aveugle aux chefs ; ses adversaires, en revanche, affirmaient qu'il convenait seulement d'obéir aux résolutions, confirmées à la majorité des voix, tout en garantissant les droits de la minorité.

Au nombre des auditeurs il y avait deux professeurs de Świrski à l'école de commerce : le plus jeune avec une barbe de couleur foncée, en manteau, l'aîné avec une petite moustache, en paletot. Lorsqu'ils eurent quitté l'entrepôt et son énorme cour, et se retrouvèrent dans la rue faiblement éclairée, l'aîné se mit à se tâter la tête, les jambes, la poitrine, puis soumit le plus jeune à la même opération, disant à mi-voix :

— Je rêve ou non ?... j'ai la fièvre ou j'ai toute ma tête ?...

Apparemment, je ne dors pas !... Ce sont bien mes jambes... mon paletot... la rue... une palissade... J'ai donc affaire à la réalité, je n'hallucine pas...

— Qu'est-ce qui a éveillé en vous, collègue, un tel scepticisme d'enfer ?... — demanda le plus jeune, arrangeant des deux mains sa barbe foisonnante.

— Comment ça, vous ne vous étonnez donc pas d'avoir entendu un élève de sixième exposer l'art de la guerre ?... — répliqua l'aîné. — Car moi, je ne sais même pas ce qu'il faut en penser : est-ce se moquer du bon sens, ou l'annonce d'un extraordinaire chambardement dans le monde ?...

— N'exagérons pas, cher collègue, n'exagérons pas !... — répondit le plus jeune d'une belle voix de baryton. — Si notre petit chouchou était dans une école de cadets, ou de junkers[17], ou que sais-je de semblable, et si, âgé de dix-sept ans, il était incapable de dire quelque chose sur l'art de la guerre, nous l'aurions certainement traité tous les deux — d'âne...

— Mais il n'est pas dans une école de junkers, seulement dans une école de commerce...

— Votre neveu n'est pas dans une école de musique, mais dans une école de commerce également, et cela ne l'empêche pas de jouer très correctement du piano. Devrais-je m'en étonner pour autant ?...

— En tout cas la conférence d'aujourd'hui est pour moi une stupéfiante nouveauté ! — disait l'aîné. — Et j'ai envie de dire avec Hamlet que le monde est sorti de ses gonds !...

— Et moi je prends ça plus simplement et considère toutes ces extravagances de la jeunesse comme l'aube d'une nouvelle époque de l'histoire. Cette époque sera pour nos successeurs aussi naturelle que celle dans laquelle nous vivons apparaît naturelle à notre génération.

— Malgré tout — dit l'aîné — je suis très curieux de savoir ce que sera l'avenir, pas forcément de tous nos élèves, mais ne serait-ce que celui d'un Świrski. Il ne sera ni commerçant ni travailleur, c'est sûr... Peut-être en sortira-t-il un Moltke[18] ?...

— Rassurez-vous, collègue !... Dans le meilleur des cas, le jeune homme entrera dans l'armée, perdra au jeu la moitié de sa fortune, sera

---

[17] Elèves-officiers dans l'armée tsariste.
[18] Grande famille de la noblesse, d'origine germanique, dont le maréchal prussien Helmuth Karl Bernhard von Moltke (1800-1891) s'illustra notamment dans la guerre franco-prussienne de 1870-1871.

hospitalisé, puis partira pour Busko[19]... Et pour finir se laissera pousser une moustache pointue, comme son oncle, marchera en se tenant droit, la redingote boutonnée, s'établira à la campagne si les paysans ne l'en délogent pas, et s'efforcera de récupérer dans le négoce des grains et du bétail ce qu'il aura perdu à l'armée en jouant aux cartes.

— Et s'il devient un autre Moltke ?...

— Allons-donc !... par quel moyen ?... dans quelle armée ?... Chez nous les conditions n'existent ni pour les Bonaparte, ni même pour les Moltke !...

Sa conférence sur l'armée attira l'attention du public sur Świrski : on parlait, ou plutôt chuchotait à son propos. Les uns s'indignaient qu'il encourageât la discipline et l'obéissance aveugle, les autres s'interrogeaient : peut-être en sortira-t-il un grand homme de guerre ?... On ne prêtait pas attention à la pertinence de sa conférence sur le plan militaire, mais on s'étonnait qu'un garçon de dix-sept ans eût été assez culotté pour traiter un sujet qu'aucun de ses professeurs n'eût osé aborder.

Peut-être une semaine après, Kulowicz rendit à nouveau visite à Świrski. Le visiteur cette fois était blond et s'appelait Truciński.

— J'ai entendu — disait Truciński — j'ai entendu parler de votre conférence !... On vous qualifie de génie... C'est un peu tôt, car un génie doit avoir accompli quelque chose. Mais... la route vous est ouverte...

— La route pour la septième ?... — sourit Świrski.

— Et pourquoi pas pour la gloire et le pouvoir ?... — demanda le visiteur. Moi, si j'avais vos capacités — et aussi votre argent, je me choisirais les plus courageux parmi mes camarades et formerais le noyau d'une future armée...

— L'armée des manieurs de brownings[20] ?... — demanda Świrski.

— Ne vous moquez pas des brownings... c'est une arme potable, à défaut de mausers... Du reste les manieurs de brownings non plus ne méritent pas qu'on les sous-estime : c'est l'avant-garde d'une grande armée révolutionnaire que formeront des gens comme vous... Pensez-y !...

— A quoi ?...

— A rassembler un parti de vaillante jeunesse et y transfuser les connaissances que vous possédez vous-même. Ce serait un corps

---

[19] Busko-Zdrój : ville d'eau inaugurée en 1836, dans la voïvodie actuelle de Sainte-Croix (chef-lieu Kielce).
[20] Allusion à l'Organisation de combat du Parti Socialiste Polonais (OBPPS), créée en avril 1904 et restée active jusqu'en 1911.

d'officiers… les cadres de la future armée…

Świrski se mit à réfléchir. L'orgueil frémit en lui.

— C'est une idée !... — dit-il. — Mais les armes ?...

— Oh !... — répliqua le blond — des armes… il y en aura tant que vous voudrez… il suffit d'avoir l'argent pour cela. Et quand vous aurez des armes, vous pourriez, pour vous faire la main, organiser un petit accrochage avec l'armée… La révolution est déjà en marche ! La Finlande a son armée, il s'en forme une en Russie, il n'y a que chez nous…

Le blond prit congé de Świrski et disparut de la ville. Quelques jours plus tard une bombe déchiqueta un ouvrier qui tournait avec autour de la police.

A partir de ce moment, des troubles apparurent dans la ville de X., restée paisible jusqu'à présent. Toutes les semaines paraissaient des numéros d'une revue révolutionnaire ; des grèves se déclenchaient dans les usines et les ateliers ; dans les rues on voyait de petits groupes avec des drapeaux rouges ; l'armée tira à plusieurs reprises. Un jour on tua un homme qui, paraît-il, faisait de l'espionnage, et une semaine plus tard on assassina un innocent, par erreur. On se mit à attaquer des patrouilles et tirer sur des sentinelles ; des cas de banditisme apparurent en ville et dans les environs.

C'est dans ces conditions qu'une poignée d'élèves et d'artisans partageant les opinions de Świrski formèrent sur sa proposition l'association des Chevaliers de la Liberté. L'association avait deux buts : le premier — empêcher ses membres de se mêler à l'action terroriste, le second — les former en tant que soldats.

— Quand le moment sera venu — conclut Świrski — je vous le dirai, et alors nous sortirons de la ville, prendrons les armes et engagerons un combat régulier.

A partir de ce moment, sous le sceau d'un indispensable secret, les Chevaliers se réunissaient en ville ou en dehors plusieurs fois par semaine et s'entraînaient.

Ils apprenaient à marcher, individuellement, en ligne et en colonne ; ils pratiquaient l'escrime à la rapière et à la baïonnette, s'habituaient à apprécier les distances à l'œil, plusieurs fois se rendirent dans la montagne et la forêt pour apprendre à tirer sur cible.

En parallèle, ils s'endurcissaient. Ils se déplaçaient en tenue légère, en sous-vêtements de toile grossière ; il leur arrivait de ne pas dormir la nuit, ou de jeûner pendant toute une journée. Ils faisaient de la gymnastique et, pour se donner du cran, déambulaient sur des toits élevés, ou bien, par deux ou individuellement, passaient des nuits dans les cimetières et dans la forêt, comme le faisait Świrski du temps de son enfance.

On se formait aussi à l'obéissance, en exécutant strictement chaque ordre. Par exemple : réunion demain à telle heure, en tel endroit... pas de dîner après-demain... un autre jour, dans la mesure du possible, mutisme complet...

Il était convenu que chaque membre de l'association pouvait commander, et à cet effet les commandants changeaient avec une fréquence de quelques jours. Mais comme Świrski se distinguait par son imagination, s'y connaissait en matière militaire et possédait le plus d'autorité, c'était lui le véritable chef. Linowski l'adorait et avait une confiance aveugle en lui, Starka en était jaloux, Chrzanowski le critiquait par moments, Lisowski s'impatientait de ne pas encore combattre, Jędrzejczak se gaussait de tous. Pour finir cependant, les propositions de Świrski presque toujours emportaient la majorité des voix et étaient exécutées.

Une fois, lorsque le dénommé Nożyński, Kulowicz et Truciński déclara aux Chevaliers de la Liberté qu'une organisation plus importante voulait nouer des relations avec eux, mais seulement par l'intermédiaire d'un délégué unique, de confiance, tous choisirent Świrski pour cet office.

Et les exercices d'audace reprirent, ainsi que les discussions sur la mort et les manières de se comporter face au danger. On se convainquit définitivement que le meilleur remède contre le danger est — de ne pas y penser, mais de penser à quelque chose d'autre, quelque chose d'agréable.

Une incroyable opportunité ne tarda pas à se présenter, de passer à l'acte après les exercices pratiqués jusqu'à présent. Au printemps revint, on ne sait d'où, Truciński (cette fois il avait de discrets favoris noirs et gardait l'anonymat), déclarant qu'il voulait s'expliquer avec les plus éminents des Chevaliers de la Liberté. Świrski invita en l'occurrence une douzaine de collègues pour la soirée, auxquels le visiteur s'adressa comme suit :

— Messieurs ! Moscou vient de donner le signal de la révolution[21]...

— Médiocre signal !... — murmura Świrski.

— Ce n'est qu'une entrée en matière, qui a suscité des échos dans l'armée et la marine...

---

[21] Allusion à l'insurrection de Moscou de décembre 1905 qui fit de nombreuses victimes parmi la population civile.

— La belle affaire de se faire fusiller !... — intervint Starka.

— La belle affaire, dites-vous ?... — poursuivit le visiteur. — Vous pensez qu'il vaut mieux se balader sur les corniches des toits, ou bien chevaucher l'aile d'un moulin débridé ?...

Ces paroles firent rougir Świrski et Linowski.

— Moi, même de cela je serais incapable... — marmonna Jędrzejczak, fourrageant dans sa chevelure rousse.

— Moi non plus — poursuivait le visiteur — et d'ailleurs la révolution n'exige pas une agilité d'acrobate...

— Quoi alors ?... — demanda Linowski, le regardant durement dans les yeux.

— Du courage !... de l'abnégation !... — répondit le visiteur. — S'il est nécessaire de liquider un salaud et de mourir soi-même, le révolutionnaire social, lorsque le sort l'a désigné, est capable de vivre plusieurs semaines sous la menace de la mort et par-dessus le marché d'accomplir ses préparatifs avec sang-froid. Et vous ?...

— On serait capable de faire pareil... — répliqua Starka.

— Alors ne vous vantez pas, mais faites...

— Nous n'allons pas massacrer des gens désarmés ; ça va à l'encontre et des objectifs de notre association et de nos goûts !... — dit Świrski.

— Confortable association !... goûts inoffensifs !... — sourit le visiteur.

— Ce monsieur pense — Chrzanowski prit la parole — que nous craignons la mort et serions incapables, par exemple, de tirer au sort, s'il le fallait... Montrons lui...

— Formidable amusement !... — s'écria Jędrzejczak, tapant du poing sur la table.

— Montrez donc !... amusez-vous !... — raillait le visiteur.

S'ensuivit un pénible échange. Le visiteur plaisantait la prudence de révolutionnaires qui, pour s'entraîner à mépriser la mort, se baladaient sur des palissades, ou traînaient dans les taillis, tandis que Jędrzejczak évoqua les provocateurs qui, sans prendre eux-mêmes le moindre risque, envoyaient les autres à la mort.

Les arguments du visiteur durent néanmoins prévaloir, car pour finir les membres de l'association, dont le plus âgé avait dix-huit ans, décidèrent de fournir une preuve démente de courage. Modrzewski découpa une douzaine de billets, Trzyzna dessina une croix sur l'un d'eux, on mit l'ensemble dans un chapeau et commença à tirer au sort.

La petite croix échut à un élève de cinquième, Brydziński qui, conformément à ce qui avait été convenu, se suicida quarante-huit heures plus tard. L'orgueil et l'acharnement des garçons étaient tels que non seulement personne ne protesta contre cette loterie démente, mais qu'au contraire tous la considérèrent comme un complément aux exercices développant le courage.

Ce n'est que plusieurs jours après l'enterrement de Brydziński qu'une réaction se manifesta. Trois élèves quittèrent l'association, et l'un d'eux tomba dans une si profonde neurasthénie qu'il avait des hallucinations et dut quitter l'école. Les exercices militaires s'interrompirent pour quelques semaines car les membres de l'association n'en avaient plus envie. Même Świrski cessa de fréquenter les réunions secrètes et commença à participer à des meetings publics, et fit la connaissance de gens ayant la révolution en horreur et s'occupant de tâches éducatives. Świrski lui-même ne se mêlait pas des conférences, ne prenait pas la parole dans les meetings, mais à chaque nouvelle institution qui naissait faisait des dons de centaines de roubles. De ces dons généreux profitèrent : l'école maternelle[22] de la ville X., l'école primaire polonaise, la chorale et la société de gymnastique, l'université populaire, les cours d'alphabétisation et beaucoup d'autres. A sa demande l'oncle Wincenty mit en place aux Świerki une école primaire, une école maternelle et un commerce de village.

Avant les vacances, l'oncle Świrski avait déjà dépensé de ses propres deniers et de ceux de son neveu environ six mille roubles, et non seulement ne se formalisait pas d'une dépense aussi considérable en des temps aussi durs, mais encore ajoutait avec un sourire malicieux :

— Klimcio[23] Żebrowski à l'âge de dix-huit ans avait perdu aux cartes quinze mille roubles, tandis que mon gars n'en a dépensé que six mille en œuvres philanthropiques... Il dispose encore chez moi de neuf mille pour ces bêtises !...

Le temps adoucit les émotions les plus fortes, et donc quand les jeunes se retrouvèrent à l'école après les vacances, les membres de l'association Les Chevaliers de la Liberté revinrent à leurs exercices militaires et à leurs rêves. Chacun se glorifiait en son âme de ce funeste tirage au sort ; Brydziński devint comme le patron et le modèle de leur association.

— Mourir comme Brydziński !... avoir la détermination de Brydziński !... — répétait-on très souvent dans les discussions et en

---

[22] Ou encore orphelinat recueillant aussi les enfants pauvres (*ochrona*).
[23] Diminutif de *Klement*, Clément.

pensée.

Kazio Świrski et ses plus proches collègues de l'association étaient en septième quand, une semaine avant Noël[24], l'agitateur multiforme leur tomba dessus, comme du ciel. Cette fois il s'appelait Vogel et avait de grandes moustaches foncées.

— Eh bien, mes chéris — dit-il à Świrski — il va falloir vous décider. Ou bien vous cessez d'embobiner les gens avec vos grands projets et vos exercices, ou bien pour une fois vous contribuez à quelque chose de sérieux.

— Que devons-nous faire ?... — interrogea Świrski.

— La révolution peut tarder jusqu'au printemps, mais elle peut éclater d'un jour à l'autre, d'une heure à l'autre... — disait Vogel. — Vous comprenez, on a besoin d'argent... de beaucoup d'argent, qu'il nous faut ravir aux caisses de l'état et aux banques. Dans votre ville, en ce moment, il y a plusieurs centaines de milliers de roubles. Si vous nous aidez à mettre la main dessus, votre association en aura une part pour acheter des armes...

Świrski se mit à réfléchir. Il était temps, en effet, de mettre à profit les exercices pratiqués depuis un an !... de passer à la réalisation de plans élaborés dans la fièvre et discutés dans tous les sens !... Mais était-ce possible ?...

— Vous hésitez ?... — demandait Vogel. — Dommage d'avoir constitué cette association de potaches, les Chevaliers, qui a privé les autres groupements d'éléments très utiles !...

— J'hésite, car nous sommes trop peu, et je ne sais pas combien se décideront à participer à une aussi incertaine... aussi invraisemblable entreprise ?...

— Pour les courageux il n'y a pas d'entreprise incertaine... — intervint Vogel.

Le panicz de dix-huit ans qu'était Świrski le regarda comme on regarderait un serveur.

— Monsieur Vogel ! — dit-il — ou bien vous vous moquez de moi, ce que je n'apprécie pas, ou bien vous et vos amis n'avez aucune idée de l'art militaire... Moi je pourrais rassembler, dans le meilleur des cas, cent hommes et avec un tel effectif et des révolvers je ne peux engager le combat contre deux régiments d'infanterie...

---

[24] Noël 1906.

— Je me fiche de votre art militaire !... — explosa Vogel. — Nous, à trente, nous avons dévalisé quatre caisses, au voisinage desquelles il y avait plus de deux régiments !...

Les deux pâlirent de colère, mais se ressaisirent aussitôt. Świrski se mit à arpenter la pièce et en quelques minutes imagina un plan d'attaque de la banque, ainsi que de la trésorerie du gouvernorat, qu'il exposa ensuite aux membres de l'association. Vogel fut si enthousiasmé par l'idée qu'il embrassa Świrski et l'appela, on ne sait combien de fois, génie...

— Ma tête à couper... — s'écria-t-il — que nous aurons une montagne d'argent !...

— Avec votre permission — l'interrompit Świrski — on peut parier à dix ou vingt contre un que nous n'aurons pas d'argent et que la plupart d'entre nous y passerons... les uns sur place, les autres sous la potence... C'est pourquoi il me faut d'abord non seulement en parler avec mes collègues, mais aussi me convaincre moi-même de ce dont ils sont capables.

— Faites comme vous voulez — le coupa Vogel — pourvu que vous attaquiez au plus vite les caisses. Dans tous les cas cela ne fera pas de mal, même si vous deviez perdre la partie...

— Pas de mal à qui ?... — répondit Świrski. — Je répète encore une fois : je vais en discuter et essayer, mais sous aucun prétexte... sous aucun prétexte... je ne promets de m'emparer de caisses, et même de les attaquer... Il n'existe pas d'armée au monde qui, sans nécessité absolue, s'impliquerait dans une action perdue d'avance... Et je doute également qu'il existe au monde un parti qui oserait exiger de pareils sacrifices... des sacrifices aussi importants... avec des chances de succès aussi faibles !...

Vogel s'excitait, reprochait aux Chevaliers leur couardise, mais finit par admettre que Świrski fera ce qu'il pourra. S'il attaque les caisses — formidable !... s'il ne les attaque pas — tant pis !... Il faut lui laisser une complète liberté d'action, car il connaît non seulement le contexte local, mais aussi les hommes qui doivent aller au feu.

III

Le *podleśny*[25] de la Société « Les Fonderies », monsieur Joseph Linowski, arrivait en traîneau au chef-lieu de gouvernorat X. C'était un homme de la soixantaine, robuste et bien conservé. Sous son bonnet de fourrure brillaient un visage vermeil, des moustaches enrobées de givre, et des yeux bleus, vifs. Il portait une longue pelisse en drap grossier, gris, fourrée de renard, des gants de grosse laine et des bottes montant jusqu'aux genoux. Son traîneau était de fabrication rustique, mais solide et confortable. Il était tiré par un cheval à la robe fauve, bien proportionné et aux mouvements gracieux ; bien qu'en sueur en dépit du froid, à sa façon de projeter la tête et de trotter il ne trahissait aucune fatigue.

Ils se déplaçaient sur une route secondaire, dans la plaine recouverte de neige, où çà et là apparaissaient des bouquets d'arbres noirs et dénudés, ou alors des chaumières isolées aux toits enneigés. Le ciel était dégagé ; le soleil froid de décembre donnait à la neige l'éclat de l'argent ; à l'horizon, étincelait de loin, à en faire mal aux yeux, la croix dorée de l'église orthodoxe.

Le cheval trottait à vive allure, le traîneau faisait de petits bonds, ou bien zigzaguait sur la route labourée par le trafic, quand monsieur Linowski ressentit à nouveau la faim intense qui le tenaillait depuis une demi-heure déjà.

— Hue… hue… mon petit alezan !... qu'on dîne au plus vite !... — criait le voyageur impatient, sans pour autant récupérer son fouet qui se trouvait dans le traîneau. Pas question de frapper un tel ami, un cheval si intelligent et si racé !

Ils pénétrèrent dans un petit bois de rares bouleaux. Monsieur Linowski se pencha à droite et à gauche, puis se leva et regarda devant lui. Mais il ne vit rien, d'ailleurs il était arrivé en limite du bois.

— Il n'est pas là, le brigand !... — se dit-il à mi-voix. — Bon, ce n'est pas tous les jours la Saint-Jean…

Il se rappela en effet que Władek[26], son fils de dix-huit ans, présentement en septième à l'école de commerce de X., au début des vacances

---

[25] Le *podleśny*, ou *podleśniczy*, est un cadre chargé de la surveillance, de l'entretien, de l'exploitation et de la gestion d'un domaine forestier sous l'autorité d'un *leśniczy*. Nous traduirons ce terme par « forestier » dans la suite du roman.
[26] Diminutif de *Władysław*, Ladislas.

d'été accourait jusqu'ici à la rencontre de son père.

— Il y a trois verstes jusqu'à la ville !... — marmonnait monsieur Linowski. — Il fait trop froid aujourd'hui pour une telle promenade... Je l'aurais même grondé s'il était venu à ma rencontre... Ah, nom d'un chien, j'ai une de ces faims !...

A cet instant précis, l'âme de monsieur le forestier était parcourue de deux courants : l'un venait de l'estomac et s'appelait la faim, l'autre venait du cœur et était la hâte de revoir son fils. A vrai dire, il l'avait revu à la Toussaint, il y a six ou sept semaines ; mais il voulait déjà le revoir, le serrer dans ses bras, entendre sa voix enjouée.

— Encore un quart d'heure, une demi-heure... et on se mettra à table avec Władek pour le dîner... Que l'animal en profite, c'est son père qui régale !...

Le traîneau s'engagea dans une petite allée de saules noirs, hérissés. Lorsqu'il l'eut dépassée, quelque part au loin, au bout de la route, s'illumina un clocher, couronné d'un bulbe vert et d'une croix dorée. Au même moment retentirent les cloches de l'église orthodoxe :

— Je suis ici... je suis ici ! Oui, je suis ici... oui, je suis ici !...

L'instant d'après, au chant des cloches de l'église orthodoxe répondirent, comme si elles soupiraient, les cloches de l'église catholique[27] :

— Hélas-hélas !... hélas-hélas !... hélas-hélas !...

Monsieur Linowski ressentit une douleur dans sa poitrine qu'avait jadis transpercée une balle.

— Je suis ici... je suis ici... oui, je suis ici !... — chantaient les cloches de l'église orthodoxe.

La ville se dessine de plus en plus distinctement. A droite, au bord de la route, on voit l'énorme briquèterie ; au loin à gauche, au milieu des arbres — le cimetière. Ensuite, de nouveau à droite, les énormes édifices rougeâtres des magasins de *monopol*[28], plus loin — la prison de couleur jaune, ensuite la cheminée du moulin à vapeur, une deuxième cheminée, celle de la manufacture de tabac, une troisième cheminée pour l'usine d'équipements agricoles... Monsieur Linowski se prit à penser : les hommes fabriquent des briques, bâtissent des maisons, font de la farine

---

[27] Echo des rapports difficiles entre l'Eglise catholique « latine » et les Eglises dites « orthodoxes », gréco-catholique d'obédience romaine ou orthodoxe proprement dite d'obédiences patriarcales (Constantinople ou Moscou), malgré le manifeste de Nicolas II d'avril 1905 sur la liberté religieuse.

[28] Magasins de spiritueux, dont la vente faisait l'objet d'un monopole de l'état.

et cuisent du pain, pour ensuite s'enfumer de tabac, s'enivrer d'alcool et soit aller en prison, soit s'affranchir au cimetière de toutes leurs obligations humaines et citoyennes...

— Oh, ce que j'ai faim ! — marmonna le forestier. — Je suis curieux de savoir si je trouverai Władek chez lui...

Un souffle écœurant et humide l'enveloppa ; il entrait dans la ville.

Monsieur Linowski avait toujours envié à la ville ses trottoirs, ses réverbères, la proximité de l'église, de l'école et de la poste, mais sentait qu'il n'aurait pas vécu longtemps dans une telle atmosphère. Les maisons lui donnaient l'impression de fourmilières sales et à l'étroit, les gens lui rappelaient des cordons de fourmis, se hâtant pour aller au travail ou en revenir, et les Juifs — un grouillement de mouches investissant une assiette souillée de sauce.

Aujourd'hui un changement l'avait frappé dans la ville : il y avait moins de gens circulant dans la rue, et ils couraient plus vite ; les attroupements de Juifs en bas des maisons étaient moins denses. Le salon de thé avait l'air désert, mais devant le restaurant, dans une rue latérale, stationnait un petit groupe de ce qui ressemblait à des ouvriers, dont l'un chantait d'une voix mal assurée :

> Viendra bien un jour où il faudra payer,
> Et nous serons alors les juges ![29]

— J'ai déjà entendu cela quelque part... — pensa Linowski. Il ralentit son cheval à hauteur d'une autre rue latérale. — Et si je faisais un saut pour récupérer Władek ?... — se demanda-t-il.

Mais il ressentit une telle faim le tenailler qu'il lâcha les rênes et ne les reprit que devant une grande porte cochère au-dessus de laquelle était écrit : « Hôtel Polski ». Deux commissionnaires bondirent vers lui en même temps : le premier était grisonnant, le second avait les cheveux tirant sur le roux. Sa capote était pourvue d'un col qu'on ne pouvait décemment qualifier de fourré ; le grisonnant portait deux souquenilles, dont celle de dessus se distinguait par son âge et sa couleur défraîchie.

— Laisse tomber... ce monsieur est pour moi !... — cria le commissionnaire grisonnant, repoussant son collègue roux.

---

[29] Extrait du « Drapeau rouge », chanson composée en 1881 par Bolesław Czerwieński et inspirée de la chanson-symbole des Communards, écrite en 1877 par Paul Brousse.

— Le monsieur n'a pas besoin d'un crasseux !... brailla le rouquin.
— Dites-le vous-même à cette canaille, monsieur...
— Espèce de salopard !...
— Ne vous disputez-pas — s'interposa Linowski — je vais prendre Josek[30]...

Le grisonnant Josek tenait déjà le fouet à la main, il aida Linowski à descendre du traîneau et, prenant le cheval par la bride, le conduisit dans la cour de l'hôtel.

— Ce voleur m'embête toujours... Puisse-t-il crever !... — se fâchait Josek.
— Ce doit-être un crève-la-faim... — intervint Linowski.
— Et moi, monsieur, je suis riche ?... Depuis que je suis debout, je n'ai rien bu, pas même de l'eau, et sans vous, nous aurions certainement été toute la journée sans manger, moi, ma femme, et mes enfants.
— Mais tes enfants sont déjà casés, Josek ?...
— Vous parlez, monsieur !... Un fils est tailleur, le deuxième ferblantier, et tous les deux sont chez moi... Ma fille a épousé un fourreur et ils ont également emménagé chez nous... Si j'avais par jour autant de livres de pain que de personnes dans la même pièce, je me demanderais combien me coûte cet hôtel...
— Tu peux même te le demander maintenant... — s'ingéra le valet d'écurie Mateusz[31]. — Il avait les cheveux foncés, éclaircis d'une pelade à un endroit, et boîtait d'une jambe.
— Demande-le au cheval, car nous sommes associés...
— Tu connais mon fils ?... — dit monsieur Linowski.
— Comme mes propres enfants !... Un beau monsieur !... un joyeux monsieur !... — répliqua Josek.
— Va donc le voir à sa pension...
— Chez madame Wątorska... je connais !... et il faut lui dire de venir ici, au restaurant ?...
— C'est ça — répliqua le forestier. — Ensuite essaie de savoir quand Pfeferman sera chez lui.
— Ce négociant en bois... je connais !...
— Ensuite tu iras chez le docteur Dębowski et tu t'informeras également...
— Puisque vous y tenez, je peux bien sûr aller voir chez le docteur

---

[30] Diminutif de Joseph, fréquent chez les Juifs.
[31] Matthieu.

Dębowski — dit Josek, haussant les épaules comme s'il s'essuyait sur l'intérieur de sa souquenille. — Mais si voulez être garanti contre toutes les maladies, envoyez-moi plutôt chez monsieur le docteur Szpiler.

Linowski entretemps avait sorti de dessous le siège du traîneau deux lièvres qu'il remit à Josek en disant :

— Tu amèneras l'un à ta patronne, et l'autre à madame Wątorska... Et que Władek arrive tout de suite, car je l'attends pour dîner...

Puis il sortit une lourde panière qu'il se suspendit dans le dos en bandoulière.

Lorsque le commissionnaire fut parti, le valet d'écurie, qui dételait et essuyait le cheval en sueur, regarda autour de lui et dit à voix basse :

— Vous avez remarqué que les policiers ont disparu ?... Plus un seul en ville depuis hier... Voyez-vous, on en a trucidé deux mercredi soir : Szmakow et Fomeńko... La femme de Szmakow a pris avec elle ses trois enfants, a couru chez le politzmeister[32] et crie à tue-tête : « Mon mari me donnait mille roubles par an... payez maintenant, puisque vous n'avez pas assuré sa protection ! » — Mais la femme de Fomeńko, elle, ne s'est pas disputée avec le politzmeister, ne faisant que se cogner la tête contre le mur et répétant sans arrêt :

— « *За что тебя ?... За что тебя ?...*[33] »

— C'est vrai — réagit Linowski — pourquoi les avoir tués ?...

— Allons donc ! — entonna Mateusz, faisant un signe de la main — On voit bien que vous n'habitez pas ici... Ils écorchaient les gens, tout policiers qu'ils étaient... Miséricorde de Dieu ! Tout vivant devait casquer : marchand, artisan, commissionnaire, même une Juive qui vend des pains d'épice et gagne un zloty[34] pour elle-même et ses quatre enfants... Comparez, monsieur, l'aspect d'un policier et le nôtre... Le policier est gras, vermeil, habite parfois dans deux, voire trois pièces, possède en banlieue sa propre maisonnette ou son terrain, et sa femme quelques vaches, un cheval... Et d'où vient tout cela ?... Du préjudice des gens !...

— Oui, mais de là à les tuer !...

— Ce n'est pas pour cela — chuchota Mateusz en serrant les poings. — Tous prélèvent, tous font casquer ; mais Fomeńko et Szmakow en

---

[32] Officier supérieur de police en Russie tsariste.
[33] « Pourquoi toi ?... Pourquoi toi ? » en russe.
[34] Le zloty n'avait plus cours depuis 1850, mais l'ancienne équivalence subsistait, de 15 kopecks (0,15 rouble) pour un zloty et de ½ kopeck pour un sou (*grosz*), le zloty valant 30 sous (*groszy*).

plus... torturaient des socialos en prison... A l'un ils ont cassé les dents, à un autre ils ont brisé les côtes et à un autre encore, qui en est mort, ils chauffaient les plantes de pied à la lampe à pétrole... On pourrait donc écorcher et torturer les gens impunément ?... Allons donc !... monsieur, les temps ont changé...

— Et qui les a tués ?...

— Les socialos, c'est clair... Et savez-vous, monsieur, qui est sociolo aujourd'hui ?... Le cordonnier, le menuisier, le concierge, l'étudiant... parfois le frère du commissaire, ou même le fils du gouverneur... Maintenant les Russes sont avec nous, et les Juifs font les troisièmes... Et si les Juifs ont vu l'intérêt de l'affaire, c'est gagné pour le sociolo, car le Juif ne va pas se lancer à l'aventure.

Mateusz effleura sa casquette de sa main et emmena le cheval à l'écurie. Linowski se retrouva seul.

— Ah... ce Władek ! — pensait-il. — Mes boyaux croulent de faim, et lui n'est toujours pas là... Tu crois que je vais t'attendre, petit con ?... Je vais dîner...

Il repassa la porte cochère pour aller dans la rue, jeta un coup d'œil alentour et d'un pas lent s'achemina jusqu'au restaurant de l'hôtel. Il s'arrêta encore au niveau du perron, regarda dans la rue, et pour finir ouvrit brusquement la porte et se dirigea vers le comptoir.

Là il salua le patron, une bonne connaissance à lui, lui remit sa panière et son révolver. Puis il but un grand verre de vodka et mangea quelques morceaux de hareng mariné avec grand appétit.

— Bon, servez le repas — dit-il — car ce coquin de Władek me fait crever de faim... Et n'oubliez-pas la bouteille de Mars[35]... — ajouta-t-il. — Je ne voudrais pas habiter ici, mais je vous envie la bière et les harengs.

Linowski jeta un coup d'œil dans la salle à manger, décorée de tableaux de pêche et de gibier, mais y apercevant quelques « notables », fit marche arrière vers une pièce adjacente. Là il entendit une voix sous le lustre :

— A votre service, monsieur le forestier !... bienvenue à vous...

Le hélait ainsi un individu de taille moyenne, rondouillet, au teint florissant, au visage jovial. C'était un avocat privé, qu'on appelait « le mécène ». Il traitait des affaires partout : auprès des tribunaux, des

---

[35] Bière artisanale fortement alcoolisée, brassée en mars.

commissaires, dans les districts, au siège du gouvernorat. Il rédigeait également des requêtes, rachetait des sommes difficiles à récupérer, allait souvent à Varsovie, était même monté à Pétersbourg. Il venait de temps en temps à l'hôtel Polski pour prendre un peu de caviar et un petit verre de Porter[36] ; autrement il ne buvait pas, ne jouait pas aux cartes, n'avait pas de dettes et professait haut et fort le principe que toute affaire était bonne à prendre, si… elle rapportait de bons honoraires aux avocats.

Linowski, après avoir salué le mécène, s'assit à une petite table.

— Alors — engagea le mécène — vous m'avez l'air en pleine forme… vous ne vous préoccupez visiblement pas de la politique, comme nous… Vous n'auriez pas quelques stères de bois à vendre ?...

— Chez nous il n'en manque jamais.

— Je pourrais donc vous les régler ?... — demanda le mécène.

Le forestier fit la grimace.

— Le mieux est que vous envoyiez une lettre avec l'argent à la direction — répliqua-t-il.

— Hé, hé, hé !... brave homme !... — sourit le mécène, lui donnant une tape sur le genou. — Les gens comme vous ne font pas fortune…

— Qui alors ?...

— Des comme ceux là-bas, dans la salle à manger — répondit le mécène, les montrant de la main. — Papa a piqué dans les caisses de l'état, et le fiston peut se payer du champagne… Papa a spolié des enfants mineurs, et le fiston se balade en équipage à quatre chevaux… Grand-papa a écorché ses sujets, et le petit-fils est un monsieur… Voilà comment les gens font fortune !

— Cher mécène — répliqua Linowski — ces combines ne réussissent qu'un temps…

— Oui, et leur temps est désormais compté… — chuchota l'avocat. — Au printemps[37] ce sera la grève dans les neuf dixièmes des fermes !... grève dans toutes les usines !...

— Et l'hiver prochain nous crèverons tous de faim — intervint Linowski.

— Pas tous !... Perdront leur culotte ceux qui ne font rien, et malgré tout font la fête… Mais nous, nous les avocats, les médecins, les ingénieurs, les forestiers, nous aurons toujours du travail et une rémunération, car notre capital ne réside pas dans le préjudice des autres, mais dans

---

[36] Bière brune d'origine anglaise.
[37] Au printemps de l'année 1907.

notre cerveau...

Linowski fit un signe désabusé de la main.

— Vous ne me croyez pas parce que vous ne savez pas ce qui se passe — chuchota le mécène. — Il y a une semaine, ils ont piqué dans une trésorerie de district environ cent mille roubles... Ils attaquent les monopoles tous les jours... au printemps ils vont s'en prendre aux trésoreries de gouvernorat et aux banques... La révolution amasse de l'argent en attendant, puis va faire venir des armes dernier cri, et quand elle aura gagné quelques batailles et attiré à elle l'armée, alors en une semaine elle fera le ménage... Qui ne travaille pas n'a pas droit à l'existence !... exit les capitalistes, les fainéants !... exit les excellences qui, sous forme de champagne, boivent le sang de leurs valets, de leurs forestiers !... Et même de forestiers craignant de recevoir de l'argent d'honnêtes gens en paiement du bois... Qu'est-ce donc, ai-je voulu vous acheter ?... — demanda le mécène, se penchant amicalement vers Linowski.

— Le diable sait ce qui se passe chez vous !... — marmonna le forestier. — Vous tuez des policiers, vous dévalisez des caisses, vous convoitez les biens des autres et affirmez qu'il en résultera du bien pour tous... Et en attendant le Bon Dieu a dit : tu ne voleras pas, tu ne tueras pas, tu ne convoiteras pas ce qui n'est pas à toi...

— Vieilles fables !... — dit le mécène avec un geste désabusé de la main.

Ainsi conversaient-ils et mangeaient : le mécène son caviar, le forestier — ses koulibiacs[38], sa soupe de poisson, son brochet... Alors que ce dernier se versait un premier verre de Mars, Josek entra tout essoufflé.

— Et mon fils ?... — demanda le forestier.

— Madame Wątorska — répondit le commissionnaire — m'a d'abord dit de saluer bien bas monsieur en remerciement de ce lièvre...

— Mais mon fils ?... — le coupa Linowski avec impatience.

— Madame Wątorska m'a dit de dire que le panicz est parti s'amuser avec des collègues, mais qu'il avait déjà fait ses bagages et devait partir aujourd'hui avec eux, aussi pour s'amuser...

Linowski avait posé ses mains sur la table et, abasourdi, regardait Josek avec de grands yeux.

— Que racontes-tu là ?... — reprit-il au bout d'un moment — Władek doit partir aujourd'hui à la maison avec moi, et non avec des collègues

---

[38] Petits pâtés en croûte fourrés à la viande, au poisson, aux légumes...

pour s'amuser...

— Alors peut-être vont-ils s'amuser chez vous — répondit le commissionnaire. — Le jeune panicz Świrski est également avec eux...

— Świrski ?... — répéta le forestier. En entendant ce nom il se tranquillisa et revint à son verre. Świrski, un riche panicz, orphelin, sous la tutelle d'un oncle non moins riche. De telles fréquentations ne pouvaient nuire à un fils de forestier.

— Monsieur Pfeferman — Josek continuait son compte rendu — sera chez lui toute la journée. Et le docteur Dębowski sera aussi chez lui toute la journée, à moins qu'on l'appelle en ville, alors il ira, mais reviendra tout de suite...

— Qu'est-ce que je te dois ?... — demanda Linowski.

— Ce qu'il vous plaira... Moi je serai toujours près de l'hôtel, au cas où vous voudriez de nouveau m'envoyer quelque part... Pour le panicz, je vais me renseigner encore une fois et l'amènerai ici...

Linowski lui donna d'abord une pièce de quarante sous[39], mais après réflexion rajouta une pièce de dix sous. Josek s'inclina, souffla sur les pièces et dit avec un sourire de madré :

— J'ai dit aussi à madame Wątorska que monsieur me faisait cadeau de la peau de lièvre... Elle a rigolé et m'a dit de venir après-demain...

Le commissionnaire une fois sorti, le mécène dit en soupirant :

— Chacun gratte là où il le peut ; même ce malheureux... Et on trouve ça étonnant pour un avocat !

Linowski trouva cette remarque assez singulière.

Il se leva, remercia le mécène pour sa compagnie et se rendit chez Pfeferman.

Le négociant en bois passait pour un homme riche. Il habitait une maison à lui sur la rue principale et occupait le premier étage avec sa nombreuse famille. Le forestier s'étonnait des escaliers, recouverts d'un petit tapis, des vitres colorées et des statues en plâtre dans la cage d'escalier. Sur le cadre de porte était fixé un petit tube métallique. Lorsqu'il eut sonné, on lui ouvrit après un certain temps. Une femme entrouvrit d'abord la porte et lui demanda son nom. Puis on le fit entrer. Debout dans l'antichambre, Linowski entendait, venant d'appartements plus éloignés, une très belle mélodie jouée au piano, et sentit l'odeur de l'oignon[40].

---

[39] Quarante *groszy*, soit un zloty 1/3.
[40] Les Juifs étaient réputés sentir l'ail et l'oignon.

On introduisit Linowski dans le bureau. S'y dressaient un petit secrétaire en chêne, une table recouverte d'un tissu vert, avec dessus un chandelier en laiton décoré de l'aigle autrichien. Sur des étagères en hauteur étaient disposés de grands livres de comptes, et sur le plancher recouvert d'un tapis étaient disposés un canapé de cuir, une chaise tapissée de soie rouge, un énorme fauteuil recouvert d'un velours vert foncé, et enfin — une vieille chaise viennoise[41]. Commerce, piété, opulence et — manque de goût, tout cela s'était mélangé en ces lieux.

Monsieur Pfeferman entra.

C'était un homme de grande taille, corpulent, à la barbe d'un noir de corbeau, mais déjà argentée de poils blancs. Il portait un caftan de satin, avait la tête surmontée d'une kippa de velours, une expression très sérieuse sur le visage.

— Comment allez-vous, monsieur le forestier ? — commença Pfeferman en tendant deux doigts à Linowski. — Je suis sûr que vous n'êtes pas venu me voir pour rien.

— Je ne suis pas venu pour mes propres affaires — répondit Linowski en haussant les épaules. — A la direction ils m'ont dit de vous demander si vous allez prendre ces pins qu'on est en train d'abattre, et quand vous allez remettre le reste de l'argent.

— Ces huit cents roubles ?... Ils sont à la banque... vous pouvez les récupérer aujourd'hui même — répondit le négociant.

— Je ne suis pas habilité à les retirer...

— C'est votre chance. Il y a deux jours, pas loin des Sierpy, des bandits ont attaqué nos acheteurs et leur ont pris tout leur argent, et hier j'ai reçu une lettre disant qu'ils avaient fait irruption chez mon secrétaire à Głosków, et lui avaient volé deux cents roubles et son révolver... Pourquoi gardait-il ce révolver ?... Et je ne suis même pas sûr qu'ils aient vraiment pris deux cents roubles !... Sales temps... Si j'étais plus jeune, je partirais en Amérique avec ces vingt mille que je possède à Berlin, et en quelques années j'en aurais fait des millions...

— Et pour les pins ?... — interrogea Linowski.

— Que vous dire ?... — répliqua Pfeferman en joignant les mains. — Qui sait aujourd'hui si demain il ne sera pas volé... pff !... tué ?...

— Donc les huit cents roubles sont déposés à la banque et vous ne prenez pas les pins... — dit Linowski. — Au revoir, monsieur

---

[41] Chaise à dossier en bois courbé et assise cannée.

Pfeferman...

Il voulut sortir, le négociant l'arrêta.

— Pourquoi êtes-vous si pressé ?... pourquoi ne pas vous reposer un peu ?...

— Je n'ai pas le temps de m'asseoir...

— On va bavarder un peu debout — dit Pfeferman. — On pourrait prendre ces pins, mais à condition qu'il n'y ait pas d'histoires lors de leur enlèvement... Vous comprenez, monsieur Linowski ?... Et maintenant — ajouta-t-il en ouvrant son secrétaire — je vais me permettre de vous remettre votre Noël...

Le forestier l'arrêta en lui prenant le bras.

— Laissez tomber, monsieur Pfeferman. Je ne suis pas venu pour mon Noël, mais pour les affaires de la direction.

— Pourquoi êtes-vous toujours si raide ?... Je vous ai réservé cent... cent cinquante roubles...

— Donnez-les à votre secrétaire, afin que la misère ne le contraigne pas à voler.

Monsieur Pfeferman frappa dans ses mains et s'écria :

— Que j'aime quand vous vous fâchez ! Si j'achète Les Fonderies, vous serez forestier chez moi... aussi vrai que j'aime les enfants... Et je parlerai au directeur de votre comportement d'aujourd'hui... Et pour ce qui est de ces pins, je donnerai ma réponse avant le Nouvel An.

Linowski, en colère, prit congé de Pfeferman et sortit dans la rue. Là il réfléchit un instant et tourna en direction de l'habitation de son fils. Il avait tellement besoin de le voir, de bavarder un peu avec lui, de se plaindre du sort qui le condamnait à pratiquer des Pfeferman.

Six élèves habitaient la pension de madame Wątorska, quatre étaient déjà partis pour les fêtes, deux étaient sortis en ville, et la maîtresse de maison en avait profité pour s'atteler au ménage. Quand le forestier, après avoir sonné, entra, madame Wątorska portait une vieille jupe, avait un foulard noué sur la tête et les manches de sa camisole retroussées au-dessus des coudes. C'était un petit brin de femme, maigre, aux yeux de chouette, au visage jaune sur lequel se lisait une éternelle frayeur.

— Que se passe-t-il avec mon garçon ?... — demanda Linowski sans autre préambule.

— Bonjour monsieur !... Que je suis contente de vous voir en bonne forme !... mille fois merci pour votre magnifique cadeau !...

— Et Władek ?...

— Monsieur Władek est resté à la maison et a fait ses valises jusqu'à midi… Puis il a revêtu son costume civil et est parti à une réunion de collègues à propos des examens de passage…

— Et pourquoi a-t-il quitté son uniforme ?...

— Car voyez-vous, monsieur — elle parlait à voix plus basse — monsieur Władysław et encore quelques autres collègues ont été invités à la chasse par monsieur Świrski… Ils vont donc aujourd'hui aux Świerków, ils y seront tout le samedi et le dimanche, et le lundi doivent faire un rapide tour chez vous et chez madame, pour quelques heures… Comment va madame ?... On dit qu'elle a été souffrante cet automne…

— Merci de penser à elle… Elle vous prie le bonjour… Ah, ces enfants !... Depuis tout gosse il courait au-devant de son père quelques verstes à l'extérieur de la ville ; mais une fois qu'il a eu dix-huit ans et du duvet sous le nez, il n'attend même plus son père chez lui… Il part en visites et promet de lui rendre visite avec des invités !

— Si cela doit vous poser problème, monsieur — s'écria la maîtresse de maison effrayée — je vais tout de suite envoyer quelqu'un chez monsieur Świrski…

— Dieu vous en garde !... — l'interrompit Linowski. — Douteriez-vous de mon hospitalité ?... Monsieur Świrski pourrait recevoir mon fils et mon fils n'aurait pas le droit de lui rendre la pareille ?...

— D'autant plus qu'ils s'aiment tant…

— Avec Świrski ?... vraiment ?... — saisit Linowski, ne pouvant cacher sa satisfaction. — Qu'ils aillent donc aujourd'hui aux Świerki, du moment qu'ils se présentent chez nous lundi…

Après avoir pris congé de la maîtresse de maison, Linowski revint au restaurant de l'hôtel et récupéra sa panière.

— Elle doit contenir quelque chose de bon !... — se mit à rire le restaurateur, monsieur Janowicz.

— Ma femme a envoyé un peu de charcuterie pour le docteur, je vais la lui remettre, et aussi — le prier de jeter un œil à ma carcasse… — répondit le forestier.

Et il s'en fut en direction de l'habitation de Dębowski.

IV

Le collègue et ami de Władek Linowski, Świrski, habitait et prenait ses repas chez un des professeurs de l'école de commerce, mais occupait une chambre séparée.

Elle était grande et claire. Dans l'un des coins il y avait le lit métallique, avec un matelas dur et un oreiller de cuir ; au-dessus du lit étaient suspendus deux rapières, deux masques et des gants ; au pied du lit s'étalait une peau de loup, que Świrski avait tué de sa main. Dans les coins de la pièce étaient déposés de lourds haltères, les murs étaient décorés de tableaux de batailles et de portraits de chefs de guerre célèbres de différentes époques. Des manuels scolaires, peu nombreux et déchirés, étaient rassemblés sur une étagère cannée ; en revanche, on pouvait voir dans une vitrine des ouvrages reliés, consacrés à l'histoire des insurrections, à la vie des grands chefs et des conspirateurs, ou des romans tels que « Les Mystères de Londres »[42], « Jack Sheppard »[43] et similaires. Sur la table, à côté d'une petite bouteille d'encre, se trouvait un précieux presse-papier en forme de canon à chargement par la culasse, reproduit très fidèlement.

Quand on demandait à Świrski dans quel but il avait accumulé tant de livres et d'objets relatifs à la chose militaire, il répondait qu'il avait l'intention d'entrer dans l'armée.

Świrski disposait d'une quinzaine de milliers de roubles de revenu annuel, que l'oncle déposait à la banque, ayant attribué au jeune homme cinquante roubles par mois pour ses menues dépenses. Mais le fils de famille, bien que vivant modestement et d'une conduite exemplaire, non seulement dépensait toute son allocation, mais contractait annuellement pour plusieurs milliers de roubles de dettes.

Au moins la moitié de cet argent passait dans des subsides secrets à ses collègues les plus proches. Qu'advenait-il de la deuxième moitié ? — mystère. Encore que — d'aucuns affirmaient que Świrski dépensait beaucoup pour l'achat d'armes, parmi les plus modernes et les plus

---

[42] Roman policier de Paul Féval père, publié en 1844, s'inspirant des « Mystères de Paris » d'Eugène Sue.
[43] Célèbre hors-la-loi anglais du 18ème siècle, qui inspira de nombreux écrivains et dramaturges, notamment William Harrison Ainsworth, dont le roman « Jack Sheppard », paru en 1839, connut un large succès.

coûteuses. Mais on le susurrait si bas que l'information ne sortait pas du cercle de ses connaissances les plus proches.

— Que voulez-vous ?... — disaient les aînés. — L'arrière-grand-père et le grand-père de Świrski étaient dans l'armée polonaise, son père et son oncle eux-aussi ont fait la guerre, il ne faut donc pas s'étonner que le garçon ait la fibre militaire.

Świrski était grand, remarquablement bâti, avait les traits grossiers mais sympathiques, des yeux expressifs, gris, le visage sérieux. Mais ce qui n'allait ni avec sa situation d'élève de septième, ni avec son jeune âge, c'était cette expression de concentration, de quasi-dissimulation, de ses pensées. En fait, la maîtrise de soi, la retenue d'émotions négatives ou positives, constituaient l'un des idéaux de Świrski.

Au même moment où le vieux Linowski entrait dans la ville, son cher fils Władek entrait dans la chambre de Świrski. Władek était un garçon trapu, aux joues colorées et aux cheveux blonds bouclés, toujours souriant. Il avait l'air emprunté, mais en réalité était aussi adroit que Świrski ; il aimait ce dernier plus qu'un frère et croyait en son génie.

Les deux collègues se serrèrent la main avec force.

— Alors ?... — questionna Świrski.

— Tous vont venir... Il n'y a plus qu'à les attendre... — répondit Linowski.

— Et est-ce qu'ils vont tous y aller ?...

— Moi je ne peux répondre que pour moi : j'irai partout avec toi...

— Et que diront ton père et ta mère ?...

— Mon grand-père, la veille de l'insurrection, a enfermé mon père dans le grenier ; mon père a enlevé les planches et s'est sauvé à Węgrów[44]. Et lorsqu'ils se retrouvèrent en mai, mon grand-père lui dit : « J'ai pleuré ton départ comme une bonne femme... Mais si tu ne t'étais pas sauvé avec les partisans, tu serais pour moi un crétin. » Mon vieux dira la même chose — acheva Linowski en riant.

— Mon oncle aussi !... — ajouta Świrski.

— Nos pères ont emprunté la même voie, nous ferons pareil !... — ajouta Linowski.

On frappa à la porte, les collègues commençaient à arriver. D'abord Modrzewski, avec ses taches de rousseur, en compagnie de Szamotulski

---

[44] Petite ville dans la voïvodie actuelle de Mazovie (chef-lieu Varsovie) où eut lieu le 3 février une des plus grandes batailles de l'insurrection de 1863, bataille que le poète Auguste Barbier qualifia de « Thermopyles polonais ».

aux larges épaules, puis l'élégant Zawadzki avec son ami le Solitaire et le mélancolique Starka, puis Lisowski avec Chrzanowski, Leśniewski avec Tryzna, et pour finir Jędrzejczak, grand, voûté, aux longs bras et aux cheveux roux.

Tous étaient silencieux, transis, portant des habits civils. Starka, après avoir salué tout le monde, s'allongea sur le lit, Chrzanowski pour la centième fois regardait les tableaux sur les murs, le Solitaire et Leśniewski allumèrent une cigarette, tandis que Zawadzki dépendit une rapière du mur et commença à faire des moulinets.

Jędrzejczak mit ses mains disgracieuses dans les poches de son pantalon taché et, fléchissant les genoux, demanda avec mauvaise humeur :

— Qu'avez-vous encore imaginé, commandant en chef et chef d'état-major ?...

— Il aime toujours faire le con !... — dit Linowski.

— Je préfère ça — s'immisça Leśniewski. — Devrait-il faire une tête d'enterré comme le Solitaire ?...

— Si tu avais mal au ventre comme moi !... — ronchonna le Solitaire. Les autres firent semblant de rire.

— Dois-je commencer par le début ?... — demanda Świrski.

— Commence par la dernière danse... — s'ingéra Lisowski.

— Commence par le commencement, je m'endormirai plus facilement... — ajouta Starka en bâillant.

Dans toutes ces réparties, apparemment pleines d'humour et de défi, on sentait la pression et l'inquiétude. Le Solitaire laissa tomber sa cigarette et ne s'en aperçut pas tout de suite.

— Chers collègues... — commença Świrski. — Vous souvenez-vous qu'il y a un an nous avons formé l'association « Les Chevaliers de la Liberté », dont devait naître une armée révolutionnaire ?... Vous souvenez-vous que nous n'avons pas reculé devant les plus grands sacrifices ?...

— On s'en souvient ! On se souvient de Brydziński...

— Et malgré Brydziński on n'a rien fait jusqu'à présent... — intervint Starka.

— Qui ne veut rien faire ne fera jamais rien... — chuchota Jędrzejczak.

— Starka a raison — enchaîna Świrski. — On n'a rien fait d'important, ni de beau. D'abord on n'avait pas les moyens, ensuite notre organisation n'était pas prête, et enfin — il n'y avait pas d'urgence. D'autres agissaient, et nous on avait l'impression qu'ils agissaient comme il faut...

— Les socialistes !... — s'ingéra Lisowski.

— Et les voleurs... — compléta Starka.

— Aujourd'hui — poursuivit Świrski — notre organisation a bien avancé. Nous avons rassemblé quelques dizaines d'artisans et de commis en ville, et de fermiers, forestiers et ouvriers agricoles à la campagne... Nous avons des collègues à Varsovie et dans les villes de province. Nous-mêmes avons appris à tirer, manier l'épée, marcher au pas...

— Qu'est-ce que ces collègues à Varsovie et dans les autres villes ?... — interrogea Starka.

— Moins on saura de noms, mieux cela vaudra pour nous — répondit Jędrzejczak.

— Et pour la cause — ajouta Linowski.

— Vous en voulez ? — demanda Świrski.

— Pas de noms ! Pas de noms ! — répondirent plusieurs voix.

— Et moi je penserais plutôt... — dit Starka, en se soulevant dans son lit.

— Ne pense pas, ça va te donner mal à la tête !... — coupa Jędrzejczak.

— Messieurs !... — s'exclama Lisowski — sommes-nous venus ici pour nous disputer ?... Nous ferions mieux d'écouter Świrski.

— A condition qu'il ne nous bassine pas... — chuchota le Solitaire en mâchonnant son fume-cigarette.

— Je serai bref — Świrski reprit la parole. — La révolution fait fausse route. Même les anciens s'en sont rendu compte...

— Même les oncles !... — grommela Starka.

— Tu as raison — poursuivit Świrski sans se fâcher. — Mon oncle répète toujours que ce n'est pas une révolution, mais un pourrissement. Au lieu de batailles — des assassinats ; au lieu de conquête de drapeaux — du cambriolage de caisses... Si encore c'étaient des caisses de l'état ou de banques ! Mais ils dévalisent des privés, pour une dizaine de roubles.

Dans un tel contexte, il est urgent de former une armée révolutionnaire. Elle existe déjà en Finlande, elle est en train de se constituer en Russie, mais pas encore chez nous. Il faut donc entreprendre la formation de détachements, faire venir des armes en grande quantité... pour des batailles, ou pour le moins des escarmouches... Et comme les aînés en seront incapables, nous devons le faire nous, les jeunes...

— On va le faire... on va le faire... — murmura joyeusement

Linowski.

— Je suis curieux de savoir qui va commander les batailles ? — intervint Starka.

— Świrski, naturellement... — répliqua à mi-voix Chrzanowski.

— Et moi, je suis très curieux de savoir à quoi tout cela mène ? — se manifesta Jędrzejczak. — Dis-le clairement et nettement, car ces introductions commencent à bien faire. Avant l'affaire de Brydziński, il y a eu aussi du bavardage...

Świrski rougit légèrement, mais ne perdit pas son calme.

— Je vais le dire en peu de mots — dit-il. — Des hommes courageux, déterminés, qui tout comme nous sont prêts à donner leur vie pour la liberté, il y en a déjà plusieurs centaines... Il leur faut beaucoup d'armes de la meilleure qualité, de l'habillement...

— Du poison... — s'immisça Lisowski — pour ne pas se faire prendre vivant...

— Pour ces armes et l'habillement il faut de l'argent — poursuivait Świrski. — Je pensais régler la question avec ma fortune personnelle, mais... je ne peux pas... On doit donc...

— Voler et casser, n'est-ce pas ? — demanda Jędrzejczak.

— On doit récupérer l'argent de l'état à la trésorerie du gouvernorat et dans une agence bancaire.

— Et s'il s'y trouve de l'argent de gentilshommes, de négociants ? — s'ingéra le Solitaire.

— Dans ce cas on le prendra aussi, mais moi je le rembourserai...

— Si l'oncle le permet — dit Starka.

— Mon oncle ne permettra pas qu'on m'appelle... spoliateur.

— C'est bon, c'est bon ! — coupa Lisowski — Mais quand cela ?... par quel moyen ?...

— Dois-je révéler le plan ?... — Świrski se tourna vers Linowski.

— Obligé ! — s'écria Starka. — On n'est pas en dictature !

— Les imbéciles !... — chuchota Jędrzejczak au Solitaire.

— Complètement toqués ! — lui répondit le Solitaire en s'asseyant sur une chaise ; les genoux lui tremblaient.

Świrski se mit à parler à voix plus basse ; ses collègues se serrèrent.

— Par les temps qui courent il y a énormément d'argent à l'agence bancaire... idem à la trésorerie du gouvernorat. Une nuit on déclenchera une fusillade autour du cimetière... l'armée va s'y précipiter, et nous... on se rendra maître de la banque et de la trésorerie.

Et pour empêcher l'arrivée de renforts, nous couperons les rues entre la caserne et la ville au moyen de fil de fer barbelé... quelques-uns auront des bombes. Je ne donnerai pas plus de détails. Avez-vous compris le plan d'ensemble ?

— Plan génial !... — murmurait Linowski.

— On verra à l'exécution. En attendant, il y a beaucoup de militaires en ville — répondit Starka tout bas.

Un sourire de triomphe éclaira le visage de Świrski.

— On y pense — dit-il — ainsi qu'à beaucoup d'autre possibilités. Et donc pour retirer ne serait-ce qu'un peu de militaires de la ville, nous irons... aujourd'hui...

— Quoi ?... aujourd'hui ?... — se firent entendre plusieurs voix.

— Nous nous rendrons aujourd'hui... tout de suite... dans les bois derrière les Słomianki. On va tirer en l'air... arrêter des voyageurs... en un mot — faire du grabuge... Le commandant devra alors organiser une battue dans les bois. Et lorsqu'un peu d'armée se sera rassemblée là-bas, on reviendra en ville et...

— Vous irez en taule — chuchota Jędrzejczak.

— Non !... nous nous emparerons des caisses... — répliqua Linowski.

— Ou périrons — compléta Świrski.

— Félicitations !... — gémit le Solitaire.

— A la guerre il faut bien que quelqu'un périsse — répliqua Świrski. — Du reste, chacun d'entre vous n'est-il pas préparé à cela ? Et maintenant... êtes-vous partants ?...

— Cela va de soi ! — s'écria Linowski.

— Et lui le demande encore ! — ajouta Lisowski — Seuls les imbéciles et les couards...

— Le couard, c'est moi... et l'imbécile c'est toi, Lisko ! — dit Jędrzejczak.

— Tu es stupide.

— Il conviendrait d'examiner une telle affaire à fond — intervint le Solitaire. Les lèvres lui tremblaient.

— C'est tout examiné — intervint Chrzanowski. — Et maintenant on va voir qui est partant.

— Tous ! — s'exclama Lisowski.

— Ne braille pas, espèce d'âne !...

— Je suis très curieux de savoir qui prendra le commandement — se manifesta Starka.

Leurs visages étaient en feu, leurs yeux lançaient des éclairs, leurs voix étaient rauques.

— Rappelez-vous que nous nous sommes engagés... déjà engagés ! — dit Linowski.

— Il n'y a donc rien à discuter, et il ne reste qu'à se préparer.

— Et les armes ?... et les armes ?... — demandait fiévreusement Lisowski.

— Chacun aura une arme et cent cartouches — dit Świrski.

— Hourrah !... — piailla tout bas Lisowski.

— Cinglés ! — persifla Jędrzejczak.

— Alors on se décide oui ou merde ? — interrogea Leśniewski.

— C'est décidé depuis la nuit des temps — dit Lisowski.

— Ce n'est pas décidé ! — s'écria Jędrzejczak — puisque moi je n'irai pas.

— On te mettra une balle dans le crâne — répliqua Lisowski. — Car c'est bien une trahison. Car on s'est bien engagé à cela au cimetière, sur la tombe d'un pendu...

Linowski cessa de rire. Alors Świrski, après réflexion, dit :

— Collègues. Il est sûr que si quelqu'un venait à trahir nos plans, il devrait... il devrait...

— Passer l'arme à gauche — compléta Leśniewski.

— Quand la guerre aura véritablement commencé — poursuivait Świrski — il sera difficile de se dérober à des engagements volontairement... volontairement consentis. Mais aujourd'hui c'est un galop d'essai, donc n'y prendront part que les plus courageux et les plus partants.

— Moi ! — murmura Lisowski. — Moi le premier !

— Quelque chose peut rater — disait Świrski. — On n'a pas encore éprouvé nos forces.

Jędrzejczak lui saisit le bras.

— Je vois maintenant — dit-il — que tu es vraiment raisonnable... Si vous tenez et si quelqu'un tient absolument à faire des bêtises, qu'il le fasse du moins pour son propre compte... Qu'il ne s'engage pas à faire ce qu'il ne connaît pas, et qu'il n'oblige pas les autres... Car réfléchissez un peu : que pourront faire une dizaine, mettons même une centaine d'individus comme vous face à des milliers de soldats ?...

— Ce n'est qu'un début — le coupa Świrski. — Dans six mois nous serons des millions... toute la Russie... toute l'armée russe... Mais quelqu'un doit lancer le mouvement, dût-il en périr...

— Naturellement ! — rajouta Linowski en souriant.

— Donc on ne part pas aujourd'hui ?... — murmura joyeusement le

Solitaire.

— Bien sûr que si... qui le veut partira...

— Mais l'attaque de la caserne aura bien lieu, en ville ?... — insistait Lisowski.

— Imbécile !... imbécile !... — chuchota Jędrzejczak.

— A moins que... tous se dégonflent... — répliqua Linowski.

— Ce ne sera pas si catastrophique — s'ingéra Starka. — Pendant six mois nous avons eu le temps de réfléchir... Et aujourd'hui il s'agit seulement que certains collègues ne se comportent pas en dictateurs... ne se mettent pas en avant... Ce premier accrochage montrera mieux à qui obéir... qui doit commander... C'est plus important que des rapières aux murs ou des livres militaires dans une vitrine.

— Et moi je déclare encore une fois que je ne me mêle pas à cette aventure... — répétait obstinément Jędrzejczak.

— C'est bizarre !... — dit Lisowski. — Il paraissait courageux... faisait partie de toutes les marches... on lui tirait dessus et il ne bougeait pas, il a tiré au sort avec nous, et maintenant il a la trouille...

— Ne parle pas comme ça !... — le rabroua Świrski.

— Je ne veux pas en être !... — interrompit Jędrzejczak — je n'en serai pas, dussiez-vous me condamner à mort et me déclarer traître...

— Il est devenu fou ou quoi ?... — demanda Starka.

— Je ne veux pas — disait Jędrzejczak — assassiner des gens par surprise... je ne veux pas faire des casses et piller l'argent d'autrui... Je ne veux pas !... Mais vous — allez-y, assassinez, pillez... A chacun ses goûts... Dois-je aller au diable, ou l'un de vous daignera-t-il me tirer une balle dans le ciboulot ?... — demanda-il sarcastiquement.

— Et pourtant c'est toi-même qui nous as encouragés à former l'association des « Chevaliers de la Liberté », tu en fais partie — dit Świrski.

— J'en faisais partie... j'ai même laissé tomber les socialistes pour vous, car ils perpétraient des meurtres. Mais aujourd'hui vous voulez faire la même chose...

— Nous n'allons pas assassiner... nous allons attaquer des gens plus nombreux et peut-être mieux armés que nous...

— Vous êtes donc des cinglés... Car toi-même tu as expliqué, en grand tacticien ou stratège, que pour remporter la victoire il fallait avoir le meilleur entraînement, les meilleures armes, et plus d'hommes...

— Mais j'ai dit aussi plusieurs fois que des hommes prêts à mourir et bien dirigés étaient capables d'anéantir un ennemi non préparé... — répliqua Świrski. — Du reste souviens-toi que dans l'armée il y a une foule de sympathisants, lesquels soit vont nous aider, soit au moins ne nous gêneront pas.

— Toujours ces attaques par surprise…

— Et les Japonais, n'ont-ils pas attaqué par surprise la flotte russe à Port-Arthur[45] ? Et l'argent des ennemis — ne constitue-t-il pas un butin de guerre ?...

Jędrzejczak devint pensif.

— D'accord — répondit-il — quand vous serez devenus armée, ou ne serait-ce que partisans, je serai des vôtres… On verra alors si je suis un couard… Mais je ne serai pas de l'équipée d'aujourd'hui, car elle est stupide…

— Hoho !... fais gaffe !... l'âne !... il saute à la figure de tout le monde !... — murmura-t-on.

— Tu devrais au moins respecter ceux qui affrontent le danger — dit Świrski.

— Certes… Si vous le voulez, je peux, pour me faire pardonner, baiser la main de chacun d'entre vous… Quand vous irez à l'assaut de la caserne, j'irai avec vous… Mais traîner l'hiver dans les bois, alarmer les paysans et les Juifs, et faire des casses — je ne le veux pas…

— Ce n'est pas une décision définitive, voyons — se manifesta le Solitaire. — Ils vont tenter pour voir ce qui est faisable… et quand ils se seront convaincus que rien ne l'est, ils rentreront à la maison…

— Vous savez, ce serait rigolo si après le Nouvel An on se retrouvait tous à l'école !... — s'écria Lisowski.

— Je doute !... — dit Świrski.

— Vous, vous serez à l'école, et nous en campagne !... — sourit Linowski.

— Ou sous terre… — ajouta Chrzanowski.

— C'est alors justement que nous survivrons à tous les autres… — intervint Świrski.

— Dommage !... dit Jędrzejczak. — Il faut bien que celui qui a le cou qui le démange à ce point, le mette sur le billot…

— Et toi, es-tu sûr de ne pas devoir mettre le tien ?... — se manifesta Starka.

— Messieurs !... — Świrski prit la parole. — Les chevaux

---

[45] L'attaque eut lieu le 8 février 1904, déclenchant la guerre russo-japonaise qui se terminera par la défaite russe entérinée par le traité de Portsmouth en septembre 1905.

attendent… Que tous ceux qui le voudront bien se préparent au voyage. Linowski et moi partons tout de suite… Les autres, suivez-nous par groupes de deux ou trois, comme si vous partiez pour les fêtes… Entre quatre et cinq heures, rendez-vous chez le garde forestier aux Słomianki, où nous recevrons nos armes…

Le Solitaire s'approcha de lui et dit à mi-voix :

— Mon cher, tu as dit toi-même qu'il n'y avait rien d'urgent, et donc… pour cette fois je n'irai pas avec vous…

— Comme tu veux…

— Moi aussi il me faut réfléchir… — ajouta Leśniewski.

— Mais moi j'irai — dit Starka — et verrai comment monsieur Świrski va jouer le rôle du chef… J'irai même jusqu'à lui obéir, mais…

— Tu verras — s'immisça vivement Linowski — que c'est notre Napoléon polonais…

— Et toi son Murat…

— Allez, ne déconnez pas !… — les engueula Lisowski. — Pour ceux qui prennent la route, il est temps…

— Qui prennent la route… du cimetière ?… — Chrzanowski éclata de rire.

V

Le docteur Dębowski, un vieux célibataire, compagnon d'insurrection de Linowski, était un homme de taille moyenne, trapu, un peu chauve, à la barbe blonde blanchissante, et de petits yeux rieurs derrière des lunettes à monture dorée. C'était un excellent médecin, amateur de musique et citoyen exemplaire. Il n'existait pas d'association, d'action sociale, auxquelles il fût étranger, qu'il ne finançât pas, ou auxquelles il ne consacrât son travail intelligent et persévérant. Les gens appartenant à toutes les confessions, tous les partis, et même nationalités, l'aimaient et le respectaient pour son savoir, son caractère désintéressé, sa compassion à toutes les misères matérielles ou morales. L'estimaient aussi bien les évêques, les pasteurs et les rabbins, que les gouverneurs et les chefs de partis révolutionnaires. Et lorsqu'on lui demandait par quel miracle il avait acquis une situation aussi indépendante de factions qui se haïssaient, il répondait :

— Parce que, voyez-vous cher monsieur, je me suis toujours moins intéressé à Marx, Plehve[46] et Pobiedonostsev[47] que — aux poumons, aux cœurs et aux estomacs.

Dans son habitation il avait réservé la plus grande pièce pour sa chambre à coucher, dans laquelle, outre le lit, se trouvait le piano. Il avait transformé le petit salon en salle d'attente pour ses patients, qu'il examinait dans son bureau. Celui-ci représentait le comble de l'originalité. Outre les armoires contenant les livres et les instruments, ainsi que l'indispensable « chaise longue », s'y dressait, sur un grand coffre noir, un superbe squelette, à qui le docteur régulièrement arrangeait les bras de façon différente, contraignant ainsi ses patients à s'y intéresser.

Le squelette inquiétait surtout les Juifs, qui demandaient souvent :

---

[46] Viatcheslav Plehve, directeur de la police tsariste puis ministre de l'Intérieur de 1902 à 1904, cible notoire des révolutionnaires, tomba victime d'un attentat perpétré à Saint-Pétersbourg le 15 juillet 1904.
[47] Constantin Pobiedonostsev (1827-1907), juriste et homme d'état, était partisan de l'autocratie la plus absolue, ennemi juré des libéraux. Il est notamment à l'origine du Manifeste du 29 avril 1881 publié par Alexandre III, prônant une politique de russification des « provinces » périphériques (Finlande, Pologne) et résolument antisémite. Il s'était retiré des affaires publiques au moment de la révolution de 1905.

— Pour quoi faire, docteur, gardez-vous une telle horreur ?...

— Voyez-vous, frère israélite, pour que le malade sache ce qui va lui arriver s'il ne fait pas appel au médecin et ne suit pas ses prescriptions...

Cette explication, répétée des dizaines et des centaines de fois, procurait un énorme plaisir à Dębowski. Si l'on ajoute que le docteur, avec son train de vie très modeste, avait à peine économisé en trente années de pratique deux mille roubles en prévision des heures les plus noires, et qu'il s'était assuré auprès de quelque organisme pour ses frais d'obsèques, on aura un tableau des plus complets du personnage.

Après trois coups de sonnette (telle était la convention établie entre eux une fois pour toutes), le docteur en personne vint ouvrir à Linowski.

— Gloire au Seigneur ! — dit Linowski.

— Pour les siècles des siècles, amène-toi[48] ! — répondit le médecin. Puis, se redressant, il s'écria :

— Première compagnie en rang par deux, en avant marche ! Une... deux... une... deux... Halte !... Demi-tour, droite ! Alignement !... armez !... Hé, hé... je serais encore capable !... de commander — oui ; mais à un fils — pas trop... Comment vas-tu, vieille branche... fais-moi la bise !... Les loups ne t'ont pas encore mangé, et ne te mangeront certainement pas... Tu dois être immangeable, comme une baleine de corset...

— Ma bourgeoise te salue, collègue docteur, et t'envoie un peu de charcuterie — dit le forestier, se défaisant de sa panetière.

— En voilà un bel os à ronger !... — donne, vieux, dépêche... Depuis quelques jours je suis un peu faiblard, et vos charcuteries me font toujours du bien... Ce que c'est que d'avoir du genévrier sous la main pour fumer, et aussi — quelques autres ingrédients, sans compter le savoir-faire... Comment ça va chez vous à Leśniczówka ?... Ta femme se porte bien ?... Ton fiston aussi ; mais frotte-lui un peu les oreilles afin qu'il ne se mêle pas trop de politique...

— Cet animal fait déjà de la politique ?... Hélas, nous aussi faisions pareil, jeunes ! — soupira Linowski.

— Mais ça ne fait pas de mal aux jeunes de faire les pitres, ça permet aux connards de s'imaginer que nous avons plus de cervelle qu'eux... Allez, déshabille-toi, vieux ... jusqu'à la chemise... On va voir si tu es bon pour la salaison...

Linowski se déshabilla, s'allongea sur la « chaise longue ». Le

---

[48] La formule consacrée était « Pour les siècles des siècles, *amen* ».

2 *Les brownings*

docteur l'examina et dit :

— Les poumons, un soufflet tout neuf... le cœur, une pompe de Tretzer[49]..., l'estomac, un broyeur à cylindres... Tu vas vivre cent vingt ans, mon vieux, et si dans ta cent cinquième année tu n'arrives pas à avoir des jumeaux, c'est que le bon Dieu ne s'y connaît pas en médecine !... As-tu dîné ?... chez Janowicz, je suis sûr... Tu veux un café avec du cognac ?... Passons dans ma chambre...

Ils passèrent dans la chambre à coucher, où une vieille servante, habillée correctement, eut tôt fait d'amener une bouteille, deux verres et une machine à café[50].

— Alors, où en est-on ?... — questionna Linowski avec curiosité.

— Pas terrible !... — Le docteur fit un signe désabusé de la main.

— Allons bon !... — s'indigna le forestier. — On a une constitution... dans le peuple s'est éveillé une conscience... on s'entend bien avec les Moscales[51]...

— Tu parles... Une entente où eux tiennent le fouet, et nous, nous baissons la culotte... Et pour ce qui est de l'éveil des consciences tu pourrais en entendre, de belles choses...

— Allons... Allons... par pitié, ne m'inquiète pas, collègue, ou alors dis-moi clairement ce qu'il en est !... — s'écria Linowski.

— Il en est que nous versons dans la crapulerie... Bois, collègue ! — dit Dębowski, remplissant les deux verres de cognac.

— Eh... n'as-tu pas honte, monsieur le docteur ?

— Juge donc par toi-même... — pérorait Dębowski. — En 1794, 1812, 1831[52] c'est l'armée qui combattait pour la liberté, et cela contre un ennemi extérieur. Mais on n'entendait pas du tout parler de manieurs de poignards[53] ou de brownings, ni d'aucune spoliation... En 1863 il n'y

---

[49] Józef Troetzer était un industriel, fabricant de chaudières, pompes et autres matériels de lutte contre l'incendie.
[50] En l'occurrence, sans doute une cafetière sur un réchaud à alcool ou pétrole.
[51] Dénomination péjorative des Russes.
[52] Références respectives à l'insurrection de Kościuszko en 1794, à la participation de légions polonaises à la campagne de Russie en 1812, et à l'insurrection de 1830-1831, toutes les trois dirigées contre l'occupant russe.
[53] Organisation armée secrète chargée de protéger les instances insurrectionnelles lors du soulèvement de janvier 1863, d'exécuter les condamnations à mort prononcées contre les traîtres et les espions, et de mener des actions terroristes contre les hauts responsables de l'autorité occupante.

avait plus d'armée, mais des partisans, et on vit apparaître les manieurs de poignards, tu te souviens ?... on n'en voulait pas dans les troupes armées... Et aujourd'hui ?... Il n'y a plus d'armée, ni même de partisans... En revanche on a des manieurs de poignards, de brownings, des attaques de caisses et de maisons, toutes sortes de partis qui s'entre-assassinent... N'est-ce pas scandaleux ?... Quand je te dis que nous versons dans la crapulerie !... Ces combattants qui tuent toutes sortes de responsables gouvernementaux dans les rues et, une fois pris, meurent comme des héros, ces combattants, dis-je, sont des hommes très courageux. Mais crois-tu que de tels gaillards feraient de bons soldats ?... J'en ai eu plusieurs comme patients... Et de quoi souffrent-ils ?... de neurasthénie, de neurasthénie au plus haut degré !... Et ça devrait fournir la matière d'un soldat, qui n'a pas son compte de sommeil, de nourriture, toujours en campagne, et qui lorsqu'on en vient à se battre, doit parfois stationner pendant plusieurs heures dans un tel enfer que les nerfs faibles, incapables de tenir, craquent ?...

— Suffit !... Suffit !... — gémit Linowski, se prenant la tête. — Tous ne sont pas pareils, voyons !... Et mon garçon ?...

— Ton fils ne truciderait certes pas un homme...

— Alors, ayons confiance en Dieu et dans la génération qui vient... — dit le forestier.

— Et en attendant, crevons de faim !... — répliqua le docteur. — Moi, je pourrai toujours me raccrocher à quelque vieille sage-femme pour faire des lavements ; mais que feras-tu, collègue, quand ces diablotins mettront la main sur les Fonderies ?... je ne vois pas très bien...

— Comment ça, les Fonderies ?... — demanda le forestier, tout étonné. — Allons donc !... tu continues, je vois, à te moquer d'un brave employé territorial.

Le docteur en sursauta sur sa chaise.

— Oh, pardonne-moi, monsieur Joseph, ne m'en veux pas pour des allusions critiques à ton emploi... Mais les Fonderies peuvent réellement mal tourner...

— Comment ça ?... Elles sont portant bien gérées.

— La meilleure des gestions ne peut rien dans le chaos qui s'est installé chez nous... — répliqua le docteur. — Considère ne serait-ce que le dernier scandale...

— Lequel ?... je ne suis pas au courant...

— As-tu reçu ton salaire de novembre ?...

— Pas encore...

— Et les gardes forestiers, et surtout les ouvriers dans les usines, ont-ils eu leur paye pour ces dernières semaines ?... — demandait le docteur.

— Ils l'obtiendront avant les fêtes pour toute la période...

— Diable !... en es-tu sûr ?...

Linowski ouvrit les bras et regarda, déconcerté, le docteur. Que la direction des Fonderies pût ne pas payer ses travailleurs pour les fêtes ne lui serait jamais venu à l'esprit. Plusieurs centaines de personnes avec leurs familles ne vivent-elles pas à crédit dans l'attente de la paye ?...

— Ils ont l'argent, je pense ?... — chuchota le forestier.

— C'est là justement qu'il y a de quoi rire et pleurer — dit le docteur. — L'argent, environ cinquante mille roubles, est ici, en ville... et même pas très loin. Il y a aussi le directeur des établissements, le trésorier en chef, et sans doute aussi le secrétaire... Et malgré cela il se peut que l'argent n'arrive pas aux Fonderies pour les fêtes, car il n'y a pas moyen de le transférer... Bois-donc, mon vieux !...

— Comment, tu plaisantes, docteur, avec cet argent ?... — s'indigna Linowski.

— J'ai autant envie de plaisanter qu'un chien de vomir — répliqua Dębowski. — Mais écoute donc... On est sûr qu'une bande s'est organisée, prête à attaquer ceux qui vont transporter les fonds jusqu'aux Fonderies... Pas étonnant que ni le directeur, ni le trésorier, ni un pauvre secrétaire n'aient envie d'aller à l'abattoir...

— Les socialistes ?...

— A Dieu ne plaise !... en ce moment de vulgaires voleurs sont prêts à attaquer et piller. C'est pourquoi, les malheureux, ils veillent sur l'agence bancaire comme une mère sur son premier-né... trois fois par jour ils s'inquiètent du coffre, bien ferré, de couleur verte, déposé dans la chambre forte — fermé, enchaîné et plombé... Et pour peu que quelqu'un le sorte de la ville, ils vont l'attaquer dans le premier bois, ou peut-être même à découvert !...

— Le directeur n'a pas demandé d'escorte ?

— Bien entendu, il l'a demandée. Mais quand on l'informa qu'on pouvait lui fournir tout au plus dix cosaques, quand on commença à faire le décompte de ce que coûtera l'escorte, chaque cosaque tué, ou blessé, ... le directeur renonça à la protection. Et il a bien fait, car à présent les socialistes ont réfléchi et annoncent que si le directeur a recours à l'aide des cosaques, alors eux, les socialistes, attaqueront le convoi et prendront les cinquante mille roubles, dont ils ont grand besoin.

— Amusant !... — s'étonnait Linowski. — Dans ce cas l'usine va peut-être envoyer quelque vingt ou trente de ses ouvriers... Ce sont des gars courageux !... Les socialistes probablement ne les arrêteront pas, quant aux bandits, ils sauront s'en débrouiller.

— Il en a été question — dit le docteur — et la police est même d'accord avec un tel arrangement, seulement... elle ne permet pas aux ouvriers d'avoir la moindre arme sur eux...

— Alors, dans ce cas, l'argent n'arrivera pas à temps pour les fêtes !...

— Allons-donc !... Il pourrait arriver, mais nous n'avons pas les gens. Il en est qui sont de confiance, mais ce sont des trouillards, et il en est de courageux, mais en qui on ne peut avoir beaucoup confiance... A notre santé !...

— Je ne comprends pas ?... — dit le forestier, trinquant avec Dębowski.

— Tu comprendras quand un de ces jours moi... moi-même, je vous amènerai l'argent...

— Toi, docteur ?...

— Bien sûr, moi...

— Et les brigands ?...

— Ils sont tellement obnubilés par la banque, la chambre forte, le coffre vert... s'attendent tellement à une grande escorte et au tintouin accompagnant le transfert de quelques dizaines de milliers de roubles, que si quelqu'un gentiment, tout doucettement, embarque sur un traîneau un petit panier venant d'une maison tout ce qu'il y a de plus privée (pas d'une banque, surtout) et tranquillement quitte la ville au petit trot, ils ne l'arrêteront même pas. Moi, je pourrais le faire aujourd'hui, demain... mais j'ai quelques malades graves en ville, et pas de raison personnelle de me rendre aux Fonderies... Aussi, quand vous serez rentrés, envoyez-moi un télégramme, pour me demander de venir immédiatement, et alors je viendrai, apportant tout le cash... La plus grande force des bandits réside dans la couardise des gens...

— Toi, docteur, tu ferais le convoyeur de fonds ?... — demandait le forestier stupéfait.

— Bien sûr, moi... Quoi d'étonnant ?... Quand il y va du sort de plusieurs centaines de personnes et de l'avenir d'un établissement du pays, on peut bien exposer son... imagination à toute sorte de conjectures périlleuses...

— Et s'ils viennent à t'attaquer, docteur ?...

— Et c'est toi qui parles ainsi, toi qui en 63 transportas quatre chariots d'armes de la frontière jusqu'aux Siedlce[54] ?... Tu sais mieux que personne que le plus grand péril, cette bête, ne réside pas hors de nous, mais en nous...

— Mais si ?...

— Si les bandits m'attrapaient et me tuaient ?... — intervint le docteur. — Et qui peut jurer qu'aujourd'hui, demain, je ne serai pas infecté par le typhus, sans pouvoir m'en sortir ?... Et de plus, dans ce cas, personne n'y gagnera !...

Linowski but un peu de café, puis un peu de cognac, posa un coude sur la table, s'appuya la tête. Il réfléchit, but à nouveau un peu de cognac.

— Aucun parti politique, donc, ne lorgne après cet argent ?... — demanda-t-il au docteur.

— Ils lorgneront si le directeur demande la protection de la police...

— Parce que, nom d'un chien, les gens des partis non seulement vous tuent, mais encore vous qualifient d'espion après votre mort... — énonçait lentement le forestier.

Il se remit à réfléchir, finit son verre et demanda :

— Et que dirais-tu, docteur, si... si moi...

Le docteur porta sa tasse aux lèvres, regarda Linowski par en dessous, et répliqua, hochant la tête :

— Tu as une femme... des enfants... Du reste... tu n'es pas habilité...

— A quoi faire ?...

— Vois-tu, l'affaire en elle-même n'est pas grand-chose. Je suis prêt à parier que si tu transportais les fonds, personne ne t'arrêterait... ni même ne te soupçonnerait... C'est donc un jeu d'enfant. Mais pour ce jeu il faut des nerfs solides et un peu d'humour... Si tu te déplaçais en pensant que quelqu'un te barrera la route, tout passant, tout buisson t'effraierait, tu t'énerverais... Et cela, à notre âge, ce n'est pas sain... C'est comme si tu te mariais avec une fille de vingt ans et faisais le jeunot avec elle... L'apoplexie n'est pas loin...

Linowski bondit de sa chaise.

— Que racontes-tu là, docteur ?... Moi je devrais avoir une apoplexie

---

[54] Les Siedlce sont une ville à l'est de la Pologne actuelle, proche de la frontière russe, chef-lieu d'un gouvernorat du Royaume du Congrès entre 1867 et 1912. La ville a été le siège d'intenses combats pendant l'insurrection de 1863, auxquels prit part le jeune Bolesław Prus, alors âgé de 16 ans. Il fut blessé le 1er septembre et fait prisonnier, mais en considération de son jeune âge, fut libéré et put rentrer dans sa famille à Lublin.

parce que j'ai peur ? Les voleurs de bois ne menacent-ils pas tous les jours de m'attaquer ?... N'ont-ils pas déjà tiré sur moi ? N'ai-je pas sur moi un révolver, car il me faut toujours être prêt à me défendre ? Il ne s'agit donc pas pour moi de ma peau… Une peau de soixante ans est bonne pour la tannerie… Mais il s'agit pour moi de l'honneur de mon nom, et de mon garçon…

— Bonté divine, qui oserait s'en prendre à ton nom ?... — intervint le docteur.

— Je sais. Si les socialistes voulaient faucher l'argent, je craindrais… Car combattre un parti politique… c'est quelque part incorrect. Mais les voleurs, je m'en débrouillerai !... Mon cheval, c'est une vraie fusée… ma main est sûre… mon révolver ne me fera pas défaut… Quant au reste — à la grâce de Dieu… Seul mon garçon…

— Quoi, ton garçon ?... — demanda le docteur.

— Moi vivant, je pourrais l'envoyer faire des études à l'étranger…

— Pff !... — Si tu venais à mourir en pareille circonstance, la direction des Fonderies l'enverrait à l'étranger plutôt deux fois qu'une.

— Tu en es certain, docteur ?... — demanda le forestier, prenant Dębowski par le bras.

— Je le jure !... — Et si eux ne le faisaient pas, alors moi, leur crachant dans les yeux, je mettrais à disposition un peu de mes roubles…

— Je ne veux pas de ton argent et… j'amènerai aux Fonderies les cinquante mille !... dit Linowski d'une voix résolue.

— Et tu ne le regretteras pas ?... Tu ne me maudiras pas ?...

— Pouah !... — cracha le forestier.

— Alors d'accord ! Et moi je te donne ma parole que je suis profondément convaincu que tu ne cours aucun risque.

— Tant mieux. Où est l'argent ?...

— Laisse ta panetière — dit le docteur à voix plus basse — reviens au crépuscule, et tu l'auras…

— L'argent est donc chez toi ?... — chuchota Linowski.

— Dans le coffre sous le squelette… Hi !... hi !... hi !... Je les ai bien baisés, pas vrai ? Et eux, les cons, font le siège de la banque et de l'hôtel de Varsovie, où séjournent le directeur et le trésorier !

Cela dit, le docteur étreignit et embrassa Linowski.

— Tu m'as procuré une véritable satisfaction… — dit-il. — Parce que chez nous tous ont la trouille… Ils ont peur du gouvernement, des socialistes, des bandits… Et c'est grâce à cette couardise généralisée que la vie sociale s'arrête, dépérit… Espèce de vieux briscard !... Première compagnie, préparez... arme !... — en ligne, ma...arche !... marche !... Je pensais que nous allions déjà tous nous faire bouffer par la vermine dans nos abris... Mais du moment que le vieux Linowski n'a pas perdu courage, on ne se laissera pas faire !...

Ils s'étreignirent, le docteur était aux anges, Linowski pensif.

— Que se passera-t-il — demanda-t-il — si... on me tue et que l'argent disparaît ?... Vont-ils chasser ma bourgeoise et mon garçon de Leśniczówka ?...

— N'y pense même pas !... Ils y resteront jusqu'à la fin de leurs jours. Tu sais bien que chaque fois qu'un employé ou un ouvrier des Fonderies a été victime d'un malheur imputable à la direction, on l'a toujours indemnisé.

— Mais que... que se passerait-il s'ils ne me tuaient pas et que malgré tout...ils prenaient l'argent ?... — questionnait Linowski avec insistance.

— Il ne se passerait rien — répliqua le docteur, haussant les épaules. — Sur cette maudite somme plane une malédiction... Si tu consens à la transporter, il y a toute probabilité qu'elle soit sauvée... Mais si malgré tout ce n'était pas le cas, la direction au moins sera certaine de ta bonne foi... En toi ils auront confiance, même en cas d'accident ; pour ce qui est d'autres, ils auraient peut-être des doutes.

Et comme Linowski était toujours perplexe, le docteur intervint :

— Ecoute, collègue, notre discussion, ce n'est ni un engagement solennel, ni une prestation de serment... Si tu as la moindre raison qui te fasse hésiter, laisse tomber... On arrivera bien à régler le problème avec les moyens du bord... avec de la pommade et de la tisane...

— Je n'hésite pas du tout — rétorqua Linowski — et j'ai même idée que s'il y a quelqu'un pour rendre ce service à la direction, c'est bien moi. Ce sont eux qui m'ont recueilli lorsque je suis revenu de Sibérie et n'avais rien à quoi me raccrocher... Ce sont eux qui me nourrissent depuis trente ans... Avec leur assistance j'ai élevé ma fille, et maintenant mon garçon... Je serais donc un salaud si je me défilais dans cette affaire. Toi-même tu as dit, collègue, qu'il en va ici du pain de quelques centaines d'ouvriers et du sort de l'établissement...

Il saisit la main de Dębowski et frappant sur la paume comme pour conclure un marché, dit joyeusement :

— Je pars avec, dussé-je traverser le feu de Dieu !

— C'est pourquoi tu l'amèneras sans encombre... — répliqua le docteur en l'embrassant.

VI

Après avoir quitté le docteur, Linowski se dirigea lentement vers la pension de madame Wątorska. Il y avait longtemps, très longtemps, qu'il n'avait ressenti d'excitation aussi agréable. Il avait le sentiment que sa poitrine s'était dilatée, il marchait prestement, comme sur des ressorts, avait de la musique dans les oreilles, et ses poings machinalement serrés lui donnaient l'impression d'être de pierre ou de fer.

« Malheur à celui qui voudrait me barrer la route !... — pensa-t-il. — Ah, j'ai fini par apprendre ma vraie valeur... Le caissier touche mille cinq cents roubles, moi cinq cents... Le directeur quatre mille roubles et moi, pauvre vermisseau, seulement cinq cents... Mais quand il s'agit de sauver les Fonderies de la faillite, et quelques centaines... eh ! que dis-je... quelques milliers de personnes de la misère, alors le directeur se terre dans un coin, le caissier se fait invisible, et toi, monsieur Linowski, viens à notre secours... Viens, car pour toi le danger c'est un amusement, la mort une bagatelle... Car toi, monsieur Linowski, tu en as vu d'autres. Des balles, de la mitraille, plaisanterie !... c'était pire avec l'ours de Sibérie, ou encore les *бродяги*[55]. Qui a mangé de ces plats, monsieur Linowski, celui-là se moque bien de nos bandits.

« Et puis, dorénavant, je serai considéré autrement par la direction, et l'avenir de mon garçon semble s'éclaircir... Il y a un chef forestier, avec deux adjoints et un secrétaire... dix forestiers, et de toute cette bande, seul le vieux Linowski jouit d'une confiance suffisante pour se voir confier sans reçu cinquante mille roubles.

« Ce brave toubib se souvient encore du collègue qui plusieurs fois le tira d'affaire... Ah !... si seulement on pouvait avoir une vingtaine d'années de moins !... »

Marchant plongé dans ses rêves, Linowski souriait dans sa moustache. L'air glacial l'enivrait à l'instar du cognac. Depuis longtemps il ne s'était senti aussi heureux, aussi fier de soi.

Quand le forestier entra dans l'habitation de madame Wątorska, il vit des lits posés les uns sur les autres, des tables et des bahuts déplacés, et surtout des volutes de poussière au milieu desquelles se démenait la maîtresse de maison, un balai à la main. L'ayant reconnu, elle se mit à lui

---

[55] Terme russe désignant des vagabonds, des maraudeurs...

parler sur son ton habituel, de prière et d'excuse.

— Monsieur Władysław est déjà parti avec Świrski et un autre collègue... Il a laissé un petit paquet et un billet pour vous, monsieur...

Linowski s'empressa de récupérer l'un et l'autre, souhaita de joyeuses fêtes à la maîtresse de maison et s'extirpa au plus vite des nuages de poussière pour aller jusqu'à la porte cochère.

Là il déplia le billet et lut :

Très cher Papa !... très chers Parents !...
Je vous demande mille fois pardon d'être parti sans vous dire au revoir, mais les chevaux ne pouvaient attendre... Je pars avec Świrski, on va bien s'amuser, mais dans quelques jours nous viendrons vous voir, Papa. Au revoir, je vous baise les mains. Que Dieu nous permette de nous retrouver au plus vite, Papa,
ton Władek qui t'aime, qui t'aime très fort.

Linowski relut le billet ; le ton lui en parut bizarre, et l'écriture comme changée...

« Ce sera dans la hâte — se disait-il. — Mais de là à ne pas saluer son père qui en personne est venu le chercher, comme un cocher !... C'est vrai, il ne pouvait pas faire attendre Świrski... Lorsque j'aurai réussi à convoyer cet argent, Władek n'aura plus besoin d'un quelconque monsieur Świrski... »

A cet instant un garçon en casquette d'élève de l'école de commerce, grand, roux et gauche, le croisa et Linowski eut l'impression que le garçon le regardait avec attention. Le forestier tourna la tête, l'élève fit de même ; l'espace d'une seconde les deux s'arrêtèrent, mais aussitôt chacun reprit son chemin.

« Dommage !... — pensa Linowski — j'aurais dû l'arrêter... C'était peut-être un collègue de Władek ?... peut-être que lui-aussi se rend chez Świrski ?... »

Il jeta encore un coup d'œil au billet de son fils et il lui sembla comme écrit d'une main tremblante.

« Pas étonnant — se dit-il. — Son hôtesse faisait le ménage, et il n'y avait pas beaucoup d'endroits sur quoi écrire... »

Faisant passer le paquet d'une main dans l'autre, il en écarta involontairement l'emballage et aperçut un bout d'uniforme d'élève. Le forestier eut froid dans le dos en pensant que ce petit uniforme était peut-être devenu inutile à Władek, puisqu'il le renvoyait chez lui.

« Bêtise !... Il renvoie son uniforme parce qu'il veut le porter pendant les fêtes. Un uniforme, même vieux, ça fait bien ; on peut le mettre pour aller en visite chez les chefs forestiers, chez le curé... Même chez le directeur… car il va sans doute nous inviter cette année, et peut-être même venir en personne à Leśniczówka. Que Dieu donne la santé à Dębowski pour m'avoir impliqué dans cette affaire d'argent… »

A proximité de l'hôtel, Linowski eut l'impression que quelqu'un, ayant l'air d'un artisan, lui avait jeté un regard curieux. Puis quand il entra dans l'écurie il s'aperçut qu'un jeune homme correctement habillé parlait avec le palefrenier Mateusz. Tous deux se tenaient près d'une grande trémie contenant du fourrage, que Mateusz referma vite, tandis que le jeune homme se retirait dans le fond de l'écurie, sans que l'on pût distinguer son visage.

Linowski ressentit à nouveau un froid dans la poitrine. Lui revint en mémoire ce que Mateusz disait des socialistes : « Aujourd'hui tout un chacun est socialo : le cordonnier, l'étudiant, le fils du commissaire… »

— Comment va mon cheval ?... — demanda-t-il au valet d'écurie.

— Oh, tout à fait bien !... Il a bien mangé, bien bu, et s'il le faut, pourra courir comme un lièvre…

« Pourquoi dit-il : s'il le faut ?... — songeait Linowski. — Peut-être sont-ils déjà au courant que je dois convoyer de l'argent, et ce coquin dans l'écurie et l'autre élève dans la rue sont en train de m'espionner ?... »

— Au nom du Père et du Fils… — dit-il tout haut en se ressaisissant. — Je commence à avoir la trouille ou quoi ?

Il alla voir le portier de l'hôtel et demanda s'il était possible de dormir un peu quelque part, mais pour pas cher. Le portier lui donna pour un zloty une chambre, froide et exiguë, au rez-de-chaussée, et le forestier se jeta sur le canapé crasseux.

— Trois heures !... — dit-il, regardant sa montre. — Dans une heure il va commencer à faire noir, et il faudra aller chez le docteur…

A nouveau un frisson le parcourut.

— Bon sang ! je ne me suis pourtant pas enrhumé ?... Ah, mon vieux… mon vieux… ne te précipite plus sur des affaires délicates !... Laisse ça aux plus jeunes, aux moins empotés que toi…

Sa pelisse, fourrée de renard, le gênait, il l'enleva ; il s'avéra que sa veste et son gilet le gênaient également et, par-dessus tout — ses bottes à hautes tiges. Et de même qu'il y a une heure sa respiration large, ample, le réjouissait, il ressentait à présent un poids pesant sur sa poitrine, et des difficultés à respirer.

Il était couché sur le petit canapé, se retournait, arrangeait le paquet de son fils sous sa tête. Il sentait que le sommeil lui rendrait des forces et son équilibre moral perturbé, mais en même temps il avait l'impression qu'il n'arriverait jamais à s'endormir. Il s'endormit malgré tout et eut des rêves très désagréables.

Il lui semblait que quelqu'un parmi ses proches, très proches, quelqu'un de très cher, avait été condamné à mort par on ne sait qui, on ne sait pourquoi. Il voyait même la machine à exécuter, bizarre, ressemblant à quelque chose comme une balançoire, ou une sonnette[56], et même le condamné, de loin. Mais il était tellement terrorisé qu'il n'osa pas le dévisager.

Puis il sentit une grande et irrésistible envie de sauver le condamné, ou du moins — de le remplacer ; ce que — on ne sait qui — accepta.

Les bourreaux, ou les juges, étaient des gens polis ; ils ne l'entravaient pas, ne le poussaient pas vers la machine à exécuter, mais ne lui permettaient pas de sortir au-delà d'un certain périmètre. Et comme Linowski tournait en permanence, remuait sans arrêt, il se rapprochait insensiblement et malgré lui de l'horrible machine. Alors la peur s'éveilla en lui, le subjuguant de plus en plus, et finit par atteindre une telle intensité que le forestier en perdit l'envie de sauver le condamné inconnu...

— Tant pis... tant pis... tant pis !... — chuchotait-il — que chacun meure pour soi...

Mais quand les juges ou les bourreaux saisirent l'inconnu, un tel chagrin s'empara de Linowski que — il ferma les yeux et se jeta de plein gré sur la mortelle balançoire... Le sang lui monta à la tête et — il se réveilla, en sueur.

Il s'assit sur le canapé, se frotta les yeux. Il faisait sombre dans la chambrette et de la lumière brillait déjà aux fenêtres d'en face.

Machinalement il sortit son briquet à pierre et à mèche, que Władek lui avait offert il y a deux ans, fit flamber une allumette et regarda sa montre.

— Bon sang... déjà six heures !... — s'écria-t-il.

Il endossa sa pelisse de renard, courut à l'écurie avec son paquet et ordonna d'atteler le cheval.

— Dans une heure... une heure et demie... vous serez rendu chez vous, monsieur — dit Mateusz.

— Je ne vais pas chez moi aujourd'hui, mais à Łucki — répondit Linowski avec brusquerie. — Il paraît qu'on y a vu un loup enragé...

---

[56] Machine à enfoncer par battage des pieux, pilotis, palplanches.

— On n'est tranquille nulle part — dit Mateusz en riant. — En ville les socialos, dans la forêt les loups… Un grand changement se prépare !...

Quand Mateusz eut attelé le cheval, Linowski lui commanda de le sortir dans la rue, devant le restaurant. Il fit une incursion au buffet, but un verre de vodka, récupéra son révolver et, ayant pris congé du patron, se rendit au petit trot chez le docteur. Là il confia son cheval au gardien et monta.

— C'est toi, vieux ?... — s'écria Dębowski. — Comment ça, Władek n'est pas là ?...

— Il est allé chez Świrski, sans même me saluer — répliqua Linowski avec mauvaise humeur.

— C'est vrai !... — De tels marcassins, quand ils se sont donné rendez-vous pour une virée, sont prêts à oublier même de manger et de boire, sans parler de leurs parents… Dommage, tu te serais senti plus franc à deux…

Il se pencha et retira la panetière de dessous la « chaise longue ».

— Soulève un peu… — dit-il au forestier. — C'est lourd, pas vrai ?...

— Oh, nom d'un chien !... — gémit Linowski. — Il y a donc cinquante mille roubles là-dedans…

— Seulement vingt-sept mille, la moitié en or, la moitié en billets. Le reste je vous l'amènerai, mais envoie-moi demain ou après-demain un télégramme… Tu ne t'es pas ravisé au moins ? Car, je t'assure, si tu n'es pas certain d'avoir envie de transporter ces bricoles, il vaut mieux renoncer… S'énerver à notre âge, mon vieux, est aussi nocif que de s'encanailler…

— Que racontes-tu là, docteur !... — grogna Linowski en réponse. — Suis-je un enfant ?... je m'engage sans réfléchir, ou quoi ?...

— Attends, c'est pas fini !... — s'exclama le docteur. — Tu vas avoir une de ces vodkas, qui te rappellera Żyrzyn[57]…

Il courut dans sa chambre à coucher et revint quelques minutes plus tard, apportant une bouteille plate, bien bouchée, et un petit verre rempli.

— Cela — dit-il en donnant la bouteille au forestier — c'est pour la route. Et maintenant, bois ça.

Linowski mit la bouteille dans sa poche, but la vodka, cracha et serra

---

[57] Village de la voïvodie actuelle de Lublin, où eut lieu lors du soulèvement de 1863 une bataille entre un détachement russe et les insurgés, permettant à ceux-ci de s'emparer de 140 000 roubles et plusieurs centaines de prisonniers. S'y trouve également une distillerie agricole, construite en 1908.

la main au docteur.

— Que Dieu nous permette de promptes retrouvailles — dit-il, suspendant la panetière à son épaule.

— Au plus tard lundi ou mardi… — répondit le docteur. — Tu vas garder la panetière comme ça ?...

— Non. Sous le siège il y a un coffre, je vais la mettre dedans… Et je ne partirai pas directement chez moi, mais en direction de Łucki… A la cinquième verste je tournerai à gauche et couperai la route à proximité des Słomianki.

Ils s'étreignirent encore une fois et le forestier descendit.

Quand il eut rangé la panetière, il prit les rênes des mains du gardien et jeta un regard à la fenêtre, vit le store soulevé, et sur fond d'une lumière jaunâtre, le docteur dont le visage barbu s'agitait vigoureusement.

— Dis à monsieur le docteur qu'aujourd'hui je pars pour Łucki — dit Linowski à voix haute, car il avait aperçu deux individus sur le trottoir d'en face.

« Effectivement, ils m'espionnent !... Mais ils peuvent toujours courir… » — pensa-t-il.

Il arrangea son révolver dans sa poche et effleura le cheval de ses rênes, lequel partit d'un bon trot, bien qu'il y eût davantage de boue que de neige sur le pavé. Au niveau de l'église il aperçut encore deux ombres, et à la limite de la ville un homme traversa la route devant lui, agitant son bâton.

Une fois sorti de la ville, il respira : la route était meilleure et dégagée, seuls se balançaient et murmuraient des deux côtés les peupliers noirs, énormes et nus.

— Trop tard !... — dit-il. — Maintenant ils ne m'attraperont plus…

Mais il eut à peine dépassé des buissons à un tournant qu'il aperçut une masse sombre sur la neige blanche : c'était un traîneau renversé avec un chargement de bois qui s'était répandu. Linowski fit une embardée et contourna la barricade à-travers champ, avant de revenir sur la route.

Si à cet instant l'homme le plus digne de confiance l'eût assuré que le traîneau avec son bois s'était renversé accidentellement, il ne l'eût pas cru. Avait déjà fermenté en lui, en effet, l'inébranlable conviction que quelqu'un l'espionnait, que quelqu'un le poursuivait et qu'il allait régulièrement rencontrer des obstacles. Il eût juré que des bandits allaient l'attaquer cette nuit, sans pouvoir toutefois deviner en quel endroit.

Son trait de caractère le plus profond remontait à présent à la surface. Linowski était audacieux, et donc les dangers, réels ou imaginaires, éveillaient en lui de l'obstination, et non de la crainte. Si on lui avait dit que sur la route menant chez lui il rencontrerait cent fois la mort, si on l'avait payé un million pour rebrousser chemin, il ne l'eût pas fait, mais aurait continué à avancer, au même rythme du trot relevé et régulier de son cheval. A cet instant il avait oublié son rêve déplaisant, ses mauvais pressentiments, sa femme, et même Władek, ne ressentant que cette obligation de ramener l'argent aux Fonderies, sachant que rien ne l'empêcherait de réaliser ce projet et que, même s'il venait à mourir, son cadavre se relèverait et remettrait à qui de droit la somme à lui confiée. Cette pensée l'hypnotisait et en faisait un automate.

Simultanément tourbillonnait dans son cœur une tristesse insondable et sans objet, tandis que dans sa tête passaient toutes sortes d'idées, plus bizarres les unes que les autres.

« Pfeferman disait que s'il avait vingt mille roubles en Amérique, il ferait fortune... — divaguait-il. — Moi j'en ai vingt-sept mille... Demain je peux être en Galicie[58], après-demain faire venir ma femme et Władek, et dans une semaine voguer vers l'Amérique... Espèce de vieux con !... est-ce que Władek ou ta femme accepteraient de s'embarquer avec un père voleur ?... »

Là Linowski aperçut une croix à une bifurcation et tourna à gauche. La petite route sur laquelle il s'engageait était la plus sûre, car elle traversait des taillis, des bourbiers gelés et des forêts. Mais elle était mal marquée, peu fréquentée, praticable uniquement par des gens comme lui connaissant bien la région. Le forestier tira le flacon de sa poche et but une longue gorgée...

« D'où le docteur tient-il une vodka pareille ?... — pensait-il. — Ma parole que je ne me souviens pas avoir bu quelque chose de semblable dans ma vie !... Mais la prochaine fois, cher collègue, même si tu me donnes une vodka encore meilleure, je n'entreprendrai plus de transporter une telle somme... Le mécène avait raison... Les richesses importantes ne s'acquièrent pas en travaillant, car dans ce cas les plus grandes fortunes devraient appartenir aux valets de ferme et aux manœuvres qui travaillent une douzaine d'heures par jour... Une grande fortune, ne serait-ce que vingt-sept mille roubles, s'obtient soit en pratiquant l'usure,

---

[58] Le Royaume de Galicie et Lodomérie, sous tutelle de l'Autriche-Hongrie, fut formé à partir de territoires de la République des Deux Nations, ou République Polonaise, annexés par l'Empire d'Autriche lors du premier partage de 1772. Son territoire est partagé présentement entre la Pologne et l'Ukraine.

soit en escroquant, en dépouillant des orphelins, peut-être même en trahissant... Mais comme moi, sot que je suis, je me suis engagé à convoyer un argent aussi sanglant, j'ai des remords de conscience... Si je transportais un cadavre, il puerait tout au long de la route ; et comme je transporte vingt-sept mille roubles d'injustices d'autrui, celles-ci m'ont assiégé comme des punaises et me piquent, me brûlent, et boivent ma tranquillité... Il n'est pas de tranquillité pour un imbécile se mettant au service de malfaiteurs !... »

La route étroite devenait de moins en moins marquée. Linowski retint le cheval et se mit à scruter les lieux.

— Ça y est, je vois ! — dit-il tout haut. — Voilà le pin, et là-bas il y a les tilleuls tordus. Dans un quart d'heure je serai dans mon bois...

Alors un flux de pensées plus joyeuses l'atteignit :

« Signe-toi, mon vieux !... — se disait-il. — Tu sais bien que cet argent n'appartient pas à de grands seigneurs, mais à des miséreux comme toi : des forestiers, des gardes, des employés d'usine, des ouvriers... Ce sont bien leurs salaires, qu'ils ont gagnés péniblement, se nourrissant à crédit en payant plus cher... Ce n'est pas de l'injustice, c'est du labeur humain... ce n'est pas de l'argent maudit, mais sacré !... »

Ce monologue lui redonna courage, mais une tristesse indéfinie lui taraudait le cœur de plus en plus profondément. Il avait l'impression qu'au-dessus de la ville qu'il venait de quitter, et des lieux par lesquels il passait, planait le spectre du malheur qui, tel une énorme araignée, lui enserrait l'âme.

Il était en route depuis plus d'une heure. Il restait quelque cinq verstes pour atteindre la grand-route, et encore cinq verstes de celle-ci jusqu'à l'habitation du garde Mroczek. Dans une heure il devrait être arrivé aux Słomianki. Là il changerait de cheval et une demi-heure plus tard il serait à la maison. Chez lui ils ne l'attaqueront pas car il pourrait s'y défendre facilement ; s'ils doivent l'attaquer, ce sera donc quelque part au voisinage de la grand-route. Il arrêta son cheval au milieu des pins, l'essuya, lui mit une couverture et, enlevant le mors, commença à lui donner du foin. Le cheval mangeait de bon cœur et de temps à autre attrapait son maître par sa fourrure de renard ou son bonnet.

— Lui visiblement ne sent rien de mal — dit le forestier. Il remit la bride à l'alezan et reprit la route.

Il dévia insensiblement de la petite route et, glissant entre les buissons, s'en éloignait de plus en plus.

— Ils verront trente-six chandelles s'ils m'attaquent par surprise. Et leurs tirs stupides, je me les mets...

Il ressortit son flacon plat et but plusieurs gorgées, à lui embuer les yeux. Mais la force de l'alcool, loin de le calmer, l'excita. Il lui semblait constamment voir sortir quelqu'un des buissons, ou alors entendre un sifflement lointain, ou sentir une odeur de brûlé. Il se rendait compte en même temps qu'il se rapprochait de la grand-route.

— Encore une dizaine de minutes... Plus que cinq minutes... — se disait-il. Soudain — tout lui sembla s'éclairer ; Linowski vit une étendue libre à gauche et à droite, le traîneau dévala une pente, puis le cheval se hissa sur une éminence et... dépassa la route...

— Qu'est-ce que cela ?... me serais-je égaré ?... mais non !... sauf que d'ici ce sera un peu plus loin jusqu'aux Słomianki...

Et en plus il avait traversé la route sans encombre... déjà traversé la route et se trouvait presque en sécurité !...

Ici ils ne l'attaqueront probablement pas, car qui circulerait dans de telles fondrières, à part les gardes forestiers ?

— Notre Père, qui es aux cieux... — commença à réciter Linowski, sentant la joie affluer dans son cœur.

Il pénétra dans une vaste clairière et, à cet instant, à une quinzaine de pas de son traîneau, il entendit une voix jeune, musicale :

— Qui va là ?... Stop !... Halte-là, sinon je tire...

Quelqu'un bondit de derrière un arbre et saisit l'alezan par la bride... Dans le même temps, plusieurs jeunes gens l'entourèrent, dont l'un avait une carabine courte, d'autres des révolvers...

Le forestier lâcha les rênes, sauta du traîneau et courut vers celui qui avait demandé : qui va là ?...

— Wła... Władek ?... — s'écria Linowski d'une voix rauque. Il eut l'impression d'avoir reçu un coup sur la tête. Sa vue s'obscurcit, son cœur commença à battre violemment.

— Papa ?... que faites-vous ici, papa ?...

— C'est toi, Władziuś[59] ?... Toi ?... — demandait Linowski, portant les mains à la tête. — Toi ! avec des détrousseurs ?... Et tu attaques ton propre père ?... Qui t'a dit que je transportais de l'argent ?

Les jeunes gens entourèrent le forestier, et son fils, effaré par sa voix et ses mouvements désordonnés, demanda :

— Quel argent ?... Que dites-vous, papa ?...

---

[59] Diminutif du diminutif *Władek*.

— L'argent de l'usine…

— Elle est bien bonne !... — s'écria l'un des jeunes, Starka.

— Messieurs — dit Linowski à demi inconscient — messieurs !... Soit vous me laissez l'argent, soit… vous me tuez… Władek… tu vas te déshonorer et perdre ton père…

— Il est ivre ?... — chuchota Starka à Świrski.

Świrski à son tour s'adressa au forestier :

— Vous nous parlez comme à des détrousseurs. Władek, explique donc à ton père que nous ne nous occupons pas de voler…

— Et pourtant — l'interrompit le forestier — je sais que vous deviez m'attaquer… j'ai été suivi en ville… quelqu'un m'a coupé la route… on a renversé un traîneau avec du bois sur la chaussée pour m'arrêter… J'étais sûr qu'on m'attaquerait sur la grand-route…

Władek s'était déjà rendu compte qu'il était arrivé quelque chose de mauvais à son père. Le forestier ne parlait jamais autant, ni de cette façon.

— Papa… — dit le garçon sur un ton suppliant — vous voyez bien que c'est nous… moi, Świrski… Starka… tous des collègues à moi…

— Pourquoi m'avez-vous attaqué ?...

— Nous vous demandons pardon… c'était une fâcheuse plaisanterie… — se manifesta Świrski.

— Alors ce n'est pas fini… — répliqua Linowski énervé. — Alors ils vont m'attaquer, puisque leur bande devait se rassembler quelque part à proximité de la route… Mais je ne remettrai pas l'argent… Władziuś, accompagne-moi…

— Qu'arrive-t-il donc à papa ?... — chuchota à Świrski un Władek tremblant.

— Allons chez lui — dit Świrski à Władek — et vous autres, collègues, allez aux Słomianki… et cachez les armes… Ça tourne au ridicule !...

— Et si on mettait la main sur cet argent ?... — chuchota l'un d'eux — on pourrait peut-être s'épargner l'attaque de la banque…

— Sommes-nous des voleurs pour dévaliser les gens sur la route ?... — répliqua sévèrement Świrski.

— Il semble qu'après les fêtes nous allons reprendre l'école — éclata de rire Starka.

— Vous ferez comme vous voudrez, mais en attendant il nous faut nous séparer. Pas même la moitié des nôtres n'a rejoint son poste… avec en plus cette tuile !... — dit Świrski.

Linowski rejoignit le traîneau, entraînant Władek derrière lui et chuchota, mais de manière à être entendu de tous :

— L'argent... vingt-sept mille roubles, se trouve ici, sous le siège... C'est bien que tu aies un révolver...

— Mais permettrez-vous, papa, que Świrski nous accompagne ?... C'est un excellent ami, très honnête.

— Pourquoi exposer ton ami au danger ?... — répondit Linowski. — S'ils nous attaquent...

— Dans ce cas, monsieur, on saura se débrouiller avec les assaillants... — répondit Świrski.

Une douzaine de jeunes partirent en direction des Słomianki. Les deux Linowski et Świrski, en traîneau, se dirigèrent vers Leśniczówka, où ils arrivèrent assez rapidement. Pendant tout le trajet, le forestier, soit riait et maudissait les détrousseurs qui voulaient lui tendre une embuscade, soit paniquait pour l'argent. Plusieurs fois il fit arrêter le traîneau, voulant emmener la panetière et se sauver dans la forêt.

Ce n'est qu'arrivé à la maison qu'il se calma un peu et que, cédant aux supplications de sa femme terrorisée, il se coucha. Mais il ne put s'endormir et discourait jusqu'au petit matin avec son fils et Świrski. Il ne voulut pas déjeuner, mais à huit heures il commanda d'atteler un nouveau cheval au traîneau et, en compagnie de son fils ainsi que de Świrski qui ne le quittaient pas d'une semelle, partit pour les Fonderies. Là, il remit la panetière avec l'argent au directeur adjoint et, cette formalité une fois accomplie, fut pris de spasmes, pour la première fois de sa vie.

Władek, effrayé, envoya une dépêche à Dębowski et, toujours avec Świrski, ramena son père à la maison, où le forestier eut un accès de fièvre.

Le jeune Linowski tournait autour de son père, comme inconscient. Il s'arrachait les cheveux et se tordait les mains, chuchotant à Świrski :

— Qu'ai-je fait ! qu'ai-je fait ! s'il était arrivé malheur à mon père, je ne me le serais jamais pardonné... Laissez-moi tranquille... je ne veux plus faire partie de l'association !... C'est Dieu lui-même qui m'a donné un avertissement...

Świrski, habituellement froid et gardant le contrôle non seulement sur les autres, mais aussi sur lui-même, succomba lui aussi à l'émotion.

— Mon cher — dit-il à Władek — toute l'expédition sur la banque et la trésorerie du gouvernorat a échoué lamentablement... Au premier galop d'essai la plupart ne se sont pas présentés... Je vous rends votre parole... Je ferai moi-même comme je l'estimerai, mais je ne veux plus de nouvelle mésaventure de ce genre... Et que nous soyons tombés sur ton père qui justement transportait de l'argent, cela ressemble vraiment à un gag !...

— Et si quelqu'un d'autre avait transporté l'argent, tu l'aurais pris ?... — demanda Władek.

— Si ç'avaient été les cosaques ou les policiers... oui...

— Et si ç'avait été quelqu'autre employé des Fonderies... tu l'aurais attaqué ?...

Świrski fit un signe de tête négatif.

— Je veux être soldat... je voulais former une armée, mais pas une bande de voleurs — dit-il tout bas.

Władek l'enlaça par le cou.

— Toujours droit !...

Świrski fit un signe désabusé de la main.

VII

La petite chambre sous les toits où habitait Jędrzejczak avec un collègue aussi démuni que lui, était exiguë, sale et sombre. On y trouvait une table en bois brut, deux chaises, un lit en bois de huit zlotys, une paillasse, deux étagères avec des livres, et une malle verte, fermée par un cadenas dont on n'enlevait pas la clé.

La misère s'y montrait dans tous les coins, mais comme son collègue était parti pour les fêtes, Jędrzejczak en profitait. Il pouvait déambuler dans la chambre sans bousculer personne, lire les *Papiers posthumes du Pickwick Club* de Dickens, et enfin boire autant de thé qu'il le voulait, préparé dans le samovar métallique et la théière cabossée, sans se préoccuper qu'il pourrait manquer d'eau ou d'infusion pour son co-locataire. Quant au sucre, il en manquait presque toujours.

Jędrzejczak venait juste de terminer son troisième verre et se disait : « Quelle chance de ne pas être parti avec ces cons !... Ils doivent évidemment se geler, peut-être même être affamés, et pour sûr manquer de sommeil... Joyeux bestiaux !... »

Au moment même où il cogitait ces réflexions, c'était le samedi matin, entra son ami, qu'on appelait Pędzelek[60], un garçon de vingt et quelques années, membre important de l'organisation socialiste.

— Sais-tu — commença Pędzelek — que Pfeferman a licencié Walfisz sans aucune indemnité ?... Accompagne-moi chez ce *подлец*[61], afin qu'il lui paie au moins trois mois de salaire.

Jędrzejczak n'avait aucune hésitation en pareilles circonstances, il endossa son paletot élimé et non seulement obtempéra, mais prit la direction des opérations. Il sonna lui-même à l'appartement de Pfeferman, et quand la domestique commença à les questionner par la porte entrouverte sur ce qu'ils voulaient, annonçant que Pfeferman ne traitait pas d'affaires le samedi, Jędrzejczak se rappela un procédé éprouvé de voyou : il mit le pied dans l'ouverture et ouvrit la porte de force.

La domestique s'enfuit en criant dans les pièces plus retirées. Pfeferman fit son apparition et demanda : de quoi s'agit-il ? Alors Jędrzejczak réclama avec véhémence une indemnité de trois mois de salaire pour

---

[60] Littéralement « le petit pinceau », mais aussi « la touffe, le toupet, la houppe... ».
[61] « Gredin, crapule, voyou... » en russe.

Walfisz et commença à gesticuler tellement avec ses longs bras que Pfeferman éleva la voix et s'écria :

— Qu'est-ce que cela, un braquage ?... des bandits ?...

— A ces mots, un vacarme se fit dans une autre pièce, on entendit un bruit de vitres cassées et madame Pfeferman, passant la tête à la fenêtre, se mit à crier dans la rue :

— Au voleur !... des bandits !...

L'expérimenté Pędzelek, ayant compris la situation, sortit de la pièce en courant, et dès qu'il fut descendu tomba sur une patrouille composée de trois soldats et d'un policier ; les voyant monter, il dit :

— Dépêchez-vous, messieurs, car il y a là-haut un énergumène qui fait des siennes chez Pfeferman... Moi je cours chercher le docteur.

Et sans laisser aux policiers le temps de réfléchir, il sortit dans la rue. Quelques instants plus tard, Jędrzejczak lui aussi avait descendu les escaliers, poursuivi par des femmes braillant : au voleur !... des bandits !... Alors les soldats pointèrent leurs baïonnettes, tandis que le policier saisit Jędrzejczak par le col et l'arrêta.

Pfeferman sortit et commença à expliquer qu'il y avait malentendu. Il fit même miroiter un rouble d'argent. Mais comme on avait donné des instructions très strictes aux patrouilles, le policier déclara qu'il devait conduire la personne arrêtée au poste, où elle s'expliquerait et pourrait rentrer chez elle.

Jędrzejczak marchait la tête haute, les mains dans les poches, souriant. Il ne s'en faisait pas pour cette mésaventure, et même se réjouissait d'être emmené par une patrouille ; dans quelques jours on parlerait de lui en ville, en un mot il se couvrirait de gloire sans avoir accompagné ses collègues dans cette puérile expédition.

Lorsque le détenu passa à proximité de l'Hôtel Polski, Mateusz, debout près de la porte cochère, leva ses poings serrés et cria avec colère :

— Sauvez-vous donc, tant qu'il est temps !...

Jędrzejczak n'y songeait même pas ; en revanche le policier, offusqué par la démonstration de colère de Mateusz, arrêta le palefrenier. L'affaire s'envenima quand Mateusz voulut à toute force discuter avec des personnes dans la foule, faisant des signes et se conduisant, pour tout dire, de façon suspecte.

Se frayant un chemin à travers une foule dense de curieux, de plus en plus nombreux, la patrouille arriva jusqu'au bureau du politzmeister et conduisit le détenu dans la salle d'attente. C'était une pièce maculée de boue, enfumée, puante ; sur ses murs on pouvait gratter moisissures et saletés ; difficile de toucher les bancs sans frissonner de dégoût, la lumière du jour filtrait avec peine à travers des fenêtres barreaudées et empoussiérées.

Mateusz, lugubre, s'assit près du poêle, Jędrzejczak, les mains toujours dans les poches, un sourire moqueur aux lèvres, se tenait au milieu de la pièce, à l'endroit le plus en vue. Sa grande silhouette dégingandée, ses cheveux roux et l'expression antipathique de son visage attirèrent l'attention des présents, et l'un d'eux, un petit brun aux yeux fureteurs, commença à l'observer avec attention. Il l'examinait de côté, de devant, de derrière. Et finalement sortit de la salle d'attente.

Peut-être cinq minutes plus tard, le petit brun fut de retour, mais derrière lui accourut le politzmeister, mince et remuant, accompagné de son énorme adjoint et de plusieurs policiers.

— C'est lui ?... — demanda le politzmeister, désignant Jędrzejczak.
— Oui, lui !... — répondit le petit brun.
— Lui-même !... lui-même !... — ajouta Jędrzejczak moqueur.

Instantanément on le ligota, le fourra dans une voiture et, sous la garde du politzmeister en personne, ainsi que de deux policiers, on le conduisit à la caserne. Jędrzejczak s'en étonna, mais n'en fut ni effrayé, ni attristé. Il était d'une humeur aussi gaillarde que s'il avait passé plus de la moitié de sa vie les mains ligotées.

Pendant ce temps l'adjoint du politzmeister, après avoir questionné Mateusz sur son identité et son domicile, lui annonça qu'il allait procéder à une perquisition de l'écurie de l'hôtel ; et il commanda de conduire Mateusz dans une cellule sombre et exiguë. Les présents remarquèrent que Mateusz, apprenant la perquisition à venir chez lui, frappa dans ses mains et marmonna :

— Kaput !...

Dans la demi-heure qui suivit la perquisition de l'écurie, l'Hôtel Polski se retrouva cerné par les gendarmes et l'armée. On arrêta le patron Janowicz et tout le personnel, on passa au peigne fin les chambres et toutes les pièces, et à peine une heure plus tard la ville fut ébranlée par des nouvelles extraordinaires. La première était qu'on avait arrêté le meurtrier des policiers Szmakow et Fomeńko, et la deuxième, que dans l'écurie de l'Hôtel Polski, à l'intérieur d'une trémie d'avoine dont s'occupait le détenu Mateusz, on avait trouvé : quatre bombes !

Et, pas plus d'une heure après, se répandit cette troisième nouvelle, que le palefrenier de l'Hôtel Polski, Mateusz, s'était pendu avec sa propre ceinture dans la cellule où on l'avait enfermé. On avait aussi arrêté le commissionnaire Josek qui, en dépit du sabbat, tournait avec inquiétude autour de l'Hôtel Polski, s'efforçant de jeter un œil dans l'écurie et s'enquérant de Mateusz.

Tard dans la soirée, le docteur Dębowski, visitant une de ses patientes, la femme d'un officier de gendarmerie, demanda à son mari :

— Qu'en est-il, il se dit en ville que vous soupçonnez un élève de l'école de commerce, un certain Jędrzejczak, d'avoir assassiné les policiers ?...

— On ne le soupçonne pas... on en est sûr, du reste on a des témoins... — répondit l'officier.

— Mais voyons, mon capitaine, c'est un tout jeune garçon...

— Il a dix-neuf ans, et c'est un fieffé assassin. Non seulement il ne veut pas dénoncer ses complices, mais il se moque de façon grossière de ceux qui l'interrogent.

— Mon capitaine, c'est un malentendu... La peur l'a peut-être un peu dérangé ?...

L'officier haussa les épaules et ne voulut pas poursuivre la conversation.

On installa Jędrzejczak dans un bâtiment de la caserne, dans une pièce assez vaste, dont les fenêtres barreaudées donnaient sur un couloir. Dans la pièce se trouvaient plusieurs paillasses sans draps et un pot de chambre puant. Vers les deux heures de l'après-midi il fallait déjà allumer la lampe.

Comme le commandant de la place et son état-major étaient exaspérés par le meurtre des policiers et la fuite des meurtriers, on avait ordonné à la police d'attraper à tout prix les coupables, qu'on avait décidé de châtier promptement et sévèrement pour l'exemple. Et puisque quelqu'un de la police secrète avait vu en Jędrzejczak le meurtrier recherché, que dans l'écurie de l'Hôtel Polski on avait trouvé des bombes, et qu'en outre Mateusz s'était pendu dans sa cellule, le commandant avait donné l'ordre d'interroger Jędrzejczak au plus vite, de déterminer son degré de culpabilité et de lui envoyer le procès-verbal d'enquête.

De ce fait, dès les trois heures de l'après-midi, deux officiers de gendarmerie et un officier d'artillerie à la face lugubre et au regard oblique entrèrent dans la cellule de Jędrzejczak. L'officier de gendarmerie le plus gradé, un blond replet, demanda au prisonnier son nom, sa profession, et son adresse (à laquelle avait déjà eu lieu il y a une heure une perquisition qui n'avait rien donné), tandis que le plus jeune, un brun maigre, enregistrait les réponses.

3 *L'espion*

On ordonna ensuite à Jędrzejczak de mettre sa casquette et de se placer devant la porte entrouverte, comme pour une photographie, puis on lui ordonna de se tourner, de se pencher et courir dans toutes les directions. Jędrzejczak accomplissait tout cela en riant. Et chaque fois qu'il apercevait une silhouette dans l'entrebâillement de la porte, il lui tirait la langue. Il remarqua au moins quatre de ces silhouettes, trois d'hommes et une de femme, toutes, pour autant qu'il pût en juger, pauvrement vêtues. Mais il ne put voir les visages, car chacun d'eux était soigneusement dissimulé.

— Qu'est-ce que c'est, des espions ?... — demanda Jędrzejczak à l'officier le plus gradé.

Il n'obtint aucune réponse, et les officiers sortirent.

Une demi-heure plus tard, on ouvrit la porte fermée par deux serrures et une barre de fer ; apparurent des gendarmes en compagnie desquels il emprunta un long couloir menant à un local qui ressemblait à un poste de police. A une table étaient assis les officiers qu'il connaissait déjà, et devant l'autre se tenait un gendarme, le sabre dégainé.

L'interrogatoire commença, dont chaque phrase fut enregistrée par le jeune officier de gendarmerie.

— Qu'alliez-vous faire chez Pfeferman ? — demanda l'officier de gendarmerie le plus gradé.

— Lui dire que c'est un salaud — répondit Jędrzejczak. — Pardon mon colonel... puis-je m'asseoir ?...

— Faites. Vous étiez chez Pfeferman pour une affaire concernant un certain Herszko[62] Walfisz ?

— Il se pourrait.

— Et en quoi êtes-vous concerné par Herszko Walfisz ?

— Je n'aime pas qu'on fasse du tort à quelqu'un.

— Et vous savez que Herszko Walfisz est un social-démocrate[63] et qu'il n'a pas tardé à se cacher ?

— Il a bien fait. Vous n'allez pas lui casser les pieds comme vous le faites avec moi.

A ce moment, l'artilleur demanda quelque chose à l'officier de

---

[62] Diminutif du prénom *Herschel*, d'origine sémitique.
[63] Le parti social-démocrate polonais fut fondé en 1892 en Galicie, partie de l'Empire austro-hongrois ; il subira une scission en 1905 de la part de militants juifs souhaitant l'autonomie des travailleurs juifs au sein des mouvements socialistes.

gendarmerie le plus gradé, et après avoir écouté ses commentaires, fit un signe de tête. L'enquêteur s'adressa à nouveau à Jędrzejczak :

— Avec qui étiez-vous chez Pfeferman ?

— Il me semble qu'avec personne.

— Non. Vous étiez avec quelqu'un, et même un sacré... malfrat... Comment s'appelle-t-il ?

— Je ne me souviens pas.

— Et comment s'appelle ce boiteux qui vous a commandé de fuir et qui a été arrêté ?

— Comment le saurais-je ?

— Et ces bijoux, vous connaissez ? — demanda l'enquêteur en faisant un signe aux gendarmes. Les soldats prirent Jędrzejczak sous les bras et tournèrent son visage vers la table devant laquelle se tenait un troisième gendarme. Celui-ci s'écarta et le prisonnier aperçut deux cylindres métalliques.

— Vous connaissez ça ? — répéta l'enquêteur.

— Je n'ai pas ce plaisir.

— Ce sont des bombes... Mais vous ne savez pas d'où ces joujoux sont arrivés dans l'écurie de l'Hôtel Polski ?

— Je n'ai même pas idée.

— *Hy*[64], le palefrenier Mateusz a avoué que vous lui avez confié ces objets à garder ?

— Non... Mateusz ne mentirait pas comme ça...

L'artilleur remua sur son siège et ferma à demi les yeux.

— Donc vous ne connaissez pas Mateusz, mais vous connaissez sa sincérité ?

— Héhé !... vous me prenez au mot, mon colonel ?... Ce n'est pas très sympa.

Les officiers gendarmes sursautèrent, mais se rassirent immédiatement et le plus gradé, sans se départir un seul instant de son ton calme, poursuivit son interrogatoire :

— Vous êtes accusé, monsieur, d'avoir participé à l'assassinat des policiers Szmakow et Fomeńko...

— Moi ?... moi ?... Ha !... ha !... ha !... — riait Jędrzejczak, à présent très énervé. — Moi, j'ai tué les policiers !... Mais moi je ne tuerais pas une mouche... pas même un colonel de gendarmerie, alors que dire de

---

[64] Quelque chose comme « ah bon » en russe.

stupides policiers...

— Je vous prie d'être poli... de ne pas dire de grossièretés... — se manifesta pour la première fois l'artilleur.

— Ne l'en empêchez pas... laissez-le... — le coupa l'enquêteur. — C'est très joli ce que vous dites, que vous ne tueriez pas une mouche... et pourtant il y a des témoins qui vous ont vu mercredi soir, après le meurtre des policiers, vous enfuir de la rue Stara[65]...

— Mercredi ?... soir ?... Je n'étais même pas dans la rue Stara à ce moment-là. — répliqua Jędrzejczak en riant.

— Et où étiez-vous ?...

— Je ne m'en souviens pas... — répondit Jędrzejczak d'une voix quelque peu altérée. Il se souvint qu'à ce moment-là, justement, il participait à une réunion de l'association des Chevaliers de la Liberté, où l'on alla jusqu'à parler de la nécessité d'assassinats politiques, ce à quoi il s'était vivement opposé.

— Il faut que vous vous en souveniez — dit l'enquêteur.

— Je doute de pouvoir y arriver.

— Et moi je vous prie instamment et vous conseille fortement de vous en souvenir — se manifesta pour la deuxième fois l'artilleur. — Vous savez que vous risquez la mort ?

Le sang monta à la tête de Jędrzejczak.

— Et vous, monsieur, et vous tous, vous ne la risquez pas, la mort ?... — s'écria-t-il. — Pensez-vous vivre éternellement ?... Pour quelle raison risquerais-je la mort ?... Quel tribunal énoncerait un tel verdict pour un innocent ?... Vous ne me ferez pas peur, monsieur !...

A ce moment, les gendarmes qui se tenaient devant lui le prirent sous les bras et le conduisirent en détention.

— Voleurs !... salauds !... — marmonnait Jędrzejczak en colère. — Ils pensent qu'ils vont m'effrayer avec la mort...

Seul dans sa cellule, il se calma bientôt, et même retrouva sa bonne humeur ; en même temps, il sentit la faim, et se mit à cogner des poings et des pieds à la porte, réclamant à manger.

Dans la demi-heure qui suivit on lui apporta un énorme beefsteak et un pot de thé. Le sous-officier de gendarmerie qui lui coupa sa viande lui dit à mi-voix :

— A l'état-major on a commandé de vous coudre une chemise pour

---

[65] « Vieille ».

demain matin...

Jędrzejczak sur le coup eut le souffle coupé et sentit le sang lui refluer du visage jusqu'au cœur. Mais il ne tarda pas à se ressaisir et, submergé par la colère, rétorqua :

— Ceux qui ont commandé de coudre la chemise peuvent bien aller se faire voir...

Il mangea avec appétit son beefsteak, avec une cuillère en bois, but son thé et commença à récriminer contre le sous-officier parce qu'on ne lui avait pas donné de literie. Dans le quart-d'heure suivant, des soldats apportèrent un matelas, ressemblant à une saucisse, une couvrante et un oreiller, rembourré de paille.

— Je suis curieux de savoir — murmura-t-il — combien de temps ils vont me garder ici... Il se passera bien une semaine avant que je ne passe en jugement... Le couard Jędrzejczak va passer au tribunal militaire, et ces cons qui devaient s'emparer d'une banque et du siège du gouvernorat vont retourner au bahut !... Je vais devoir me faire apporter un peu de lecture...

Vers les sept heures les deux officiers gendarmes et l'artilleur entèrent dans la cellule et lurent à Jędrzejczak le procès-verbal de sa déposition.

— Vous signez ? — demanda l'officier le plus gradé.

— Hi-hi-hi... non... Nous autres, paysans, nous ne signons rien.

— Vous êtes d'origine paysanne ?... — demanda le plus gradé. — Vous remerciez joliment le gouvernement de vous avoir sortis de l'esclavage et vous avoir gratifiés de terres[66] !...

— Monsieur — rétorqua Jędrzejczak — si le gouvernement nous avait sortis de l'esclavage, vous ne seriez pas ici... Nous n'avons pas de quoi être reconnaissants !...

— Et moi, une fois de plus — une fois de plus je vous prie — se manifesta l'artilleur — de nous dire où vous étiez le mercredi soir quand dans la rue Stara furent tués Szmakow et Fomeńko...

— Je ne m'en souviens pas.

— J'ai l'honneur d'attirer votre attention sur le fait que c'est la dernière occasion — insistait l'artilleur.

---

[66] Dès 1864 fut promulgué dans le Royaume du Congrès le droit à la pleine propriété pour les paysans possesseurs de terres enlevées aux grands propriétaires terriens, lesquels furent indemnisés par le gouvernement... avec l'impôt prélevé sur les nouveaux propriétaires. Courant 1907 la dette des paysans sera complètement effacée.

— Je vous dit que je n'ai tué personne et que je n'étais même pas dans la rue Stara à ce moment… — répondit insolemment Jędrzejczak.

Les officiers sortirent, ordonnèrent de fermer la porte, mais s'arrêtèrent au bout du long couloir.

— Alexandre Pawlowicz — dit l'artilleur — moi je continue d'affirmer qu'il n'a pas tué. C'est un type anormal, mais il ne ressemble pas à un assassin…

— Et moi je vous dis, Léon Konstantynowicz, que c'est un sacré assassin — répondit sur le même ton calme l'officier de gendarmerie le plus gradé. — J'en ai côtoyé de pareils à Varsovie… L'un d'eux avait dix-sept ans et avait tué à l'arme à feu un brigadier de police. Lorsqu'on lui a demandé ce qu'il ferait si on le libérait… il répondit qu'il tuerait à présent des commissaires et des gendarmes. Sous la potence il criait : « Vive la révolution !... » *Подлец* («Crapule »)…

— Des Japonais ! — marmonna l'artilleur.

— Des chiens enragés, Léon Konstantynowicz, qu'il faut exterminer pour qu'ils ne nous mordent pas…

Une fois les officiers sortis, Jędrzejczak se jeta sur sa paillasse. Combien de fois lui avait-on fait peur avec la mort aujourd'hui !... Cet artilleur et ce sous-officier de gendarmerie qui avait dit qu'on avait commandé de lui coudre une chemise… Jędrzejczak se mit à rire. Nulle part au monde on ne pouvait envoyer un innocent à la mort. Sans jugement, sans témoins, sans défenseur…

Et quand bien même on le condamnerait à mort !... Lui et ses collègues des Chevaliers de la Liberté ne discouraient-ils pas de la mort tous les jours depuis une année, qu'il ne fallait pas en avoir peur, qu'il fallait mourir en héros, que seul était vraiment libre, pouvait avoir le pouvoir sur les autres, celui qui méprisait la mort… Mourir… mourir sans pâlir, en riant sur l'échafaud, tel était le thème préféré de leurs discussions juvéniles… Seul Świrski aimait discuter tactique et stratégie, ce qui n'était même pas à la portée de tous. La seule chose qu'ils comprenaient, c'était que quiconque voulait être un vrai Chevalier de la Liberté, celui-là devait mépriser la mort, devait mourir comme Brydziński…

D'autres à leur âge péroraient des soirées entières sur les femmes… Eux sur la mort !...

Ah… s'ils s'étaient contentés de pérorer !...

Sous l'emprise de ces souvenirs Jędrzejczak se leva en sursaut sur son étroit matelas et entonna d'une voix de faux baryton, qui par moment virait au ténor, sinon au soprano :

— Comment ne pas vivre joyeux, nous qui ignorons où se trouve notre tombe... N'importe quelle balle peut nous atteindre au front en sifflant, et voilà notre cadavre qui s'affaisse au sol... Tel est notre destin, être ici aujourd'hui et demain là-bas. Tel est notre destin, être ici aujourd'hui et demain-ain-ain là-bas-as-as[67] !... — acheva-t-il sur un fausset pas possible.

Alors derrière la fenêtre barreaudée se profilèrent quelques ombres et Jędrzejczak entendit une voix féminine disant en russe :

— Honneur au héros !...
— Allez-vous-en... partez !... — gronda la voix du factionnaire.

Jędrzejczak était sous le charme et recommença à chanter d'une voix de fausset.

— Bientôt il faudra payer de sang... mon malheureux amour... O Eléonore, je te dis adieu... Eléonore[68] !... — là il manqua même d'aigu.

Jędrzejczak était littéralement enivré, étourdi par sa situation. Il ne craignait pas la mort, il lui était interdit de s'effrayer de pareille bêtise. Il ne croyait pas, n'imaginait pas, qu'on pût condamner un homme innocent, et de surcroît sans jugement. Et enfin — il s'était convaincu que certaines femmes veillaient sur lui et l'appelaient héros.

Jędrzejczak n'avait encore jamais éprouvé un tel sentiment de fierté, de triomphe, un tel bonheur.

« Craindre la mort ?... — pensait-il tout excité. — Mais menez-moi donc immédiatement à la mort, et je vous montrerai comment on meurt. En quoi devrais-je être pire que Brydziński ?... »

Ruminant cette pensée, il serrait les poings, allongeait les bras, inclinait la tête, comme s'il se mesurait à quelqu'un de très fort et avait décidé de le vaincre à tout prix. Puis il se coucha sur sa paillasse et, à défaut de s'endormir, au moins restait indifférent à l'endroit où il était. Il continuait à rêver qu'il se mesurait à quelqu'un devant lequel il lui était interdit de céder. Plutôt se suicider que céder.

Vers les deux heures du matin, il fut réveillé par le fracas de la porte qu'on ouvrait. A la lumière blafarde de la petite lampe, il vit un gendarme qui ne tarda pas à s'effacer, laissant entrer un homme en manteau noir, puis refermant la porte. Jędrzejczak regarda de plus près et reconnut le

---

[67] Paroles arrangées d'une chanson militaire composée lors de l'insurrection de 1831 par Józef Przerwa-Tetmajer (1804-1880), mathématicien, poète et officier.
[68] Allusion à Eléonore et Torquato Tasso ou à la dernière lettre de Werther à Charlotte, de Goethe ?

curé, vicaire de la cathédrale. Le visiteur, blanc comme un linge, resta un moment immobile : soudain il quitta son manteau et, en surplis blanc, accourut rapidement vers Jędrzejczak. Il lui mit les bras autour du cou, l'étreignit et, tremblant de tout son corps, chuchota :

— Frère... frère...

Jędrzejczak sentit sa poitrine se glacer. Mais au même instant il se remémora l'acclamation de la femme derrière la fenêtre : « Honneur au héros !... » et il se maîtrisa.

« Je fais un beau héros ! » — dit-il à part soi.

— Les avocats ont envoyé une dépêche à Pétersbourg... le docteur Dębowski à Varsovie... — chuchotait le curé. — On devrait avoir la réponse dans la matinée, et en attendant quelqu'un ici... le colonel d'artillerie a obtenu un délai jusqu'à neuf heures...

— Pour quoi faire un délai ?... — demanda Jędrzejczak d'une voix altérée.

— Eh bien... pour la sentence... qu'apparemment ils n'exécuteront pas... — répliqua le curé étonné.

— Quelle sentence ?... personne ne m'a jugé !... Mais s'ils veulent me trucider sans jugement, allons-y gaiement... Ils verront comment un des nôtres meurt... Les salauds... les fripouilles... depuis je ne sais combien d'heures ils m'effraient avec la mort — disait Jędrzejczak, parlant de plus en plus fort. — Mais ils vont se rendre compte, les salopards, que je n'ai pas peur de la mort... non... je n'ai pas peur !... — acheva-t-il dans un cri.

— Vous avez raison, mon frère... — intervint le curé un peu plus calmement. — Un bon Polonais, un catholique, ne devrait pas avoir peur de la mort...

— Pour sûr !... — dit amèrement Jędrzejczak. — Un Polonais catholique ne devrait pas avoir peur de la mort, mais vous les curés, vous faites tout pour qu'il en ait peur... Des catafalques avec des têtes de mort, des squelettes sur les bannières... Vous effrayez les agonisants par d'horribles prières, et aux vivants vous chantez des chants funèbres qui vous feraient hurler...

— Que dites-vous, frère ?... Vous êtes croyant, je pense ?...

— Je ne crois en rien !... — rétorqua Jędrzejczak. — Et c'est justement pour ça que je ne crains pas la mort... Quand l'homme a péri et pourri, son corps devient sable, et ses os, pierre... Nous savons tous ce que sont la pierre et le sable, et personne ne les a entendus se plaindre de leur existence... La pierre n'a pas faim, n'a pas froid, ne doit pas travailler durement, n'est pas mise en prison, et on ne l'effraie pas avec la mort. Et quand bien même un sot le ferait, elle lui rirait au nez... Qu'ils essaient de me tuer, et je vais leur montrer...

De fortes rougeurs apparurent sur le visage de Jędrzejczak mais il ressentit un froid glacial lui pénétrer la poitrine.

— Mon frère — dit le curé — je mets mon espoir en Dieu que cette sentence inhumaine ne sera pas exécutée, qu'ils vous défèreront devant un tribunal qui prendra en considération votre jeune âge... En tout cas vous vous adouciriez ces heures d'attente en implorant de Dieu la rémission de ce grave péché...

Jędrzejczak bondit de sa paillasse en serrant les poings.

— Pensez-vous aussi, mon père — s'écria-t-il — que j'ai participé au meurtre de ces imbéciles ?... Aussi vrai que j'aime mes parents... que j'aime la Pologne, je n'étais même pas au courant...

— Comment cela ?... — demanda le curé, le regardant avec terreur.

— C'est comme ça... Je n'ai tué personne... je ne sais rien... Et maintenant, qu'ils me pendent...

Le curé tituba et se saisit la tête entre les mains.

— O Christ crucifié !... — cria-t-il — ils tuent un innocent...

Il se mit à cogner à la porte et quand on ouvrit, se précipita dehors sans manteau et sans chapeau.

Il revint peu après, s'habilla et disparut.

— Il en fait de belles, le cureton... ha !... ha !... ha !... — riait Jędrzejczak. Soudain il se prit la poitrine et en vacillant courut en direction du pot de chambre. Il fut saisi de forts vomissements.

Le factionnaire debout derrière la fenêtre poussa un cri, plusieurs soldats déboulèrent dans la cellule, suivit un infirmier militaire avec de la vodka et du thé brûlant.

— Je n'ai rien — disait Jędrzejczak — donnez-moi simplement de quoi me rincer la gueule... Quelle amertume... nom d'un chien !...

— Du calme !... du calme !... — chuchotait l'infirmier, penché sur lui. Madame la colonelle vous dit du calme !... Ils ne font que vous effrayer... Même s'ils vous mettent la chemise, même s'ils vous mettent au poteau, n'ayez pas peur... Il n'en sortira rien...

Jędrzejczak était si affaibli qu'il eut peine à se traîner jusqu'à sa paillasse. Il tomba sur son matelas et s'endormit lourdement, comme chloroformé.

Pendant ce temps, le prêtre, en dépit de la nuit avancée, parcourut toute la ville. Il alla chez l'évêque, qui lui remit une lettre, puis chez le gouverneur, chez le commandant de la place, chez le procureur, mais ne fut reçu nulle part. Seul le politzmeister, après l'avoir entendu dire que Jędrzejczak était innocent, répliqua :

— Innocent... *Hy* (« dans ce cas »), réjouissez-vous, mon père, votre patient ira directement au ciel. Et maintenant, je vais vous dire, mon père — ajouta-t-il — si pour chaque Russe tué on pendait et fusillait dix Polonais, si la ville pour chaque policier payait dix mille, et pour le politzmeister cent mille roubles, il n'y aurait pas de si vils assassinats...

Quand vers les cinq heures du matin le curé sortit de chez le politzmeister, un homme, le visage caché par un foulard, l'aborda et dit à voix basse :

— Ni la dépêche de l'avocat à Pétersbourg, ni la dépêche de Dębowski à Varsovie, n'ont été envoyées du bureau du télégraphiste...

Avant six heures, le curé revint à la caserne et eut une entrevue avec le colonel d'artillerie qui avait assisté à l'enquête. Le colonel, après avoir entendu son rapport, répondit :

— Je vais faire ce qui sera possible pour le condamné, mais je dois dire que les milieux militaires sont très exaspérés, et cela n'augure rien de bon

Jędrzejczak dormit d'un sommeil de plomb jusqu'à sept heures. Il se réveilla en sursaut, s'assit sur sa couche, et vit le curé devant lui. En un instant il revit en mémoire toute sa vie : la chaumière où il était né, ses parents et sa famille, le manoir où il avait appris à lire et à écrire, son maître en ville, chez qui on l'avait envoyé en apprentissage pour être menuisier, les élèves qui le préparèrent à l'entrée en première de lycée, le directeur de l'école privée qui l'accepta sans paiement de droit d'entrée... Puis les années en école de commerce... les conspirations... l'apprentissage du courage et du mépris de la mort.

Tout ce tableau, précis dans ses plus menus détails, dura à peine quelques secondes.

— Frère — dit le curé — récitons notre prière...

Le prêtre s'agenouilla, Jędrzejczak certes haussa les épaules, mais néanmoins s'agenouilla lui aussi et répétait machinalement : « Notre Père... »

— Unissez-vous, frère, avec Dieu, il vous donnera du courage...

Le prêtre s'assit sur la paillasse, se cacha le visage de son étole, tandis que Jędrzejczak s'agenouilla devant lui et se confessa. Lorsqu'il battait sa coulpe en disant : « Dieu, aie pitié du pécheur que je suis... » il eut cette pensée : « Pourquoi fais-je tout cela ?... » Instinctivement cependant, il ressentait qu'il ne valait pas la peine de perdre à se disputer avec ce brave curé des forces qui lui seront encore utiles.

Après s'être confessé il réclama de l'eau pour se laver, et quelques minutes plus tard on lui apporta une énorme cuvette en argent avec de l'eau tiède, un savon parfumé, un gobelet, une brosse à dents et une grande serviette avec une bordure colorée sur le bas. Jędrzejczak se déshabilla, se lava la tête et la poitrine et ressentit comme un regain de ses réserves d'énergie.

— Je me sens à nouveau guilleret !... — dit-il en riant à l'adresse du prêtre. — Je pensais déjà que j'allais me ratatiner...

— La confession vous a ravigoté, frère... — répondit le curé.

Jędrzejczak réclama du thé, qu'on ne tarda pas à lui amener. Il avait à peine commencé à boire que dans le couloir résonnèrent le bruit de pas de nombreuses personnes, ainsi que le heurt d'objets pesants sur le plancher.

— Qu'est-ce que c'est ?... — demanda Jędrzejczak.

Son visage devint gris et il s'assit lourdement sur la paillasse. Une telle panique s'empara de lui à cet instant qu'il lui sembla perdre la raison. Mais il attrapa le hoquet, ce qui lui fit reprendre ses esprits.

La porte s'ouvrit en grand et avec fracas. Sur le seuil parut un officier qui cria à pleine voix de ténor aigu :

— Marcin[69] Jędrzejczak, préparez-vous !...

Le curé commença à trembler, mais Jędrzejczak retrouva le contrôle de soi. Il préférait mourir que montrer à l'officier qu'il avait peur. Du reste, rien ne le menaçait véritablement : il n'avait pas comparu devant un tribunal... la colonelle avait dit qu'ils ne faisaient que l'effrayer...

« Laissons-les faire !... » se dit-il.

Il endossa prestement son petit paletot élimé, mit sa casquette inclinée crânement sur le côté, refusa la main du curé qui voulut le soutenir, et l'air bravache sortit dans le couloir entre deux rangs de soldats. Le hoquet le fatiguait, mais il souriait, regardant les visages morts qui l'entouraient.

Lorsqu'il se retrouva dans la cour, il ferma les yeux devant les flots de la lumière solaire qui se réverbérait sur la neige. Une kibitka[70] s'approcha, quelqu'un y installa Jędrzejczak, le curé prit place à ses côtés, des larmes perlant en permanence sous ses paupières, des battements de tambour retentirent, et le cortège s'ébranla. La kibitka était précédée par

---

[69] Martin.
[70] Ici traîneau-fourgon, faisant office de panier à salade.

un détachement d'infanterie, entourée par des gendarmes sabre au clair, et suivie par un détachement de cosaques à cheval. Les tambours battaient sans désemparer.

Le cortège, sans se presser, sortit de la caserne et s'engagea dans le faubourg. En raison de l'interdiction d'attroupements, peu de monde déambulait dans les rues ; en revanche, à chaque fenêtre se pressaient un tas de têtes.

— Père miséricordieux... — récitait le prêtre d'une voix altérée — me voici devant Toi le cœur contrit et repentant... Je Te recommande ma dernière heure et ce qui doit la suivre... Jésus miséricordieux, aie pitié de moi...[71]

— Jésus miséricordieux, aie pitié de moi... — répéta machinalement Jędrzejczak.

Assis sur la kibitka agitée de secousses, le condamné voyait chaque maison, chaque fenêtre, chaque réverbère, chaque personne. Il passait par là pour aller se promener en dehors de la ville. Sur cette palissade Adamski avait dessiné en été un homme très drôle avec sa pipe... Ah, il voit passer deux collègues de l'école qui le regardent : Rzeszotarski, avec lequel en son temps il bûchait la comptabilité et Klim, surnommé l'Organiste...

« Regardez-moi !... — pensait Jędrzejczak. — Et vous direz à Świrski, Lisowski, si j'avais peur... »

— Quand mon faible cœur — récitait le prêtre d'une voix mêlée de sanglots — saisi des horreurs de la mort, commencera à tomber, épuisé par les efforts qu'il aura faits contre les ennemis de mon salut... Jésus miséricordieux, aie pitié de moi...[72]

— Aie pitié de moi... — répéta Jędrzejczak, uniquement pour ne pas faire de peine au curé.

Jamais encore de sa vie... jamais... il ne s'était senti aussi étrangement exalté qu'en ce moment, et il n'aurait pas échangé sa kibitka pour le char triomphal des césars. Il continuait à voir les plus infimes détails du parcours, chaque Juif apeuré, chaque collègue, chaque femme terrorisée ou éplorée... Simultanément, il se rappelait tout ce à quoi il pensait, avec qui il discutait en ces lieux, par lesquels il était passé... Et simultanément il voyait toute son enfance, sa scolarité... tout ce que naguère il

---

[71] Extrait de la « Litanie pour une bonne mort » composée par une jeune protestante convertie au catholicisme, morte à dix-huit ans (cf. site-catholique.fr).
[72] *Ibid.*

lisait, tout ce dont il discourait… Pas une seule pensée, pas un seul sentiment, ne restèrent dans l'ombre : tout se développait devant lui, formant un seul grand tableau, sur lequel les faits récents prenaient des couleurs vives, du relief, et comme de la chair, tandis que les faits plus lointains chatoyaient de couleurs de brumes et de nuages.

Jamais il n'avait été aussi heureux, jamais il ne s'était senti si bon, si compréhensif et prêt à pardonner qu'en ce moment. Se pouvait-il qu'à présent, justement, on voulût lui faire du mal ?...

La kibitka pénétra sur une aire carrée dont le côté le plus éloigné était constitué par un vieux mur. Face au mur se tenait une rangée de soldats, les deux autres côtés étaient formés par les spectateurs. Jędrzejczak aperçut parmi eux Pędzelek, qui lui fit un signe… Il y avait encore plusieurs de ses collègues de l'école de commerce et une jeune femme, de noir vêtue, appartenant à la direction locale de l'organisation socialiste.

Jędrzejczak s'appuya d'une main sur le cou du cheval d'un gendarme, et sauta prestement à terre. Puis, sans attendre le prêtre, se dirigea d'un pas résolu vers le groupe d'officiers. Il remarqua alors que contre le mur se dressait un poteau, devant lequel on voyait se détacher sur la neige une fosse fraîchement creusée et un monticule d'argile jaune foncé.

Les tambours qui battaient s'arrêtèrent brutalement. Un des officiers, homme chenu et voûté, déroula un papier, et très indistinctement, d'une voix bredouillante, lut quelque chose.

Les yeux de Jędrzejczak s'injectèrent de sang. Comme inconscient, il se mit à le menacer de ses poings et cria :

— Maintenant c'est moi qui vais vous lire quelque chose… Vive la liberté !...

— O Mère de Dieu, réputée pour tes miracles !... — se fit entendre la voix lointaine et plaintive d'une femme.

Les tambours se remirent à battre, deux gendarmes saisirent Jędrzejczak par les bras et commencèrent à lui enfiler une ample chemise, blanche, à manches très longues. Il ne se défendait pas, au contraire les aidait, pour enlever au plus vite la toile de devant ses yeux. Quand il ressortit la tête des plis de la chemise, il sourit, mais au même moment une cagoule de toile lui tomba sur les yeux, et les gendarmes le tirèrent en direction du poteau. Il marchait en trébuchant. Puis il sentit qu'on le ligotait avec les longues manches de la chemise…

— Vive la liberté !... — s'écria-t-il d'une voix rauque.

A cet instant résonnèrent les cloches de l'église orthodoxe : « je suis ici… je suis ici… je suis ici !... »

Les fusils crépitèrent, mais aucune balle n'atteignit Jędrzejczak.

— Vive la révolution !...

Nouvelle salve. La tête de Jędrzejczak s'affaissa sur sa poitrine, ses genoux se dérobèrent. Il n'entendit pas les coups de feu, rien ne lui fit mal, mais il ressentit dans la bouche un goût chaud et salé, et sur la chemise blanche apparut une tache rouge. Une seule balle l'avait atteint, lui déchirant les poumons et brisant la colonne. Quand accoururent le médecin et un sous-officier révolver à la main, Jędrzejczak était déjà mort. On délia rapidement le corps du poteau et le poussa dans la fosse.

Après l'exécution, l'officier de gendarmerie qui avait enquêté sur Jędrzejczak et le colonel d'artillerie qui avait essayé de défendre le jeune garçon, rentraient en ville à cheval.

— Votre femme et votre nièce, Léon Konstantynowicz, s'intéressaient trop à l'assassin... — disait le gendarme à l'artilleur, roulant sa moustache claire.

— Permettez, Alexandre Pawlowicz, mais ma femme a le droit de nourrir un affamé, surtout quand le trésor ne se souvient pas de lui.

— C'est vrai... Mais ces dames n'avaient pas besoin d'aller sous la fenêtre d'un assassin et lui dire je ne sais quoi...

— Stupides racontars...

— Je pense moi aussi que ce sont des racontars... Mais ces dames devraient être plus prudentes.

A ce moment arriva, venant de la ville, un aide de camp chevauchant d'un bon trot.

— Trop tard ?... — demanda-t-il en parvenant à la hauteur des officiers.

— Pourquoi ?...

— Les meurtriers des policiers ont été pris...

L'artilleur émit un juron et, s'adressant à l'officier de gendarmerie, demanda :

— Et maintenant ?...

— Mais n'a-t-il pas crié : vive la révolution ?... Le même *подлец* (« crapule ») que les autres...

L'artilleur haussa les épaules, éperonna son cheval et sans saluer son compagnon, partit en avant. Quand, aux abords de la ville, il dépassa une vieille palissade, jaillit de derrière celle-ci un objet noir, de la taille d'une betterave, atteignant sa selle. Une détonation retentit, ébranlant toute la ville et — le colonel tomba de cheval, déchiqueté par la bombe.

VIII

Linowski fut au plus mal le samedi, après son retour des Fonderies : par moments, il ne savait plus qu'il était chez lui, ne reconnaissait plus son entourage, criait qu'il ne remettrait pas l'argent aux détrousseurs. Et comme le médecin de l'usine était parti à Varsovie pour quelques jours, et que Dębowski, en dépit du télégramme, n'arrivait pas, c'est son épouse qui s'occupa de soigner le forestier.

Elle lui posa un cataplasme sur la nuque, un linge froid sur la tête, lui donna du sel d'Epsom[73], de la fleur d'oranger, des gouttes d'essence de laurier, ce qui eut pour effet que vers le soir — le malade commença à se calmer.

Il ne parlait plus de l'attaque et de l'argent, savait où il était, reconnaissait les gens de son entourage, et même remerciait Świrski pour l'avoir ramené chez lui. Mais l'inquiétude ne le lâchait pas encore. Le forestier ne voulait pas se déshabiller, ne se couchait pas dans son lit, mais sur un canapé, se levait, allait et venait dans la pièce, regardait dans la cour… Il se sentait le mieux et dans une relative sécurité lorsque, couché, il pouvait tenir la main de son fils ou celle de Świrski.

Le pauvre Władek, voyant son père, se fit de plus en plus pâle au fur et à mesure que la journée passait ; ses yeux se cernèrent, son nez sembla s'allonger. En revanche, sa mère, madame Hanna Linowska, retrouva rapidement toute son énergie.

Toutes les demi-heures, elle débarquait dans la chambre de son mari, puis courait à la cuisine, au garde-manger, à l'étable, dans les pièces de réception, passait tout en revue, donnait partout ses instructions claires et concises, bien que n'ayant pas fermé l'œil de toute la nuit du vendredi au samedi, pas même reposé sa tête sur un oreiller. Et apercevant Władek en train de pleurnicher dans un coin, elle le réprimanda :

— Ne fais pas la bonne femme !... Dieu a envoyé une maladie sur ton père mais, n'aie crainte, son heure n'est pas encore arrivée…

— Mais pourquoi… pourquoi ai-je, là-bas dans le bois… interpelé mon père ?... C'est cela qui l'aura rendu malade !...

— Je te dis : ne fais pas la bonne femme !... — l'admonestait sa mère.
— Ton père en a vu d'autres… Et d'ailleurs il n'est pas tombé malade

---

[73] Sulfate de magnésium.

parce que vous lui avez barré la route, mais parce que quelque chose lui est tombé dessus, c'est tout... Comme s'il allait s'effrayer de vos révolvers... Stupide Władziu !

Elle tranquillisait son fils de cette façon, mais quand le crépuscule apparut aux fenêtres, elle s'enferma dans sa chambre et resta longtemps agenouillée devant l'icône de la Vierge de Częstochowa[74]... Et quand en fin d'après-midi le forestier se fut un peu calmé, elle dit avec une naïve simplicité :

— Je savais qu'il en serait ainsi !... Notre Reine[75] est le meilleur docteur...

Et elle s'empressa de reprendre ses occupations, faisant de régulières incursions dans la chambre de son mari.

Świrski était d'humeur bizarre. Au cours de la nuit de vendredi à samedi et pendant la moitié de la journée du samedi, il semblait avoir complètement oublié le passé. Son oncle, les Świerki, l'école de commerce, les collègues, la conspiration, et pour finir l'expédition de vendredi, n'existaient plus pour lui. Celui qui ambitionnait d'être l'un des chefs de la révolution avait toute son attention, ses sentiments et désirs braqués sur le malade Linowski et ne pouvait pratiquement pas s'arracher au regard de ses yeux, constamment ouverts et dans lesquels se lisait le désarroi. Ce qui étonnait le plus Świrski, ce n'était pas tant qu'une personne au regard si particulier sursautât fréquemment sur sa couche, mais qu'elle ne s'enfuît pas de la maison, à demi dévêtue, ne courût pas dans la forêt en criant à tue-tête...

— Il va mourir... ou devenir fou ?... — se demandait Świrski, ressentant un froid dans la poitrine.

Le samedi vers les deux heures arriva à Leśniczówka mademoiselle Jadwiga[76], l'institutrice d'une bourgade voisine, et à ses basques un certain monsieur Klemens[77], régisseur d'un domaine des environs.

Mademoiselle Jadwiga engagea la conversation en disant que si toute personne instruite consacrait ne serait-ce qu'une heure par jour à

---

[74] Célèbre icône, dite de la « Madone noire », conservée dans la basilique du monastère de Jasna Góra de Częstochowa, objet de grande vénération chez les catholiques polonais.

[75] La Vierge Marie a été déclarée Reine de Pologne en 1656 et le 3 mai, jour de la Fête nationale, est également jour de la Fête de Marie, Reine de Pologne.

[76] Edwige.

[77] Clément.

l'apprentissage des analphabètes, très vite tout le monde dans le pays saurait lire et écrire… Remarquant cependant que Linowski était sérieusement malade, elle revêtit un petit peignoir de percale, et s'attela à aider la maîtresse de maison. Tout d'abord elle commença à coudre quelque chose à la machine, puis courut au grenier et donna un livre à lire au menuisier qui travaillait là-haut, ainsi qu'un cahier avec des exercices d'arithmétique, et une fois revenue organisa la garde du malade. Selon ses instructions chacun des présents devait veiller le malade pendant trois heures d'affilée. Naturellement, elle commença le service elle-même, et avec elle monsieur Klemens, qui avait toujours quelque chose à lui dire, mais ne pouvait jamais terminer. C'était certainement la cause de sa tristesse ; et quand il s'aperçut que Świrski à plusieurs reprises regardait avec intérêt la blonde mademoiselle Jadwiga, monsieur Klemens commença à mordiller sa moustache comme un homme tourmenté par la jalousie. Il avait l'impression que ses souffrances morales étaient plus importantes que la maladie de Linowski et que c'était plutôt lui qui eût mérité la sollicitude de mademoiselle Jadwiga.

Vers sept heures du soir, Władek conduisit Świrski dans une petite chambre à l'étage, où se trouvaient deux lits avec des draps propres, et lui proposa de se coucher.

— Mon cher — dit Władek en joignant les mains — pardonne-moi de t'avoir laissé sans dormir toute une nuit. Car, vois-tu, ce malheur nous a fait perdre la tête à tous…

Świrski ressentit une piqûre au cœur. N'était-ce pas lui le coupable ? Car s'il n'avait pas monté cette expédition démente, Linowski serait en bonne santé, et sa famille tranquille.

Et aujourd'hui, lui, Świrski, vit dans la maison, mange dans la maison et doit dormir dans la maison à laquelle il a causé un tel préjudice !… Que pense de lui, et avec quelle horreur doit le considérer la brave madame Linowska, dont le mari est au bord de la tombe, ou de l'hôpital psychiatrique, à cause de lui, Świrski ?…

Avant de répondre à Władek qu'il n'allait pas dormir, il entendit de l'agitation en bas et des éclats de voix féminines. Ils descendirent tous deux en courant et tombèrent sur cette scène :

— Mais dites-moi un peu, où ai-je donc la tête ?… — interrogeait mademoiselle Jadwiga. — Il est bien connu que pour calmer les nerfs le meilleur remède consiste en de fortes doses de bromure !…

— C'est vrai ! — s'exclama Świrski, s'étonnant qu'à lui non plus une idée aussi simple ne fût pas venue à l'esprit.

— Mais bien sûr !... bien sûr !... — répétaient Władek et monsieur Klemens.

— Je vais faire un mot au pharmacien des Fonderies — dit mademoiselle Jadwiga — mais qui va y aller ?... Peut-être vous, monsieur Klemens ?...

— Moi j'irai... — se manifesta Świrski.

— Tu ne connais pas la route... — s'immisça Władek.

— Nous pourrions... y aller ensemble ? — proposa monsieur Klemens à Świrski.

Mais madame Linowska déclara que l'affaire serait réglée au mieux par le valet qui, dans l'instant qui suivit, partit pour les Fonderies, et une heure plus tard ramena un flacon conséquent de bromure.

Mademoiselle Jadwiga remplit une cuillerée du médicament et la donna à Linowski.

— Et si cela lui fait du tort ? — demanda madame Linowska avec inquiétude.

— J'en réponds !... — rétorqua résolument mademoiselle Jadwiga.

— Je vous garantis !... — ajouta Świrski.

— Vous êtes docteur ?... — se manifesta monsieur Klemens sur un ton aigre.

Le malade but néanmoins le médicament, marmonnant :

— Je suis curieux de savoir ce qui va se passer maintenant...

Peur et terreur se lisaient dans ses yeux.

— Ah, si Dębowski pouvait enfin arriver !... — chuchota à Świrski Władek, qui lui non plus ne pouvait se débarrasser d'une fâcheuse inquiétude.

Vers minuit on administra à Linowski une deuxième cuillerée de bromure. Le malade était déjà plus tranquille. Il disait comprendre le pouvoir réparateur du sommeil, et que la somnolence l'envahissait, mais — qu'il craignait de s'endormir.

— Mais si vous étiez assez bon, monsieur Świrski, pour rester un peu auprès de moi... et permettre que je vous prenne la main... alors peut-être bien que je m'endormirais...

— Avec le plus grand plaisir !... — répliqua Świrski avec émotion.

Il s'assit auprès de Linowski et lui prit la main. L'expression de crainte commençait à s'effacer du visage du malade ; mais chaque fois que le forestier fermait les yeux, il sursautait, comme s'il voulait se lever. Après un quart d'heure il ne sursautait plus, se contentant de presser la main, et même ensuite se tranquillisa tout à fait, bien que de temps en temps il fût parcouru de brefs frissons.

— Il va s'endormir !... — se chuchotait Świrski, sentant lui aussi le sommeil l'envahir.

Il se dit cependant qu'il allait veiller, et pour tuer le temps se mit à rêver. Et de nouveau, pour la centième fois dans sa vie, il aperçut une grande plaine verte, une chaîne de tirailleurs déployée jusqu'aux confins de l'horizon, et les suivant, à l'arrière, de petites colonnes d'appui, et quelques centaines de pas plus loin, des colonnes de réserves plus conséquentes et des batteries d'artillerie sur les hauteurs, et plus loin encore, une énorme masse de troupes, alignées sur plusieurs dizaines de rangs.

— Combien sont-ils ?... combien ?... — pensait-il. — Probablement un corps... deux corps d'armée ?...

Habituellement le tableau de ces troupes, de ces régiments... divisions... corps d'armée... lui procurait le plus grand des plaisirs, à sa vue il était parcouru de frissons de volupté. Mais cette fois Świrski en éprouvait une contrariété indéfinie. Le froid le saisissait. Les vertes étendues se mirent à blanchir : au lieu d'herbe, une neige profonde les recouvrait, sur laquelle apparut un petit groupe, peut-être une vingtaine de jeunes gens, armés de seuls révolvers, mal vêtus... A peine quelques-uns portaient-ils une peau de mouton, l'un d'eux était en petit paletot tout fin, chez un autre on voyait dépasser de pantalons trop courts les tiges de ses bottines...

Świrski se rendit compte alors que cette grande armée, parfaitement équipée et pourvue de tout le nécessaire, c'était ce dont il avait rêvé pendant plusieurs années. Et que cette poignée d'individus, mal habillés et pratiquement sans armes, c'était ce détachement qui dans la réalité s'était rassemblé le vendredi aux abords des Słomianki. Et que cette poignée de collègues d'école, avec leurs pauvres armes et leurs loques, c'était lui-même, Casimir Świrski, qui pendant plusieurs années les avait exhortés, et maintenant conduits contre des régiments, des divisions et des corps d'armée !

Et pour quoi faire ?... Pour souffrir du froid, de la faim, de la mort, de blessures, de fuites honteuses et d'une horrible captivité... Et sûrement pas pour vaincre !

— Qu'ai-je fait ?... qu'ai-je fait ?... — gémit Świrski et — se réveilla.

Le vieux forestier lui serrait fortement la main et, le regardant dans les yeux avec une conscience retrouvée, lui demanda :

— Vous êtes le chef d'un groupe de partisans[78] ?...
— Oui...
— C'est vous qui avez tué les policiers ?... dévalisé les monopoles ?...
— Que dites-vous là !... — s'indigna Świrski, enlevant sa main. — Notre groupe a protesté contre les assassinats... il devait être l'embryon d'une armée régulière...
— Et vous n'avez tué personne ?... parole ?... — insistait Linowski.
— Je vous donne ma parole d'honneur que nous n'avons rien commis de tel, jamais... Et que même nous n'avons jamais eu cette intention...

Linowski s'assit sur sa couche, joignit les mains et, levant les yeux au ciel, murmura :

— Gloire à Toi, mon Dieu !... gloire à Toi, mon Dieu !... Cela m'empoisonnait l'existence... Cela me rendait fou... Car savez-vous ce que je pensais ?... Au début, que vous étiez des détrousseurs, dans des buts politiques, naturellement, et ensuite... que vous commettiez des assassinats politiques... Mon Władek et des assassinats... Dieu de miséricorde !...

— Alors, vous vous sentez mieux maintenant ?... — demanda Świrski au forestier, voyant l'expression de son visage changer. L'égarement avait disparu de ses yeux, la tristesse de ses lèvres.

— Je me sens vraiment bien et... c'est vous qui m'avez guéri... Car réfléchissez un peu à ce qui se passait en moi et avec moi quand je pensais (et cette pensée ne me quittait pas depuis notre malheureuse rencontre !), que mon Władek était soit un détrousseur, ou quelque chose dans le genre d'un manieur de poignard... Savez-vous qu'en soixante-trois[79], si on apprenait dans notre détachement que quelqu'un était manieur de poignard, les collègues, les insurrectionnels, le chassaient ?... Et pourtant la plupart d'entre eux étaient des gens simples... sans manières... Mon fils manieur de poignard !... Je me serais tiré une balle dans le ciboulot, si je m'en étais convaincu !...

Il était déjà trois heures du matin quand Jadwiga, suivie de madame Linowska, entra dans la chambre du malade. Les deux observèrent un changement salutaire dans l'état du patient, et la demoiselle s'écria :

---

[78] Le terme *partja* (ou *partia*) a de multiples significations et n'a pas toujours le sens de « parti politique » ; lors de l'insurrection de 1863, par exemple, il désignait des groupes ou brigades armées, à l'instar de nos groupes de résistants modernes. Nous le traduisons, selon les cas, par « groupe de partisans », « détachement », « groupement » …
[79] Lors de l'insurrection de 1863.

— Alors ?... n'avais-je pas dit que le bromure serait efficace ?...

— Ce ne sont pas vos mixtures, mademoiselle Jadzia[80]... c'est notre bien-aimée Mère de Dieu qui a fait un miracle... — dit la forestière.

— Vous y avez tous contribué... — se manifesta Linowski. — Que Dieu vous récompense tous... Mais c'est sans doute ce cher monsieur Świrski ici présent qui m'a le plus tranquillisé...

Et il lui pressa fortement la main. Mais un sourire amer passa, fugace, sur les lèvres de madame Linowska.

Ce n'est qu'à ce moment que Świrski ressentit la fatigue ; il monta en chancelant, eut à peine enlevé ses bottes et son pardessus qu'il se jeta sur le lit et s'endormit profondément. Il se réveilla vers dix heures et s'aperçut que Władek était assis auprès de lui, cette fois souriant.

— Tu sais que mon père va mieux ?... — s'écria le jeune Linowski. — Tu n'as pas idée combien le vieux s'attendrit sur toi !... Il dit que c'est toi qui l'as guéri...

Świrski se souleva de son oreiller, se frotta les yeux, et bâilla.

— Mais, le sais-tu — répondit-il — que ton père soupçonnait notre parti de détrousser et d'assassiner ?... On devait avoir bonne mine là-bas... dans le bois, tu ne penses pas ?...

Władek rougit et baissa la tête.

— Moi, je vais probablement me retirer du groupement — dit-il d'une voix incertaine. — Quand je me rappelle notre promenade en forêt, j'en ai la chair de poule... brrr ! De la neige jusqu'aux genoux... il fait froid... rien à manger, nulle part où dormir... Et en supplément, Dieu miséricordieux ! une telle malchance avec mon père... A vrai dire je ne crois pas en Dieu, mais il te faut admettre qu'il y a comme quelque chose dans la nature, qui semble nous mettre en garde...

— Et moi, tu crois que je resterai dans l'association ?... — répondit Świrski. — Si pas même une moitié des membres ne s'est rassemblée pour une promenade en forêt, combien seraient-ils venus en cas d'attaque d'une trésorerie de gouvernorat ?...

— Parmi les artisans, il y avait bien quelques courageux... — intervint Władek.

— Merci bien !... — explosa Świrski, bondissant hors de son lit. — Un de particulièrement courageux, c'était ce... ce... Zając, qui non seulement exigeait de mettre la main sur l'argent transporté par ton père,

---

[80] Diminutif de *Jadwiga*, Edwige.

mais qui une heure auparavant m'avait susurré de fusiller ces petits Juifs qui passaient là-bas, aux alentours du pont...

— Quoi ?... — cria Władek — c'est lui qui te disait cela quand vous vous êtes mis à l'écart ?...

— Lui... Lui !... Et quand j'ai déclaré qu'on n'avait pas le droit de tuer des gens désarmés et innocents, sais-tu ce qu'il m'a répondu ?... Qu'une telle affaire nous unirait plus fortement qu'un serment... Car il est bien connu que pour qui a répandu le sang, il n'est pas question de revenir chez les bourgeois...

— Que la foudre frappe ce petit Zając !... — grommela Władek.

— Tu vois avec qui nous devions engager la guerre pour la liberté, l'égalité, la fraternité et la justice !... Et, autre chose, prends maintenant — Starka, un ambitieux candidat au poste de chef. Il devait s'occuper des vivres, et qu'a-t-il acheté ?... une bouteille de vodka, une douzaine de petits pains et une douzaine de saucisses... Moi, je te jure, je ne comprends tout simplement pas : que peut-il se passer dans une telle cervelle ?... Pour quelques dizaines de personnes, et quelques jours, une douzaine de petits pains !...

— Visiblement, il a disjoncté — dit Władek.

— Excuse-moi, mais quel officier est-ce là, qui dès le début disjoncte, alors qu'il n'y avait pas l'ombre d'un danger... Alors qu'il aime tant critiquer les autres... et convoite à ce point le pouvoir !...

— Que penses-tu donc faire ?... — demanda Władek.

— Je n'ai pas encore de plan... Je vais d'abord aller chez moi et prier instamment mon oncle de me donner de l'argent. Après les fêtes je reviendrai à X., convoquerai une assemblée générale, ferai la reddition des comptes et donnerai ma démission.

— Et si notre association périclite ?... — intervint Władek.

— Il ne se passera rien de mal !... — répondit Świrski, faisant un geste d'indifférence. — Les plus calmes retourneront à leurs livres, et les autres intégreront d'autres groupements. Que diable, n'y a-t-il pas Pędzelek, Vogel ?...

— Mais toi ?... — insistait Władek.

— On s'attend à ce que la révolution éclate d'un jour à l'autre en Russie — dit Świrski — je vais donc aller là-bas et entrer dans l'armée régulière.

— Tu commenceras sous-lieutenant, comme Bonaparte... — chuchota Władek.

— Un Bonaparte pâtureur de porcs !... — répondit Świrski avec agacement et rougit. — Si nous n'avions pas le devoir de soutenir la révolution russe, je laisserais tout tomber et je partirais à l'étranger. Mais aujourd'hui leur liberté est la nôtre.

IX

Le dimanche l'excitation de Linowski avait considérablement décru. Ses yeux avaient perdu leur éclat de malade, ses rougeurs aux joues avaient disparu, son pouls était devenu régulier, plus adouci et plus lent. Le malade se mit à bâiller et déclara qu'il cédait à la somnolence. Sa femme lui changea son linge et sa literie.

— Ah, que je suis bien ici !... — murmura le patient en s'étirant.

Il s'endormit quelques minutes plus tard, et mademoiselle Jadwiga déclara à Świrski et Władek qu'il n'avait plus besoin de leur assistance.

— Mais tu ne vas pas partir ?... — demanda Władek avec inquiétude à son collègue. — Sois gentil, reste, au moins jusqu'à l'arrivée de Dębowski, qui sera ici d'un moment à l'autre...

— C'est vrai que je n'ai rien de mieux à faire — répondit Świrski et promit de rester, même pour toutes les fêtes.

— Formidable !... Mais ton oncle ?...

— Il tiendra le coup !... — dit Świrski. En fait, il lui était désagréable d'imaginer son retour à la maison et la discussion qu'il aurait avec son oncle, à qui il serait malséant de cacher la puérile conspiration, et la malheureuse expédition contre... Linowski !...

Ce n'est que maintenant que Świrski commença à observer comment le forestier était installé, ce qui le remplit d'étonnement. Près de la maison s'étendaient un énorme verger, un jardin potager et floral, aujourd'hui recouverts de neige, avec à l'intérieur un rucher comprenant quelques dizaines de ruches. La grange, l'étable, la petite écurie, les cabanes à cochons et les poulaillers étaient remarquablement entretenus et pourvus. Près de la maison se dressaient une cuisine indépendante ainsi que les logements du personnel.

Quant à la maison du couple forestier, elle était si vaste qu'elle abritait, en comptant le rez-de-chaussée et l'étage, une dizaine de pièces, confortables et correctement, bien que simplement, meublées.

— Mon cher — dit Świrski — vous êtes de vrais richards !...

— En dépit du salaire modeste de mon père ? — demanda Władek en rougissant. — Je vais t'expliquer. Pour commencer, nous avons obtenu trente *morga*[81] de la direction, le droit de faire la cueillette de fruits dans

---

[81] La *morga*, « arpent », valait environ 56 ares.

la forêt, d'élever le cheptel qu'il nous plairait… Ensuite ma mère a apporté à mon père cinq mille roubles de dot, à laquelle, il est vrai, nous n'avons pas touché à ce jour. Mais le plus important est que ma mère est une maîtresse de maison hors pair… C'est un fait que depuis six ans maintenant se rassemblent chez nous, pour suivre un enseignement ménager, des demoiselles de la campagne… toutes simples : des filles d'intendants, de fermiers et de plus modestes propriétaires terriens… Cette année nous en avons quatre qui habitent chez nous, mais elles sont parties pour les fêtes… Et, bien sûr, elles rémunèrent maman… modérément, mais quand même…

Et, dans la foulée, il commença à montrer à Świrski divers aménagements intérieurs. Deux petites chambres occupées par ces demoiselles, où se trouvaient une armoire de livres bien achalandée, une machine à coudre, des métiers à tisser, un rouet… Puis il le conduisit dans une grande pièce derrière la cuisine, où se trouvaient des fuseaux et un atelier de tissage. Là les jeunes filles du village voisin apprenaient gratuitement à coudre et à tisser, ainsi qu'à lire, écrire et faire les opérations les plus simples.

— Et qu'apprennent ces demoiselles ?... — interrogea Świrski.

— Tout : à tisser, filer, coudre, cuisiner, élever tout animal domestique bêlant, beuglant, grognant, gloussant et cancanant, et enfin à entretenir un jardin et des ruches…

— Mon Dieu, à quoi leur servent tant de connaissances ?... — s'écria Świrski.

— Justement, à être des maîtresses de maison telles que maman, et pouvoir l'enseigner à d'autres…

— Mais où madame Linowska a-t-elle appris tout cela ?...

— Mon cher… maman c'est un prodige !... Quand elle se sera un peu apaisée, et que tu l'auras mieux connue, elle te dira tout de suite : les hommes ont dilapidé la Pologne, les bonnes femmes vont la racheter…

Le summum du ménage de madame Linowska était son garde-manger. Là se trouvaient des tonnelets et des pots de grès remplis de marmelades, miel, myrtilles, lactaires et autres champignons marinés… Là, des bocaux de confitures, des bouteilles de jus de fruits, des dames-jeannes d'eaux de vie vieillies, d'hydromel et de liqueurs. Là pendaient des chapelets de champignons séchés et de pruneaux fourrés piqués sur des brochettes. Là enfin attendaient leur tour les merveilleuses charcuteries de madame Linowska, célèbres dans toute la région…

— Sais-tu, mon cher — dit Świrski — que mon oncle et moi, bien que possédant cent fois plus de terres et d'argent que vous, nous n'oserions rêver à pareil garde-manger !...

— En revanche il doit y avoir autour de vous une douzaine de garde-manger, mettons... un tantinet plus petits que le nôtre.

Tous deux se mirent à rire et à se lancer des boules de neige. Soudain Świrski s'assombrit et déclara vouloir se coucher.

Effectivement, il monta, se coucha, mais sans l'intention de dormir. Il se félicitait que la maladie de Linowski eût franchi son acmé ; il s'enthousiasmait du ménage de madame Linowska ; il admirait son énergie, mais au milieu de ses enchantements, enthousiasmes, admirations, il sentait en son cœur une inquiétude, extraordinairement ténue, pas plus importante que la piqûre d'une épingle, mais néanmoins gênante.

« Qu'est-ce que cela peut être ?... d'où cela peut-il venir ?... — se demandait-il. — C'est vrai, cette attaque sur Linowski a été une saloperie... madame, en dépit de toute son amabilité, me regarde comme si j'étais un chien crevé... Mais bon, la maladie se termine, et ce sera à moi de faire en sorte qu'ils ne regrettent pas ce malheur...

J'ai fait une belle bêtise en écoutant ce bestiau de Vogel et en sortant, va savoir pour quoi faire, les gars dans le bois... Mais bon, ils auront fait une promenade en plein air et auront été affranchis à jamais... Moi, la prochaine fois, je ne les mènerai plus nulle part !...

Peut-être conviendrait-il maintenant de rentrer en ville ?... Mais pour quoi faire ?... Les étudiants se sont égaillés pour les fêtes... les citadins sont revenus dans leurs ateliers... Eux au moins n'auront pas été lésés... ils auront reçu six roubles d'avance par personne, et n'auront même pas déboursé pour leur transport...

En outre, j'ai fait la connaissance d'une maison formidable et d'une maîtresse de logis extraordinaire... Je convaincrai mon oncle d'y venir un jour. Et si l'on affermait un petit domaine au vieux Linowski, et invitait madame à mettre le même ordre chez nous, moyennant, cela va de soi, une rétribution adéquate ?... Espèce d'âne, ils vont te honnir, les vieux comme le jeune, et couperont tout contact... Il ne sera pas facile de leur trouver une récompense... »

Plongé dans ces pensées, il s'efforçait de s'égayer, souriait, mais sentait cependant quelque chose le gêner aux entournures...

« A part Linowski — se disait-il — je n'ai lésé personne... Au contraire, je les ai dissuadés d'attaquer des caisses, ce qui eût pu en mener plus d'un à la potence... Si certains veulent faire la guerre de cette façon, ils peuvent se rallier à Pędzelek ; les autres ne perdront rien à attendre que la révolution éclate en Russie… »

Soudain il sursauta de son lit… Voilà ce qui le tourmentait !... Il se rappela la conférence au cours de laquelle lui-même, et pas un autre, avait exposé publiquement que le chef était comme un homme qui se bat en duel, que son groupement c'était son arme, arme qu'il lui était interdit d'abandonner en route !...

« Concevoir un bon plan et le réaliser sans hésiter, sans considération pour ce qu'il va coûter, voilà les devoirs fondamentaux du chef… » N'étaient-ce pas là ses propres paroles ?... Et à chaque occasion ne répétait-il pas à ses collègues que l'armée régulière se distinguait d'une bande de brigands non seulement par la noblesse de ses buts, mais aussi par le dévouement des soldats, le discernement du chef et — la solidarité sans faille des deux parties ? Qu'est-ce qu'une armée sans chef ?... Un amas chaotique d'hommes… Et que devient un chef sans armée, qui plus est un chef qui a abandonné ses subordonnés dans le bois et… s'en est allé soigner un malade ?...

Un nouveau train de pensées s'ensuivit. Au nom de quoi Świrski s'accusait-il aussi injustement ?... N'avait-il pas dit à Vogel qu'en aucun cas il ne s'engageait à s'emparer de caisses, et pas même à les attaquer, étant donné qu'il ne disposait pas de forces en rapport ?... Et n'avait-il pas non plus clairement déclaré à ses collègues que la sortie dans le bois n'était qu'un galop d'essai, auquel on pouvait ou non participer ?... Si ensuite il les avait affranchis sans plus de cérémonie, n'avait-il pas évité la honte à ceux qui ne s'étaient pas présentés ?...

Il est vrai que dans le bois il avait agi sans réfléchir, sous le coup de la compassion ; mais ne lui avait-elle pas indiqué la voie la plus appropriée ? « On ne tirera rien de vous, donc — vous pouvez disposer !... » tel avait été le sens de sa conduite vis-à-vis des acolytes. Il n'avait pas abandonné son arme, mais simplement s'était débarrassé d'un petit sabre en bois, que le sort lui avait glissé en lieu et place d'une véritable arme…

— Si j'avais pu prévoir le dénouement, je ne me serais pas lancé dans pareille aventure ! — se dit Świrski.

Il ne sentait plus de reproches, mais du dégoût et de la colère à l'encontre d'on ne sait qui.

Telles étaient les méditations de Świrski, mais il ne s'en ouvrait pas à Władek. Ils étaient toujours ensemble, soit à arpenter la forêt, soit à observer de nouvelles particularités du ménage de madame Linowski, mais Władek ne pressentait même pas le combat qui se déroulait dans le cœur de son ami. Ce n'est que le lundi après dîner que Świrski dit sur un ton énervé :

— On pourrait peut-être aller aux Słomianki ?...

— Pourquoi pas — répliqua Władek, et commanda d'atteler le cheval.

En une demi- heure ils étaient sur place et du garde-chasse, qui était dans la confidence, ils apprirent que vendredi soir tout s'était bien passé. Les comparses s'étaient séparés, les uns allant en direction de la ville, les autres en direction des Fonderies.

— Ils ont rendu les armes ?... — demanda Świrski.

— Pas tous — répondit le garde. — Les étudiants oui, mais trois de la ville ont emporté avec eux des brownings et un mousqueton...

— Qui a pris le mousqueton ?... — l'interrompit avec colère Świrski.

— Un grand... un costaud... C'est avec lui que vous avez parlé le plus, chef... (Le garde donnait à Świrski le titre de chef).

— Ne serait-ce pas Zając ?... — intervint Linowski.

— Oui... oui ! — répondit Świrski pensif. — Seulement... pourquoi l'a-t-il pris... ce que d'ailleurs il n'avait pas le droit de faire ?...

« Et que faire des autres armes ?... — se demanda-t-il. — Il faut au plus vite en faire cadeau à Vogel ou Pędzelek et effacer la trace matérielle de l'existence des Chevaliers de la Liberté... Des malheureux chevaliers d'une encore plus malheureuse liberté... »

En chemin pour Leśniczówka, Władek était redevenu gai, mais Świrski était toujours pensif.

— Il me faut — dit-il — envoyer un billet à mon oncle... Tu peux me trouver un porteur ?...

— On fera venir du village Kobielak, ou Nowacki — répondit Władek. — Ils sont des nôtres...

Une fois rentrés à Leśniczówka, Świrski prépara un courrier à son oncle, l'informant qu'il ne reviendrait que dans quelques jours. Entretemps on fit venir Kobielak qui était rentré du chef-lieu de district il y a une heure et apportait des nouvelles fraîches.

— En chemin j'ai rencontré deux individus qui m'ont dit de les déposer au bois des grenouilles. Ils ont parlé qu'il s'était passé quelque chose au gouvernorat et que bientôt nous apprendrions des choses intéressantes. Ce qui m'a le plus intrigué, c'est qu'ils ont fait allusion à vous, monsieur Świrski... mais je n'ai pas osé les questionner, car on ne sait pas à qui on a affaire.

Ni Świrski, ni Władek ne prêtèrent attention au récit du paysan. Des inconnus avaient pu parler de l'oncle de Świrski, et dans la ville de X. il avait pu se produire un nouvel assassinat, ce qui n'étonnait plus personne.

Le mardi après-midi arriva enfin le docteur Dębowski, attendu avec impatience. Tous accoururent à sa rencontre, lui reprochant de s'être fait attendre si longtemps, alors qu'on avait envoyé samedi le télégramme concernant la maladie de Linowski.

— Ce n'est qu'aux Fonderies que j'ai appris que Joseph était vraiment malade — répondit le docteur. — Quant à votre télégramme, je n'y ai pas accordé d'importance, car il était entendu dès vendredi avec Joseph qu'il me manderait par télégramme... Moi aussi, chuchota-t-il à madame Linowska — j'ai amené environ trente mille roubles aux Fonderies, mais sans incident. Qu'est-il arrivé à votre mari ?...

Madame Linowska en peu de mots raconta l'histoire de l'attaque dans le bois et le comportement bizarre de son mari, qui avait eu l'air d'avoir (mon Dieu, pardonnez-moi !) un petit grain, ou d'être saoul...

Dębowski se tortilla la barbe.

— Ah bon !... attendez-voir, chère madame... on va éclaircir ça tout de suite...

Il courut dans la chambre de Linowski, et après l'avoir salué brièvement, demanda :

— Dis-moi un peu, mon vieux, qu'as-tu fait de la vodka que je t'avais donnée pour la route ?...

— Ben... je l'ai bue... — répliqua le forestier, étonné mais redevenu pleinement lucide. — Pourquoi ? il fallait la vider ?...

— Pauvre bougre !... — gémit le docteur — c'était de la gnole cinquantenaire, qu'il faut boire goutte à goutte... Tu as la gueule de bois !... Ne t'étonne pas que cela te soit un peu monté à la tête et que tu aies fait des scènes...

— C'est ma foi vrai, collègue !... Et moi qui pensais être devenu fou... Imagine un peu : une bande me tombe dessus, et à sa tête, qui ?... mon Władek... N'y avait-il pas de quoi devenir fou ?...

Dębowski l'interrompit et se mit à l'examiner. Après un quart d'heure d'observations et d'auscultations il déclara que tout allait bien mais que le forestier devrait partir pour quelques semaines, le mieux avec Władek et le mieux chez le gendre de Linowski, qui tenait une métairie à la frontière autrichienne.

— Pourquoi devrais-je partir et cela juste avant les fêtes ?... — s'étonna le forestier.

— Pour les raisons suivantes : premièrement, parce que je te le conseille... deuxièmement parce que tu dois te reposer et qu'ici la région n'est pas calme, et troisièmement — pour qu'on ne fourre pas Władek en taule. Tu as compris ?...

— Jésus, Marie !... pour quelle raison Władek ?... — s'écria Linowski et des éclairs de terreur recommencèrent à briller dans ses yeux.

— Allons !... allons !... — l'interrompit joyeusement Dębowski en lui tapotant le bras. — tu n'as pas de quoi t'inquiéter, quand bien même on bouclerait ton garçon ainsi que Świrski pour quelques jours... Pourquoi devrait-il être pire que ses collègues, ou même que nous, les vieux ?... Chez nous chaque génération ne doit-elle pas accomplir son temps en taule ?...

— Soit... qu'on le boucle... surtout si c'est avec Świrski... Mais pour quelle raison ?...

— Mon cher, moi je ne prétends nullement qu'on le bouclera... Seulement, dimanche on a arrêté plusieurs élèves de septième, sûrement pour quelque bêtise, et je me suis tout de suite demandé si le tien ne s'était pas fourré là-dedans... Mais ça n'a peut-être rien à voir...

— Il serait peut-être bien qu'on le boucle plusieurs semaines — grommela Linowski, faisant un geste désabusé de la main. — Pour sûr, ce serait peut-être même plus supportable l'hiver que l'été. Mais qu'elles sont donc bizarres les relations dans notre pays, vraiment bizarres !... Nous, nous nous soulevions à l'insu de, malgré nos pères, et voilà que maintenant nos fils tramant quelque chose en secret de nous...

— Société immature ! — répondit Dębowski pensif. — Le paysan ne se sent pas d'affinité avec le gentilhomme, ni le citadin avec le paysan... Le fils se détache du père, le petit-fils du grand-père... Nous sommes découpés en morceaux, en long et en large, comme le malheureux ver de terre que les gars préparent pour l'accrocher à un hameçon... Tu es donc d'accord pour partir chez ton gendre avec Władek ?...

— S'il le faut, je partirai... — répliqua Linowski, déjà plus gaiement.

— Alors maintenant dors, et moi je vais manger un morceau...

Comme sur commande, madame Linowska apparut en questionnant : que mangerez-vous, cher docteur ? Dębowski demanda de la bière à la crème[82].

— Ce sera prêt dans un quart d'heure... — répondit la maîtresse de maison.

— Et moi en attendant je vais bavarder un peu avec ces panicz — dit

---

[82] Boisson chaude à base de bière, blanchie de crème, chantée par Mickiewicz dans son « Messire Thaddée » (livre II, vers 511-514).

le docteur, sortant pour voir les garçons qui discutaient dans la cour.

— Faisons un tour — dit-il, les saluant en leur serrant la main.

Les deux jeunes s'aperçurent que Dębowski, habituellement gai et enclin aux plaisanteries, avait un air lugubre, ce qui les inquiéta pour la santé de Linowski.

Ils allaient en direction du bois. Lorsqu'ils eurent dépassé le verger, Dębowski s'arrêta dans la neige et demanda :

— Avez-vous eu des nouvelles de la ville, ou de l'école ?...

— Rien, pas le moindre mot...

— Dans ce cas, messieurs, je vous en apporte, de surprenantes et mauvaises.

Les garçons lui jetèrent un regard interrogatif. Dębowski s'essuya ses lunettes avec son mouchoir et dit d'une voix quelque peu altérée :

— Vous ne savez donc pas que... Jędrzejczak a été fusillé ?...

Entendant cela, Władek Linowski rougit, eut un sourire, puis pâlit, et sa bouche se déforma comme s'il allait pleurer. Et pour finir il sentit ses jambes flageoler sous lui et son esprit se troubler.

Świrski eut un comportement plus calme. Il ne doutait pas que Jędrzejczak — fût mort... Mais il ne comprenait pas très bien ce qui lui était arrivé.

— Jędrzejczak s'est tué ou on l'a tué ?... — demanda-t-il au docteur.
— Ou peut-être une querelle au sein du groupement ?... — ajouta-t-il en pâlissant. Il se souvint que le vendredi, avant le départ aux Słomianki, quelques-uns des collègues avaient traité Jędrzejczak de renégat, et... il prit peur. Peut-être qu'un des collègues l'avait tué ?...

Dębowski les observait avec compassion. Pour finir il parla lentement, en allant droit au but :

— Jędrzejczak ne s'est pas tué, mais — il a été fusillé. Dimanche matin... devant le vieux manège...

— Pour quelle raison ? — murmura Świrski.

— On l'a accusé d'avoir trempé dans l'assassinat des deux policiers — répliqua le docteur en racontant l'histoire de l'arrestation ainsi que de l'exécution de Jędrzejczak.

Les deux garçons retrouvèrent leur aplomb.

— Au moins il sera mort courageusement !... — fanfaronna Władek.

— Mais cela est impardonnable !... — intervint Świrski. — Il faut que quelqu'un paie pour un tel meurtre...

— Rassurez-vous, c'est déjà fait... — dit Dębowski. — Quand les officiers revenaient de l'exécution, quelqu'un a lancé une bombe et a atteint... le colonel Miednikow...

— Mais c'était un homme honnête !... — s'écria Świrski.

— Vous voyez... On a voulu faire payer quelqu'un, et en réalité à une injustice on en a rajouté une autre, à un malheur on en a additionné un autre... Miednikow était le seul à avoir défendu Jędrzejczak, et c'est lui justement qu'on a tué !... C'est une leçon pour vous, il ne faut pas se précipiter pour se venger...

— Un accident !... — marmonna Świrski. — Je suis curieux de savoir qui a lancé la bombe...

— Peut-être Starka ?... — se manifesta Władek.

— C'est paraît-il un certain compagnon forgeron, Zając... — dit Dębowski.

— Tu entends ?... — s'écria Świrski.

— Vous le connaissiez ?...

— Il était avec nous vendredi dans le bois... — chuchota Władek.

— Une bête sanguinaire !... — ajouta Świrski.

— Je ne vous ai pas encore tout dit — poursuivait le docteur. — Après le meurtre de Miednikow, une perquisition a été faite chez certains élèves de septième de votre école... On n'a rien trouvé de spécial, mais en tout cas on a arrêté les dénommés Starka, Lisowski et Chrzanowski.

— Nom d'un chien !... — souffla Świrski entre ses dents. Władek pâlit.

— Et ce n'est pas tout — disait le docteur. — Lundi vers le soir, on transférait ces trois élèves de la caserne à l'hôtel de ville, probablement pour les libérer aujourd'hui — ou demain... Les escortaient un policier et deux soldats d'infanterie. Soudain, sur le marché, plusieurs personnes ont attaqué le convoi. Ils ont blessé le policier, tué les soldats et délivré les dénommés Starka, Lisowski et Chrzanowski... Le résultat c'est qu'on a envoyé des gens à leurs trousses dans toutes les directions : et donc, quand les gars auront été pris, on ne les relâchera pas de sitôt. En outre, on a donné l'ordre d'en arrêter encore plusieurs autres, et notamment vous... monsieur Świrski...

— Ils ne me prendront pas vivant !... — dit tranquillement Świrski.

— Monsieur... quel est votre prénom ?

— Casimir... — intervint Władek.

— Casimir... — dit Dębowski d'une voix chantante — cher Casimir, ne soyez pas... c'est-à-dire... ne faites donc pas de nouvelle bêtise. Car il y en a déjà suffisamment de faites... même trop.

Cela dit, le docteur embrassa Świrski sur les deux joues.

— Que faire alors ?... — demanda le garçon avec agacement. — On arrête les collègues qui m'ont fait confiance... on les poursuit... les fusille, et moi je dois regarder cela les bras croisés ?...

— Władek et vous, à mon avis, vous devriez partir pour l'étranger. Pour quelque temps, s'entend. Quand le calme reviendra, vous rentrerez.

— Władek n'a qu'à partir, moi je ne peux pas. C'est bien moi qui ai attiré ces collègues traqués dans la conspiration !... — répliqua Świrski.

— Parfait... — dit le docteur. — Donc à eux aussi vous faciliterez leur départ à l'étranger et, dans la mesure de leurs besoins, vous les aiderez à subsister... à étudier. Ce n'est pas nouveau pour vous, monsieur Świrski !... Vous avez toujours aidé vos collègues.

— D'accord en ce qui les concerne... Mais moi je ne partirai pas.

— Parlons franchement. Pourquoi donc ?...

— D'un jour à l'autre, d'une semaine à l'autre, la révolution va éclater en Russie, et nous avons le devoir de la soutenir — répondit Świrski.

Le docteur lui saisit les deux bras et, les secouant, dit :

— D'une part il n'y aura pas de révolution en Russie, d'autre part nous n'avons pas d'obligation de la soutenir.

— Ah bon ?...

— D'abord — poursuivait le docteur — il n'y aura pas de révolution en Russie, au sens européen, sous une forme explosive, car les révolutionnaires là-bas n'ont pas de forces.

— Oh, permettez !

— Permettez !... Ils en ont administré la preuve à Moscou il y un an[83]... provoquant une explosion qui coûta beaucoup de victimes, mais qui fut une erreur, une erreur grossière... Là-bas, il n'y a pas d'armée révolutionnaire, il n'y a qu'une poignée de gens décidés à tout, qui sont capables de se sacrifier, mais sont incapables de bâtir des plans pour l'étape suivante, et sans doute ignorent même ce qu'ils veulent.

— Que racontez-vous là, docteur ?...

— Je parle comme un ami de la liberté, la nôtre et la russe, que les partis révolutionnaires ont résolument oubliée... Jusqu'à la proclamation

---

[83] Nous sommes à la fin de l'année 1906. Allusion aux combats qui opposèrent du 22 décembre 1905 au 1ᵉʳ janvier 1906 les ouvriers de Moscou à la police et l'armée, combats qui occasionnèrent plus d'un millier de victimes.

du manifeste d'octobre[84] on pouvait s'agiter... ériger des barricades... tuer et périr... Mais après le manifeste d'octobre, il convenait de changer de tactique.

— Pour faire quoi, selon vous ?... — demanda Świrski avec impertinence.

— Avant tout, remercier le plus gentiment pour le manifeste, ce qui n'a pas été fait, et ensuite — s'atteler à la mise en œuvre des principes du manifeste... Et donc introduire : la liberté de la personne, la liberté de conscience, la liberté de parole, la liberté de réunion et d'association... Et donc élire comme députés les gens les meilleurs et les plus sages qu'on puisse trouver. En un mot, il convenait de s'atteler à un travail civilisationnel, constructif, et non destructeur.

— Vous parlez comme un bourgeois...

— Vous vous trompez. Je parle comme un homme qui non seulement aime la liberté, mais a œuvré pour elle... Et non seulement a œuvré pour la liberté, mais y a réfléchi pendant de nombreuses... nombreuses années, ce dont tout le monde n'est pas capable...

— Kazio[85] — se manifesta timidement Linowski — il faut réfléchir à ce que vient de dire le docteur... Lui s'est vraiment battu, alors que nous, nous commençons seulement à en rêver...

— Je vous demande pardon — Świrski prit la parole. — Vous dites donc, vous, docteur, que nous, nous n'avons pas le devoir d'aider les Moscales dans leur lutte pour la liberté ? Pouvez-vous expliquer...

— Sur quoi j'étaye cette conviction ?... D'abord sur le fait que les troubles d'aujourd'hui, qui pour le moins ne sont pas une révolution, sont — inutiles.

— Admettons. Mais ils existent — le coupa Świrski.

— Voilà bien une raison ! — s'exclama le docteur. — Lorsque nous combattions, à vrai dire à contre-temps[86], pour leur liberté et la nôtre, une partie de l'opinion russe de l'époque nous condamnait sans pitié, et la seconde, meilleure et plus raisonnable, prétendait que nous étions dans l'erreur en combattant, que nous avions nui à la cause de la liberté. Merci bien pour le conseil ! Aujourd'hui les rôles ont changé... Aujourd'hui,

---

[84] Manifeste signé par Nicolas II le 17 octobre 1905, accordant un certain nombre de libertés fondamentales et prévoyant l'élection d'une Douma législative élue au suffrage universel.
[85] Diminutif de *Kazimierz*, Casimir.
[86] En 1863.

4 45 ans après

nous, Polonais, disons qu'il faut en finir avec le ferment révolutionnaire, et se mettre à travailler à la liberté. Oui, monsieur, car la liberté, comme toute chose en ce monde, ne s'acquiert pas tant par la lutte que par la sagesse et le travail... Nous, je le répète, n'avons rien à gagner aux émeutes, mais tout au travail éducatif : dans les écoles, les usines, les fermes, les ateliers, les assemblées locales, les églises. Et si l'agitation nuit à nos intérêts, pourquoi vouloir l'entretenir ? N'est-ce pas folie et crime ?

— Et donc, selon vous, nous devrions abandonner nos alliés ?

— En rejetant l'acte constitutionnel, ce sont eux qui nous ont abandonnés et non l'inverse... Du reste, la Russie comparée à nous est si peuplée et si forte que, dans la mesure où elle a besoin de révolution, elle se débrouillera toute seule. Celui des nôtres qui a envie de faire la guerre, qu'il aille là-bas ; et qu'il laisse en paix un pays qui ne veux pas de la lutte armée.

— Votre théorie nous exposerait à la haine de toute la Russie libérale !... — l'interrompit Świrski.

— A la Russie libérale, nous rendrons cent fois plus service au parlement qu'en tuant au coin des rues des soldats, ou des Miednikow... La Finlande[87] n'a pas fomenté d'agitation, mais sa liberté constitue cette petite étincelle qui enflammera plus facilement les libertés russes que vos bombes et vos brownings... A mon avis, nous devrions imiter la Finlande et non le Caucase[88]. Et de fait, si cela continue ainsi, nous deviendrons une copie conforme du Caucase. Nous n'aiderons pas la Russie, mais nous nous préparerons un enfer...

— Comment ça ?... — demanda Świrski.

— C'est très simple. Le gouvernement, en étouffant la prétendue révolution, peut dans le pire des cas refuser à la Russie telles ou telles libertés ; mais sur nous, il exercera sa vengeance... Il ne va pas, cela va de

---

[87] La Finlande constituait un Grand-Duché autonome au sein de l'Empire russe. Elle obtint à partir de 1906 un parlement élu au suffrage universel des deux sexes, était gouvernée, administrée et éduquée selon ses spécificités, et non astreinte au service militaire dans l'armée tsariste.

[88] Le Caucase, terre de conquête tsariste, a toujours mal supporté la domination russe et a été le siège de nombreux soulèvements. Des pétitions spécifiques y ont été formulées en 1905, notamment par les autochtones musulmans, réclamant une égalité de traitement. La rivalité arméno-tatare a provoqué un sanglant conflit entre les deux communautés en 1905-1906.

soi, imposer à son peuple des croyances étrangères, une langue étrangère, des fonctionnaires et des institutions étrangères, comme il l'a fait chez nous... Mais nous, en soutenant la révolution russe, nous mettrions en cause l'existence de la nation, l'ordre social. Les Russes honnêtes peuvent-ils exiger de nous pareil sacrifice ?... Et cela pourquoi ?... Pour entretenir un mouvement qui porte préjudice à la Russie elle-même.

— Moi j'ai l'impression, Kazio, que le docteur a raison... — s'immisça à nouveau Linowski.

— Je ne sens pas cela !... — répondit Świrski en hochant négativement la tête.

— Et que voulez-vous donc faire ?... — demanda le docteur. — Car je vous rappelle qu'il faut se décider à quelque chose, et rapidement. Ils vous recherchent !...

— Qu'ils cherchent ! — rétorqua Świrski avec défi. — Et moi, je ferai ce que devrait faire tout Polonais à l'approche du jour de la liberté...

Dębowski leva ses deux bras au ciel et serra les poings.

— Le jour de la liberté !... le jour de la liberté !... — s'exclamait le docteur avec colère. — Et moi, s'il faut s'amuser à des métaphores, moi je ne vois pas du tout de jour...à peine une aube, et encore sanglante... Et quel jour s'ensuivra — le diable seul le sait... Du reste, vous ferez comme il vous plaît, pourvu que vous n'entraîniez pas Władek...

— Władek devrait partir avec son père, ne serait-ce qu'en Galicie... — répondit Świrski.

— Et vous, vous ne pouvez pas aller là-bas ?... Vous voulez aider la révolution russe, à la bonne heure !... Mais il faut d'abord qu'elle éclate, et il est bien plus facile d'attendre ce moment en lieu sûr, plutôt qu'ici, où l'on peut vous attraper à tout moment et vous envoyer manu militari à la prison la plus proche. Et je ne comprends pas ce qu'y gagnera la liberté, si sur votre peau aussi prospèrent les poux...

— Je vous répète qu'ils ne m'expédieront pas manu militari !... — l'interrompit Świrski.

— Et moi je vous répète que vous êtes libre de vous rompre le cou si cela vous chante ... Mais ne venez pas raconter plus tard qu'il vous a manqué d'une mise en garde et de bons conseils !...

— Il est toujours facile de mettre en garde... surtout tardivement... — marmonna Świrski.

Le docteur lui lança un regard noir, s'enfonça sa casquette sur la tête et — rentra vite à la maison.

— Tout le monde est malin quand rien ne le menace... — dit Świrski à Władek. — Mais pourquoi donc ces sages... ces... expérimentés... ne sont-ils pas intervenus avec leurs conseils lors des meetings, où l'on pouvait se prendre un coup de poing ou même un coup de couteau ?... Tandis que moi, je donnais mes conseils au moment où... au moment où, véritablement, on n'était qu'à l'aube de l'état présent...

— Aux meetings les aînés ne pouvaient s'exprimer, car nous ne les y conviions pas... — intervint Władek.

— Et aujourd'hui que l'aube sanglante s'est embrasée, c'est trop tard !... — l'interrompit Świrski avec un mauvais rire, faisant lui aussi demi-tour en direction de la maison.

X

Mercredi, vers les neuf heures, la famille Linowski, le docteur, mademoiselle Jadwiga et Świrski étaient à table pour le déjeuner. Les dames sirotaient du café d'orge, le docteur et les jeunes buvaient du thé, et le forestier de l'eau très chaude avec du lait. Le temps était glacial, mais ensoleillé ; le vieux Linowski se sentait nettement ragaillardi, ce qui mettait tout le monde d'excellente humeur, tout le monde à l'exception de Dębowski qui faisait la grimace parce qu'on ne lui avait pas permis de rentrer en ville.

— Et après le déjeuner, vous vous mettez, mesdames, à la préparation des *pierogi*[89]... — dit Linowski. — Je suis très curieux de voir comment mademoiselle Jadwiga les réussira...

— Je ne vais tout de même pas les cuire toute seule... — répondit-elle en se désignant de son doigt menu. Le geste était si charmant que Świrski rougit on ne sait pourquoi.

— Et toi non plus tu ne vas pas les manger, mon ex-lieutenant — grommela le docteur.

— Pourquoi ?... — s'indigna Linowski. — Samedi c'est le réveillon de Noël...

— Mais vous devriez partir au plus vite, et avant le réveillon.

— Est-ce bien indispensable ?... — demanda Linowska, tandis que ses grands yeux s'éteignaient.

Comme en guise de réponse, les chiens de garde se mirent à aboyer, et on entendit marcher sur le plancher du perron.

— Des pas connus... — dit Linowski en levant la tête et prêtant l'oreille.

La porte s'ouvrit et sur le seuil apparut un paysan grisonnant, en grosse peau de mouton.

— Loué[90] !... — prononça le visiteur, s'essuyant sa moustache couverte de givre.

— Kobielak !... — s'écria Świrski en quittant la table d'un bond. — Vous avez une lettre de mon oncle ?...

Le paysan se taisait, embarrassé.

---

[89] Sorte de grands raviolis, farcis au fromage, au chou, à la viande, aux fruits...
[90] Traditionnelle formule de salutation chez les catholiques, ici abrégée : « (que Jésus-Christ soit) loué ! » ; on répondait « pour les siècles des siècles, amen ! »

— Vous ramenez une réponse ?... — demanda Władek.
— Je ne sais pas comment dire... — répliqua, perplexe, le paysan.
— Le mieux est de ne pas tourner autour du pot — intervint Dębowski.
— Alors, voilà... Je n'ai pas remis la lettre.
— C'est quoi encore, ça ?... — s'étonna Władek.
— Aux Świerki, dans le manoir, c'est plein de militaires... Ils ne m'ont pas laissé entrer... On a fini par me dire au village que le seigneur, c'est-à-dire monsieur Świrski senior, il est tombé malade...
— Mon oncle malade ?... — se manifesta Casimir d'une voix altérée.
— Et que fait l'armée dans le manoir ?... — demanda Dębowski.
Le paysan jetait des regards autour de lui... hésitait...
— Ah, mon Walenty[91], ne nous faites pas languir !... — s'immisça madame Linowska. — Asseyez-vous... je vais vous servir du thé... Ici tout le monde se connaît, on peut parler.
— Bon, si on peut... Des soldats et des policiers sont venus arrêter monsieur le ch... — je veux dire le panicz Świrski...
Mademoiselle Jadwiga pâlit et leva les yeux sur Świrski qui, sous son regard, rougit à nouveau.
— Le docteur — dit le jeune garçon — m'avait déjà prévenu que je suis recherché. — Il eut un sourire.
— Mais, monsieur... ils ont fusillé votre collègue... — chuchota Jadwiga.
— Nous aussi nous saurons mourir !... — réagit Władek, se mettant la main sur le cœur, à l'instar d'un acteur.
— Le docteur jeta un coup d'œil à madame Linowska, qui dit à mi-voix :
— Qu'ils partent donc... et même tout de suite !...
— En partant d'ici à onze heures, ils pourraient être à Gruda pour quatre heures, et à quatre heures et demie même à l'étranger, si nécessaire — ajouta le docteur.
— Je pourrais en cacher un, même en cas de perquisition des plus sévères... Mais trois, je n'y arriverai pas !... — s'adressa madame Linowska à son mari.
— A onze heures vous partez !... — dit Dębowski, regardant sa montre.

---

[91] Valentin.

— S'il le faut, il le faut... — répondit Linowski en se levant pesamment de table.

Władek pâlissait et rougissait, tout en regardant son père.

— Vous allez avec eux ?... — demanda Dębowski à Świrski.

— Non !... Moi j'irai avec Kobielak au village — répliqua Świrski, faisant comme s'il les saluait pour prendre congé.

Linowska alla vite à lui et, lui prenant le bras, dit d'une voix résolue :

— Jamais !... J'ai dit que j'arriverai à en cacher un en cas de perquisition et — je le ferai. Vous resterez chez nous aussi longtemps que votre affaire ne sera pas éclaircie, ou du moins aussi longtemps qu'ils ne nous assiégeront pas de façon telle qu'il faudra bien fuir.

Elle obligea Świrski à se rasseoir, et voulut servir du thé à Kobielak. Mais les mains lui tremblaient, si bien que c'est mademoiselle Jadwiga qui le fit, bien qu'à elle aussi la tâche ne fût pas aisée.

— Si ces messieurs-dames me permettent — se manifesta Kobielak — le panicz Świrski devrait se cacher pour cette fois...

L'assistance se tourna vers lui.

— Car dans le village on a dit — poursuivit le paysan — que dans le groupement de Zajączkowski c'est le panicz qui commande, et que Zajączkowski ne fait qu'exécuter les ordres... Moi ça m'a fait rire, mais au village ils m'ont dit de ne pas rire car les policiers disent que si jamais ils attrapent le panicz ça ira mal...

Répétez ce qu'ils disent... répétez !... — sourit Casimir.

— Puisque vous me demandez vous-même, je vais répéter, mais c'est des sots... Y disent, les policiers, que le tribunal de guerre pendrait le panicz à la plus haute potence...

Mademoiselle Jadwiga faillit en laisser tomber le verre de thé.

— Ils sont devenus fous !... enragés !... — s'exclama Władek.

— Y disent ça — poursuivait le paysan — parce qu'y pensent que le panicz conseille Zajączkowski...

— Aha !... — intervint Dębowski. — Il a suffi de quelques jours pour que Zając se transforme en Zajączkowski...

— C'est pas un Zając[92], c'est un loup !... — pérorait Kobielak. — Y a pas de jour ou de nuit où y fait pas la guerre... Hier aux Mokradła ils ont attaqué la mairie et le monopole... Ils ont pris l'argent... détruit tous

---

[92] Le nom commun *zając* signifie « lièvre »

les papiers et les alcools, et le pire, c'est qu'ils ont blessé des cosaques[93]. Les cosaques étaient partis pour les attraper aux Mokradła, et eux sont venus tout un paquet à leur rencontre, et ont attaqué les *kozougnes*[94] pas loin de Sosnowica... Et avant-hier ils ont arrêté des Juifs sur la route, leur ont pris quelque cent roubles et par-dessus le marché voulaient encore les pendre...

— Dans ce Zając, ou Zajączkowski, un bandit a toujours sommeillé — intervint Świrski.

— On ne peut donner une arme au premier venu et le laisser aller sans lui serrer la vis... — se manifesta Dębowski. — Même le soldat régulier se fait facilement rapineur, puis bandit, alors que dire d'un simple amateur partisan !

Pendant ce temps le vieux Linowski faisait craquer ses doigts et regardait les fenêtres recouvertes de givre.

— Alors vous dites, docteur, qu'il nous faut partir pour Gruda ?...

— Et cela tout de suite, à onze heures !... — répondit Dębowski.

— Et vous, Casimir — le forestier se tourna vers Świrski — vous ne pourriez pas, monsieur Casimir, vous envoler là-bas avec nous ?... Là-bas personne ne soupçonnera votre liaison avec des brigands ou des partisans... Du reste la frontière est tout près. On peut faire deux fois par jour l'aller-retour en Galicie...

— Si vous me permettez... — Kobielak prit la parole — monsieur le forestier a raison. Ils ne vous pendront certainement pas, même s'ils vous attrapent...

— Ils ne m'attraperont pas... — murmura Świrski.

Mademoiselle Jadwiga lui jeta un regard exprimant un ineffable chagrin.

— Casimir — intervint Dębowski — écoutez Kobielak, car c'est le bon sens paysan qui parle par sa bouche... la voix de la nature... Ne cherchez pas à prendre des bosses, quand vous pouvez l'éviter...

— Docteur, j'ai déjà expliqué maintes fois pourquoi Władek doit se rendre en lieu sûr alors que moi — je ne peux encore le faire... Quand Władek sera parti, un poids me sera ôté de la poitrine, mais il m'en restera encore trois : Starka... Chrzanowski... Lisowski... Tant que je ne les aurai pas trouvés, tant que je ne les aurai pas sortis d'affaire, je ne peux

---

[93] Les cosaques constituaient des unités autonomes de redoutables et redoutés gendarmes du tsar.
[94] Dénomination péjorative des cosaques.

bouger d'ici. Je n'en ai pas le droit…

Le vieux Linowski, entendant cela, haussa les épaules et écarta les bras… Mais le docteur ne s'avoua pas vaincu…

— D'abord, vous n'êtes pas certain que ces trois jeunes ne se sont pas enfuis, car ils n'ont plus rien à faire chez nous. Et ensuite, en supposant qu'on les ait arrêtés, que gagnera notre pays et la révolution en Russie si vous aussi vous accompagnez vos collègues en taule ?...

Świrski hocha négativement la tête et dit :

— Moi je n'ai pas le droit d'aller en taule… pas vrai, Władek ?... Mais je n'ai pas le droit non plus d'abandonner des gens que j'ai encouragés… pour ainsi dire formés… et qui d'ailleurs sont partis à ma demande…

Sa voix se brisa et il se tut.

— Alors, que les femmes tranchent — dit le docteur en colère. — Madame Linowska, ma chère : Świrski doit-il rester ou partir en Galicie ?...

— Au nom de sa mère, je dirais : pars, mon fils, car tu n'as rien à faire ici aujourd'hui !... Et s'il veut rester au pays, je le prie instamment de rester chez nous… Moi je saurai le mettre à l'abri.

— Ainsi que nous tous !... — se manifesta Kobielak. — Les policiers auront plus vite fait d'attraper un écureuil de nos bois que de retrouver le panicz au milieu de nos paysans…

Dębowski fit un geste impatient de la main.

— Et maintenant à mademoiselle Jadzia de parler !... Świrski doit-il rester ?...

Les yeux de la demoiselle parurent s'agrandir. Elle joignit les mains et répondit d'une voix à peine audible :

— Monsieur Świrski doit rester tant que ses collègues…

Elle n'acheva pas et se précipita hors de la pièce.

— Władek — grommela le docteur — va à l'écurie et fais atteler… Et que Kobielak ramène son cheval pour me conduire jusqu'aux Fonderies… Marre de ces zzzzélatrices… de ces activistes sociales éclairées !...

Kobielak se souleva de sa chaise et remercia madame Linowska de ses bontés. Dębowski, énervé, commença à tourner en rond dans la pièce, et après avoir récupéré sa casquette en fourrure de castor, sortit précipitamment, accompagné de Władek.

Une fois dans la cour, alors que le froid les enveloppait, le docteur dit :

— Świrski est perdu… Son oncle lui a chamboulé le cerveau à plaisir… la révolution encore davantage, et à présent ces demoiselles vont

l'achever...
— Mais moi j'ai de bons pressentiments et je sais que tout se terminerait pour le mieux si...
— Mouche ton chien avec tes pressentiments !... — rétorqua le docteur. — Et que signifie ce *si* ?...
Władek s'assombrit.
— Vous plaisantez, docteur, mais pour moi le pire, c'est que... Kazio n'a pas d'argent...
Le docteur s'arrêta au bord du puits à balancier, qui était gelé.
— Il n'a rien ?... — demanda-t-il. — Alors avec quoi vous apprêtiez-vous à faire la guerre ?
— Vendredi dernier, Kazio a distribué pratiquement tout son argent — répliqua Władek, encore sous le coup de l'indignation et regardant Dębowski de côté.
— Il aurait eu bonne mine — ronchonna le docteur. — Car les paysans et même les Juifs vont le cacher, c'est sûr, mais... ou il lui faudra les menacer, ou les payer... Tu as bien fait de m'en parler...
— Alors, docteur...
— Bon, de l'argent je n'en donnerai pas, car je n'en ai pas moi-même, mais je vais faire un emprunt aux Fonderies, du reste je dirai à Weintraub...
— Mon cher... adoré docteur !... — s'exclama Władek.
— Va à l'écurie... va... et fais atteler...
Un quart d'heure plus tard, Linowska, s'efforçant de retenir ses larmes, empaquetait les affaires de son mari et de son fils, tandis que mademoiselle Jadwiga disposait dans un petit panier les provisions pour la route.
Et en attendant, les quatre hommes eurent une brève concertation, dont Dębowski formula la conclusion de la sorte :
— Faites attention, Casimir, à ce que je vais vous dire, car il est interdit de s'en écarter, vous comprenez ?...
— Ça dépend... — intervint Świrski.
— Je vous demande pardon... il n'y a pas de « ça dépend » ... Dans votre jeu s'engagent moi-même, ce qui importe peu, mais aussi madame Linowska, que nous n'avons pas le droit d'exposer.
— Mais je préférerais mourir !... — explosa Świrski.
— Je t'en prie, Kazio, écoute !... — murmurait Władek, pressant le bras de son ami.
— Casimir — se manifesta Linowski — depuis vendredi vous êtes

pour nous comme un second fils... Ne prenez pas mal qu'un pauvre forestier veuille vous adopter...

Là Świrski soudain s'inclina et baisa la main de Linowski, dont les yeux s'embuèrent. Pendant un moment il y eut un silence ; enfin, le docteur, s'essuyant les lunettes, parla sur un ton étonnamment conciliant, du moins pour lui :

— Ce n'est pas l'heure de faire du sentiment... Sachez seulement, monsieur Świrski, que du moment que vous êtes entré dans nos cœurs, nous sommes concernés non seulement par votre sécurité, mais aussi par votre honneur... Vous êtes d'accord ?...

— Oh... oui...

— Alors, obéissez et écoutez... Comme l'a dit Linowska, vous devez rester ici, ou du moins avoir votre base ici. Il vous faut ne pas bouger de ces lieux, car c'est ici que vous pourrez vous cacher le plus facilement, et c'est ici que vous pourrez recevoir des informations...

— De qui donc !... — chuchota Świrski en haussant les épaules.

— Ne serait-ce que de moi — dit Dębowski. — Pour commencer vous allez me donner un reçu pour cent roubles, et moi je vous les enverrai par Weintraub, et peut-être même depuis les Fonderies. Puis je vous tiendrai informé à propos des trois Robinson ou Rinaldini[95] : Starka, Chrzanowski et Lisowski... (Je me rappelle encore bien leurs noms, n'est-ce pas ?...). Je vous ferai savoir s'ils sont en taule, ou si vos collègues savent quelque chose à leur propos... S'ils sont en taule, il faudra leur apporter des douceurs : tabac... nourriture améliorée etc., que vous, mon très cher, leur paierez...

— Evidemment !... — intervint Świrski.

— Parfait ! Ensuite je vous tiendrai au courant de mon entrevue avec votre oncle...

— Vous allez voir mon oncle ?... — s'écria Świrski. — Ah, que vous êtes bon !...

— Il est extra, ce jeune gentilhomme !... Votre oncle ne doit-il pas pourvoir aux dépenses de nos diverses entreprises, et je ne doute pas qu'il le fasse avec la fougue caractéristique des Świrski...

— Je crois bien !... — marmonna Linowski.

— Et maintenant, écoutez-moi, Casimir — poursuivait le docteur. —

---

[95] En référence au roman de l'écrivain allemand Christian August Vulpius (1762-1827), *Rinaldo Rinaldini, Chef des Brigands*, qui connut une grande vogue au 19ème siècle.

Moi je vous donne ma parole qu'il n'arrivera rien à vos collègues, quand bien même ils seraient en taule... Je vous garantis que dans cette taule on s'occupera d'eux, avec votre argent, s'entend, et même si on les déportait, on s'occupera d'eux également, toujours avec votre argent... Mais en échange donnez-moi votre parole que — lorsque je vous aurai dit : tout va bien ! vous, Świrski en personne, vous partirez en Galicie et y resterez — un mois. Qu'ensuite vous rentriez au pays, ou partiez en Russie pour guerroyer de concert avec une armée révolutionnaire inexistante, ce n'est plus mon affaire. Mais il faut que vous restiez en Galicie un mois pour vous refroidir... J'ai votre parole ?...

Świrski réfléchit et lui tendit la main.

— Vous avez raison — dit-il — je suis stupide et je devrais retourner au bahut...

— A l'université, mon cher ! — dit le docteur. — Moi aussi je suis revenu du fusil sur les bancs de l'école, et avec quelle ardeur j'ai étudié !... comme j'avais envie d'étudier !...

Le docteur sortit de la pièce, et quelques minutes plus tard accourut une domestique toute rouge de froid, disant :

— Paweł[96] est en train d'atteler et demande ce qui va aller dans le traîneau ?

Madame Linowska se prit la tête entre les mains.

— Mon Dieu — s'écria-t-elle — mais je n'ai pas encore fini de faire les bagages !...

— Et moi je vais me changer — dit Linowski. — Quand il faut y aller, il faut y aller...

— Je me serais plutôt doutée de la mort que de telles fêtes... — murmura Linowska. — A tous les réveillons de Noël il y avait chez nous une douzaine de personnes, et aujourd'hui, même mon mari et mon garçon s'en vont !...

Świrski rougit et Władek glissa rapidement :

— Vous me traitiez de bonne femme, maman, quand je m'inquiétais pour papa, et aujourd'hui c'est vous-même qui devenez bonne femme à l'idée que pour le réveillon il faudra cuire moins de poissons...

— Il ne s'agit pas de poissons, mais de cette route que vous allez

---

[96] Paul.

prendre, qui n'est pas du tout sûre...

— Pour papa et pour moi ?... — sourit Władek. — Papa a une vingtaine de balles, et moi une centaine. Et d'ailleurs, qui pourrait nous attaquer ?

— Ne serait-ce que ce Zając, ou Zajączkowski, dont tout le monde parle.

— Zajączkowski ne fera rien à Władek, je le garantis — s'immisça Świrski.

— Et il n'y a pas d'autres bandits ? — demanda Linowska.

Świrski réfléchit et chuchota à Władek :

— Ton browning est dans la pièce, là-bas ?... Je vais le vérifier. — Et il sortit.

Entretemps deux robustes filles avaient apporté dans la pièce une énorme manne et une grosse valise, dans lesquelles madame Linowska commença à ranger du linge sorti d'une commode et des vêtements tirés d'une armoire.

— Je vous mets — dit-elle à son fils — des tricots de corps et tout le reste... Je te prie, surveille ton père pour qu'il ne sorte jamais sans son tricot. Et toi non plus...

— Bien entendu — acquiesça Władek. — D'ailleurs lorsque nous sommes allés aux Słomianki, j'avais des tricots sur moi et dans mon *ранец*[97]...

— Ah, ces malheureuses Słomianki !... — soupira la mère. — J'ose espérer que tu ne commettras pas une deuxième fois pareille bêtise...

— Naturellement que si la paix revient, j'entrerai à l'université ou à l'école polytechnique... Mais si éclatent la révolution et la guerre avec les Allemands...

— Tu radotes encore à propos de la révolution ?... Combien de fois ton père, et maintenant ce brave docteur, ont-ils dit que ça n'a rien à voir avec une révolution, que ce ne sont que des troubles...

— Mais ces troubles retirent des forces armées de la Russie profonde vers nous et permettent aux révolutionnaires de s'organiser... Ma chère maman, ce n'est que le commencement du commencement !... Et ce n'est que pour cela que je pars en Galicie et que je suis prêt à me mettre aux études. Mais quand éclatera la vraie révolution... quand les Prussiens nous envahiront, qu'il nous faudra les chasser d'ici et même aller chez

---

[97] « Sac à dos » en russe.

eux...

Ce disant, Władek moulinait de ses poings, ses yeux lançaient des étincelles, et une forte rougeur recouvrit son visage.

— Et toi tu irais ?... — demanda Linowska, se tordant les mains.

— Moi ?... — s'étonna Władek. — Vous savez bien que si je n'y allais pas, vous me renieriez, maman, et papa certainement me cracherait au visage...

— Mon Dieu !... mon Dieu !... — murmurait Linowska. — Comme il est heureux que votre révolution ne se produira pas... Je t'en prie, ne pense pas à des bêtises... A Zosia[98] et aux enfants j'envoie deux pains d'épices et un peu de *makagigi*[99]. N'oublie pas de leur dire que c'est de ma production... A Seweryn je donne trois bouteilles d'hydromel et deux de kirsch, du vieux de cinq ans... Mais que ton père ne touche pas à l'alcool... Dębowski l'a formellement interdit... Oh, surveille bien ton père, qu'il ne se fatigue pas, ne prenne pas froid, dorme beaucoup, ne mange pas trop avant de se coucher...

Les filles chaudement vêtues et aux pas lourds entrèrent de nouveau dans la pièce, portant des bouteilles et des paquets contenant toutes sortes de denrées alimentaires.

— Laissez, je vais ranger moi-même... — dit madame Linowska. — Pauvre Świrski, si la police est déjà à ses trousses... Si c'était toi... doux Jésus !... je ne t'aurais pas permis de partir...

— Alors vous auriez préféré, maman, qu'on m'arrête à la maison ?...

— Ne raconte pas de bêtises, s'il te plaît... Bien sûr qu'à la fin je t'aurais envoyé à Gruda, compte tenu de la proximité de la Galicie ; mais tu serais parti en compagnie d'un paysan, et je t'aurais déguisé en fille...

— Que dites-vous là !... — s'indigna Władek. — Moi en fille !... Elle serait belle la fille, avec un browning et cent munitions... Avec quel plaisir je me serais mis à les arroser !...

— Au nom du Père et du Fils... — se signa Linowska. — Władek, que radotes-tu là ? Tu sais ce qu'on fait à ceux qui tirent sur la police ?... Władek !... Il vaudrait mieux nous tuer tous les deux, moi et ton père... Dieu de miséricorde, ce Jędrzejczak a peut-être laissé des parents, qui à coup sûr ne se doutent même pas de ce qui est arrivé à leur fils...

— La même chose peut arriver à tout un chacun. A Świrski... à moi...

— Mon Dieu !... — criait la mère, lui entourant le cou de ses bras. —

---

[98] Diminutif de *Zofia*, Sophie.
[99] Sorte de pâtisserie orientale.

Si tu devais... si on te...

— Maman — dit Władek, se libérant de son étreinte — vous et mon père ne m'avez pas appris comme ça... Et si la Patrie exigeait de vous que je meure ?...

— Que dis-tu ?... tu blasphèmes... la Patrie, c'est une mère... tu entends : une mère, et donc comment pourrait-elle exiger de parents la mort de leur enfant ?...

— Mais rappelez-vous, maman chérie, toutes nos batailles livrées depuis cent et quelques dizaines d'années. Les Raszyn, Somosierra, Olszynka, Ostrołęka, Żyrzyn, Fajsławice[100]... Lors de chacune d'elles, des fils à leurs mères ne sont-ils pas tombés, et la seule raison de notre servitude, c'est peut-être qu'ils furent trop peu à avoir accepté de mourir ?...

Madame Linowska s'accouda à la table, se cacha le visage dans les mains, et sanglotait silencieusement.

— Qu'est-ce qu'il dit !... mais qu'est-ce qu'il dit !...

Władek lui mit les mains autour du cou et chuchota :

— Et toi, qu'est-ce que tu dis, petite maman ?... N'est-ce pas toi qui m'as enseigné cela... vous deux... Et aujourd'hui, quand apparaît la première ombre de sacrifice pour la Patrie, tu voudrais déjà me dissuader...

— Moi ? — demanda Linowska d'une voix blanche. Elle se souleva, s'essuya les yeux et recommença à faire les paquets.

— Vous n'êtes pas fâchée contre moi au moins, maman adorée ? — dit Władek après un moment, se radoucissant.

— Je devrais, mais je ne le serai pas si tu me promets d'écrire le plus souvent possible...

— A la bonne heure ! Evidemment que j'écrirai...

— Tous les jours ?...

— Voilà, tout de suite « tous les jours »... Si déjà un messager de Gruda se présentait au moins une fois par semaine...

— Mais moi je te prie de m'écrire tous les jours... quelques lignes... C'est si facile. Sur une feuille de papier, chaque jour, note ne serait-ce que quelques phrases... Ceci et cela nous est arrivé... j'ai fait ceci... j'ai pensé cela... papa était de telle humeur... j'ai rencontré un tel... Tu ne sais pas à quel point on peut s'ennuyer à Leśniczówka, surtout quand tous seront partis, tu pourrais donc adoucir la solitude de ta mère et écrire,

---

[100] Batailles livrées par les armées polonaises lors des campagnes napoléoniennes (Raszyn, Somosierra), du soulèvement de 1830-1831 (Olszynka, Ostrołęka), de celui de 1863 (Żyrzyn, Fajsławice).

comme je te l'ai indiqué... Je ne suis pas exigeante... quelques phrases... deux... trois lignes... Et quand un messager se présentera, tu l'enverras...

Ce disant, elle souriait, mais de ses yeux coulaient des larmes silencieuses.

On frappa à la porte et Świrski entra, grand, se tenant droit comme à son habitude, cachant quelque chose derrière son dos.

— C'est prêt ?... Merci, Kazio, et excuse-moi !... — dit Władek. Il récupéra auprès de Świrski l'objet dissimulé et, ouvrant sa veste, se ceignit d'un ceinturon noir, auquel était suspendu le lourd étui d'un revolver.

—Toujours la même chose !... — soupira Linowska, en faisant un geste désespéré de la main. Ça brûle toujours dans cette petite tête enfantine...

— Enfantine !... — l'imitait Władek. — Dans la vie de notre génération, chaque mois compte pour une année. Vous préféreriez définitivement, maman, que nous partions sans aucune arme avec papa et que tous ces paquets avec hydromel, eaux-de-vie, *makagigi*, et même ... nos tricots de corps soient remis au premier voleur venu qui nous aborderait ?

— Mais as-tu le médaillon que je t'ai donné quand tu es parti faire tes études ?...

Władek se taisait, embarrassé.

— Tu vois, et tu ne m'as rien dit, alors que tu sais bien que pour ce voyage il te faut la meilleure arme...

Elle déboutonna sa collerette, enleva le médaillon doré fixé à un petit cordon de soie noire et le passa autour du cou de son fils.

— C'est la Vierge de Częstochowa — dit-elle à mi-voix — consacrée auprès de la Vierge d'Ostra Brama[101]... De nombreux miracles... de nombreuses grâces m'ont été accordés par Elle... A présent qu'Elle te sauve, toi...

— Et vous, maman, vous allez rester sans protection ?... — demanda Władek.

— La Mater dolorosa de toute façon veillera sur une mère triste...

Władek lui baisa les deux mains, les yeux, la bouche et dit :

— C'est assez !... Si je continuais à discuter ainsi, je deviendrais

---

[101] Vierge de l'icône de la Porte d'Ostra Brama (« Porte de l'Aurore ») à Wilno (aujourd'hui Vilnius, capitale de la Lituanie), qu'invoque Mickiewicz au début de son « Messire Thaddée ».

vraiment une bonne femme, et vous maman la première vous vous moqueriez de moi et me gronderiez... Pas vrai, maman ? Allons voir les chevaux, Kazio.

Un grand traîneau, tiré par une paire de robustes chevaux gris, venait justement d'arriver devant la maison. Une cloche bruyante était accrochée au timon.

— Décroche-moi ça tout de suite, nom d'une pipe !... — cria le docteur. — Qu'est-ce que c'est, tu veux attirer tous les voleurs du gouvernorat avec cette cloche ?

Paweł descendit nonchalamment de son siège et, riant, répondit :

— On a pendu exprès un tel bourdon pour que ces salopards aient peur, et vous, monsieur, vous pensez que je voudrais les attirer.

Et tout doucement il décrocha la cloche, qui en effet était d'une taille impressionnante.

Les filles sortirent la manne sur le perron, ainsi que la valise et une caisse, à la vue desquelles le cocher commença à se gratter la tête, se demandant où il placerait tout cela.

Le docteur pressa le mouvement, le vieux Linowski apparut sur le perron dans sa petite fourrure de renard, sur le fond gris de laquelle se détachait nettement le cordon vert du révolver.

— On part comme pour une insurrection — riait Władek.

— Je vais t'en donner de l'insurrection... — dit Dębowski. — Et en attendant habille-toi, car le temps presse...

— Nom d'une pipe !... — s'écria Linowski — j'ai complètement oublié de demander un congé... Quelle histoire !... Je perds effectivement la mémoire...

— Sois tranquille pour ta mémoire et pour le congé. J'ai déjà parlé de ton départ au directeur...

— Et il est d'accord ?... — demanda Linowski sur le ton d'un enfant impatient de savoir.

— En récompense de ce que tu as fait pour eux, ils te donneraient congé toute l'année, payé et avec prime — répliqua Dębowski.

— C'est vraiment la main de Dieu !... disait le forestier, comme s'il se parlait à lui-même. — J'ai épargné un peu de perte d'argent à l'usine... j'ai gagné un bon point auprès de la direction et qui sait si je n'ai pas sauvé quelques garçons de la taule, et peut-être même de la potence. Et tout cela en échange de quelques jours de maladie, plus ridicule que grave.

— Allez, allez... laisse tomber la philosophie et en route —

l'interrompit Dębowski.

— Alors montons...

— Pour l'amour de Dieu, ne bougez pas !... — s'écria Linowska. — J'ai oublié le plus important...

— Qu'est-ce encore que ces choses importantes ? — demanda le docteur.

— Je n'ai pas donné la théière... Franusia[102], cours à la cuisine et ramène la plus petite bouilloire en fer-blanc... D'autre part — j'ai complètement oublié les *opłatki*[103] pour Zosia et vous tous...

— Les *opłatki*[104] pour les cachets ?... — demanda le docteur.

Linowska lui lança un regard noir et haussa les épaules. Puis elle courut dans la maison et peu après en ramena la bouilloire métallique, ainsi qu'une petite boîte avec les *opłatki*.

— Montez... montez et partez... Voyez, mon Kobielak lui aussi met déjà les voiles... sur un traîneau apparemment non ferré...

— Porte-toi bien, Hania[105]... au revoir !... — dit Linowski, serrant tendrement sa femme contre sa poitrine.

— Władek — dit Dębowski à mi-voix — si tu as un peu de jugeote et de maîtrise sur toi-même, étudie... étudie et étudie encore... Aujourd'hui les guerres ne sont plus de mode, et sont remplacées par la raison et le travail... Il ne se passera pas un siècle avant que les victoires ne soient remportées que par ceux qui seront capables de travailler mieux et avec plus de persévérance... Compris ?...

— Compris !... — répondit Władek avec entrain — et en tout cas, je ne vous ferai pas honte, docteur.

Ensuite, prenant Świrski sous le bras, il lui chuchota à l'oreille :

— Depuis Lwów[106], s'il y a la révolution, je t'amènerai du renfort... mais souviens-toi, tu me feras ton aide de camp, comme Napoléon avec Murat...

— Et tu es sûr que nous allons encore nous rencontrer ?... — lui demanda Świrski l'air serein.

---

[102] Diminutif de *Franciszka*, Françoise.
[103] Gaufres très minces en pain azyme que l'on partage traditionnellement en famille lors du réveillon de Noël.
[104] Ici au sens de capsules vides destinées à contenir des poudres à usage pharmaceutique.
[105] Diminutif de *Hanna*, Anne.
[106] A l'époque capitale de la Galicie, aujourd'hui Lviv en Ukraine occidentale.

— Je suis aussi sûr de ta bonne étoile que de la victoire de la révolution — rétorqua Władek.

— La révolution vaincra, mais l'homme... L'homme est chose très fragile ! — répondit Świrski pensivement, mais sans se départir un seul instant de sa sérénité.

— Montez donc à la fin, espèce de traînards ! — criait Dębowski en s'impatientant.

Le forestier avait déjà pris place dans le traîneau, Władek prenait congé du personnel.

— Un dernier petit mot !... — s'écria mademoiselle Jadwiga. — Monsieur Linowski, prenez ce flacon de bromure...

— En plus de la politique, vous vous occupez aussi de médecine, mademoiselle ?... — demanda Dębowski.

— Je me substitue aux docteurs qui oublient qu'aux malades il faut des médicaments pour la route — riposta mademoiselle Jadwiga. — J'ai aussi une commission pour vous, monsieur Władysław. Voici un paquet de livres : des abécédaires... des fascicules traitant d'agriculture... de géographie... d'astronomie... Remettez-les entre de bonnes mains... Si chaque personne instruite apprenait à lire et écrire à au moins trois personnes, le nombre des analphabètes dans notre pays diminuerait...

— ...Maintenant, et toujours, et pour les siècles des siècles, amen !... — intervint Dębowski.

— Ça veut dire quoi ? — demanda Jadwiga sur un ton dédaigneux.

— Vous citez des aphorismes tirés des manuels d'écriture, et moi des livres d'Heures...

— On y va !... — dit Linowski à Paweł.

— Władzio !... Mon petit Władzio !... — appela Linowska, très émue.

Le garçon sauta du traîneau et s'éloigna de quelques pas avec sa mère.

— Promets-moi... promets... que tu accompliras ma demande... — dit-elle en retenant ses larmes avec difficulté.

— Je ferai tout ce que vous me commanderez, maman — répondit-il à voix basse.

— Ecoute... Je sais que tu ne pries plus... malheureusement. Les aînés se moquent des *opłatki*, les jeunes de la prière... Mais je te prie... je te supplie !... — chuchotait-elle. — Matin et soir, prononce seulement ces phrases : « Nous nous en remettons à Ta protection, sainte Mère de Dieu... » Tu te rappelles cette courte prière ?... Et si un jour c'est très dur pour toi... très pénible... dit : « Dieu, prends pitié du pécheur que je suis... » Tu te souviendras ?...

— Oui.

— Et tu le réciteras… c'est si peu de chose !...

— Oui, je le réciterai…

Ils se tenaient à côté de Świrski, qui avait tout entendu.

— Et vous, monsieur Casimir, vous réciterez ces prières ?... Je vous le demande au nom de votre mère…

— Si vous me le commandez…

— Monte, Władek !... — cria le docteur que la colère avait gagné.

Władek baisa les mains de sa mère, étreignit Świrski, s'inclina devant le docteur et mademoiselle Jadwiga et sauta dans le traîneau.

— On y va !... — retentirent deux voix.

— Dieu vous accompagne ! — s'écria Linowska.

Le traîneau démarra et disparut bientôt dans la forêt.

XI

Et ils partirent. Dębowski pour les Fonderies, puis la ville de X. ; les deux Linowski pour Gruda, à la frontière galicienne. A Leśniczówka restèrent madame Linowska, Jadwiga et Świrski, lequel, dès que les traîneaux et leurs voyageurs eurent disparu au tournant de la route forestière, eut l'impression que la terre s'était effondrée sous ses pieds.

— Faites comme chez vous — lui dit Linowska. — Dans la chambre de mon mari vous trouverez quelques livres... rien d'extraordinaire !... Et chez moi, près de la porte, les clés du garde-manger... Władek a toujours faim... l'air des bois aiguise l'appétit...

Elle souriait très affablement en parlant ; mais Świrski ressentit un changement dans le ton de sa voix et s'aperçut que le visage hâlé de la forestière avait pâli, et que ses yeux noirs, vifs, s'étaient voilés.

— Puis-je faire un petit tour ?... — demanda-t-il, intimidé.

— Faites comme si vous étiez Władek — répondit Linowska, lui serrant le bras. — Władek court, fait du cheval, patine, se couche, réclame à manger sans faire la moindre façon ; il aurait certainement fait la même chose chez vous, donc faites comme lui ici...

Ses lèvres tremblèrent, pâlirent encore plus nettement, et elle se rendit dans sa chambre d'un pas chancelant. Mademoiselle Jadwiga s'en rendit compte et chuchota à Świrski :

— Notre maman a l'air de couver une crise de calculs biliaires...

— C'est très douloureux ?...

— Enormément !... Mais rassurez-vous, nous savons ce qu'il faut faire...

— Je peux être utile ?... — demanda Świrski, embarrassé.

— Oui... en restant le plus loin possible de nous...

Et elle courut à la suite de Linowska. Casimir fit quelques pas en direction de la forêt, mais revint bientôt sur ses pas en direction de la maison et monta par les escaliers grinçants dans la petite chambre de Władek, qu'il était à présent seul à occuper. Il se coucha et ferma les yeux, mais se releva bientôt en sursaut, entendant une plainte étouffée venant du bas. Il pencha la tête, prêtant attention... Pas de doute, ce cri inhumain venait de la chambre de Linowska !...

— Qu'ai-je fait ?... qu'ai-je fait !... — murmura-t-il en se prenant la tête.

En bas les gémissements allaient crescendo.

— De ma faute, le fils a risqué la mort, ou tout au moins la prison... le père est tombé malade, et maintenant — la mère...

Il se précipita en bas, entra dans le vestibule et se dirigea vers la chambre de Linowska. Puis il s'arrêta et attendit. Les plaintes de la malade faiblissaient, par moments cessaient.

« Elle est en train de mourir, ou quoi ?... — pensa-t-il. — Ce n'est vraiment pas de chance que le docteur soit parti il y a une heure !... »

Il se tenait au centre du bureau de Linowski, ne sachant que faire. Soudain la porte de la chambre de la malade s'entrouvrit et Jadwiga apparut dans l'embrasure, tenant une serviette humide.

— Ça empire ? — demanda Casimir, affolé.

— Ça va mieux... n'ayez pas peur... On lui pose des compresses chaudes... elle a pris de l'opium[107]... tout va bien se passer... Mais que vous êtes donc sensible !...

Świrski haussa les épaules et opérant un demi-tour sur place, partit au fin fond du bois.

— Que leur prend-il à ces bonnes femmes ?... — ruminait-il, furieux de la remarque de Jadwiga. — Moi sensible !... Il y a peu de temps encore il s'était regardé dans le miroir de la salle à manger. Ce grand jeune homme, carré, se tenant bien droit, en veste bien ajustée, bottes à tiges hautes, et surtout — avec un air d'officier que tout le monde lui enviait, ce jeune homme, donc, serait tellement sensible aux plaintes d'une femme que même mademoiselle Jadwiga s'en était rendu compte ?...

— Je suis bien tombé !...

Il pensa au palais des Świerki, à ses pièces énormes, puis à toute l'armée d'intendants, d'économes, de distillateurs, de forestiers... Et c'est lui, co-propriétaire de ce palais, qui se retrouve dans des chambrettes dont il peut toucher le plafond en levant le bras, qui s'assombrissent lorsqu'il se met devant une fenêtre... Et c'est lui, à qui les intendants, économes, distillateurs, forestiers, manifestent les plus grandes marques de respect, c'est lui qui aujourd'hui stationne à la porte de madame la forestière, tellement embarrassé qu'on l'a soupçonné d'une excessive sensibilité !...

— Pff !... — marmonna-t-il. — Visiblement, aux yeux de cette demoiselle, je devais avoir un air d'infirmier militaire ou de soigneuse, au point qu'elle s'est attendrie sur moi... Qu'elles soient donc malades,

---

[107] Préparation obtenue à partir du suc de fruit de pavot, à l'origine de la morphine et de substances psychotropes.

qu'elles se soignent... Je suis en pension, aujourd'hui chez un forestier, demain chez un prince, après-demain chez un Juif... J'ai autre chose à penser qu'à leurs bobos... Et Władek ?... Władek, quand il sera devenu mon aide de camp, éprouvera la même chose que moi... Un soldat n'a pas le droit de faire de sentiment.

Marchant dans la forêt, il rêvait.

— C'est une route horrible pour l'artillerie : été comme hiver il faut rouler prudemment ici, et après une pluie de quelques jours on peut enliser les canons... Mais pour les partisans, c'est un vrai plaisir !... Dans ces buissons, sur la droite, on pourrait camoufler deux centaines d'hommes... Et cette éminence ?... Quelle magnifique position pour des mitrailleuses !... Pas un seul véhicule, pas un seul cheval ne passeraient, ni aucun homme n'en réchapperait. Regardez-moi ces pins !... Qu'on s'imagine derrière chacun d'eux un bon tireur !... Si les nôtres en 63 avaient eu les fusils et les canons d'aujourd'hui, et les Moscales leurs armes d'alors, on ne nous aurait pas qualifiés de rebelles... Nous aurions disposé de droits à la liberté en proportion de la cadence de tir de nos armes...

Puis la forêt disparut à ses yeux, mais commencèrent à se déployer aux yeux de son âme, sur une énorme étendue, des colonnes d'armées inconnues. Tous les soldats étaient habillés de tuniques, de pantalons et portaient des képis français de couleur gris foncé ; mais le premier régiment se distinguait par des cols, des épaulettes et des galons sur les képis de couleur jaune, le deuxième — de couleur blanche, le troisième — de couleur amarante, les autres, de couleur verte, bleu saphir... Tous portaient des havresacs noirs, ceinturés par des *шинели*[108], des cartouchières garnies de cent cartouches et — de magnifiques fusils à baïonnettes carrées...

Derrière l'infanterie suivait la cavalerie sur de splendides chevaux ayant tous la même couleur de robe, ensuite — les canons sur des affûts de couleur bleu foncé, des *ящики*[109] à munitions, des ambulances. Et tout cela progressait dans l'ordre, au pas de gymnastique, en direction d'une brume légère qui s'étalait sur le lointain horizon, d'où parvenaient un intense cliquetis de fusils et de lourds gémissements de canons.

Świrski voyait tout cela : chaque jambe marchant au pas, chaque uniforme de drap gris, chaque visage... Sur un rang : un jeune officier sans

---

[108] Capotes militaires (en russe).
[109] Caisses (en russe).

barbe, à côté de lui un soldat avec une énorme barbe marron, derrière lui quelqu'un d'un peu plus jeune avec une petite moustache foncée, ensuite un garçon au long nez et au front haut, plus loin un garçon au visage clair et aux yeux comme enflés, puis à nouveau un blond assez âgé à la barbe taillée...

Tous ont l'air sérieux, sévère, le regard fixé sur cette brume lointaine, déchirée par les éclairs des tirs... De temps en temps on entend un commandement : une, deux !... une, deux !... ou bien des murmures : dépêche !... pourquoi tu traînes ?...

Une fanfare finit de jouer la marche de Garibaldi[110], une autre entame : « Peuples, aux armes ! ensemble soulevons-nous... »[111]. Malgré le froid glacial, l'âme de Świrski est brûlante ; il lui semble sentir dans l'air l'odeur de la sueur et de la poudre.

En avant !... en avant !...

Nouveau changement de décor. Une armée inconnue fait son entrée dans la ville de X. Les musiciens jouent la marche d'« Aïda »[112]. Les soldats crient, la foule crie, les maisons et la terre crient des vivats... Et au milieu du public qui s'agglutine, Casimir aperçoit un bras de femme, blanc, gracieux, ainsi qu'une paire d'yeux joyeux...

— Mademoiselle Jadwiga ?... — se dit-il. — Ce monsieur Klemens en est fou, mais je ne pense pas que Władek en soit amoureux... C'est tant mieux : un soldat n'a pas de temps pour les amours...

Puis il se rappela les regards de la demoiselle, son inquiétude pour lui, et soudain les visions enchanteresses disparurent. Disparurent les armées victorieuses, la musique s'évanouit... Casimir se retrouva dans la forêt et se dit :

— Je ne me marierais pas avec elle, voyons !...

Ce jour-là Świrski dîna tard et tout seul ; mademoiselle Jadwiga ne lui servit qu'une grande assiette de compote et se rendit chez la malade Linowska. Après le dîner Świrski visita la bibliothèque du forestier. Il y

---

[110] Hymne patriotique écrit en 1858 par le poète Luigi Mercantini, à la demande de Garibaldi.
[111] Marche écrite en 1848, pendant le Printemps des Peuples, par Ludwig Mierosławski, devenue très populaire lors de l'insurrection de 1863.
[112] Marche triomphale, composée en 1870 par Giuseppe Verdi, pour célébrer l'ouverture du Canal de Suez.

trouva les romans de Sienkiewicz[113], la Bibliothèque d'œuvres choisies[114], ainsi que des séries complètes soigneusement reliées du Courrier Polonais. Mais ce qui l'intéressa le plus, ce furent des cartes du gouvernorat, réalisées par des topographes de l'armée et — des cartes détaillées des bois appartenant aux Fonderies.

— Voilà une distraction pour moi — dit-il. — Au lieu de m'abandonner à des hallucinations, ou bien de rêver aux yeux de mademoiselle Jadwiga, je préfère me plonger dans les cartes. Qui sait, peut-être qu'en ces endroits un jour auront lieu des marches et se dérouleront des batailles ?...

Il emmena les cartes dans sa petite chambre à l'étage, prit un bloc de douze feuilles de papier et un crayon et — passa toute la longue soirée d'hiver à examiner et dessiner. En prenant le thé il s'enquit de l'état de santé de madame Linowska, et remonta ensuite chez lui, derechef examinant, mesurant, dessinant chaque sente forestière, chaque bouquet d'arbres, chaque ravin et mamelon. Le lendemain soir, il disposait déjà d'une carte tout à fait précise de la forêt et l'avait reconnue à ce point, qu'avec l'aide de ses notes, non seulement il ne s'égarerait pas, mais même — serait capable d'atteindre les points stratégiques.

— Et il me faut acheter cette carte du gouvernorat... — se dit-il.

Le vendredi dans la matinée, le cocher qui avait emmené les Linowski rentra de Gruda. Il raconta que le voyage s'était passé sans aucun problème et remit des lettres : à madame Linowska, qui à peine se leva de son lit, et à Świrski.

« Tu n'as pas idée — écrivait Władek — du bien que m'a fait cette escapade. Quelques heures en terrain de connaissance, ça ne paraît rien — et pourtant !... Ah, Kazio, si tu pouvais venir chez nous ne serait-ce que pour quelques jours, quelques heures... Je ne sais si c'est le changement de lieu, ou le contact de nouvelles personnes, mais... honnêtement je te dirais que — mes points de vue ont beaucoup, beaucoup évolué, et que plus je m'éloignais de notre chère ville de X. et des Słomianki, plus le cours de mes pensées se rapprochait de notre honorable Dębowski.

---

[113] Henryk Sienkiewicz (1846-1916), natif de la voïvodie de Lublin comme Bolesław Prus, écrivain et patriote polonais, auteur du roman *Quo vadis ?*, venait d'obtenir le Prix Nobel de littérature en 1905. Les succès de Sienkiewicz ne furent pas sans provoquer une certaine jalousie chez Prus.

[114] Série éditoriale à parution périodique hebdomadaire, publiant depuis 1897 des œuvres d'auteurs polonais et étrangers.

Dieu, que cet homme est sage !... Viens, ne serait-ce que pour une journée... »

Świrski enfouit la lettre dans sa poche et pensa :

« Władek est très sensible... Il est très influencé par son entourage. Aujourd'hui, il est prêt à s'accorder avec Dębowski, mais lorsqu'il verra les régiments révolutionnaires, il reniera les points de vue petits-bourgeois... »

Avant midi, quand on commençait à se rassembler pour le dîner, et que Świrski se promenait dans la cour, le cocher s'approcha de lui et, enlevant sa casquette, dit :

— Notre panicz m'a dit de saluer bien bas votre excellence...

— Moi ?... — demanda Świrski en s'étonnant.

— Oui, vous, votre excellence... Et notre panicz a dit aussi de demander à votre excellence de venir à Gruda... Ah, comme on galoperait !...

Et il le regardait avec un grand empressement. Świrski eut un coup de sang, car il comprit soudain que cet accès de tendresse cochère constituait — une délicate sollicitation pour un pourboire... Il était si confus, qu'au lieu de dire sans détour : je vous le donnerai d'ici quelques jours, mon bon, car présentement je n'ai pas de monnaie, ou d'argent, Świrski se détourna et — s'en alla, abandonnant le cocher étonné, la casquette à la main.

C'était la première fois que Casimir se retrouvait dans pareille situation. Jusqu'à présent, il n'avait jamais manqué d'argent, n'avait jamais été invité ou vécu au crochet de quelqu'un, qui plus est — de condition inférieure, et jamais encore un cocher, un domestique, n'avait eu besoin de se rappeler à son bon souvenir pour un pourboire. Et demain c'était le réveillon de Noël, il eût été indiqué de gratifier l'ensemble du personnel, de leur donner au moins un rouble chacun... Et en attendant, bien qu'il eût donné au docteur un reçu pour cent roubles, l'argent n'était pas là !...

— Que le diable emporte Dębowski !... — bougonna-t-il.

Il se sentait profondément humilié et malheureux. Il lui semblait que chaque valet qui le croisait en s'inclinant, chaque fille qui le regardait en souriant discrètement, le méprisaient et disaient in petto :

— En voilà une excellence, qui lésine pour un sou de pourboire !...

Les quarts d'heures lui paraissaient des heures, les heures des journées. Il se réfugia dans sa chambre et sans cesse regardait par la fenêtre recouverte de givre si quelqu'un arrivait des Fonderies ou de la ville... A certains moments il avait l'espoir qu'il recevrait l'argent avant le réveillon, à d'autres il pensait qu'il ne lui parviendrait jamais. Peut-être que Dębowski avait oublié, peut-être avait-il perdu son reçu, peut-être que personne ne voulait donner cent roubles à Casimir Świrski qui avait la police aux trousses, et peut-être que... Peut-être que quelqu'un transportait l'argent à Leśniczówka, mais s'était fait agresser par une bande, ne serait-ce que celle de Zając, et dévaliser, sinon assassiner !...

Mais juste au moment où les plus grands doutes l'assaillaient, le secrétaire du directeur des Fonderies arrivait devant la maison, amenant à Świrski non pas cent, mais deux cents roubles, en toutes sortes de coupures papier et pièces. Il lui rendit le reçu remis à Dębowski, et en demanda un autre, correspondant au nouveau montant.

Świrski respira. Le secrétaire des Fonderies lui parut le plus aimable des hommes, Leśniczówka la plus belle des forêts, et le personnel des Linowski — l'ensemble de filles et de valets le plus brave existant dans le pays. Le samedi matin il distribua à chacun et chacune un rouble, et au cocher il donna deux roubles. Au point que la pâle et débilitée Linowska le pria en souriant de ne pas gâter le personnel et que, juste avant le souper, mademoiselle Jadwiga lui fit cette remarque bien sentie :

— Savez-vous de quoi parlent nos gens maintenant ?... Hoho, ça doit aller mal pour les gentilshommes, pour que le panicz Świrski nous ait donné un tel Noël... Singulière forme de reconnaissance, n'est-ce pas ?...

Ces paroles désagréables touchèrent Casimir. Mais il eut vite fait de les oublier sous l'effet de la joie que lui avait procurée l'obtention de l'argent. Quelques heures avant le souper, dont s'occupait mademoiselle Jadwiga sous la direction de Linowska, Świrski se rendit dans le bois et derechef se noya dans ses rêves préférés. Le nombre de ses fantastiques régiments s'était accru, leurs tenues étaient encore plus jolies, leur armement idéalement performant, les visages et les attitudes encore plus expressifs. Il se voyait aussi lui-même chevauchant un splendide cheval bai, qui remuait impatiemment de la tête et, faisant des pas de côté, bousculait les chevaux des officiers d'état-major. La vision était d'une netteté stupéfiante. Świrski voyait sa cape avec capuche, dont dépassait l'extrémité du sabre dans son fourreau doré ; de l'écume blanchissait le mors du turbulent coursier. A ce moment, peut-être plus poète que commandant, il se sentait commander une armée innombrable.

Bientôt, dans l'esprit de Casimir, la vision de l'armée se combina avec l'évocation du manque d'argent et les sentiments humiliants qu'il venait d'éprouver. Ce qui infléchit ses réflexions dans une nouvelle direction.

— C'est tout de même quelque chose d'important, l'argent... — se disait-il. — Ce n'est qu'aujourd'hui que j'ai compris sa brûlante nécessité !... Et si le manque d'argent a eu un effet aussi délétère sur moi, s'il m'a tellement démoralisé, que dire alors des dizaines et des centaines de milliers de soldats et d'officiers, si ce misérable métal venait soudain à faire défaut ?... L'argent, ce sont en effet des armes, des munitions, des uniformes, des vivres et de quoi se chausser. Elle aurait belle mine l'armée, avec des brodequins troués, à court de nourriture pendant quelques jours !...

Sous l'effet de cette toute nouvelle prise de conscience, Casimir s'efforçait d'imaginer les conditions les plus générales de constitution et d'entretien d'une armée. Avant tout — naturellement — l'argent. Combien en faudrait-il, approximativement ? Un armement correct et les munitions, y compris les coûts de transport, engloutirait au moins de l'ordre de cent cinquante roubles par personne... Les chaussures, par an, peut-être une trentaine... L'habillement et le linge environ soixante... Les vivres, les médicaments, le cantonnement — quelque trois cents roubles par an. En un mot — un soldat équipé coûterait environ cinq cents roubles. Vu ainsi, moi par exemple, je pourrais mettre sur pied quelque quatre cents fantassins, peut-être cinq cents et mon oncle environ mille... Et après une année, que deviendraient-ils ?... Le pays devrait les prendre en charge... Et une armée de cent mille hommes, combien coûterait-elle ?... Sans doute quelque quarante millions de roubles par an, plus une dizaine de millions pour l'armement...

Et le pays pourrait-il dépenser tant d'argent pendant un an, deux ans, voire plus ? Il le pourrait, en cas de bonnes récoltes, et — si les gens les plus riches pouvaient accéder facilement à des liquidités. Mon oncle, par exemple — devrait vendre ses biens et les miens, mais à quels acheteurs ?... Et l'argent, ce n'est pas tout. Outre de l'argent, il faut encore de la volonté, car une armée révolutionnaire doit se composer de volontaires... Le peuple fournira les soldats, l'intelligentsia — les officiers, mais il ne saurait être question d'aucune obligation...

Beaucoup d'argent et beaucoup de volonté !... Beaucoup de gens prêts à sacrifier tout leur patrimoine, jusqu'au dernier *grosz*, et une foule de personnes qui sans hésiter feront don de leur vie pour la liberté...

Au crépuscule les invités commencèrent à se rassembler pour le réveillon. Mademoiselle Jadwiga, au nom de madame Linowska, avait invité hier le secrétaire de la direction, qui dès son arrivée s'était lancé dans une vive discussion sur la politique avec Świrski. Bientôt arriva monsieur Klemens, saluant froidement Casimir, mais très chaudement Jadwiga, ne la quittant plus d'une semelle. Ne tardèrent pas à sonner les grelots du traîneau du forestier Opatowski et son épouse, qui, ayant perdu deux enfants en automne, n'avaient pas eu le courage de rester chez eux pour les fêtes et s'étaient invités chez Linowska. Enfin des traîneaux de paysans amenèrent un jeune stagiaire des Fonderies et le vicaire qui, fâché avec le curé, était venu passer le réveillon à Leśniczówka.

Madame Linowska apparut en dernier, affaiblie, avec une mauvaise mine, mais si heureuse d'avoir ses invités, que le repas se passa très gaiement pour tous. A portée d'une dame-jeanne de vieil hydromel, assis aux côtés de mademoiselle Jadwiga, monsieur Klemens était rayonnant, même les visages des Opatowski s'éclairèrent lorsque le vicaire leur raconta quelque anecdote à voix basse. Seul Świrski était perdu dans ses pensées, tandis que le jeune stagiaire à l'énergique faciès restait lugubre.

Encouragée par Jadwiga, madame Linowska, trempant les lèvres dans un verre, dit :

— Puissions-nous l'année prochaine nous retrouver ici au complet… Puissions-nous enfin accéder à ces jours meilleurs, que nous attendons depuis si longtemps…

Opatowski. Madame, vous aurez votre famille au complet : votre mari, vos enfants, votre petite-fille… Nous non…

Le stagiaire. Je ne sais si dans un an les jours seront déjà meilleurs…

Le vicaire. C'est vrai… Mademoiselle Jadwiga, encore un petit verre, s'il vous plaît…

Świrski. Qui aura passé cette année, verra certainement des jours meilleurs. Encore que… je ne sais pas s'ils seront aussi bons pour nous que nous ne le souhaiterions et — pourrions les avoir…

Le secrétaire. Je vous entends dire cela pour la deuxième fois déjà, mais… je ne comprends pas bien.

Linowska. A nous aussi faites-nous part de vos espérances.

Świrski. Mes anticipations ont un fondement très simple. D'ici une année la révolution russe aura vaincu et introduit son système de gouvernement, donc — nous serons mieux… Mais nous serions incomparablement mieux si, dans cette lutte finale qui approche, nous jouions un rôle d'allié, moteur, sans attendre les bras croisés ce que nous concèderont le travail et le bon vouloir d'autrui…

Opatowski (faisant un geste désabusé de la main). Allons-donc, que pouvons-nous bien avoir comme moteur ?...

Le stagiaire. Le courage et le dévouement du prolétariat.

Świrski. Vous avez raison. Mais ce courage est désordonné, désorganisé, et peu d'individus se dévouent. Mais si nous formions une armée, ne serait-ce que de cent mille hommes...

Le stagiaire. Pour défendre les intérêts des bourgeois et étouffer le peuple ?...

Świrski (s'enflammant). Ah — là justement est notre malheur !... Nous nous divisons en prolétariat et bourgeoisie au moment où nous devrions nous unir le plus étroitement... Un seul corps et une seule âme...

Le secrétaire. Nous ne vivrons jamais assez vieux pour voir cette union.

Le stagiaire. Je ne conçois même pas quels services les bourgeois pourraient rendre à la révolution...

Świrski. Ne serait-ce qu'avec leur argent. Par exemple, pour l'entretien d'une armée de cent mille hommes il faut quelque cinquante millions de roubles par an. Que le prolétariat, donc, fournisse d'intrépides soldats, les capitalistes l'argent, et alors la Pologne apparaîtra comme un allié aux côtés de la Russie...

Le stagiaire. L'alliance existe dès à présent : les prolétariats russe et polonais se sont unis contre les exploiteurs polonais et russes...

Świrski. Ils ne feront rien aux bourgeois, mais peuvent tuer notre spécificité nationale...

Le stagiaire. La nationalité est une stupidité, la base, c'est le collectivisme...

Le secrétaire. Nous y voilà ! Pour parvenir au plus vite à ce collectivisme, on prépare des grèves dans les usines...

Monsieur Klemens. Et dans les fermes.

Le secrétaire. On impose aux directions d'usines des conditions inacceptables, et à ceux qui refusent, on envoie des arrêts de mort...

Opatowski. Alors dans les fermes également on organise déjà des grèves ?... Je ne savais pas.

Monsieur Klemens. Aux Łubnie[115], les valets de ferme ont exigé une augmentation de salaire et d'avantages en nature, et comme le régisseur ne pouvait l'accepter, ils ont cessé de nourrir et abreuver le bétail... En circulant sur la route, on entendait beugler à une verste...

Opatowski. Ah les crapules !...

Le stagiaire. Les valets qui ont faim, personne ne les entend... Ils ignoraient comment beugler fort jusqu'à présent.

---

[115] Ville actuellement en Ukraine, dans laquelle fut proclamée en 1905 une éphémère république.

5 *Tribun de rue*

Świrski. Si une telle ambiance venait à régner dans tout le pays, la révolution ne nous apporterait aucun bénéfice.

Le secrétaire. Remercions Dieu si elle ne conduit pas à la guerre civile !

Linowska. Le clergé devrait intervenir et aplanir ces relations.

Le vicaire. Le clergé ?... Celui qui néglige ses devoirs de prêtre ? Celui qui, au lieu d'éclairer les gens depuis la chaire, les effraie avec l'enfer ?... Ou peut-être ce clergé qui chasse, joue aux cartes et dès qu'il le peut écorche ses ouailles ?...

Le stagiaire (avec un sourire railleur). Bravo !... Les curés sont des bourgeois, tout comme les industriels et les gentilshommes.

Linowska. Jadzia, invitez ces messieurs-dames dans ma chambre et jouez-nous quelque chose...

Quand les invités se furent levés de table, monsieur Klemens soudain se planta devant Świrski et dit :

— Vous savez, je ne pensais pas... ce que vous avez dit m'a beaucoup étonné... J'avais le sentiment que vous teniez avec eux...

— Avec ceux qui veulent la guerre civile ?... — rétorqua Świrski en souriant.

— Je vous demande pardon, vraiment — dit monsieur Klemens, lui pressant le bras — et si vous le permettez, je viendrai un jour m'entretenir un moment avec vous, en toute confiance.

— A votre service — répondit Świrski sans enthousiasme. Penser que monsieur Klemens avait passé tout le souper assis à côté de Jadwiga lui était déplaisant. Depuis leur première rencontre, Jadwiga l'inquiétait à sa façon : il pensait souvent à elle, le flirt de Klemens l'irritait, il se réjouissait que Władek fût indifférent à son égard, mais se répétait maintes fois en son âme :

« Je ne suis pourtant pas amoureux d'elle... Et jamais je ne me marierais... »

Après le réveillon et le départ des invités, Świrski mit longtemps à s'endormir ; le vieil hydromel se déversait en ruisselets de feu à travers son organisme, allumant dans sa tête de nouveaux et déplaisants tableaux, au centre desquels se trouvait — le visage de mademoiselle Jadwiga. Ce n'était pas qu'elle était belle, et pourtant !... Que sa chevelure était drue, ses dents serrées et blanches... sa bouche... ses yeux... Et par-dessus tout — comme elle savait écouter ! Lorsque Casimir parlait, mademoiselle Jadwiga non seulement comprenait, mais ressentait chaque phrase et l'encourageait, l'excitait du regard. Et après le discours du stagiaire, son visage s'était embrasé et ses yeux semblaient dire : « Je suis prête à te suivre !... »

« Mais c'est un anarchiste... un spoliateur... » pensait Casimir. Il n'avait jamais aimé le socialisme combattant, mais ce stagiaire socialiste, soutenu en silence par mademoiselle Jadwiga, éveillait en lui de la colère, et lui avait comme découvert de nouveaux aspects à l'agitation socialiste, celle qu'il connaissait jusqu'à présent.

— Il raille le sentiment national, et il ne lui importe aucunement que, vis-à-vis des Moscales, nous nous retrouvions égaux et libres aux côtés d'égaux et libres... — dit Świrski et, en dépit de son irritation, s'endormit.

Il fit des rêves sans queue ni tête, et agités. Il rêvait qu'il se disputait avec quelqu'un, qu'il se battait, qu'il faisait la course quelque part... Ou alors qu'il chevauchait un cheval emballé, qui soudain se transformait — en bœuf fonçant dans les ténèbres ou bien dégringolait à se rompre le cou... Chevaucher un bœuf lancé à pleine vitesse, quelle idée !... Casimir se réveilla fatigué, la tête lourde et, ne sachant pourquoi, en voulait au monde entier. Il demanda à la domestique de lui apporter son thé dans sa chambre, en but plusieurs verres, et ensuite — feuilleta les cartes des bois appartenant aux Fonderies, ainsi que les cartes du gouvernorat. Absorbé dans leurs dessins, il avait plaisir à imaginer les grand-routes, les villages, les vergers, les mamelons, les halliers... Mais — il ne voyait plus de militaires, vêtus d'uniformes de drap gris aux galons et épaulettes de différentes couleurs, tout simplement — il n'avait pas envie de se les imaginer. En revanche, apparaissaient de temps en temps sur le fond des cartes les yeux émerveillés de mademoiselle Jadwiga, ou le faciès lugubre du stagiaire qui faisait litière du sentiment et de l'armée nationaux.

Vers midi Świrski descendit au rez-de-chaussée, dans la chambre de Linowski, et y rencontra mademoiselle Jadwiga qui, levant son petit doigt, dit avec un air mystérieux :

— Nous avons eu hier un visiteur pour le réveillon et pour la nuit...

— Un socialiste ?...

Un éclair d'étonnement passa dans les yeux de Jadwiga, mais elle poursuivit :

— Qui sait, peut-être avez-vous deviné ?... Tard dans la soirée, un voyageur, semblant handicapé, en haillons, s'est présenté chez les domestiques... et leur a demandé à se faire héberger, mais à l'insu des maîtres... Et, vous n'allez pas le croire, les gens ont accepté, et sans

Rózia[116], qui m'aime beaucoup et ne me cache rien, nous ne serions même pas au courant…

— Se peut-il que quelqu'un passe la nuit chez les valets de ferme sans vous en parler ! — intervint Casimir.

— Ça arrive, mais écoutez la suite… — poursuivait-elle sur un ton exalté. — Ce soi-disant voyageur a incité nos gens à réclamer à compter des fêtes une augmentation de salaire et d'avantages en nature, et une diminution du temps de travail. Et il leur a assuré aussi que dès l'année prochaine toute la terre des gentilshommes passerait aux paysans…

Świrski haussa les épaules.

— C'est ce que disait, monsieur, ce voyageur — continuait Jadwiga — et quand le cocher se manifesta en disant que les gentilshommes ne donneraient pas la terre gratuitement, le vagabond lui répondit : « Les gentilshommes feraient bien de décamper au plus vite à l'étranger, car ils seront trucidés et brûlés… »

— Et il n'a pas dit s'ils vont les trucider après les avoir brûlés, ou les brûler après les avoir trucidés ? — sourit Casimir.

— Vous plaisantez, et pourtant ces menaces vous concernent plus que moi…

— Certes !… J'imagine la tête d'un valet qui — par exemple — viendrait proposer à mon oncle de lui remettre son domaine… — répondit Świrski. — Quant à nous, ici, nous bénéficierons peut-être de la protection… de ce stagiaire des Fonderies… — ajouta-t-il avec un sourire ironique.

— Ah, comme il m'a fait peur hier !… — intervint Jadwiga.

— Il m'a semblé que vous écoutiez ses menaces avec la plus grande sympathie…

— Moi ?… Vous êtes bien bon !… Je ne sympathise qu'avec ceux qui travaillent pour le peuple, qui l'éclairent, mais pas avec ceux qui l'embobinent avec des promesses irréalisables…

— Juste !… Vous préférez donc monsieur Klemens ?…

— Certainement !… Lui a compris aussi bien que moi qu'il faut avant toute chose apprendre au peuple à lire et à écrire. Là où les écoles se remplissent, les prisons se vident…

— Par exemple, dans notre chère ville de X., où il y a quatre écoles secondaires pour garçons, trois pour filles, une dizaine d'écoles primaires

---

[116] Diminutif de *Róża*, Rose.

et... des prisons surpeuplées...

— Je vous félicite !... — le coupa Jadwiga. — Vous commencez à parler comme Dębowski...

Cela interrompit la discussion, dont le ton montait, et Świrski, reprenant son calme, pensa :

« Et que deviendra mon armée, si les gentilshommes sont obligés de fuir, ou doivent lutter contre leurs propres valets que des stagiaires dans les usines, ou des agitateurs itinérants excitent ? »

Le premier jour des fêtes de Noël il n'y eut aucun visiteur ; Linowska se coucha après le dîner et Jadwiga lui fit la lecture. Vers huit heures du soir se présenta le garde forestier du poste le plus proche, fatigué et apeuré, faisant savoir que — une bande l'avait attaqué, lui avait pris son révolver, son fusil de chasse et même trois roubles.

— Qui cela peut-il être ?... — demanda Linowska.

Le garde écarta les bras et, jetant un regard fugace à Świrski, répliqua :

— Il y en avait de toutes sortes : des ressemblant à des ouvriers, des comme venant de la ville... Mais aussi quelques-uns à l'allure de panicz... Même qu'ils se tenaient et parlaient comme les gens de la haute...

Świrski frissonna. Peut-être était-ce ?... Il sortit dans le vestibule à la suite du garde et, lui tendant un billet de trois roubles, dit :

— Prenez, mon brave ... Il n'a pas de conscience celui qui a dépouillé un pauvre homme comme vous...

— Ils avaient pourtant dit qu'ils ne prendraient qu'aux seigneurs !... — marmonna le garde, baisant la manche de Casimir.

Le lendemain non plus, personne ne se présenta à Leśniczówka. Świrski ne se vit avec les dames qu'à table, et passa toute la journée à lire « Par le fer et par le feu »[117]. De temps en temps il écartait machinalement le livre et se parlait à soi-même :

— Qui donc ce petit garde appelait panicz ?... Je comprends qu'ils lui aient pris ses armes, encore qu'ils auraient dû les lui payer... Mais trois roubles !... Des révolutionnaires qui délestent un garde forestier de trois roubles !... Ni Chrzanowski, ni Lisowski, n'eussent permis pareille chose, et donc ces panicz n'étaient pas de nos collègues... Mais de ces révolutionnaires qui ne crachent pas sur trois roubles venant d'un garde forestier !...

---

[117] Roman de Henryk Sienkiewicz, paru en 1884.

Le surlendemain des fêtes, pas moins de cinq gardes arrivèrent à Leśniczówka, avec des informations vraiment peu banales. D'abord, chez chacun d'eux pendant les fêtes, s'était présentée une bande d'une douzaine de personnes, armée, semblant entraînée, et — avait emmené les fusils de chasse, les révolvers, la poudre et les cartouches. Dans chaque bande on avait remarqué des jeunes gens, ayant l'air de panicz, qui expliquaient aux gardes forestiers que leurs armes étaient nécessaires aux révolutionnaires. Ils ne prenaient d'argent à personne ; se rassemblaient au coup de sifflet et, se mettant en rangs par deux, disparaissaient au milieu des arbres et des taillis.

Outre ces nouvelles, les gardes en ramenaient encore de pires. Depuis la nuit de Noël, pendant les deux jours de fêtes, des gens arrivaient en traîneau dans la forêt et emportaient le bois de chauffe, ou le bois d'œuvre. Et à un endroit, ils avaient abattu six magnifiques mélèzes et les avaient évacués on ne sait par où et jusqu'où.

— Je vous demande pardon, mon cher Słowik — intervint Linowska — mais pour ce qui est de la destination des mélèzes, vous devriez la connaître. — Il n'y a plus de traces ?...

— Les traces se sont effacées sur la route — répliqua le garde — et d'ailleurs monsieur le forestier lui-même ne se serait pas mesuré avec une bande où presque chacun avait un fusil ou une carabine... Du reste, ils ont recommandé de ne pas les pister, sinon... une balle dans le ciboulot !...

Les quelques jours qui suivirent s'écoulèrent tranquillement à Leśniczówka ; Linowska petit à petit se remettait à ses occupations de maîtresse de maison, mademoiselle Jadwiga l'aidait, et en soirée organisait des cours pour le personnel. Świrski avait beaucoup de temps libre, aussi s'ennuyait-il davantage qu'avant les fêtes. Il avait perdu le goût des romans de guerre ainsi que l'envie de se promener, car le bois lui rappelait ses rêves, des tableaux de marches, de batailles et de triomphes, qui en ces jours avaient subi un certain changement : ils avaient pâli, se fissuraient, fondaient comme neige au soleil.

Car comment penser à former une armée au pays, quand entre l'intelligentsia et les classes laborieuses régnaient la méfiance et la haine ?... D'où prendre l'argent pour une guerre en bonne et due forme là où tout travail était en train de cesser ?...

Et pourtant, ces bandes qui enlèvent des armes aux gardes forestiers, ne témoignent-elles pas de la montée en puissance du mouvement révolutionnaire ?... Et ces « panicz » — ne sont-ils pas cette jeunesse éduquée, qui malgré l'hiver a hâte de rejoindre ses rangs ?... Il est clair qu'on l'aura assurée que la révolution allait bientôt éclater en Russie...

Seulement... faire partie d'une bande pareille, qui — en attendant — dévastait les monopoles, détroussait les paysans de billets de trois roubles, Casimir aujourd'hui n'en avait plus envie. Lui voulait combattre dans une armée régulière, livrant des batailles décisives, et non des escarmouches ressemblant à des braquages... Sous l'influence de ces réflexions, son ardeur pour la révolution commença à tiédir, ou du moins à perdre de son ancien allant. Et de plus en plus fréquemment lui venaient à l'esprit les récentes paroles de Dębowski, affirmant que la pagaille actuelle n'était pas une révolution et ne pouvait produire de conséquences politiques bénéfiques. Et maintes fois il se rappelait même les explosions de colère de son oncle qui, bien des années avant les mouvements d'aujourd'hui, déclarait que les révolutions ne pouvaient engendrer que des crimes et des criminels.

Mais toutes ces réflexions étaient trop fraîches pour pouvoir amener Świrski à de nouvelles conclusions et résolutions.

Un jour arriva le secrétaire du directeur des Fonderies ; après avoir salué les dames, il demanda à Casimir un entretien à propos d'une affaire importante. Le visiteur avait l'air contrarié et défait.

— Ayez la bonté de lire ceci — dit-il, tendant à Świrski un petit billet.

C'était un arrêt de mort adressé au secrétaire ; on lui annonçait qu'il allait périr dans les tout prochains jours.

— Nous avons tous reçu ce genre de douceurs — disait l'arrivant. — Doivent encore être tués le directeur, son adjoint, le trésorier, le comptable, tous les ingénieurs et quelques-uns des meilleurs contremaîtres. Dites-nous à présent ce que nous devons faire !

Świrski, silencieux, rendit le billet au secrétaire.

— Je suis venu vous voir au nom de tous les condamnés — disait le visiteur, dont les lèvres pâles tremblaient par moment. — Nous savons que vous jouez un rôle important dans le mouvement révolutionnaire...

— Vous vous trompez — l'interrompit Casimir. — C'est vrai, j'ai eu des contacts avec quelques révolutionnaires éminents, mais notre association des Chevaliers de la Liberté agissait indépendamment d'eux, et parfois même à l'encontre de leurs exigences...

— En tous cas vous dirigez une organisation...

— Aucune — répondit Casimir — et si ça continue...

— Quoi, si ça continue ?... — demanda le secrétaire.

— Rien... Mais je répète que je n'ai pas, et n'ai jamais eu de relations avec des gens qui prononcent des arrêts…

Le secrétaire se tordit les mains à en faire craquer les articulations et dit sur un ton énervé :

— Dites-nous au moins ce que nous devons faire !... qui consulter pour un conseil ? Quitter l'usine est impossible ; on nous qualifierait de couards, ce qui saperait toute discipline, et pourrait même provoquer l'endommagement des machines… S'en remettre à la police et désigner ceux sur qui nous avons des soupçons tout à fait justifiés, est également impossible… On nous qualifierait d'espions… Nous défendre, je ne sais pas si nous le saurons, car ces messieurs aiment attaquer et assassiner par surprise… Que nous reste-t-il alors ?...

— Peut-être avoir une discussion avec les ouvriers les plus sérieux, ou alors… avec ceux que vous soupçonnez ?... — avança Świrski.

— Peine perdue !... Les ouvriers honnêtes eux-mêmes craignent ces fauteurs de troubles, eux-mêmes reçoivent des arrêts de mort… Et avec ceux-là… J'ai parlé avec eux, monsieur… ne serait-ce qu'avec notre stagiaire, celui que vous avez connu lors du réveillon de Noël… Et vous savez quelle impression j'en ai tirée, pas seulement moi, mais nous tous, « les laquais du capitalisme » comme ils nous appellent…

Il soupira profondément et après avoir réfléchi acheva :

— Nous avons l'impression que derrière nos fauteurs de trouble et éventuels assassins, il y a quelqu'un d'autre, qui a un grand intérêt à ce que l'industrie, l'agriculture, tout bien-être dans notre pays périclitent, et que l'état de guerre[118] dure Dieu sait combien de temps.

— Peut-être que les hautes autorités de l'usine ont maltraité les ouvriers, sans parler d'exploitation… — demanda Świrski.

— Monsieur — poursuivait le secrétaire — la direction de l'usine, pas seulement chez nous, veille aux intérêts des actionnaires, c'est comme ça partout… Ça se passait mal… il y a eu des choses indignes… je ne vais pas le nier… Mais quand les ouvriers ont fait grève la première fois, quand ils ont fait valoir leurs réclamations, pour une augmentation de salaire, une diminution des heures de travail, l'aménagement de bains et d'une école maternelle, de couverture en cas de maladie, le respect dans les relations, etc., etc., tous, commençant par le directeur et finissant par votre serviteur ici présent, nous leur avons donné raison et les avons soutenus auprès du conseil d'administration… Je vais vous dire plus ;

---

[118] La loi martiale avait été instaurée en novembre 1905, mais abolie en décembre de la même année.

6 *Luttes fratricides*

nous nous frottions les mains en secret et susurrions entre nous : Dieu merci, les relations abjectes, dignes des temps de la corvée[119], vont enfin trouver leur terme dans les usines également.

— En effet, ce mouvement[120] s'annonçait très bien — intervint Świrski.

— Et il se prolonge de la pire des manières — rebondit le secrétaire. — Très vite nous fûmes convaincus que pour les ouvriers, ou plutôt les meneurs, il ne s'agissait pas d'améliorer les relations, mais de provoquer la pagaille... Nous avions accepté les premières conditions des ouvriers et étions prêts à les réaliser, mais eux, non seulement commencèrent à présenter des exigences toujours nouvelles, toujours plus irréalisables, mais également négligeaient leur travail, cassaient le matériel, volaient, nous obligeaient à garder dans les usines des individus qu'on peut qualifier dans le meilleur des cas de rebut, et dans le pire de gibier de prison... Et quand nous avons déclaré que l'usine ne peut plus faire de nouvelles concessions, on nous a condamnés à mort...

— Que vous reprochent-ils, par exemple ?... — demanda Świrski.

— Vous ne le croirez jamais !... — s'écria le secrétaire. — Je dois périr parce qu'en son temps j'avais la confiance des ouvriers, je les encourageais à apprendre, à former des associations... et qu'enfin ces derniers temps je leur expliquais l'irréalisme de leur démarche... Ah oui, c'est vrai !... à plusieurs reprises j'ai mentionné que ce n'étaient ni des bras, ni des cœurs polonais qui dirigeaient ce mouvement, lequel peut-être allait s'achever dans la misère généralisée et la déchéance de notre nation au profit de je ne sais qui...

Świrski bondit de sa chaise et se mit à arpenter la pièce.

— Non, monsieur... — dit-il. — Ils peuvent édicter des arrêts, même les coller sur les palissades, ils peuvent vous inquiéter, mais vous assassiner... non !... Le pire des assassins, s'il n'est pas fou, doit avoir un motif pour assassiner, et eux n'en ont manifestement aucun... aucun !

— Et s'ils étaient à la solde de quelqu'un ?

— Vous voyez le monde trop en noir — dit Casimir. — Du reste, tout

---

[119] Les corvées dont étaient redevables les paysans dans le Royaume du Congrès avaient été abolies en 1864 par l'oukase du tsar Alexandre II relatif à l'émancipation des paysans. Celle-ci était effective en Galicie depuis 1848 ; dans les territoires sous tutelle prussienne, le processus s'étala de 1799 à 1872.

[120] Il s'agit sans doute de la première vague de grèves déclenchées en fin janvier 1905, à la suite du massacre des manifestants de Saint-Pétersbourg le 22 janvier.

un chacun est exposé à ce genre d'accident, c'est pourquoi nous portons une arme...

— Porter une arme... c'est votre dernier mot ?... demanda le secrétaire.

Świrski haussa les épaules.

— Monsieur — dit-il — je n'ose vous prodiguer de conseil, mais je vais vous dire comment moi-même je procède avec les gens qu'on appelle simples... Primo — je ne prends rien gratuitement, je m'efforce de rémunérer comme il convient chaque service, peut-être même trop... Secundo — je suis poli avec eux... Je leur dis vous, ou monsieur... Je les salue... dis bonjour le premier... tends la main... C'est pourquoi les prolétaires, comme on les appelle, m'aiment et ont confiance en moi, me conseillent, et n'hésitent pas à me mettre en garde... Et j'en ai déjà rencontré certains qui m'ont carrément dit que, si je le demandais, ils donneraient leur vie pour moi...

— Et vous les croyez ?...

— Il va de soi que je n'accepterais le sacrifice de personne, mais... je me sens en sécurité au milieu d'eux et me sentirais en sécurité même si quelque comité émanant de Sirius m'avait envoyé un arrêt de mort...

— Je vous remercie — dit le secrétaire. Il le regarda dans les yeux et lui serra fortement le bras. — Vous pensez que je n'ai pas à m'en faire ?...

— J'en suis profondément convaincu — répondit Świrski.

Lorsque le secrétaire fut descendu, madame Linowska, curieuse, lui demanda l'objet de leur si longue conversation. Ne voulant pas l'inquiéter, le secrétaire ne parla pas du sujet essentiel, mais répondit :

— Chère madame !... j'ai quarante-cinq ans passés, je me suis frotté à beaucoup de gens, j'ai fait des études à l'étranger... En un mot, je possède quelque expérience et un peu de connaissance des caractères... Malgré cela, si un jour quelqu'un m'avait dit que je tomberais sur des jeunes tels que j'en vois aujourd'hui, je lui aurais ri au nez.

— Vous parlez de Świrski ?... — intervint-elle. — Moi non plus je ne m'étonne pas qu'il ait tourné la tête à mon Władek...

— Un garçon de dix-huit ans — pérorait le secrétaire, agitant la main — dix-huit ans, et je vous jure que par moments il réagit comme un adulte, comme un politique... J'avoue ne savoir qu'en penser, et ignorer d'où peuvent bien sortir de tels jeunes... Madame, ce ne sont même plus des jeunes, ce sont des adultes, matures, achevés... J'ai tout simplement honte de devoir avouer chose pareille...

— Moi je ne m'en étonne plus — répliqua Linowska. — Mon Władek ne m'a-t-il pas dit que pour leur génération chaque mois comptait pour une année ?... La fin du monde !

— Non, madame... Cela prouve simplement que nous, les aînés, nous sommes très en retard — dit le secrétaire.

— Ou que les jeunes ont mûri trop vite... — rétorqua Linowska, hochant tristement la tête.

XII

Un jour, après le Nouvel An, mademoiselle Jadwiga proposa à Świrski une promenade dans le bois. Pour commencer, ils marchèrent sur une route bordée d'un côté par de grands sapins, et de l'autre par des épicéas touffus, recouverts de neige. Puis ils empruntèrent une petite route latérale pour déboucher dans une vaste clairière, dans laquelle des saules, couverts comme d'une frondaison blanche, se penchaient sur un ruisseau gelé. On eût dit un royaume désertique, dans lequel le silence jetait des coups d'œil par de petits chemins cachés au milieu des arbres.

— Brrr !... comme c'est triste ici... — se manifesta Casimir.

— Vraiment ?... — demanda mademoiselle Jadwiga. — L'été c'est la plus gaie des clairières... Combien de fois nous sommes-nous retrouvés ici pour des pique-niques en mai, juillet, et même septembre... Venaient ici les pensionnaires de madame Linowska, comme nous les appelons, et également des jeunes gens des Fonderies... Ici nous mangions les fraises des bois que nous avions ramassées, nous faisions cuire des lactaires et des pommes de terre...

— Et... monsieur Klemens aussi venait à ces pique-niques ?

— Quelquefois. Mais lui préférait examiner les arbres avec les messieurs plus âgés, plutôt que, comme le disait monsieur Linowski, « batifoler » avec la jeunesse. Vous aussi préféreriez certainement une compagnie plus sérieuse ?...

— Dans la mesure où vous ne seriez pas dans la moins sérieuse... — répondit Świrski, rougissant en dépit du froid.

— Voyez-vous cela !... « Monsieur le chef » se lance dans les compliments !...

— Même si je le voulais, je n'y arriverais pas... Mais, sincèrement, je vous dirai que j'ai parfois regretté de vous connaître depuis si peu de temps. Et surtout, je regrette ces joyeux pique-niques de mai dans cette triste clairière.

— Triste !... — répéta Jadwiga. — Même à présent il me semble encore entendre les rires et les cris... Ne le prenez pas mal, mais il m'arrive de penser que vous fréquentez rarement la compagnie de jeunes filles...

— Pratiquement jamais... Et si je me retrouve au milieu de demoiselles, je suis si empoté que tous se moquent de moi...

— De vous ?... Je ne peux même imaginer... de personne tant soit peu éduquée, qui ne vous admirerait pas...

— Attention ! — s'écria Świrski, saisissant par la main mademoiselle Jadwiga, qui avait failli tomber en glissant.
— Merci — dit-elle, secouant la neige de ses manches. — Vous êtes trop bon pour moi...
— Je ne suis que reconnaissant. Vous souvenez-vous de cet instant où Dębowski a demandé si je devais partir pour la Galicie, ou rester ?...
— Oui, et alors... j'ai dit que vous deviez rester... — rétorqua Jadwiga, confuse.
— Et vous vous êtes précipitée hors de la pièce... Je n'oublierai pas cette larme que vous avez versée...
— Une seule ?... — le coupa Jadwiga. — Mais moi, j'ai alors fondu en larmes comme une enfant, car j'ai pensé au malheureux Jędrzejczak... Mon Dieu, quel héros !... Il est mort pour ne pas trahir vos réunions... Et face à ce sacrifice, ce vieillard de Dębowski a osé vous inciter à abandonner vos collègues poursuivis...
— Ses efforts ont été inutiles...
— C'est bien mon avis !... — murmura Jadwiga. Et après s'être tue un moment, elle dit tout haut :
— Vous ne croirez pas combien de fois je me suis cassé la tête à me poser cette question : pourquoi tant de jeunesse éduquée a rallié la révolution ?...
— ...qui n'existe pas !... comme l'affirme monsieur Dębowski...
— Ah, celui-là ! Pour moi, la jeunesse étudiante devrait avant tout s'occuper d'enseigner le peuple.
— Certains l'ont fait, et il a dû y en avoir d'autres pour qui le fusil apparaît aujourd'hui un outil plus approprié à la conquête de la liberté qu'un livre... Moi, parce que j'ai été éduqué en soldat, mais pour d'autres de mes collègues, la conspiration révolutionnaire les a préservés d'une grande criminalité, sinon d'une déchéance...
— Je ne comprends pas !... — intervint Jadwiga, le regardant dans les yeux avec étonnement.
— Vous allez comprendre tout de suite — poursuivit Świrski. — Mais j'ai froid dans le dos de devoir évoquer pareilles horreurs. Au lycée il y avait un inspecteur qui persécutait les Polonais avec une haine particulière. Il épiait les conversations en polonais, confisquait les livres en polonais, appelait la langue polonaise langue de porcs, et mettait en taule ceux qu'il appelait « rebelles », leur pourrissait leur notation, bloquait leur avancement, et même les expulsait de l'école. Et il parachevait tout cela par un espionnage organisé, au point que les collègues n'avaient plus

confiance les uns dans les autres. Il nous éduquait, comme vous le voyez, à devenir d'authentiques conspirateurs...

Je vais résumer maintenant... Ce cher inspecteur excéda la jeunesse à un point tel que quelques désespérés formèrent le projet de... Savez-vous quoi, mademoiselle ?...

— De le tuer...

— Non... De tuer — sa fille, qu'il aimait beaucoup...

— Jésus, Marie !... — murmura mademoiselle Jadwiga.

— Vous voyez, comment nous avons été éduqués en matière de morale... — continuait Świrski.

— Et qu'est-il donc arrivé ?...

— Par chance, un étudiant d'université, un Russe, apprenant cela, dit en substance aux conspirateurs : « Vous êtes stupides !... Si vous tuez sa fille, l'inspecteur obtiendra une médaille, de l'avancement, et aura vite fait de se consoler... Si vous le tuez en personne, on lui trouvera un remplaçant, une canaille encore pire... Vous feriez donc mieux de penser à renverser tout le système qui produit de tels individus... » Et c'est ainsi qu'un grand nombre d'entre nous intégrèrent les rangs de la conspiration, ce à quoi notre association des Chevaliers de la Liberté s'est opposée... Nous aussi voulons combattre, mais ouvertement et honnêtement... pas avec une bombe ou un browning... pas par surprise...

— Mais un tel combat est-il possible aujourd'hui ?... — demanda Jadwiga.

— Moi je n'en choisirai pas d'autre... — répliqua résolument Świrski.

Ils revinrent sur la route principale. Lorsqu'ils eurent parcouru quelques centaines de pas, ils entendirent sangloter, et de dessous un buisson de genévrier se traîna vers eux un petit gars, l'air très mal en point et en haillons, qui en pleurant se mit à leur réclamer quelque chose à manger.

— Même un croûton de pain... une cuillerée d'eau chaude !... — gémissait-il.

Mademoiselle Jadwiga lui dit de les accompagner jusqu'à Leśniczówka. Chemin faisant il raconta qu'il venait du hameau de Głusków, où son père avait été emprisonné pour raisons politiques, sa mère était malade, avec trois enfants à la maison, et que lui se rendait aux Fonderies pour y chercher du travail.

— J'ai cru mourir de froid — sanglotait-il — mais Dieu vous a envoyés à moi, et peut-être que je m'en tirerai...

— Si nous vivions sous un autre régime, pareilles choses ne se produiraient pas — murmura Świrski.

— Des enfants, des vieux, des estropiés, ayant travaillé toute leur vie pour la société, crèvent de misère — rajouta Jadwiga. — Vous vantez l'armée, mais moi j'ai l'impression que s'il n'y avait pas d'armées, il n'y aurait pas non plus cette misère dont nous sommes les impuissants témoins...

Świrski se taisait. Lorsqu'ils arrivèrent à Leśniczówka, Jadwiga confia le garçon en piteux état à la cuisinière, lui commandant de le rassasier, et se rendit elle-même chez Linowska pour demander un peu d'habits. En une heure, le petit vagabond, prénommé Stasiek[121], avait mangé à sa faim, avait été lavé, habillé avec les moyens du bord et obtenu des chaussures pas mal du tout. On l'autorisa à passer la nuit sur place, et Świrski lui donna un rouble. Stasiek se confondait en remerciements et bénédictions, ne le cédant en rien aux mendiants professionnels.

Ce fut un jour fertile en évènements. Le soir arriva le forestier monsieur Wilczek, habitant au fin fond des bois, qui raconta que pour le Nouvel An il eut chez lui des visiteurs peu ordinaires. Il avait reçu la visite de messieurs d'un « groupement... »

Les deux dames et Świrski écoutaient avec la plus grande attention.

— Voilà comment cela s'est passé — racontait Wilczek. — J'avais envoyé Franka[122] chercher Józek[123] à l'écurie, j'attends, pas de Józek, pas de Franka. Je me dis : ces animaux-là commencent bien l'Année Nouvelle !... et je sors devant la maison. Et ne voilà-t-il pas que, comme sorti de terre, se dresse un individu énorme, révolver au poing, disant : bonjour, monsieur le forestier !... Nous sommes venus vous souhaiter la Bonne Année, et vous allez bien nous soigner en retour, monsieur le forestier... Mais à quoi bon m'étendre ; derrière le premier en apparurent trois autres, tous de jeunes garçons ; ils sont restés chez moi toute la journée, ont mangé... bu... C'est vrai qu'ils n'ont pas pris un seul sou, ni même d'arme.

— Vous avez parlé avec eux ?... — s'enquit Linowska.

— Comme avec vous en ce moment. Ils ont raconté qu'ils appartenaient à un grand groupement révolutionnaire et que d'un jour à l'autre... d'une semaine à l'autre, ils allaient attaquer le siège du gouvernorat, et

---

[121] Diminutif de *Stanisław*, Stanislas.
[122] Autre diminutif de *Franciszka*, Françoise.
[123] Diminutif de *Józef*, Joseph.

de là la forteresse… Déjà — disaient-ils — une grande partie de l'armée était derrière eux, et dans toute la Russie la révolution faisait rage… Ils brûlent les manoirs… enlèvent leurs terres aux gentilshommes …

— Belle révolution ! — intervint Świrski. — Vous dites que le premier à se montrer était un individu énorme… Vous souvenez-vous, peut-être : à quoi ressemblait son visage ?...

— Oh… je le vois encore devant moi. Le visage plein, respirant la santé, vermeil, la barbe noire, la voix grave, le langage grossier, bien qu'il fût habillé comme un gentilhomme…

« Celui-là m'a tout l'air d'être Zając » — pensa Casimir, ajoutant tout haut :

— Et vous vous souvenez des autres faciès ?...

— Pas difficile !... je vais vous dire tout de suite. Il y en avait un de petite taille, aux cheveux tirant sur le marron, les yeux d'un bleu très foncé… un excité de première… Il ne pensait qu'à se battre !...

« Lisowski… » pensa Casimir.

— Le deuxième était un peu plus grand, mince, un châtain… Celui-là était des plus posés, et j'ai remarqué qu'il fermait légèrement un œil…

Casimir sursauta sur sa chaise… Il voulut dire quelque chose, mais se retint non sans effort et se contenta d'opiner tout bas.

« Ou bien c'était Chrzanowski, ou bien… je dois perdre la raison… »

Linowska, sans lever les yeux, observait Świrski avec attention. Mais Wilczek ne s'aperçut pas de l'émoi de son auditeur et continuait à discourir :

— Celui qui me plut le moins… c'est-à-dire pas du tout, ce fut le troisième : un grand escogriffe, au visage pâle, bouffi, aux yeux tristes. A certains moments il paraissait lourd, à d'autres souple comme un chat… Ce coco, mes chers amis, je ne voudrais pas le rencontrer seul à seul au coin d'un bois…

De fortes rougeurs apparurent sur le visage de Świrski. Il était pratiquement certain que ce troisième, c'était Starka, que tous les trois étaient ces collègues pour lesquels il se faisait du souci et était resté au pays. Et par ailleurs, il fut médusé par les dons d'observation de Wilczek.

« Que de malheurs cet homme pourrait occasionner, s'il le voulait… » pensa Casimir. Mais, sur le doux visage du forestier, il était comme écrit que — il ne ferait de mal à personne.

On servait le thé quand un messager des Fonderies apporta des lettres du vieux Linowski et de Władek. Une des lettres était adressée à Świrski.

Mon très cher — écrivait Władek — une fois de plus, je te prie, je te supplie de venir à Gruda, ne serait-ce que pour quelques heures. Les routes sont tout à fait sûres dans la région. Tu en entendrais des choses ici... tu en entendrais !... Je te dirai simplement deux mots : les Galiciens sont certains que tout le mouvement révolutionnaire et gréviste chez nous est provoqué par des agents prussiens, soit pour mettre notre pays sous la coupe allemande, soit tout au moins pour nous ruiner économiquement et politiquement... Le reste, tu le devineras toi-même...

Après le départ de Wilczek, mademoiselle Jadwiga se rendit à la cuisine, d'où elle revint bientôt en courant, alarmée.

— Est-ce que quelque groupement se serait introduit chez nous également ?... — demanda Świrski en souriant.

— Savez-vous que ce soi-disant pauvre gamin, ce Stasiek, s'est sauvé ?...

— En volant quelque chose, peut-être... — ajouta Świrski.

— Pire que ça, car il a interrogé nos valets de ferme sur le nombre d'hommes présents à la maison... la quantité d'armes... si des gardes forestiers couchaient la nuit chez nous... Et le pire de tout — chuchota Jadwiga — c'est que notre personnel masculin ne nous en a rien dit et — a peut-être même facilité la fuite à ce vaurien... qui... écoutez-bien... leur a offert de la vodka !... Ce pauvre mendiant... Ce meurt-de-faim que nous avons recueilli avait de la vodka sur lui !... Sincèrement, je crains qu'il ne soit l'espion de quelque bande de brigands et qu'ils ne nous attaquent... Rózia pense comme moi.

— Dans ce cas... peut-être que ces dames me permettront... de coucher dans le bureau de monsieur Linowski ?... — dit Świrski en rougissant.

Mademoiselle Jadwiga se rendit chez Linowska pour en délibérer, et revint bientôt, rapportant à Casimir que les dames étaient d'accord avec sa proposition. En guise de bonne nuit, elle lui servit un compliment :

— Vous savez, vous êtes jeune, et il est clair que nous deux, madame Linowska et moi, nous nous sentirons davantage en sécurité si vous êtes en bas... Vous ne nous abandonneriez pas...

— Plutôt mourir... que de vous abandonner dans le danger... ainsi que madame Linowska, à qui j'ai le devoir de servir de fils — ajouta-t-il rapidement.

Avant de se coucher, Świrski se rendit à la cuisine afin d'obtenir quelque renseignement sur la fuite de Stasiek ; mais les valets restaient silencieux, et même échangeaient furtivement des regards significatifs entre eux. L'aspirant-commandant les laissa, en colère ; il lui était devenu clair, en effet, que — ni son amabilité, ni un Noël généreux, ne lui avaient gagné la confiance des domestiques. Manifestement, certains changements devaient être intervenus récemment dans leur état d'esprit. Car Jadwiga tout comme madame Linowska étaient d'accord pour dire que jusqu'à présent les filles aussi bien que les valets à Leśniczówka se distinguaient non seulement par leur loyauté, mais aussi leur sincère attachement à leurs employeurs.

« Les Linowski ne les ont pas lésés — pensait Casimir — les ont traités comme des membres de leur famille, les ont soignés, et même enseignés, et en dépit de tout cela — ne peuvent compter sur leur fidélité !... »

Revenant dans le bureau, où on lui avait préparé son lit sur un spacieux canapé, Świrski chargea son browning et la plaça sous son oreiller, en compagnie de quelques chargeurs de réserve. Il ressentit un agréable picotement à l'idée que des bandits pourraient les attaquer ; enfin il se retrouverait en présence d'un véritable danger et entendrait les balles siffler, tirées pas pour rire !... Et même s'il venait à mourir en défendant les femmes, mourir en présence de mademoiselle Jadwiga, ne serait-ce pas une belle mort ?... Ah, la mort ! terrible pour ceux qui la craignent... Qu'elle vienne, qu'elle le regarde dans les yeux, et on verra alors qui prendra peur.

Il éteignit la lumière. Quelque part du côté du village, un chien se mit à japper... puis un autre... Ensuite se firent entendre les aboiements caverneux des chiens de garde... Sur la route retentit comme un bruit de sabots de chevaux, puis celui, léger, de pas dans la cour, puis comme si on frappait doucement à la porte... Świrski souleva sa tête de l'oreiller, serra son browning dans la main, attendant... rempli d'une tranquille allégresse...

« Si j'en touche deux ou trois, les autres se sauveront — pensait-il. — Et c'est possible, car je ne tirerai pas en aveugle... Ah, ah, ah, vive la guerre... vive les bandits !... »

Et bercé par ces agréables sensations — il s'endormit profondément, comme s'il avait expiré...

Lorsqu'il s'éveilla, la matinée était déjà avancée, et le café l'attendait. Vers midi se présenta le garde forestier Łochowski, informant que des petits Juifs lui avaient raconté que quelque chose de mauvais était arrivé aux Fonderies. Et après le dîner un garçon arriva des Fonderies et remit à Świrski une lettre contenant ces mots griffonnés par le trésorier de l'usine :

Le secrétaire a été tué — le haut fourneau est éteint — c'est la grève...

Casimir courut dans la cour et saisit l'envoyé par les deux épaules.
— Que se passe-t-il chez vous ?... — demanda-t-il d'une voix étranglée.
— Rien, monsieur... — répondit le garçon effrayé.
— C'est vrai qu'ils ont tué le secrétaire ?...
— Et comment que c'est vrai ... Mais c'était annoncé... Et ils ont éteint le haut fourneau, c'était annoncé aussi.

Świrski resta paralysé ; par moments il avait l'impression que sa tête s'était vidée de toutes ses pensées, ou alors il sentait un tel afflux de questionnements, de scènes, de prémonitions, qu'il commença à craindre pour sa raison.

Le secrétaire... le secrétaire était mort !... Lui qui encourageait les ouvriers à apprendre et à fonder des associations, lui qui jouissait de leur confiance... Le même à qui lui, Świrski, avait quasiment garanti d'être en sécurité !...

Et si un tel homme a été tué, qui aujourd'hui est certain de rester en vie ? Et si tout le monde perd le sentiment de certitude, que deviendra la nation ?

Świrski avait lu un jour qu'un des phénomènes les plus démoralisants dans la nature était le tremblement de terre. Terrible devait être cette perte de foi dans la stabilité du sol, sur lequel nous marchons, sur lequel nous habitons, qui jusqu'à présent semblait être ce qu'il y a de plus stable et de plus sûr !... Pareilles étaient les sensations que lui-même éprouvait en ce moment. Jusqu'à présent il avait su et compris qu'on pouvait être en haillons dans la société, victime d'injustices, tué, de même que sur le sol dur on pouvait par inattention trébucher sur une pierre, ou tomber dans une fondrière... Mais en dehors de mésaventures de ce genre, l'édifice social lui paraissait quelque chose de solide et pérenne, quelque chose d'absolument sûr, et les gens vivant dans la société des êtres dignes de confiance. Et c'est seulement cet impossible, invraisemblable, tout au moins pour lui, assassinat du secrétaire, qui produisit en Świrski l'effet de l'explosion d'une mine, ébranlant sa foi dans la société et chamboulant, même détruisant complètement, quelque chose dans son âme.

Quoi précisément ?... il ne s'en rendait pas compte pour l'instant.

Il ressentit le froid et s'aperçut qu'il se trouvait dans la cour, en veste et sans casquette. Simultanément, il se souvint qu'il lui fallait de quelque façon informer les femmes du malheur. Mais comment dire à Linowska que l'homme qu'elle voyait depuis quelques années, qu'elle connaissait et appréciait, qui il y a une dizaine de jours était chez elle pour le réveillon de Noël, et il y a deux jours lui avait parlé, que cet homme était mort, assassiné en vertu du verdict de quelque comité politique ou criminel !...

Świrski ne se rendit pas dans le bureau voisinant la chambre de Linowska, mais monta dans la chambre où précédemment il dormait, et à présent habitait pendant la journée. Mademoiselle Jadwiga avait remarqué par la fenêtre sa discussion avec l'envoyé des Fonderies ; quelque chose l'avait effleurée, et elle courut derrière Casimir. Ils se retrouvèrent dans le vestibule. Świrski était tellement changé que Jadwiga n'eut pas le courage de l'interroger.

« Il aura peut-être reçu quelque mauvaise nouvelle venant de chez lui — pensa-t-elle — ou peut-être... de Gruda ? »

Et donc elle se taisait et ne faisait que le regarder dans les yeux, terrorisée.

— Le secrétaire a été tué !... — chuchota Casimir — aux Fonderies c'est la grève...

— Le... le secrétaire ?... — répondit-elle sur le même ton. — Mais il est venu chez nous...

— Tu-é !... — répéta Świrski.

Jadwiga, tremblante, lui saisit les bras.

— Mais il est venu chez nous... quand déjà ?... sans doute avant-hier ?...

— Comment en informer madame Linowska ?... — demanda Casimir.

Jadwiga se mit à réfléchir, la tête pressée entre ses mains, et dit :

— Est-ce que je sais, moi ?... Il me semble que le mieux est de l'informer sans détours. S'il est quelqu'un dont le cœur n'est pas fragile, c'est bien elle...

— Alors faites-le... Moi je n'en ai pas le courage et... je me sauve en haut... Voici la lettre du trésorier...

Il fourra le billet dans la main de Jadwiga et monta précipitamment les escaliers, sans se retourner. Dans la chambre, il se jeta sur le sommier, sur lequel il y avait une couverture, et pendant un certain temps s'efforça de ne penser à rien, sentant que penser lui faisait presque mal physiquement... Oui, en son âme s'était produit comme un tremblement de terre, qui avait englouti quantité de concepts, quantité de croyances, quantité d'espérances, et avant tout... ces grandes, magnifiques armées, qu'il avait cultivées pendant ses bienheureux rêves éveillés !...

Plus de vaillante infanterie en tuniques de drap gris, aux épaulettes jaunes et amarante, en képis français, avec de superbes fusils à cadence rapide... Plus de canons sur des affûts bleu foncé, ni de fanfares jouant : « Peuples, aux armes !... » Il n'y avait plus rien, car dans l'âme de Świrski la foi en la possibilité de pareilles occurrences s'était volatilisée...

Couché, il ferma les yeux à demi et soudain eut l'impression que quelqu'un se tenait à ses côtés, ressemblant à Dębowski... Casimir n'avait pas froid aux yeux, mais cette fois il ferma ses paupières plus énergiquement, pensant que si vraiment il voyait quelqu'un en plein jour et dans une chambre normalement vide, cela signifiait qu'il avait des hallucinations, qu'il délirait.

Entretemps ce quidam, dépourvu de couleur et de forme, parlait d'une voix monotone et lassante :

« Si madame Linowska ne peut compter sur ses valets avec lesquels elle a l'habitude de vivre depuis quelques années, comment vos officiers pourront-ils faire confiance à des soldats qu'ils ne connaissent pas ?... Si le personnel dissimule devant Linowska les visites et les incitations d'agitateurs, qui vous assurera que vos soldats ne voudront pas dissimuler des traîtres et des espions étrangers dans le camp ?... qu'adviendra-t-il alors de l'armée que vous envisagez de former : sera-t-elle capable de gagner des batailles et ne se transformera-t-elle pas en une armée de bandits, qui vont piller et brûler les manoirs, voler le bois dans la forêt et délester ces pauvres gardes forestiers de billets de trois roubles ?...

« Et dans ce cas, vous qui voulez constituer pareille armée, ne vous exposez-vous pas aux malédictions de toute la nation, et à un opprobre éternel ?... Car en vérité, il n'y a pas encore eu d'homme qui eût réuni, armé et entraîné une troupe de criminels, pour la lancer ensuite sur sa propre patrie !... »

Mais moi je ne voulais pas de criminels... — geignit Świrski. — Moi j'ai formé la brigade des Chevaliers de la Liberté, afin qu'ils pussent de haute lutte libérer le pays et le couvrir d'une gloire immortelle !... Je voulais former des héros, auprès desquels eût pâli le courage japonais[124]...

« On ne met pas d'arme entre les mains de n'importe qui... On n'apprend pas les secrets de l'art de la guerre à des gens qui demain peuvent s'en servir pour leurs propres desseins : acquérir richesses, pouvoir, ou assouvir une vengeance... »

---

[124] La Russie venait de perdre la guerre avec le Japon, après avoir subi en 1905 des défaites sur terre (Port-Arthur en janvier) et sur mer (Tsushima en mai).

Świrski se leva en sursaut de sa couche. Il n'y avait personne dans la chambre ; en revanche, un grand bouleversement s'était produit dans l'âme du jeune garçon. Świrski ressentit que dorénavant il ne pourrait plus rêver d'armée et que toute son activité jusqu'ici, soi-disant politique, deviendrait pour lui une source de remords de conscience…

— Qu'ai-je fait ?... qu'ai-je fait ?... — murmurait-il, désespéré. — Brydziński et Jędrzejczak ont péri misérablement… Starka, Chrzanowski et Lisowski errent sous la menace de la prison, peut-être même de la potence… Linowski est tombé gravement malade… Et que dire de ces artisans qui m'ont accompagné aux Słomianki, et qui aujourd'hui sont peut-être déjà devenus des bandits ?... Que je sois maudit…

Il ne pensait pas à ce qu'il adviendrait de lui, quel serait son avenir… Il sentait seulement des ténèbres autour de soi, et en soi l'absence de tout espoir, et commençait à envier Władek, qui si facilement en était arrivé à de nouveaux points de vue et de nouveaux projets.

— Bien sûr qu'il va étudier, et moi ?...

Par chance, épuisé qu'il était, il s'endormit pour quelques heures, ce qui le tranquillisa.

Vers le soir arriva monsieur Klemens. Il salua brièvement Linowska et mademoiselle Jadwiga, et demanda à Świrski de lui accorder un moment pour discuter autour d'un thé. Ils s'assirent dans le bureau, de part et d'autre du secrétaire noir. L'arrivant, visiblement, avait du mal à engager la conversation ; Świrski le regardait tel un automate, et pensant à autre chose, remarqua cependant pendant les pauses de la conversation que monsieur Klemens était bel homme. Il avait certes une calvitie, mais peu développée, et à part cela des traits réguliers, des petites moustaches seyantes, et des yeux bleus, froids.

« Il va se marier avec Jadwiga !... » — se dit Świrski, ressentant une sourde douleur au cœur.

— Aux Świerki, c'est la grève… — engagea monsieur Klemens en baissant la voix.

— Vraiment ?... — répondit Casimir sur un ton si indifférent que son interlocuteur s'en étonna.

— Une grève très dure — poursuivait monsieur Klemens. — Les valets de ferme ne battent plus le grain, ne nourrissent et n'abreuvent plus le bétail… Deux meules de blé ont été brûlées…

— Aïe !... — s'exclama Casimir. — Je vais y aller…

— Pas question… c'est-à-dire… je ne vous conseille pas d'y aller… Dans chaque ferme il y a des cosaques et des policiers…

— Et que font-ils là-bas ?...
— Ils nourrissent le bétail... font la garde...
— Mais ils sont là pour m'arrêter ?... — dit-il d'une voix quelque peu emphatique.
— Non. Ils ont été appelés par monsieur Świrski...
— Mon oncle ?... Pourquoi ?...
— Monsieur Świrski a décidé, ce qui même chagrine ses voisins, qu'il accorderait à son personnel des conditions meilleures que celles qu'il réclame, mais... qu'il lui fallait d'abord les convaincre que c'était lui le maître et qu'eux devaient lui obéir... Et comme on l'a menacé de mort...
— Il a fait venir des policiers et des cosaques ?... — intervint Casimir.
— J'aurais préféré que le différend s'arrangeât autrement...
— Vous avez raison — dit le visiteur. — Ces cosaques — on n'en a pas besoin. Demain je serai aux Świerki, ils mettent en vente une chaudière... Si vous avez une commission...
Casimir se leva brusquement de sa chaise.
— Pourriez-vous, s'il vous plaît, me prendre une lettre ?... — demanda-t-il.
— Bien volontiers.
Monsieur Klemens partit voir Linowska, et Świrski écrivit à son oncle :

Très cher oncle ! Je me permets avant tout de vous supplier de déclarer au personnel vos intentions à son égard, intentions concrètes et, comme toujours, généreuses, et ensuite de vous débarrasser, mon très cher oncle, des cosaques, à cause desquels je ne peux même pas faire un saut aux Świerki, malgré toute l'envie que j'en ai. Autre demande : mon très cher !... je vous prie de me fournir de l'argent... Mais beaucoup d'argent, plusieurs milliers de roubles... Il est probable en effet que je doive quitter le pays pour un certain temps, et cela pas tout seul !... Je vous baise les mains, très cher oncle, et me recommande à vos bonnes grâces.

Kazio

Lorsque, pendant le souper, Świrski lui remit sa lettre, monsieur Klemens, après réflexion, lui dit :
— Demain je serai aux Świerki... si moi non plus on ne me tue pas, comme ce brave secrétaire... Et après-demain je pense vous ramener la réponse...
— J'en ai un grand besoin... Dites-le à mon oncle...
Świrski passa cette nuit-là et le lendemain presque en proie à la fièvre. Il était certain que son oncle lui enverrait quelque trois... quatre... mille roubles, qui lui permettraient de concrétiser ses projets, entièrement

nouveaux.

Il avait décidé de se mettre d'accord avec le groupement de Zając, alias Zajączkowski, étant pratiquement certain que s'y trouvaient ses collègues errants, et avait également décidé de tous les appeler à quitter le pays pour un certain temps, à ses frais. Qui partira sera soutenu par Świrski, le temps de trouver du travail, qui refusera — n'aura qu'à s'en prendre à lui-même... Après avoir concrétisé cela, Casimir lui aussi devait se transporter en Galicie, et peut-être même plus loin à l'étranger.

— Je préfère transformer mon patrimoine en subsides pour étudiants et artisans plutôt que de former des détachements prétendument militaires, qui ne font qu'apporter des malheurs à la nation... — se parlait-il à lui-même.

Après cette remarque — il respira. Monsieur Klemens arrivera d'ici une journée, ramènera l'argent de son oncle, ou à tout le moins indiquera à Świrski où s'adresser pour le récupérer... En l'espace de quelques jours, il s'informera du groupement de Zając, alias Zajączkowski, et se mettra d'accord avec ses collègues. Et dans une semaine... dans une semaine il sera tout à fait heureux !... Il quittera le chemin trompeur sur lequel il s'était, on ne sait par quel hasard, engagé, et en détournera ses collègues, qu'il avait entraînés à sa suite...

Soudain une protestation lui résonna dans la tête.

« Est-ce bien moi qui les ai entraînés ?... — se dit-il. — Je ne suis pourtant pas plus âgé qu'eux et je ne peux dire qu'ils m'eussent toujours obéi... Ils savaient bien, ces petits chéris, râler et il faut voir comme !... Un Starka, par exemple, combien ne m'a-t-il débité d'impertinences ?... Quant à Chrzanowski et Lisowski, s'il est vrai qu'ils me ménageaient davantage, ils n'auraient pas permis pour autant de se laisser conduire par le bout du nez... »

Sous l'effet de ces méditations, il s'apaisait d'heure en heure. Ses rêves chéris, de former une armée et remporter à sa tête d'extraordinaires victoires, pâlissaient, tombaient en poussière. En revanche, l'occupaient de plus en plus ses projets de retrouver ses collègues et de les expatrier. Il s'imaginait les cherchant dans les bois, de quelle manière il allait les convaincre et comment, sous l'effet de son éloquence, Zajączkowski lui-même renoncerait à son affaire !

XIII

Cependant, monsieur Klemens ne se présenta pas à Leśniczówka dans les temps prévus, et une inquiétude pointa dans le cœur de Casimir. Peut-être monsieur Klemens ne s'était-il pas rendu aux Świerki ?... peut-être avait-il perdu la lettre ?... ou encore des bandits l'avaient attaqué et lui avaient dérobé l'argent ?... A moins que l'oncle ?...
— C'est bon !... — se dit-il. — Il se peut que mon oncle n'ait pas l'argent pour l'instant... peut-être que lui faire une scène par lettre interposée pour s'être fourré dans pareil pétrin... Mais que son oncle pût lui refuser de l'argent au moment où lui, pour sa sécurité, devait partir à l'étranger, cela Casimir ne pouvait se l'imaginer.

Ce n'est que le troisième jour à midi que monsieur Klemens se présenta, la mine grave. Mais comme il faisait un temps magnifique, et que Casimir venait de rentrer il y a moins d'une demi-heure d'une promenade avec mademoiselle Jadwiga, le garçon était d'excellente humeur.
— Vous avez vu mon oncle ? — s'écria-t-il joyeusement. — Vous avez une lettre ?
— Oui — répondit sèchement monsieur Klemens, sortant une petite enveloppe de forme carrée, armoriée.

Ils se trouvaient dans la cour et entrèrent dans le bureau de Linowski. Casimir commença à déchirer l'enveloppe mais, voyant l'air de Klemens, demanda en hésitant :
— Je vous demande pardon, mais... j'ai comme l'impression que vous n'êtes pas content... Pas à cause de moi, j'espère ?...
— Ne le prenez pas mal — répondit Klemens — mais je ne me proposerais pas une deuxième fois pour une telle mission. Monsieur le comte (c'est ainsi que tous les régisseurs du gouvernorat appelaient l'oncle)... monsieur le comte a l'art de se rendre désagréable par moments...
— Il vous a vexé ?... de ma faute ?... — demanda Casimir, confus.
— Vexé... non...!... Du reste, je m'en voudrais de vous être désagréable, car j'ai l'espoir que... nous ferons affaire ensemble...
Dans le bureau, Casimir s'approcha de la fenêtre et dit :
— Bien sûr que j'essaierai de faire affaire avec vous... Vous permettez ? — ajouta-t-il en sortant la lettre.
— Je vous en prie, lisez... Moi je vais saluer ces dames.
Casimir déplia la feuille et lut :

Concernant l'affaire des policiers ruraux qui vous indigne tant, monsieur le réformateur, permettez que je fasse appel à la protection de la police autant de fois que moi je le jugerai utile, et non pas mes pupilles. Pour ce qui est des valets de ferme, vous agirez avec eux et les paierez comme il vous plaira, monsieur le réformateur, mais pas avant que l'administration des domaines ne passe sous vos nom et responsabilité. D'ici là, c'est moi qui pratiquerai selon mon système, qui repose non pas sur des slogans réformateurs, mais sur la connaissance des gens et une expérience de nombreuses années.

Et enfin, pour ce qui est de l'argent — je vous remettrai, monsieur le réformateur, non seulement les quelques milliers de roubles que vous réclamez, mais tout l'argent liquide qui vous revient, sous une condition, néanmoins. Vous voudrez bien, monsieur le réformateur, me présenter un acte vous reconnaissant personne majeure et habilitée à ester en justice.

Je me dois cependant de vous rappeler, monsieur le réformateur, que pour l'obtention d'un tel acte, il faut non seulement mon accord, que je suis prêt à vous donner immédiatement, mais qu'il est indispensable également — de régler le litige avec les autorités du pays, qui depuis une douzaine de jours vous recherchent activement, monsieur le réformateur, en tant qu'accusé... de quoi ?... je n'ose même, ni ne veux, l'imaginer.

Wincenty Świrski, un oncle pris à la légère.

Casimir lut et relut la lettre, comme si son contenu brutal dissimulait un secret, qu'il ne pouvait pour l'instant deviner. Et quand un quart d'heure plus tard monsieur Klemens entra dans le bureau, il ne put maîtriser son étonnement. Il avait l'impression que Świrski avait rabougri, et que ses yeux s'étaient enfoncés.

— Mon oncle va bien ?... — demanda Casimir à monsieur Klemens.

— Et comment !...

— Et les policiers sont toujours aux Świerki ?...

— Les cosaques aussi... Et ils ne pensent pas un seul instant à partir.

— Et de quelle affaire vouliez-vous me parler ?... — dit Casimir après un moment.

— C'est de la plus haute importance !... — répliqua monsieur Klemens. Il jeta un coup d'œil dans la salle à manger, dans le vestibule, puis avança une chaise à Świrski et lui-même s'assit.

— Vous connaissez l'état du pays — dit Klemens à mi-voix. — Les compagnons chez les maîtres-artisans en ville ne veulent plus travailler, les ouvriers disent qu'ils vont s'approprier les usines, et dans les campagnes traînent des agitateurs cherchant à provoquer des grèves dans les fermes et incitant les paysans à s'emparer des terres des manoirs... Vous voyez à quoi tout cela nous mène ?...

— J'y pense depuis les fêtes... — chuchota Świrski.

— Et vous savez aussi — poursuivait Klemens — que ceux qui contrecarrent l'ignoble besogne d'agitateurs anonymes, ceux-là risquent la mort... Le secrétaire de la direction des Fonderies... vous savez ?...

— Je sais pourquoi il a été assassiné... J'étais abasourdi quand j'ai appris ce meurtre immonde...

— Et vous ne réagissez pas ?...

Świrski tourna sa chaise vers lui.

— Et que puis-je y faire ?... — rétorqua-t-il, étonné.

— Enormément... — dit Klemens. — Dans notre région, d'ailleurs dans tout le pays, se crée une association d'autodéfense de tous les gens honnêtes et polonais... Vous pourriez, avec votre courage, vos capacités... vous pourriez rendre de grands services... Vous pourriez dans un premier temps prendre la tête de l'organisation dans notre district, et ensuite de quelque chose de plus important... Le secrétaire assassiné mettait de grands espoirs en vous, il me semble donc que vous seul pourriez le venger...

Świrski s'accouda au petit bureau et se voila la face.

— Nous savons — poursuivait Klemens — que vous avez de vaillants collègues... des partisans dans les campagnes et les villes... des armes... Pour ce qui est de l'argent, on en fournira, on vous adjoindra quelques personnes sûres, et des armes aussi on en trouvera... Pourvu qu'on se mette au plus vite et le plus énergiquement au travail pour exterminer cette racaille...

— Laquelle ?... — demanda abruptement Świrski.

— Evidemment les bandits et les agitateurs... On a des indices montrant que derrière les uns et les autres se cache un tiers...

Świrski s'appuya contre le dossier de sa chaise et posa les deux mains sur le bord du bureau.

— Je ne comprends pas mon rôle dans cette affaire — dit-il.

— C'est pourtant très simple... D'abord — il faut les repérer... — répliqua Klemens.

— Aha !...

— Ensuite les exterminer...

— Oh !... Si je comprends bien, d'abord faire l'espion, et ensuite le bourreau ?... — interrogea Świrski.

Monsieur Klemens fit un bond sur sa chaise.

— Monsieur, servir le pays est parfois ingrat... — dit-il.

— Je sais, mais pour ça — je ne fais pas l'affaire... Réfléchissez un peu : il me faut être soit... l'un, soit... l'autre... Et par-dessus le marché il me faut encore encourager mes collègues à faire la même chose, ces collègues qui pendant plusieurs années se sont formés dans l'association des Chevaliers de la Liberté... Monsieur, réfléchissez un peu : moi... et les Chevaliers de la Liberté, il nous faut être soit... l'un, soit... l'autre ?...

Et on ne sait même pas laquelle de ces deux choses est la pire, car les deux sont de la pire espèce…

Il s'exprimait sans colère, comme fatigué, seule sa voix par moments s'étranglait. Monsieur Klemens le regarda… Et brusquement se leva, lui pressant le bras.

— Monsieur — dit-il — vous êtes un homme généreux, mais… un idéaliste invétéré !... Et qui est idéaliste à ce point ne devrait pas s'engager en politique, car il est susceptible de mourir inutilement, sans rien avoir accompli…

Sur ces paroles, monsieur Klemens sortit du bureau, mais Świrski restait assis, immobile. Ce monsieur Klemens, modeste administrateur d'un domaine appartenant à un autre, avait soudain pris à ses yeux une envergure considérable…

— Je suis curieux de savoir ce qu'il est… — se dit-il. — Mais après un moment il haussa les épaules, se sentant complètement étranger à toute cette affaire. Monsieur Klemens, manifestement quelque dignitaire de district d'un parti modéré, lui avait proposé une fonction de mouchard et de tueur, à lui qui se voulait guide et résurrecteur de la nation, épigone des Kniaziewicz, Chłopicki, Dąbrowski[125], et même de Kościuszko[126]… Lui, Świrski, qui méprisait les assassinats subreptices, et n'eût jamais pensé à espionner quelqu'un, lui… devenir… agent de flicage de district, espèce de limier, à qui en outre on accorderait de temps à autre le droit, ou le devoir, d'assassiner un agitateur ou un bandit !...

Ainsi donc, quelque obscur régisseur ou administrateur, en toute naïveté, l'avait pris à la légère, comme personne ne l'avait jamais fait. Mais — chose étrange — Świrski ne s'en formalisa pas, car même cette proposition inouïe pâlissait au regard de la lettre de son oncle. C'était cette lettre qui, véritablement, lui avait porté un coup, à la suite duquel il avait l'impression de commencer à sombrer, sans pouvoir se retenir.

Il ressortit encore une fois le malheureux papier de sa poche et se remit à le lire, non plus pour en prendre connaissance, mais pour vérifier son existence réelle, et que son oncle avait véritablement écrit quelque chose de semblable. Lui, Casimir, devait se réconcilier avec les autorités du pays, qui le recherchent depuis une douzaine de jours…

Comment un homme menacé de pendaison peut-il se réconcilier avec

---

[125] Généraux polonais, héros des guerres d'indépendance du 19ème siècle.
[126] Général polonais, héros malheureux du soulèvement de 1794 qui entraîna le troisième et dernier partage de la République Polonaise.

les autorités ?... A moins de se rendre à l'*охрана*¹²⁷, raconter l'histoire de l'association des Chevaliers de la Liberté, qu'il avait fondée, dénoncer ses collègues et tous ces petits commerçants, maîtres et compagnons-artisans, secrétaires, gardes forestiers, intendants qui lui avaient fait confiance, appelés à former une armée sous son commandement !...

Monsieur Klemens, certes, l'incitait à espionner et exterminer, mais — des bandits et d'obscurs agitateurs ; tandis que son oncle lui conseillait, pour obtenir quelques milliers de roubles lui appartenant en propre, de dénoncer des gens honnêtes, des patriotes, prêts à des sacrifices, qui avaient une confiance illimitée en lui. Voilà ce que conseille, ce qu'exige son oncle !...

« Il a dû perdre la tête... — pensait Casimir. — A moins qu'il ne s'agisse d'un courrier falsifié... Mais falsifié par qui ?... » Il eut, l'espace d'un instant, un éclair de soupçon, suspectant son oncle de vouloir s'emparer de sa fortune... Mais il ne tarda pas à se rendre compte que cette idée n'avait pas de sens. Son oncle, non seulement administrait ses biens avec la plus grande parcimonie et la plus parfaite rigueur, non seulement les avait agrandis, mais encore déclarait à qui voulait l'entendre que tout ce qu'il possédait deviendrait après sa mort propriété de son neveu Casimir. La famille Świrski en était informée, au point que certains de ses membres jalousaient ouvertement le pupille de monsieur Wincenty.

Et voilà que cet oncle, qui l'avait élevé, dressé, même choyé à sa manière, cet oncle qui, chaque fois que l'occasion s'en était présentée, avait combattu pour la liberté, cet oncle bien-aimé, adoré, lui commandait de « régler son litige avec les autorités », autrement dit — se faire sans doute délateur et traître !...

À la suite de ce refus d'argent, Casimir se retrouva dans une impasse : comment faire à présent pour sortir ses collègues du groupement de Zając, si tant est qu'ils y soient... Et, dans ce cas, que lui reste-t-il à faire ? Mais sa déception pécuniaire et le danger qui le menaçait représentaient peu de chose en comparaison de la proposition essentielle de son oncle. Il devait se mettre d'accord avec les autorités !... Mais, à supposer qu'il le fît vraiment, son oncle lui-même ne le chasserait-il pas de

---

¹²⁷ L'« ochrana », terme russe désignant l'entité regroupant les différents services secrets et la police secrète de la Russie tsariste ; elle a été créée en 1881 par Alexandre III et dissoute en 1917 par les Bolcheviques, qui lui substituèrent la Tcheka, ancêtre du Guépéou, du NKVD et du KGB de l'URSS, et du FSB de l'actuelle Fédération de Russie.

la maison ?...

Alors qu'il agitait ces pensées, accoudé au petit bureau, la tête entre ses deux mains, la porte grinça doucement et Linowska entra.

— Ça ne va pas, Casimir ?... — lança-t-elle sur le ton de la compassion.

Il la regarda de ses yeux éteints et, après un instant d'hésitation, lui tendit la lettre.

Elle lut et lui rendit tranquillement le papier.

— Qu'en pensez-vous ?... — demanda-t-il.

— Certainement la même chose que vous, que votre oncle est très fâché et très... très chagriné... Mais cela va passer, si ce n'est déjà fait...

— Je n'aurais jamais supposé que mon oncle pût écrire chose pareille !...

— Vous ne m'en voudrez pas, Casimir, si je suis sincère ?... Je vais vous dire quelque chose, en tant que mère de votre ami le plus cher...

— Je vous en prie... dites... Je ne risque pas d'entendre pire chose que ce que m'a proposé monsieur Klemens, et que ce que m'a écrit mon oncle.

— Votre oncle a-t-il supposé un jour qu'on traquerait son neveu et fils adoptif chéri ?... qu'il serait menacé de prison, sinon de déportation... On peut perdre le contrôle de soi-même quand un tel imprévu vous tombe dessus !...

— Pour le bien du pays... — intervint Świrski.

— Je vous demande pardon... mais il me semble que vous, mon Władek, et vous tous en général, êtes dans l'erreur. Vous admettrez sans doute que les gens plus âgés, expérimentés, comprennent un peu mieux que vous ce qui est bien pour le pays ? Comment donc peut être bien pour le pays ce dont eux, non seulement se détournent, mais encore veulent à tout prix vous détourner ?...

— Madame, la révolution serait une bonne chose, s'il ne s'y mêlait pas certains éléments infâmes, qui d'une part sèment la discorde dans la nation, et d'autre part se livrent à des crimes — l'interrompit Casimir.

— Je suis incapable de répondre à cela — dit Linowska. — Je sais que Dębowski, par exemple, et aussi des messieurs d'un certain âge aux Fonderies, ont toujours dit que cette révolution se terminerait mal... Mais il ne s'agit pas d'elle. Vous en voulez à votre oncle d'avoir écrit une lettre, selon vous méchante, et selon moi seulement désespérée... Vous, les jeunes, n'imaginez même pas ce qu'est un enfant pour ses parents, ou même pour son tuteur, qui l'a élevé... Vous ne savez pas qu'après plusieurs ou une douzaine d'années de vie commune, un cœur humain fait tellement corps avec un enfant que, dès que celui-ci s'érafle un doigt, notre âme en est écorchée, dès qu'il trébuche, nous sommes brisés, et dès qu'il souffre, est menacé, le bonheur disparaît de notre vie... Quoi d'étonnant alors à ce que votre oncle vous ait écrit une lettre dure ?... Ce n'est pas lui, voyons, qui l'a écrite, mais sa douleur profonde ... N'a-t-il pas froid dans le dos à penser que vous allez errer par les bois, dans la froidure ; son cœur ne va-t-il pas vous suivre en prison, en exil, et même dans la mort ?...

A ce moment, Casimir saisit la main de Linowska et la pressa fortement sur ses lèvres, sanglotant doucement. Linowska lui prit la tête dans ses mains et pleura avec lui.

— Mon pauvre enfant chéri !... — chuchota-t-elle.
— Je suis un misérable !... — disait Świrski. — Je comprends maintenant quel tort je vous ai fait, à vous et votre mari, involontairement... je le jure !... — Je donnerais ma vie pour revenir en arrière...

Linowska essuya ses larmes.

— Vous pensez à Władek ?... — dit-elle. — Je vous assure, par l'amour que j'ai pour lui, que je ne vous en veux pas le moins du monde... Władek est adulte, il a agi selon sa propre volonté, il a vu clair à temps, et aujourd'hui, il est non seulement en sécurité, mais complètement guéri de la politique... Il me l'a écrit lui-même... Votre sort, Casimir, me préoccupe davantage... Chez nous vous êtes en sécurité, j'arriverai à vous cacher, mais... Mais qu'en sera-t-il si le gouvernement décide de confisquer vos biens, ou s'ils arrêtent votre oncle ?... Votre oncle, il est vrai, saura se débrouiller...

— Alors, que dois-je faire ?... — demanda Casimir, se tordant les mains.

— D'abord, garder le moral... Les gens vivent des soucis pires que les nôtres, et pourtant ils s'en sortent. Ensuite, attendre que Dębowski ait une entrevue avec votre oncle. Je suis certaine qu'après cette entrevue votre oncle vous écrira une autre lettre et vous enverra l'argent... Il me semble aussi que, concernant l'affaire de vos collègues, comment s'appellent-ils déjà ?...

— Chrzanowski, Lisowski, Starka...

— Vous devriez laisser cette affaire à Dębowski. Lui saura les retrouver, aura une conversation avec eux et en votre nom leur offrira une aide... Et en attendant, vous feriez peut-être mieux, après avoir vu Dębowski, de partir pour la Galicie.

— Et abandonner ces trois-là ?

— Il me semble qu'aujourd'hui vous ne pouvez rien pour eux — répondit Linowska. — Du reste, qui sait ce qu'ils sont devenus ?... Peut-être justement ont-ils pris goût à ces vaines tribulations...

Linowska se souleva de sa chaise, Świrski lui baisa de nouveau la main et dit :

— Si vous permettez, je vais encore profiter de votre hospitalité jusqu'à l'arrivée de monsieur Dębowski. Et ensuite — nous verrons...

La discussion avec Linowska, ses avis raisonnables, et surtout pleins d'amour, réveillèrent en Casimir une énergie chancelante. Il y a un quart d'heure, il se sentait au bord d'un précipice auquel on ne pouvait se dérober que dans la mort ; à présent, il commençait à comprendre que sa situation ne s'était pas détériorée outre mesure. Quand bien même on lui confisquerait ses biens, qu'est-ce que cela pouvait faire ?... Il travaillera et avec l'aide de son oncle amassera une nouvelle fortune. Dans les circonstances actuelles, le mieux sera de s'en tenir au projet de Dębowski : attendre sa venue et l'argent et — partir en Galicie, pour un mois environ. Si la révolution vient à éclater en Russie, se rendre là-bas et combattre « pour leur liberté et la nôtre »[128] ; et s'il n'y a pas de révolution — s'atteler aux études pour acquérir statut et gagne-pain.

— Pauvre oncle ! — se dit-il soudain — c'est bien lui qui m'a élevé et aimé.

Il n'eut pas le courage, cependant, de réfléchir plus longtemps à sa situation par rapport à son oncle. Ce n'était pas son oncle qui lui avait fait du tort en lui écrivant une lettre peut-être par trop sévère ; c'était plutôt l'inverse, car il avait détruit toutes les espérances de son oncle, l'avait exposé au chagrin, à l'inquiétude, et peut-être même à l'emprisonnement...

Et pour ce qui était de ses collègues, Chrzanowski et Lisowski (Starka l'intéressait le moins), pour ce qui était de ses collègues, c'étaient des gens pareils à Władek Linowski, à lui-même... Si Władek, par amour de ses parents, avait su se retirer de l'association, si lui, Świrski, voyant ce qui se passait, s'était convaincu que leur contestation ne ferait qu'accroître le désordre dans le pays et multiplier ses calamités au lieu de lui procurer la liberté, alors pourquoi Chrzanowski ou Lisowski n'arriveraient-ils pas aux mêmes conclusions... Aujourd'hui, sa seule affaire

---

[128] Allusion à un slogan adopté par les insurgés polonais de 1831, repris également par plusieurs mouvements internationaux en faveur des patriotes polonais.

était de leur faciliter le départ de leur groupement et de leur fournir les moyens de partir à l'étranger ; le reste était de leur ressort.

Combien de fois depuis quelques jours Świrski n'avait-il répété que sa responsabilité à l'égard de ses collègues était pratiquement nulle ! Etait-ce de sa faute si des Słomianki ils étaient rentrés en ville ?... Ne leur avait-il pas toujours conseillé à tous de ne rien garder de compromettant chez eux ? aucun révolver, ni munitions, ni papiers ?... Est-ce lui qui leur avait commandé de se mettre d'accord avec Zajączkowski et de fuir avec lui lorsque ce dernier avait attaqué et tué des membres de l'escorte les conduisant à l'hôtel de ville ?

Ce soir-là on entendit quelques coups de feu au fond de la forêt ; mademoiselle Jadwiga pâlit, Świrski bondit de table et ramena son browning du bureau ; mais Linowska les tranquillisa en disant que c'étaient probablement des paysans qui chassaient.

— Ça me paraît de bon augure — acheva-t-elle. — S'ils chassent de nuit et non de jour, cela signifie qu'ils ont peur. Et si les braconniers ont peur, nous pouvons être tranquilles.

La nuit il ne se passa rien de particulier ; même les chiens aboyèrent moins que d'habitude. Aussi, lorsque le matin mademoiselle Jadwiga tout apeurée dit en grand secret à Świrski qu'au point du jour quelqu'un de suspect circulait entre les bâtiments, affirmant qu'il cherchait du travail, Casimir sourit en plaisantant :

— Moi aussi je commence à être certain que personne ne va nous attaquer... Leśniczówka n'est pas sur les grands axes et ne présente sans doute aucun intérêt pour des bandits.

— Que dites-vous là !... Dans la contrée on est convaincu que les Linowski sont très riches... Et je crains que s'il est des gens susceptibles d'être attaqués, ce soient eux en priorité.

Toute la journée le ciel ressembla à une toile grise, sur laquelle de temps à autre glissaient des nuages sombres déversant leur neige. Vers les trois heures, le temps se calma, et Jadwiga proposa une petite promenade à Świrski.

— Pour moi c'est la plus grande des fêtes quand vous m'emmenez avec vous — dit Świrski.

— Dans ce cas j'aurais dû vous emmener hier. Vous aviez l'air si abattu que... je vous le dirai ouvertement : j'ai ressenti du chagrin...

— Si je vous connaissais d'avant, ou... si j'avais, par exemple, une sœur vous ressemblant... qui sait si plus d'un fâcheux désagrément ne m'eût été épargné, et — si je n'eusse commis moins de bêtises...

— Vous ?... capable de commettre des bêtises !... — s'écria Jadwiga, choquée.

— Qui sait — disait Casimir en baissant la tête — qui sait si mon séjour ici et tous les ennuis qui sont tombés sur moi et d'autres personnes, et peut-être vont encore tomber, ne sont pas le résultat d'une grande bêtise, que je n'aurais pas faite si j'avais pu prendre conseil auprès de quelqu'un de proche, si j'avais dû tenir compte de l'avis de quelqu'un... que j'aimais.

— Et votre oncle ?...

— Entre mon oncle et moi, en dépit d'une grande affection, il y a toujours eu une espèce de barrière. Je n'ai jamais pu m'expliquer avec lui aussi sincèrement que, par exemple, ... avec une sœur... En écoutant madame Linowska, j'ai acquis maintes fois la conviction que les femmes possèdent un merveilleux, prophétique instinct... Ma sœur, ou encore une autre... personne bien-aimée, posséderait ce même instinct... me conseillerait, et moi je l'écouterais... Car, vous comprenez, on écoute le plus volontiers ceux à qui on ne voudrait pas faire de peine...

— Votre sœur eût été très heureuse ! — chuchota Jadwiga.

— Et moi encore davantage... Je ne serais pas torturé par ces questions : que faire ?... Simplement, je la questionnerais, et elle me donnerait le meilleur conseil... Je ne ferais rien de mal dans la vie, car je penserais toujours à ne pas lui faire de peine... Elle me redonnerait du courage dans les moments où je perdrais le moral, et si je venais à elle aussi malheureux que je l'étais hier, un seul effleurement de sa menotte... un seul baiser... suffiraient à m'apaiser.

— Vous pensez toujours attendre vos collègues ?... et ne pas partir à l'étranger avant d'avoir organisé leur propre départ ?... — l'interrompit Jadwiga, troublée.

— Vous savez, je commence à évoluer un peu concernant ce projet... Je vais sans doute finir par écouter Dębowski, car je suppose qu'il pourra faire davantage pour leur sauvegarde que moi-même...

— Je vous avouerai que c'est aussi mon avis — renchérit Jadwiga. — Auparavant, vous vous souvenez ? j'étais d'un autre avis... Mais aujourd'hui... qui sait si le mieux ne serait pas que vous partiez en Galicie, ne serait-ce que pour quelques semaines... Vous ferez cela ?...

— Si vous me le commandez...

— Monsieur !... — cria soudain Jadwiga d'une voix altérée, le saisissant convulsivement par la main. Ses lèvres pâlirent, et l'effroi se lisait dans ses yeux.

— Que vous arrive-t-il ?... — demanda Świrski, étonné.
— Là-bas... et là-bas !... — disait-elle, indiquant les profondeurs de la forêt. — Et là-bas aussi ...
Elle se blottissait contre son épaule, tremblant de tout son corps.
Il était près de quatre heures de l'après-midi, le crépuscule s'étalait dans le bois. Świrski regarda avec attention et à quelques dizaines de pas devant lui aperçut une silhouette humaine, se cachant derrière un arbre. Peu après, derrière un autre arbre, il distingua quelqu'un d'autre, et à gauche de la route — encore deux autres silhouettes sombres... Il sortit machinalement son browning, mais Jadwiga se pelotonna encore plus fort contre lui et, lui appliquant presque ses lèvres sur le visage, lui susurra d'une voix tremblante :
— Pour l'amour de Dieu, si vous tirez... je meurs !...
Świrski l'écarta.
— Que dois-je faire alors ?... — demanda-t-il, contrarié.
— Fuyons... Rentrons à la maison.
— Allons-y...
Ils rebroussèrent chemin et marchaient en direction de Leśniczówka, sans presser l'allure. Lorsqu'ils eurent parcouru quelques centaines de pas, les silhouettes disparurent.
— Vous voyez, il n'y a plus personne...
Jadwiga se pendit à son bras et partit d'un rire nerveux.
— Je suis une froussarde, pas vrai ? Mais... hélas !... — soupira-t-elle — vous devriez me pardonner... Je pense si souvent aux dangers qui vous guettent et j'en ai tellement peur que... je ne sais plus ce qui m'arrive. Avant j'étais plus courageuse...
Elle titubait tellement que Świrski dut la prendre par la taille et quasiment la traîner. Ce n'est qu'à l'approche de Leśniczówka, quand elle vit le cocher, un valet et un garde forestier, et surtout — madame Linowska, qu'elle se calma un peu.
— Ah, madame, qu'est-ce que nous avons vu !... — s'écria Jadwiga.
— Quelques personnes sont passées par le bois... — saisit Świrski — et mademoiselle Jadwiga a pris peur...
A ce moment retentit un coup de sifflet, et de derrière la maison, de derrière la cuisine, de derrière les bâtiments de la ferme et sortant du bois accoururent à toute vitesse une quinzaine de personnes, criant :
— On ne bouge pas !... les mains en l'air !...
Les valets, le garde forestier, même les filles, aussitôt obtempérèrent. Świrski dans un premier temps ne comprit pas ce qui se passait ; mais

lorsqu'il vit que les assaillants fonçaient dans la direction de Linowska et de Jadwiga, il perdit son sang-froid. Il sentit qu'il commettait une absurdité, ou une incongruité, mais, ne pouvant s'en empêcher, sortit brusquement son browning de sa poche et cria :

— Qui approche des femmes, je lui troue le ciboulot !...

Quelques-uns, les plus proches, s'arrêtèrent, ceux qui étaient plus loin détalèrent... C'est alors seulement que Świrski s'aperçut que ces gens étaient armés : certains de mousquetons, d'autres de révolvers. Le désespoir l'envahit, doublé d'une fureur démente, et, sans réfléchir, il mit la bande en joue et attendit. Le silence dans la cour était tel qu'il entendait distinctement les battements de son cœur.

« La voilà la mort... » — cette pensée fugace lui traversa l'esprit. Soudain il entendit une voix juvénile, familière :

— Kazio, ne tire pas...c'est nous !...

Là-dessus gronda une impressionnante voix de baryton :

— Ça alors, nom d'un chien !... En rangs !...

La bande des assaillants en un clin d'œil se mit en rangs par deux. Un individu énorme en burka[129] se porta en avant, ne cessant de crier :

— Monsieur Świrski, vive notre chef !...

— Vive le chef !... vive le chef !... vive le chef !... — reprit la bande par trois fois.

— Jésus, Marie !... Jésus, Marie !... qu'est-ce qu'ils disent ?... — murmura Linowska en se bouchant les oreilles.

De l'extrémité des rangs se dégagèrent deux jeunes gens qui, les bras tendus, accoururent à Świrski.

— Kazio... — criaient-ils — c'est nous... c'est nous !...

Świrski rangea son browning et commença à les embrasser.

— C'est toi, Paweł ?... c'est toi, Wacio[130] ?... comme vous avez changé... quels fiers gaillards !... Que faites-vous ici ?...

— Nous sommes dans le groupement du capitaine Zajączkowski...

Alors l'énorme individu en burka s'approcha d'eux ; il avait un mousqueton dans les mains, et deux brownings derrière sa large ceinture.

— C'est moi, chef... Zajączkowski, capitaine Zajączkowski... Vous vous souvenez de moi ?... Et voici mes officiers : le lieutenant Gorczyca...

— Chrzanowski ?... — murmura Casimir.

---

[129] Terme d'origine turque désignant une longue, ample cape en laine grossière.
[130] Diminutif de *Wiesław*, Venceslas.

— Le sous-lieutenant Szczurek... et mon aide de camp... Aide de camp !... chienne de ta mère... au pied ! Il s'appelle à présent Monopolka[131], avant il s'appelait autrement...

— Starka ?... — dit Świrski, stupéfait. — Dites-donc — mon capitaine, vous ne prenez pas de gants avec vos officiers...

— Ça dépend avec qui !... — répliqua Zajączkowski. — Si je ne tenais pas ces vauriens d'une main de fer, tous pendouilleraient déjà au bout d'une corde... Ce qui d'ailleurs finira bien par nous arriver...

— Voilà, tout de suite des idées tristes, mon capitaine... — intervint Lisowski.

— Pas tristes du tout !... Tu verras bien par toi-même qu'on finira par tomber sur une balle ou un nœud coulant... Et puis merde !... c'est de toute façon notre destin, pourvu que cela serve aux autres. Vous accepterez bien de nous restaurer, chef ?... — Zajączkowski se tourna vers Świrski.

— La maîtresse et propriétaire des lieux est l'honorable madame Linowska... — dit Świrski.

— Oui, je sais !... — intervint Zajączkowski. — La femme du bourgeois qui a transporté aux Fonderies un tel magot qu'il nous aurait suffi pour la moitié d'une année...

— Monsieur et madame Linowski sont de très braves gens, très honnêtes...

— Ça nous est égal !... Si ce n'étaient pas les parents du petit Linowski que mes officiers aiment bien, et si ces vieux bourgeois ne vous avaient pas accueilli avec hospitalité, chef, ça cramerait bien ici !... Alors, madame Linowska, vous nous servirez bien à manger ?...

— Mais je vous en prie !... — se manifesta Linowska. — Mangez, messieurs, buvez... le garde-manger tout entier est à vos ordres...

— Il y a de la vodka ?... — se manifesta pour la première fois Starka, resté silencieux jusqu'à présent.

— De la vodka... de l'hydromel... des liqueurs... de la charcuterie... Entrez, messieurs...

— Les officiers me suivent !... — ordonna Zajączkowski. — Pour les soldats, qu'on leur apporte dans la cour, et quand ils auront mangé, qu'on

---

[131] Nom donné à l'eau-de-vie produite légalement, et vendue dans les « monopoles », par opposition aux alcools distillés clandestinement. On reste dans le même registre que « Starka », dont le nom désigne un alcool de seigle, ayant au moins cinq ans d'âge.

relève les sentinelles et qu'à ceux-là aussi on leur donne à manger... Venez donc, les gars... venez, chef Świrski... Hé hé ! elle vient aussi, la petite mésange ?... Un beau brin de fille, je vois...

— C'est ma cousine, mademoiselle Jadwiga... — s'empressa de dire Świrski.

— Qu'elle nous donne donc à souper, si elle n'a pas envie d'autre chose...

Ils entrèrent à cinq dans le bureau, puis dans la salle à manger, où des filles en larmes et affolées apportèrent plusieurs bouteilles, ainsi qu'une montagne de saucissons, boudins, et fromages de tête.

— Les bonnes femmes près de nous — intima Zajączkowski — car ce n'est pas le moment de se balader dans la cour... Un soldat à jeun c'est comme un loup à la Chandeleur[132]... A la vôtre, chef !... — s'écria-t-il, vidant un verre de vodka à la santé de Świrski.

— Vous parlez d'un chef !... — grogna Świrski.

— Ha ! ha !... vous ne vous souvenez pas, quand vous nous dressiez, quand vous nous appreniez ?... Moi, jusqu'au bout de la corde, je vous serai reconnaissant de vos exposés... Vous vous souvenez, quand vous disiez : seul celui qui ne craint pas la mort peut commander aux autres... Celui-là est un commandant, celui-là est un seigneur... Et en moi, lorsque j'ai entendu cela, mon cœur a fait toc, toc !... Car moi je n'ai jamais craint la mort, mais ce n'est qu'après vos leçons que j'ai compris que j'étais fait pour commander aux autres... Regardez-moi ça !... cet attrape-chien de Monopolka est en train de siffler son troisième verre...

— Parce que je n'ai pas de grand verre... — marmonna lugubrement Starka. Il posa lourdement son poing sur la table et de dessous ses sourcils froncés regardait Świrski. — Toujours aussi élégant... toujours prêt à commander !...

— Mon cher, je n'y pense même pas, à commander... je te cède tous mes droits... — répondit Casimir.

— T'excite pas, Monopolka !... bois avec moi !... — braillait Zajączkowski. — Que Kot[133] et Dziewiątka[134] viennent ici, ils sont dans la cour !... Bien que seulement sous-officiers, ce sont de fiers gaillards...

---

[132] Allusion à une légende attribuant aux cierges consacrés le jour de la Chandeleur (2 février) le pouvoir de protéger les paysans et leurs habitations des attaques de loups affamés à la fin de l'hiver.
[133] « Le chat »
[134] « Le neuf » (chiffre ou carte...).

Ils peuvent boire un quart[135] sans être saouls !... Aide de camp !... fais-les venir ici...

Starka bondit dehors et quelque temps après amena les deux individus convoqués, dont l'un était bossu et l'autre avait de grandes moustaches et des yeux vifs. Quand, ayant salué Zajączkowski, ils s'assirent à la table et commencèrent à boire de concert avec leur capitaine et son aide de camp, les dames sortirent, tandis que Świrski avec Chrzanowski et Lisowski se retirèrent à l'autre bout de la pièce et là, grignotant du saucisson et buvant du thé, ils commencèrent à discuter à mi-voix. Les quatre larrons assis à la grande table ne prêtaient pas attention à eux, occupés qu'ils étaient à siroter d'excellents alcools et causer bruyamment, proférant davantage d'inconséquences que de paroles de bon sens.

— Alors, mes chers amis, que vous arrive-t-il ?... que signifient ces grades d'officiers ?... — demanda Świrski.

Lisowski lui répondit que, comme ils étaient traqués par la police et que Zajączkowski leur avait sans doute épargné la mort, ils s'étaient engagés dans le groupement, un peu par reconnaissance, et beaucoup par contrainte.

— Et vous brigandez... de mèche avec eux ?... — interrompit Świrski.

— Pas du tout — dit Chrzanowski. — Notre capitaine a un tel tact, en dépit de ses constantes engueulades à tout le monde, que pendant ses expéditions pas forcément... chevaleresques, il nous envoie en éclaireurs. C'est pourquoi moi je n'ai pas encore tiré une seule fois, tandis que Lisek[136] a bien fait feu plusieurs fois, mais c'était en l'air pour essayer son browning.

— Et Starka ?...

Chrzanowski haussa les épaules à contre-cœur et fit un clin d'œil.

— Bien — dit Świrski — mais à quoi tout cela mène-t-il ?...

— Cela, tu devrais bien le savoir — intervint Lisowski. — En Russie, la révolution bouillonne au point de déborder... ils ont déjà deux cent mille fusils et des millions de cartouches, et leurs unités vont affluer chez nous d'un moment à l'autre... Alors l'armée se mettra en marche, et nos partisans d'aujourd'hui...

— Nos bandits — chuchota Świrski.

— Mettons... Mais ils deviendront alors des soldats réguliers.

---

[135] Un quart de *garniec* (« pot »), soit un litre.
[136] Ici, diminutif de Lisowski.

— Et qui vous a parlé de ces légions[137] russes qui soi-disant marchent vers nous ?

— Qui ?... — demanda, étonné, Lisowski — mais Iwanow, naturellement... Tu ne connais pas Iwanow ?...

— Avant les fêtes il s'appelait Vogel — précisa Chrzanowski.

— Ne mentirait-il pas ?... — demanda Świrski.

— Laisse tomber !... — se défendait Lisowski. — Vogel ou Iwanow, ça reste un grand personnage... C'est lui qui a nommé Zajączkowski capitaine... c'est lui qui nous fournit armes et munitions... qui désigne à notre groupement ce qu'il doit attaquer et quand.

— Et vous lui obéissez ?...

— En cas de désobéissance, c'est une balle dans le ciboulot... On a déjà vu pareilles choses...

A ce moment, un des partisans déboula, rapportant qu'on avait attrapé un suspect, et simultanément se présenta Linowska, priant Zajączkowski de bien vouloir libérer Kobielak.

— C'est un fermier de nos connaissances — disait-elle — il a paraît-il une lettre pour monsieur Świrski...

— Qu'on l'amène !... — dit le commandant.

Kobielak entra, disant qu'il arrivait des Fonderies et qu'il avait un billet du trésorier. Starka prit ce billet et lut :

Un détachement de police et de cosaques recherche monsieur Casimir. Ils seront demain à Leśniczówka.

— Monsieur Casimir doit partir immédiatement pour Gruda — dit madame Linowska. — Il pourra encore s'esquiver...

— Qu'il parte où il veut... — dit Zajączkowski.

— Mais, chef — se manifesta Starka en colère — si les collègues de Świrski peuvent servir sous vos ordres, lui aussi...

— Ta gueule, Monopolka... sous le banc !... — explosa Zajączkowski, tapant du poing sur la table — Monsieur Świrski ira où il veut, et nous, nous le reconduirons là où il nous le commandera.

Świrski jeta un regard à Linowska, Chrzanowski et Lisowski, réfléchit un instant et dit :

— Je pars avec vous...

---

[137] Ce terme désignait habituellement des divisions constituées de volontaires polonais combattant sous commandement polonais au sein d'armées étrangères.

— Casimir... — s'écria Linowska en joignant les mains. — Casimir... que faites-vous ?... Vous étiez convenu avec Dębowski... votre parole...

— Je pars avec vous... — répéta Świrski à Zajączkowski — Je ne peux abandonner mes collègues, ni exposer votre maisonnée, madame.

Il baisa les deux mains de Linowska et monta en courant préparer son barda.

Zajączkowski se souleva, fit plusieurs fois, à l'instar d'un chef de chorale, un geste de la main, et bientôt six voix masculines, pas très bien accordées, entonnèrent :

Debout, frères, tous, autant que nous sommes...
Debout, frères, tous, autant que nous sommes !...
Formons un cercle d'amis et chantons gaiement,
Tant qu'il en est encore temps...
Tant qu'il en est encore temps !...[138]

Cette *pobudka*[139], chantée dans de telles conditions, sembla un sacrilège aux yeux de madame Linowska.

Un adolescent entra dans la pièce en courant ; Linowska reconnut ce Stasiek qui faisait l'orphelin et servait de la vodka aux valets.

— Donnez-nous quelque chose à manger !... — s'écria le garçon. — Les cosaques et les policiers sont dans le village...

Zajączkowski et ses compagnons se précipitèrent dans la cour. Retentirent un coup de sifflet, des bruits de pas, un murmure de voix... Linowska s'arrêta sur le perron, et dans l'obscurité de la nuit entrevit une grande ombre, fuyant la lumière qui tombait des fenêtres.

— Casimir — cria-t-elle — Casimir !... réfléchissez à ce que vous faites !...

L'ombre disparut et l'on n'entendit plus que le crissement furtif de la neige.

— Casimir !... juste un petit mot... un petit instant !...

— En rangs !... — cria la voix de baryton. — En rangs et en avant, maarche !...

---

[138] Premier couplet d'une des versions du « Chant des Exilés », composé lors de l'insurrection de 1830-1831 par le poète patriote Franciszek Kowalski (1799-1862), traducteur entre autres d'œuvres de Molière.
[139] Littéralement « sonnerie de clairon, roulement de tambour ou tout autre signal destiné à réveiller les troupes ou les mettre sur pied de guerre »

En quelques minutes tout devint silencieux. Tremblante d'émotion, Linowska rentra dans sa chambre et y trouva Jadwiga qui, la tête entre les mains, accoudée à la table, se voila la face.

— Qu'a-t-il fait ?... qu'a-t-il fait ?... Dieu, aie pitié de nous ! — implorait Linowska.

Des pleurs silencieux lui répondirent.

XIV

Il était presque huit heures du soir quand Świrski quitta Leśniczówka. Sur la route inégale, dans l'obscurité et le froid, le groupement de Zajączkowski marchait tellement vite que celui qui la commandait semblait parfaitement connaître la région. Casimir au début ne voyait rien, puis commença à distinguer vaguement les sapins de forme pyramidale, semblables à des clochers, et — reconnut la route qu'ils avaient l'habitude d'emprunter avec Jadwiga pour se promener... Soudain il eut le sentiment qu'on lui prenait le cœur en tenaille. Il s'imagina entrant dans le bureau à moitié éclairé de Linowski et un cruel accès de mélancolie, va savoir pour qui ou pour quoi, le submergea au point que s'il avait duré plus longtemps il eût peut-être pensé à se suicider.

— Toi là-bas, ne marche pas sur les bas-côtés !... — avertit d'une voix étouffée quelqu'un marchant devant.

Casimir se rappela alors clairement et comprit qu'il n'était pas à Leśniczówka, chez des gens qui l'aimaient et auxquels il s'était attaché, mais qu'il marchait avec le groupement de Zajączkowski, qu'il considérait comme un bandit.

« Ai-je bien fait ?... — s'interrogeait-il. — Naturellement !... qu'avais-je d'autre à faire ?... Les cosaques et les policiers me recherchent, moi spécialement !... Ils sont déjà dans le village, et demain au plus tard seront à Leśniczówka, peut-être même aujourd'hui, maintenant... La brave, bien-aimée, madame Linowska n'aurait pas eu le temps de me cacher ; et quand bien même elle l'eût fait, peut-on assurer qu'un des domestiques n'eût pas vendu la mèche aux policiers ? Dans ce cas je me serais tiré une balle dans le ciboulot, et Linowska serait partie en prison...

« Il est vrai que cette crème de femme voulait m'envoyer à Gruda, mais pouvais-je honnêtement partir en lieu sûr, alors que Lisowski et Chrzanowski sont dans un groupement, errant sans connaître ni le jour ni l'heure ?...

« Du reste, le groupement de Zając est-il moins méritant que celui que j'ai conduit aux Słomianki ?... Les gens qui le forment n'ont-ils pas les mêmes espérances que celles que je nourrissais moi-même, lorsque je recrutais des volontaires pour mon compte ?... Aujourd'hui, jamais je ne me mettrais à leur tête ; mais, étant avec eux, je peux les préserver du banditisme. »

A ce moment il heurta une branche d'épicéa recouverte de neige.

— On ne descend pas sur les bas-côtés !... — répéta quelqu'un devant.

— La route est mauvaise !... — marmonna un autre.

— Je vais t'en donner, moi, de la mauvaise route, chienne de ta mère !... — lui répondit une voix irritée.

Świrski devina que le groupement se devait non seulement de marcher vite, mais aussi de ne pas laisser de traces.

— Vous avez votre propre groupement, chef, allez-vous commander le nôtre ?... — lui demanda d'une voix chantante un homme marchant à côté de lui.

— Je n'ai pas de groupement à moi et je ne vais commander personne. Vous êtes ici depuis longtemps ?

— Peut-être une semaine — chuchota l'homme, vêtu d'une burka — mais il me semble qu'il y a déjà au moins une année...

— Et qu'est-ce qui vous a amené ici depuis la Lituanie[140] ?...

— Ah, vous avez reconnu ?... Eh bien, un détail banal... Nous avions élevé près de notre petite ville une statue, et les policiers ont voulu la démolir. On s'est disputé avec l'un d'eux... Lui a pris son sabre, moi un rancher... Et il a fallu déguerpir de la maison, car maintenant on pend ceux qui résistent aux policiers. Et ceux qui renversent les saintes croix — on les félicite.

— Halte, on s'aligne !... — ordonna-t-on. Świrski eut l'impression de reconnaître la voix enrhumée de Dziewiątka.

Le groupement s'arrêta dans une clairière pas très étendue, où stationnaient plusieurs traîneaux. On entendit alors la voix de basse étouffée de Zajączkowski :

— Il faut une quinzaine de volontaires...

Toute la troupe se porta en avant.

— C'est trop !... — dit Zajączkowski à mi-voix. — Alors toi, Kubuś ?... Toporek — bien... Mańkut — bien sûr... Aha... Gorczyca... Szczurek... je savais bien que vous iriez !... Monopolka restera. Et essaie donc de te saouler, je t'arrangerai soigneusement les gencives...

Świrski hésitait : devait-il rester ou participer comme volontaire à une expédition inconnue ? Mais avant qu'il n'eût le temps de se décider, les

---

[140] Avant les partages de la fin du 18ème siècle, Pologne et Lituanie étaient unies au sein de la République Polonaise, encore appelée République des Deux Nations.

traîneaux avaient démarré et s'étaient volatilisés dans les ténèbres. Casimir était chagriné du fait que non seulement Zajączkowski ne l'avait pas sollicité personnellement, mais que ni même Chrzanowski[141], ni Lisowski[142] n'avaient pris congé de lui, n'avaient échangé une seule parole avec lui...

— L'un derrière l'autre... en file indienne... en avant, marche !... — commanda la voix enrhumée.

Quelques minutes plus tard, le groupement avait quitté la clairière, puis la route, et bientôt Świrski reconnut qu'ils empruntaient un chemin étroit, très irrégulier, au milieu de buissons touffus. A chaque instant il glissait, trébuchait sur une racine, ou s'enfonçait dans la neige. Ou alors il lui fallait se cacher la figure, pour se protéger du choc des branches que recourbaient et remuaient ceux qui le précédaient. Parfois quelqu'un de moins attentif ou agile tombait à la renverse en jurant, ce qui en faisait rire d'autres ; de temps en temps, loin devant, clignotait une faible lueur, et Świrski en déduisit que quelqu'un marchait là-bas muni d'une lanterne. Parfois le groupement s'arrêtait, la lanterne se dessinait nettement puis disparaissait entre les arbres, comme cherchant son chemin. Et derechef, la marche rapide, le crissement de la neige, le bruissement des branches, les obstacles sur lesquels on trébuchait, les jurons à voix basse, et les rires étouffés.

Ses mains gelaient, ses oreilles lui brûlaient, ses pieds glissaient, mais Casimir commençait à prendre plaisir à cette aventureuse expédition. N'avait-il pas rêvé de semblables sorties, et ne s'y était-il pas préparé avec ses collègues pendant plusieurs années !...

La progression se faisait plus difficile ; le groupement se retrouva en effet dans une zone accidentée. Il fallait escalader des côteaux de plus en plus élevés, dévaler dans des ravins aux parois de plus en plus abruptes, et tout cela au milieu d'une dense végétation. Les pieds butaient de plus en plus fréquemment sur des pierres, petites au début, plus grandes ensuite ...

— Où allons-nous ?... — demanda instinctivement Casimir à l'homme à la burka.

— Probablement à la maison... pour souper... — répondit-il.

---

[141] Alias Gorczyca (« la moutarde ») : dans le même registre que « Chrzanowski », qui vient de *chrzan*, « raifort ».
[142] Alias Szczurek (« le raton ») : dans le même registre que « Lisowski », qui vient de *lis*, « renard ».

Świrski pensa que le Lituanien le plaisantait, et ne dit plus mot. Cependant le parcours se faisait toujours plus pénible. Les côteaux étaient plus raides, les pieds glissaient plus fort, et les buissons épineux vous saisissaient par les habits, les bras, la tête. Un membre du groupement se luxa le bras et marchait en prenant appui sur l'épaule d'un collègue, gémissant doucement, un autre perdit son bonnet, qu'on ne retrouva qu'avec l'aide de la lanterne. Les gens ne souriaient plus, ni ne chuchotaient ; en dépit du froid, ils s'essuyaient de leur sueur, respirant péniblement, et dans les endroits plus plats s'arrêtaient pour se reposer quelques minutes.

Il était dix heures du soir bien sonnées quand Świrski entendit un cri :
— Qui va là ?...
— Des amis !... des amis !... — répondit-on en chœur.
— Le capitaine est là ?...
— Il est parti pour Józówka. T'as besoin du capitaine ?...

Casimir n'eut pas le loisir d'entendre la réponse, en revanche il lui sembla voir dans le lointain une lueur rougeoyer entre les buissons. Dans le même temps, le groupement descendit sur un petit plateau, les hommes s'animèrent et commencèrent à parler, et bientôt ils se retrouvèrent tous devant une gigantesque paroi calcaire, percée de quelques ouvertures. Dans l'une d'elles brûlait un grand feu.

— A manger !... Du thé !... De la vodka !... — criait-on de partout.

Starka, accompagné de l'homme aux yeux vifs, s'approcha de Casimir.

— Mon collègue Świrski — dit Starka. — Et voici notre... camarade, Dziewiątka... C'est lui qui nous commande aujourd'hui...
— Avez-vous des ordres à donner, chef ?... — demanda Dziewiątka.
— Je ne suis pas chef, et ne donne pas d'ordres... Je ne peux qu'être demandeur... — répondit Świrski.
— A manger !... de la vodka !... — criaient les autres camarades.
— Vous voudrez peut-être vous aussi manger ou boire quelque chose ?... — demanda Dziewiątka.
— Si c'est possible, je voudrais dormir un peu — dit Świrski.

Dziewiątka prit Casimir par le bras et le fit entrer dans la caverne où brûlait le feu. C'était une mine de castine[143], abandonnée depuis longtemps, assez profonde, et disposant de plusieurs entrées.

---

[143] Pierre calcaire utilisée dans les fonderies comme fondant et épurateur du minerai de fer.

Près du feu de camp étaient assis plusieurs hommes en habits élimés. L'un d'eux fumait une pipe d'excellent tabac, un autre disposait une grande bouilloire sur les charbons, un troisième — faisait griller de la viande, puant la fumée et la graisse. Świrski pensa qu'il ne porterait jamais ce genre de gourmandise à la bouche...

Dépassant le feu de camp, Dziewiątka conduisit Świrski tout au fond de la caverne, où s'étendait un tas de branchages de sapin et d'épicéa.

— Voilà, ici vous pourrez vous reposer... Bonne nuit !... — dit Dziewiątka, revenant vite dans la clairière, vers les hommes qui réclamaient de la nourriture, du thé et de la vodka.

« Il faut bien reconnaître — pensait Świrski en se couchant sur les branches — que mes collègues ont l'air de véritables bandits !... La seule chose qui me rassure, c'est que dans une semaine moi aussi je leur ressemblerai. »

Il s'étira, enfonça sa casquette en peau de mouton sur sa tête et se mit à rêver. En ce moment précis, il se sentait presque content d'avoir quitté Leśniczówka, qui l'avait comme détourné du chemin qu'il avait en vue, et petit à petit ramolli. Son visage se colora de cuisantes rougeurs quand il se souvint d'avoir pleuré en présence de Linowska, tout prêt qu'il était à abandonner ses projets à cause de Jadwiga !...

Heureusement, ce stupide sentimentalisme avait pris fin avec son départ de Leśniczówka. Il se rendait compte aujourd'hui, alors qu'il se sentait fatigué après une marche de quelques heures, combien son séjour parmi des femmes l'avait déprimé.

Une phrase prononcée plus fort à l'entrée de la caverne attira l'attention de Świrski ; il cessa de méditer et prêta l'oreille. A la lueur du feu il distinguait parfaitement quelques silhouettes. L'homme qui fumait la pipe était en burka, avait une barbe clairsemée de couleur roussâtre et le visage pâle comme de la craie. Celui qui tenait la bouilloire était aussi en burka ; mais son visage était couleur cuivre, foncé, sa barbe négligée et ses cheveux longs, n'ayant sans doute jamais connu de peigne. Le troisième, en paletot et casquette à visière, tournait le dos à Casimir. Il était difficile de bien voir les quelques autres à la lumière tremblante du feu de camp ; parfois cependant apparaissait une oreille, une autre fois une barbe blonde, ou bien un visage s'illuminant fugacement.

L'homme à la bouilloire. C'est qui, ce jeune ?... Bientôt sans doute même les policiers commenceront à se ramener ici...

L'homme à la pipe. C'est une connaissance du capitaine et de ces potaches. Très riche, paraît-il !...

L'homme à la bouilloire. Alors pourquoi qu'il est venu chez nous, s'il est riche ?...

L'homme à la pipe. Tout le monde a le droit de combattre pour la liberté…

L'homme à la bouilloire. Oh, il se bat beaucoup, le seigneur, pour la liberté !... Qui a de l'argent a aussi la liberté ; et puis pourquoi un jeunot pareil se met dans nos pattes.

Autre voix dans l'ombre. Il veut peut-être se garantir quand viendra le temps de partager.

Voix dans l'ombre. En Amérique, chacun peut faire ce qui lui plaît, mais on ne partage pas les domaines. Alors chez nous non plus ça n'arrivera pas de sitôt.

L'homme à la bouilloire. C'est pourquoi il faut exterminer les bourgeois chaque fois qu'on a l'occasion. Le capitaine est trop tendre…

Voix dans l'ombre. Ça a été le cas pour celui-là !...

L'homme à la bouilloire. Si c'était moi, je ne ferais pas confiance aux panicz. Qu'on en attrape un pareil, il va tout raconter et même amener les gendarmes jusqu'ici…

L'homme à la pipe. Et à Stasiek, vous lui faites confiance ?... C'est pourtant un vaurien venu de nulle part…

L'homme à la bouilloire. C'est vrai, c'est un vaurien, mais il est des nôtres… Et un panicz comme cet autre, il est peut-être venu justement pour nous observer et nous dénoncer quand l'occasion s'en présentera…

Świrski, entendant ces propos, avait le sang qui lui montait à la tête. Par moments il était pris d'une telle rage que l'envie lui prenait de bondir de sa couche, courir vers le feu de camp et frapper le calomniateur inconnu ; mais il se maîtrisa et resta sans bouger. Du reste la conversation s'interrompit car Dziewiątka arriva et appela quelques-uns des présents pour relever les sentinelles.

Jusqu'à présent tout le monde, partout, avait fait confiance à Świrski : chez lui, aux écoles, à Leśniczówka. Depuis sa plus tendre enfance, il ressentait à l'égard des délateurs une aversion quasiment physique… Et ce n'est qu'aujourd'hui, pour la première fois de sa vie, qu'il entendait le soupçonner des gens dont il avait l'intention de se rapprocher, avec qui il voulait vivre, prendre des risques, et travailler à leur ennoblissement. Il voulait en faire des héros, et eux appréhendaient en lui un possible délateur !...

Des partisans de plus en plus nombreux commençaient à se retrouver dans la caverne : ils s'étiraient, bâillaient, titubaient et s'effondraient sur les tas de branches vertes faisant office de couchage. Les conversations s'éteignaient, couvertes qu'elles étaient par le bruit croissant des reniflements, ronflements, exclamations de ceux qui rêvaient... Le feu de camp se mourait, faute d'être alimenté, et finit par s'éteindre complètement ; de la voûte, à intervalles prolongés, gouttait de l'eau provenant de l'humidité ambiante.

Świrski ne put s'endormir : il avait un peu faim, mais était surtout irrité ; une tempête de sentiments bouillonnait dans sa poitrine et lui montait à la tête : colère, doute, une appréhension indéfinie, de la tristesse... En vain fermait-il les paupières et s'efforçait de ne pas penser ; ses pensées naissaient du néant et prenaient des couleurs de plus en plus vives...

Soudain, dans cette caverne aussi sombre qu'une cave, Świrski entendit un bruissement. Quelqu'un s'était relevé, avait enjambé les voisins couchés à côté de lui et commençait à se faufiler doucement dans sa direction... Une fois arrivé, il resta couché sans bouger pendant un certain temps, puis — très adroitement, très délicatement, se mit — à lui fouiller les poches... Świrski sentait de plus en plus nettement, de plus en plus près, l'haleine désagréable et — soudain donna un coup de poing devant lui. Le fouilleur, fortement frappé à la tête, eut un mouvement de recul... On entendit un froissement des plus légers, et bientôt tout retomba dans le silence.

Le lendemain Świrski constata qu'il lui manquait tout de même un porte-monnaie avec quelques roubles et de la ferraille. Par chance, lui restaient plus de cent roubles, qu'il portait sous sa chemise, dans une petite bourse, dans le dos...

Casimir ne fut réveillé qu'à neuf heures le matin, par un sourd fracas, se répétant à intervalles réguliers : on s'exerçait à tirer au browning dans la caverne voisine. Il ressentit un froid humide et s'assit sur sa couche dure et piquante, et quand il eut frotté ses yeux endoloris, il retrouva le feu de camp devant lequel, dans l'âcre fumée, quelques hommes, jeunes et imberbes pour la plupart, se tenaient assis. L'un d'eux faisait bouillir de l'eau dans une marmite, un autre rafistolait ses chaussures, un troisième faisait sécher ses chaussettes russes[144] crasseuses, un quatrième

---

[144] Bandes de toile enveloppant les pieds.

secouait dans le feu la vermine d'une chemise tout aussi crasseuse.

— Bonjour !... — dit Świrski, s'approchant du feu de camp.

Tous se retournèrent, mais seul le rafistoleur de chaussures marmonna quelque chose en réponse. Świrski haussa les épaules et sortit dans la clairière.

Après avoir respiré un bol d'air pur, il se sentit plus alerte et plus gai. Il jeta un coup d'œil à la caverne de droite et vit le petit groupe qui s'exerçait au tir sous la supervision de Starka. Dans la caverne de gauche, deux barbus, les manches de leurs chemises crasseuses retroussées, préparaient la nourriture dans quelques chaudrons de petite taille. Il aperçut de loin Dziewiątka qui disparut dans les buissons avec trois hommes : visiblement il mettait en place les sentinelles.

— Vous prendrez peut-être du thé, chef ?... — il entendit une voix familière.

— Je ne suis pas chef, seulement collègue, mais prendrai volontiers du thé — répondit Świrski, tout heureux de reconnaître en celui qui l'invitait son compagnon de nuit lituanien. C'était un châtain portant une barbe en broussaille, aux yeux bleus, enfoncés, presque en haillons. Mais son visage respirait une telle honnêteté que Casimir eut confiance en lui dès le premier abord.

— Je regrette de ne pas avoir passé la nuit à vos côtés ! — dit Casimir.

— Que s'est-il passé, on a peut-être voulu vous voler ?... Il s'en trouve aussi ici... Si vous voulez, collègue-chef, on trouvera le voleur, mais... le capitaine... commandera de le pendre.

— Le pendre ?... pour un vol ?...

— C'est comme ça chez nous, mais même ça n'est pas d'une grande utilité. Qui est né voleur ne sera pas effrayé par la corde, ni guéri par le patriotisme ; de même que vous ne ferez pas un lièvre d'un rat[145]... C'est pourquoi nous évitons ce genre d'individus et nous tenons un peu à l'écart.

— Qui « nous » ?... — demanda Casimir.

Le Lituanien fit un signe et passa devant. Après un moment Świrski aperçut entre les buissons une nouvelle caverne. Tandis qu'ils s'en approchaient, le Lituanien demanda :

— Et quel sera votre surnom, collègue-chef, car ici chacun a son surnom... C'est plus sûr !... Moi, par exemple — je me surnomme

---

[145] Lisowski (alias *Szczurek*) ne deviendra jamais Zając (alias *Zajączkowski*) !

Pogończyk[146]...

— Et moi... Va pour — le Solitaire... — répondit Świrski.

— Triste surnom !... Mais entre nous il n'y a pas beaucoup de quoi se réjouir ...

Dans la caverne étaient assis une douzaine d'hommes, dont l'un était en train de parler ; mais, les voyant entrer, il s'arrêta soudain. Le Lituanien présenta Świrski, les présents portèrent la main à leur casquette, et quand Świrski et Pogończyk se furent assis sur les branches, quelqu'un se manifesta :

— Continuez, camarade Jean... Cela intéressera peut-être aussi les visiteurs...

En réponse, un homme jeune, de petite taille, à lunettes, au visage étrangement doux, s'inclina, comme s'il demandait la permission de parler. Il réfléchit, se frotta les mains, et reprit le fil de son discours :

— ... Nous souffrons la faim, le froid, nos habits tombent de nos corps, nous n'avons pas de toit au-dessus de la tête...

— Jésus Christ et ses disciples aussi étaient pauvres... — intervint le Lituanien.

— ... Mais le sort de nos camarades-travailleurs qui n'ont pas de travail, ou qui sont en prison, est-il meilleur ?... Les travailleurs privés de travail, leurs femmes, leurs enfants, souffrent en vain ; mais nous, nous souffrons pour gagner le bonheur des autres et de ceux d'entre nous qui ne périront pas dans la lutte et vivront assez longtemps pour voir les temps nouveaux...

Tu vas dire, frère : vous qui luttez pour la liberté, les armes à la main, vous risquez la mort !... Oui : la mort !... car nous ne nous soumettrons pas, ne rendrons pas les armes, mais périrons ; car nous qui luttons pour la liberté nous ne reprendrons pas une nouvelle fois nos chaînes, dont nous nous sommes débarrassés, ... Mais qu'est-ce donc la mort ?... Un profond sommeil... Et qui d'entre vous, camarades, n'aspire, ne réclame, même aujourd'hui, un sommeil profond ? Qui n'est pas écrasé de misère, de fatigue, et même de douleur ?...

— C'est vrai !... — s'immisça quelqu'un.

— Seuls les imbéciles craignent la mort...

---

[146] Littéralement, « le petit *Pogoń* », sans doute en raison de ses origines : le *Pogoń* ou « Pahonie », était le blason officiel du Grand-Duché de Lituanie ; il représente un chevalier brandissant un glaive et chevauchant une monture qui se cabre.

— Et pour un si petit sacrifice de notre part, je veux dire la mort, sommeil agréable, vous verrez combien de bonheur obtiendront la masse et ceux de nos camarades qui survivront... Chaque homme aura du travail, mais de son salaire rien ne sera retranché par les contremaîtres, ni les patrons, ni les propriétaires des logements... Pour huit heures de travail il recevra une rémunération qui lui suffira non seulement pour bien vivre, mais aussi pour d'honnêtes divertissements. Les femmes n'accompliront que des tâches légères, et celles qui sont enceintes se reposeront trois mois. Chaque enfant bénéficiera d'assistance et ira à l'école, chaque malade — de maisons de santé, chaque vieillard d'un hospice... Il n'y aura pas d'affamés, ni de loqueteux, ni d'orphelins, ni d'abandonnés, ni... d'exploiteurs... Tout capitaliste, ayant expérimenté le nouvel ordre social et s'étant convaincu qu'il s'y trouve mieux qu'auparavant, remettra ses biens volontairement...

— Mais, tant qu'il ne les remet pas, il faut les lui arracher de la gueule... — se manifesta quelqu'un.

— Le mieux, c'est de lui trouer tout de suite le ciboulot, et aboule l'argent dans la bourse...

L'orateur à lunettes agita les bras et explosa :

— Au nom du bien public[147]... pour l'honneur du prolétariat, je vous conjure, camarades... si vous levez la main sur quelqu'un, ce ne peut-être qu'en dernière extrémité... Il nous faut lutter avec des forts, mais de là à assassiner des gens désarmés !... Non, nos mains, avec lesquelles nous allons à la conquête de la liberté et du bonheur pour tous, doivent être pures, vierges de sang...

— Et de brigandages... — intervint un autre.

— Jamais de rapines !... — criait l'orateur. — Toujours payer pour tout, et si vous prenez de l'argent du gouvernement, ou êtes obligés de confisquer un fonds privé au nom du bien commun, faites-le dans les formes...

— Dans ces cas-là, on produit des reçus...

— Lesquels, lorsque nous aurons vaincu, seront remboursés — acheva l'orateur.

— Et à propos de notre mère... notre Pologne bien-aimée, rien ?... — se manifesta le Lituanien sur un ton chagrin.

— Quand le prolétariat sera libre, il libérera également la Pologne —

---

[147] Echo du *Pro publico bono* du Messire Thaddée (livre X, vers 195-197) ?

dit l'orateur.

— Car la Pologne est bien le plus grand des prolétaires... — compléta son voisin.

— Qui donc vivra assez vieux pour voir cela !... — intervint un autre.

— Qui ?... — s'écria le jeune orateur... — Je peux vous assurer, camarades, qu'avant la fin de l'année interviendront des changements qui nous récompenseront de toutes nos souffrances... C'est pourquoi il nous faut agir et vivre le plus honnêtement possible afin que nous ayons le droit de dire aux bourgeois : puisque nous, dans la misère et le danger, avons pu être intègres, alors vous, dans la tranquillité et l'opulence, vous devriez vous conduire avec la même intégrité et supporter de modestes sacrifices pour le bien public... Nous, les prolétaires, nous vous avons enseigné la vertu et le devoir, vous, les capitalistes devez suivre notre exemple...

Quelques auditeurs acquiesçaient aux propos de l'orateur, d'autres se taisaient. Świrski se rappela avoir maintes fois entendu, mot pour mot, pareilles théories et espérances, et les avoir lui-même professées ; aujourd'hui cependant, elles lui parurent moins certaines. Aussi se pencha-t-il vers le Lituanien et chuchota prudemment :

— Je ne sais si ces changements se produiront au cours de l'année !...

— Mais si le monde doit rester aussi mauvais qu'avant, autant périr... — répliqua le Lituanien.

Le thé était prêt et on commença à le distribuer. Świrski en reçut un bon quart, ainsi qu'un morceau de pain avec du lard. Le quart était sale, le thé trouble et sans sucre, le pain rassis ; mais il se dit que depuis longtemps il n'avait déjeuné d'aussi bon appétit qu'aujourd'hui.

Au cours de la journée il fit la connaissance de nombreux partisans et commença à subodorer les rapports au sein du groupement. Il comprit qu'il existait plusieurs factions et, surtout, très peu de patriotes pour beaucoup de socialistes. D'autre part, exceptée une poignée de gens pénétrés d'un esprit chevaleresque et prêts à sacrifier leur vie pour la liberté et la prospérité de la nation, la majorité se composait soit de bandits finis, soit de bandits en puissance.

Świrski dut reconnaître que ce genre de considérations ne lui venaient pas à l'esprit auparavant ; elles n'étaient apparues qu'à Leśniczówka, sous l'influence des discussions et des évènements qu'il observait.

Il traîna toute la journée, sans but, dans les cavernes et le bois, sans compagnie. Le Lituanien travaillait maladroitement au rapiéçage de ses vêtements délabrés, le camarade Jean discourait à l'intention de groupes de partisans toujours renouvelés, les encourageant aux sacrifices et à un comportement digne. Dziewiątka était occupé, et d'ailleurs n'éveillait en Casimir ni confiance, ni sympathie ; enfin Starka semblait vouloir éviter Świrski, comme s'il avait honte, ou se méfiait de son collègue d'école. Et quand Casimir demandait à quelqu'un où était le reste du groupement avec le capitaine — on le regardait d'un air soupçonneux et on ne lui répondait pas.

— Je suis vraiment bien tombé !... — se dit Świrski.

Dans une des cavernes il trouva quelques vieux journaux, déchirés et graisseux. Il s'en saisit avec la plus grande joie et lisait chaque lambeau, bien que les articles fussent sans intérêt, et les informations très anciennes.

Dès trois heures environ, le soleil de janvier s'était déjà caché derrière les collines boisées. On rechargea les feux de camp, les partisans se mirent à coudre, manger, jouer aux cartes, et sur l'âme de Casimir descendait une brume de plus en plus épaisse, d'ennui et de tristesse. Il y a deux mois, un mois... il s'imaginait tout à fait différemment la vie de camp et les rapports entre collègues, ces rapports qui aujourd'hui éveillaient en lui du scepticisme, et même du dégoût.

Vers sept heures du soir apparurent la lune dans le ciel étoilé, et dans la forêt — des merveilles. Les sapins s'étaient mués en une armée de géants alignés, les épicéas en palais enchantés, châteaux-forts et temples, des ravins s'extirpaient de mystérieuses ombres. L'âme de Casimir se prenait à rêver, mais — Dziewiątka vint le chercher et lui demanda s'il voulait bien, pour quelques heures, prendre un tour de garde, et si oui, qui il voulait comme compagnon. C'était une preuve d'exceptionnelle prévenance de la part du commandant du camp.

Casimir déclara qu'il prendrait volontiers le tour de garde, et que pour compagnon il choisissait le Lituanien, si celui-ci était d'accord. Il trouva le Lituanien, s'entendit avec lui, à la suite de quoi chacun des deux reçut un demi-pain de qualité, fait de farine tamisée, un morceau de lard au paprika et ils se préparèrent une grande théière de thé tout à fait correct. Świrski était réchauffé, repu et content. Il était agréablement excité de se retrouver, pour la première fois de sa vie, en position de danger réel.

A neuf heures un homme, avec des gestes impétueux, les conduisit sur une colline escarpée, au milieu de vieux tilleuls aux formes bizarres, à une demi-verste peut-être du camp. Du sommet de la colline on pouvait voir un grand lac gelé, et plus loin — une plaine que traversait une route pas très fréquentée. Au-delà s'étendaient de denses forêts.

— C'est un endroit stratégique — disait leur guide — ayez l'œil, camarades, car c'est de là qu'ils pourraient nous tomber dessus le plus facilement...

Quand il les eut laissés, Świrski s'adressa au Lituanien :

— Notre mine n'est donc pas très sûre ?

— On appelle ça notre maison — répondit le Lituanien — mais nous y résidons comme l'oiseau sur la branche, en attendant que le chasseur le déniche.

— Et pourtant les gens se comportent vaillamment, malgré le danger.

— Que peuvent-ils faire d'autre ?... ne se sont-ils pas rassemblés à cause du danger. Mais si nous devons encore errer un mois de cette façon, sans recevoir d'aide, il nous faudra attaquer quelque caserne et mourir avec honneur. L'hiver ne plaisante pas !

Ils se turent et contemplaient la plaine lumineuse et les arbres alentour. Un tilleul nu relevait une de ses branches, pareille à un doigt avertisseur et menaçant ; un autre inclinait une grosse branche vers le bas, comme s'il voulait se saisir de Casimir. Świrski se secoua et dit à mi-voix :

— Est-ce que les sentinelles sont les seules à veiller sur la sécurité du groupement ?

— Que non !... De toutes sortes d'endroits, toutes les quelques heures, se présente quelqu'un. Les uns apportent de la nourriture, du linge, si possible des vêtements, d'autres — des informations. Vous avez su, collègue-chef, que le capitaine a attaqué Józówka hier dans la nuit ?...

— Je n'ai rien su... — répliqua Świrski.

— Oui, oui — chantait le Lituanien — il l'a attaquée et emporté quelque cinq cents roubles du monopole, et de la commune, paraît-il, plusieurs milliers ainsi que des passeports[148]. Il a brûlé les autres documents.

— Il se remue, votre capitaine...

— Bah !... un guerrier né... S'il n'y avait l'épuisement des gens, il organiserait chaque jour une attaque... Et il faut voir comme il est sévère, audacieux, prudent !... On peut être sûr que soit il vaincra, soit il périra. Et j'entends dire que c'est un homme simple, un forgeron... Et c'est lui-

---

[148] Les bâtiments communaux abritaient des caisses d'épargne locales ; quant aux passeports, les *Паспортные Книжки* de l'administration russe, ils étaient nécessaires même pour voyager à l'intérieur du pays et permettaient de limiter et contrôler les contacts de la population avec l'étranger.

même qui dit qu'il aurait appris l'art de la guerre auprès de vous, collègue-chef...

Świrski se rappela la triple acclamation à Leśniczówka : « Vive le chef ! » et sentit que par cette acclamation Zajączkowski avait comme forgé les chaînes qui l'enchaînaient au groupement. En ce moment Casimir redoutait moins que jamais la mort, mais la conscience d'être si fortement attaché à un bandit peu commun lui tomba comme une pierre sur la poitrine. Ici, les autres étaient des volontaires, lui — un prisonnier.

Là-dessus, au loin... au loin... quelque part au-delà du lac et de la plaine, retentit un coup de feu, que l'écho répercuta plusieurs fois. Un deuxième coup et — toute une salve, à nouveau répercutée par l'écho.

— On tire ? — chuchota Le Lituanien.

— Et même pas loin d'ici !... — répondit Świrski.

Nouveaux coups de feu, désordonnés, frénétiques... nouvelle salve et — une détonation plus puissante qu'un coup de canon, à laquelle répondirent des grondements venant de toutes les forêts.

— Une bombe... une bombe !... — dit le Lituanien. Il avait les mains qui tremblaient.

Deuxième détonation, non moins puissante que la première... une troisième et de nouveau des grondements...

— Le capitaine vient certainement d'attaquer le détachement qui devait vous arrêter, collègue-chef — dit le Lituanien.

— Et d'où tenez-vous cela ?...

— Il semble que dans le groupement tout le monde soit au courant... C'est Dziewiątka qui l'a dit...

A ces mots Świrski ressentit un violent accès de quasi-désespoir. Si Zajączkowski avait attaqué les cosaques qui le recherchaient, cela voulait dire que Świrski était définitivement et irrévocablement lié à un bandit, qu'il admirait certes pour son courage, mais pour qui en même temps il ressentait une profonde aversion. Combien de fois n'avait-il rêvé de ces salves de mitrailleuse, d'attaques de nuit, du grondement des canons !... Et comme ce qui était en train de se passer différait de ses rêves !...

Vers minuit apparut Dziewiątka avec deux camarades qui remplacèrent Świrski et le Lituanien. Casimir n'avait pas dormi depuis vingt et quelques heures, de même que le Lituanien ; mais la certitude qu'un accrochage avait eu lieu à proximité les avait préservés du sommeil, et même du sentiment de fatigue.

Les autres partisans devaient éprouver la même chose ; lorsqu'en effet Świrski revint à la mine, personne ne dormait et pratiquement tous étaient dans la clairière. On avait éteint les feux dans les cavernes, beaucoup avaient leur sac sur le dos et attendaient l'ordre du départ. Ils parlaient de l'accrochage, qui certes avait été bref, mais avait dû être violent, et avec inquiétude se demandaient les uns aux autres si le groupement de Zajączkowski n'avait pas été détruit...

— Ils ont tiré trop peu de temps... — disait un barbu à un jeune homme mince, un peu courbé. — Et si les nôtres se sont dispersés, on peut avoir les cosaques chez nous au petit matin...

Cependant, petit à petit, les discussions se calmèrent, les gens commencèrent à bâiller et à rentrer dans les cavernes. Casimir et le Lituanien s'assirent à l'entrée de l'une d'elles, et se mirent à discuter à voix basse des causes de la révolution et de la rapidité avec laquelle les légions russes arriveraient pour venir en aide aux partisans polonais.

— Si elles n'arrivent pas — disait le Lituanien — nous disparaîtrons, seuls subsisteront les rapineurs...

A ce moment, quelqu'un sortit en courant d'une autre caverne, titubant, comme ivre. A sa grande taille, et surtout à ses mouvements, Casimir reconnut Starka, et remarqua qu'il avait un browning dans les mains.

— Qu'est-il arrivé ?... — s'écria Świrski. — Où cours-tu ?

— Qui est venu ici ?... où est-il parti ?... — répondit Starka d'une voix rauque.

— Il n'y a eu personne...

— Tu mens...

Casimir se leva d'un bond, le poing levé.

— Ecoute un peu... toi !... Fais attention à qui tu parles — cria-t-il.

Le Lituanien sortit son browning et d'un geste tranquille le dirigea vers Starka.

— Le collègue-aide de camp fait des siennes — dit-il doucement. — Il a dû boire un petit coup de trop...

Starka porta la main gauche au niveau des yeux, se dressa en chancelant, et finalement, comme réveillé, dit d'une voix toute changée :

— J'avais l'impression que quelqu'un d'étranger marchait dans la pièce... J'ai même voulu l'attraper avec une corde...

— Aha !... — marmonna le Lituanien. — Les cordes vous empêchent de dormir...

— Dans le camp il est facile de trouver des espions[149]... — dit Starka.

---

[149] Souvenir personnel de l'auteur ?

— Kazik[150], tu n'as pas de vodka ?...

Świrski était stupéfait.

— T'es malade ?... — demanda-t-il à Starka, cette fois sans colère.

Starka s'assit lourdement sur une pierre à côté d'eux, bâilla et dit en riant :

— Dans cette bande de voleurs, on ne peut même pas dormir tout son soûl... A peine a-t-on fermé les yeux qu'on commence à rêver à quelque chose...

— A des cordes... des cordes !... — intervint le Lituanien.

A cet instant retentirent plusieurs coups de sifflet. Les partisans commencèrent à sortir des cavernes, et quelques hommes apparurent entre les arbres. C'était une patrouille conduisant un paysan qui racontait qu'il venait de la route sur laquelle Zajączkowski avait attaqué une malle-poste, transportant une grande quantité d'argent.

— Et il l'a récupéré ?... à quel endroit ?... combien ?... on a perdu beaucoup d'hommes ?... — chuchotaient les partisans.

Puis le visiteur s'écarta avec Dziewiątka et lui dit quelques mots.

— Tu connais bien le chemin ?... — demanda Dziewiątka.

— Manquerait plus que ça !... — répondit le visiteur.

Un quart d'heure plus tard, le groupement marchait en direction du midi, sur une sente certes étroite, mais régulière. Świrski ressentit de la somnolence, mais en même temps il se rappela que Zajączkowski n'avait pas attaqué le détachement qui devait l'arrêter, mais — la malle-poste.

« C'est bien... très bien !... » — pensa-t-il.

— Que dites-vous, collègue-chef ?... — se manifesta le Lituanien d'une voix lasse.

— Moi ?... rien — répliqua Świrski et après un moment répéta à nouveau :

« Très... très bien... »

Le jour commençait à poindre. Casimir avait l'impression que ses bras rallongeaient jusqu'à toucher le sol et sentait un désagréable picotement aux yeux. Il avait alors envie de demander au Lituanien ce que signifiaient ces « cordes » ... qu'il avait évoquées à plusieurs reprises avec Starka... Mais il ne put ouvrir la bouche. Il se rappela donc à nouveau qu'il devait questionner le Lituanien concernant Starka ; mais à propos de quoi ?... Puis il lui vint en tête qu'il devait interroger quelqu'un à

---

[150] Autre diminutif de *Kazimierz*, Casimir.

propos de quelque chose, mais qui et à propos de quoi ?... Soudain il ressentit un vide insondable dans la tête et se réveilla, épouvanté...

Il faisait déjà clair. Le détachement franchit un petit pont calamiteux et s'approchait d'une meule recouverte de neige. Les hommes marchaient la tête basse, soulevant péniblement les pieds, sur le visage du Lituanien se lisait une tristesse désespérée.

— Quelque chose ne va pas ?... — demanda Świrski compatissant.
— La vie, collègue-chef... la vie !... Ce n'est pas celle qu'on attendait et à laquelle on aspirait...
— Qui va là ?... — cria-t-on au milieu de buissons de petits saules.
— Tu vois pas ?... — répliqua Dziewiątka. — Et où est le capitaine ?...
— Il fait un petit somme...
— Alors réveille-le !...

Les hommes en colonne par deux s'arrêtèrent, commencèrent à piétiner sur place, s'étirer, le vacarme s'installa. Puis des buissons sortirent en courant d'autres partisans, dont certains avaient des fusils de chasse à canon double, et d'autres — des fusils à baïonnette.

— Kazio !... où es-tu ?... — appelait une voix juvénile.
— Ici... c'est vous ?... — répondit Świrski.
— On s'aligne !... — cria Dziewiątka.

Świrski se redressa dans les rangs, vers lesquels se précipitèrent Chrzanowski et Lisowski. Leurs burkas, avec des fourrures courtes en dessous, donnaient à l'un l'aspect d'un géant, et à l'autre — celui d'un athlète. Mais leurs visages étaient amaigris et comme rajeunis, en dépit de la saleté.

— Comment va, les gars ?... — s'exclama Zajączkowski de sa voix de baryton.
— Gloire au Seigneur !... Ça va bien !... Et vous, mon capitaine ?... répondit-on dans les rangs.

Zajączkowski regarda ses subordonnés en souriant, arrangea son mousqueton sur son épaule, effleura ses révolvers dans sa ceinture et s'approcha de Świrski.

— Bonjour chef... comment allez-vous ?... — dit-il, tendant la main à Świrski. A voix plus basse, il ajouta :
— Nom d'un chien, on n'a pas réussi !... Ils transportaient soixante mille roubles... on a étrillé les cosaques, fait sauter le fourgon, mais le postillon, chien de sa mère, s'est tiré dans un petit traîneau et a fauché l'argent. Je lui découperais la peau en lanières, à ce bâtard, si je pouvais

l'attraper !...

— Vous devez être fatigué, mon capitaine ?... — demanda Świrski.

— Moi non, mais ces corniauds... — il fit un signe vers la troupe. — Si maintenant nous avions soixante mille, nous pourrions nous reposer au moins deux semaines... Mais ne parlons pas si fort... la route n'est pas loin... Iwanow va être furieux !... Ah, si je pouvais attraper ce postillon !...

Dziewiątka s'approcha de Zajączkowski et ils s'éloignèrent à deux, discutant vivement. On rompit les rangs, les gens des deux détachements se retrouvèrent et commencèrent à rire et à se saluer. Świrski, Chrzanowski et Lisowski, après s'être embrassés, se dirigèrent vers la meule.

— Alors, racontez : que devenez-vous ?... — engagea Świrski. — On n'a même pas eu le temps de parler...

— Moi aussi je commence à en avoir assez !... — répondit Lisowski, tandis que Chrzanowski se contentait de faire un geste désabusé de la main.

— Quoi ?... comment ?... parlez donc... — insistait Świrski.

— Tu ne vois pas toi-même... tu ne comprends pas ?... — répliqua Chrzanowski. — Ils pillent les monopoles et les caisses d'épargne communales, tirent sur les bonnes femmes, assassinent des secrétaires et ont l'impression de faire la guerre...

— La guerre pour l'indépendance !... — ajouta Lisowski en souriant.

Świrski se rappela incidemment qu'à Leśniczówka lui aussi avait exprimé son appréciation du mouvement présent avec les mêmes phrases, ou presque. Simultanément, il se rappela qu'il était trop tard pour critiquer.

— Et vous ne pourriez pas vous libérer d'ici ?... — demanda-t-il. — En glissant au brave Zając quelques milliers de roubles ?...

— Il nous libérerait même pour quelques centaines — dit Chrzanowski. — Nous sommes ici la cinquième roue du chariot...

— Vous êtes pourtant des officiers... — intervint Świrski.

— D'opérette — dit Lisowski.

— Les ordres, ce sont Kot et Dziewiątka qui les donnent — ajouta Chrzanowski. — Et c'est d'autant mieux ; nous, nous serions incapables de commander à une telle racaille... — dit-il plus bas.

— Ici tous nous détestent... — chuchota Lisowski. — Ils nous appellent panicz...

— Dis plutôt : parasites !... — corrigea Chrzanowski.

— Alors libérez-vous — dit Świrski.

— Avec quel argent ?... — répliqua Chrzanowski. — Zając lui-même, avec une bonne vodka, pourrait peut-être nous libérer... Mais il lui faut bien fermer la gueule de cette racaille avec quelque chose...

— S'il n'y a que cela... — dit Świrski.

Deux coups de feu sourds retentirent dans la direction de la route, Chrzanowski et Lisowski pâlirent, Świrski ressentit une douleur au cœur. Tant d'années il avait rêvé de se battre, de mourir les armes à la main... Mais se battre dans de telles conditions et mourir en pareille compagnie lui apparaissait comme une tragédie. En regardant ses collègues il comprit que Chrzanowski et Lisowski éprouvaient les mêmes sentiments.

Les partisans se mirent en ordre de bataille mais, après quelques minutes, ils éclatèrent à nouveau en petits groupes et coururent dans la direction de la route, à la suite de Zajączkowski. Świrski et ses deux collègues avançaient lentement derrière la troupe.

Ils se sortirent des buissons pour pénétrer en terrain dégagé d'où l'on voyait très bien la route. Sur celle-ci stationnait un petit attelage à une paire de robustes chevaux ; sur le siège était assis le cocher, un Juif, que deux partisans tenaient par le cou, et à côté de l'attelage quatre ou cinq hommes malmenaient quelqu'un d'autre. De temps en temps s'entendait comme un gémissement, ou une supplication, qu'accompagnait la voix irritée de Starka.

Zajączkowski s'approcha de l'attelage, tandis que Starka lui racontait quelque chose en vociférant. Puis Zajączkowski fit un geste d'indifférence, l'homme malmené se mit à hurler et à brailler, tandis que ceux qui l'entouraient le poussaient vers un arbre.

— Oho !... ils vont le pendre... — dit Lisowski.

— Qui ?... pourquoi ?... — demanda Świrski, effaré.

— Est-ce que je sais moi ?... Il me semble que c'est un Juif, et même avec une fourrure de richard...

Les trois jeunes gens se mirent à courir. Mais avant même qu'ils n'eussent atteint la route, quelqu'un avait déjà lancé une corde par-dessus une grosse branche et placé une extrémité autour du cou du Juif, à qui d'autres camarades avaient arraché sa fourrure. Le Juif, un homme énorme à la longue barbe grisonnante, au début criait d'une voix rauque, mais soudain se tut. Son visage était cireux, ses lèvres blanches et ses yeux exorbités, dans lesquels se lisait une frayeur mortelle.

Świrski avança encore de quelques pas et se retrouva aux côtés de Zajączkowski. Et quand il porta son regard sur le partisan qui avait mis la corde au cou du Juif et s'apprêtait à la tirer vers le haut, il reconnut...

Starka !... Son sang ne fit qu'un tour, il se précipita en avant et, malgré une indicible répulsion, saisit Starka par l'épaule, criant :

— Qu'est-ce que tu fais, espèce de... salaud ?...

— Dégage... putain !... — marmonna Starka entre ses dents.

— C'est ça que t'a appris notre camaraderie, espèce de... *подлец* (« crapule ») !... — cria Świrski. De ses deux mains, il saisit Starka à la gorge, le secoua et le jeta dans la neige. L'agressé n'opposa pas la moindre résistance.

— Chapeau !... — se manifesta Zajączkowski. — Mais pourquoi donc, chef, prenez-vous la défense d'un espion ?...

— Un Juif... un bourgeois... il a vendu Jędrzejczak... Jędrzejczak est mort à cause de lui !... — murmuraient les partisans.

Świrski regarda le Juif de plus près et reconnut Pfeferman, négociant en bois de la ville de X. Au même moment il se rappela l'histoire de Jędrzejczak, que le docteur Dębowski lui avait racontée, et s'écria :

— C'est faux !... cet homme est innocent... Jędrzejczak a été dénoncé par un agent secret et de faux témoins...

— C'est Pfeferman, justement, qui a donné Jędrzejczak, et toi tu défends un espion... — éructa un Starka écumant qui s'était déjà relevé.

— Tu mens !... — s'écria Chrzanowski — Tu sais aussi bien que nous que Świrski dit la vérité...

— A la branche, le Juif !... tirez ! criait-on dans la foule.

— Le collègue-chef a raison !... écoutez-le !... — clama le Lituanien.

— Frères !... camarades !... ne faites pas de tort aux innocents... — criait le jeune à lunettes, tout essoufflé. — Nos mains doivent rester aussi pures qu'est sacrée la cause du prolétariat...

— Qu'on pende les bourgeois et ceux qui les défendent !... — criait-on dans la troupe.

Świrski jeta un regard autour de lui et s'exclama :

— N'avez-vous pas honte de faire office de bourreaux, et cela vis-à-vis d'un homme innocent ?... Aucun soldat digne de ce nom ne vous serrera la main, aucun officier n'acceptera de vous commander !... Ce ne sont pas des combattants qui procèdent ainsi, mais des assassins...

— Alors que dois-je faire ?... — demanda soudain Zajączkowski.

— Libérer ce négociant et qu'il parte où il l'entend... — répondit Świrski.

Zajączkowski réfléchissait. — Par chance pour Pfeferman, quelqu'un dans la troupe cria :

— Impossible de libérer...

La grande face de Zajączkowski bleuit. Il sortit un browning de sa ceinture et se jetant dans la foule, s'écria :

— Moi je vais te montrer, chienne de ta mère : « impossible de libérer... » Qui donne les ordres ici ?... qui est le patron ?... C'est moi le patron !... c'est moi qui commande !... Qu'on rende, putain, sa fourrure au Juif... Qu'on enlève ce lacet !... Le chef a bien parlé : nous ne sommes pas des attrape-chiens, mais des soldats. Monte, youpin, dans ta voiture et fous le camp...

— Et l'argent ?... — demanda Dziewiątka.

— Moi je ne veux pas d'argent — se manifesta le Juif d'une voix tremblotante — je ne veux pas de montre... prenez-la, messieurs, pour votre peine... Monsieur Świrski, je n'oublierai pas jusqu'à ma mort...

— Et combien il y en avait, d'argent ?... — demanda Zajączkowski, pensif.

— Une bagatelle... huit cents roubles... — dit Pfeferman. — Cette montre, daignez, commandant... C'est une montre en or, de très bonne qualité... Et cette bague...

D'une main tremblante il enleva de son doigt une grosse bague ornée d'un saphir et la tendit à Starka. Starka repoussa le Juif et lui tourna le dos. C'est maintenant seulement que Świrski remarqua que la barbe de Starka avait une drôle de forme, et qu'une expression non naturelle lui flottait dans les yeux.

— Il délire, non ? — chuchota Świrski à Chrzanowski.

— A cause de l'alcool... — chuchota Chrzanowski en réponse.

— Mais si chaque pendu lui donnait une bague, Monopolka pourrait ouvrir une bijouterie — ajouta tout aussi bas Lisowski.

— C'est lui qui pend ? — demanda Świrski, terrifié.

— Et comment !...

Entretemps la bague, la montre et le portefeuille se retrouvèrent dans les mains de Zajączkowski qui, tout en réfléchissant, disait :

— La bague est pas mal... ça peut se prendre... La grosse montre peut servir... Et que Gorczyca compte l'argent. Lui ne piquera pas...

— Et moi, alors, j'aurais piqué ? — intervint Lisowski, vexé.

— Toi non plus tu n'aurais pas piqué, avec quelques autres encore... Mais pour le reste... même à moi je ne fais pas confiance... Allez, Juifs, tirez-vous, et souvenez-vous bien de la grâce que nous vous avons faite — acheva Zajączkowski.

— Je peux partir ?... Et il ne m'arrivera rien ? — demandait Pfeferman d'une voix larmoyante. Ses lèvres avaient déjà repris une couleur légèrement rosée, l'expression d'épouvante dans ses yeux s'était estompée.

Quelques partisans le fourrèrent dans le petit attelage en riant, et le cocher fouetta les chevaux. Quand les Juifs eurent disparu derrière les buissons, le petit camarade à lunettes qu'on appelait Jean s'approcha de Świrski et le félicita pour son courage, avec un langage élaboré :

— Frère, vous avez sauvé un homme ; ce sera une belle carte dans votre curriculum vitae.

— Il a laissé partir un espion ! — grogna un loqueteux moustachu à la mine patibulaire. — Et si le Juif nous envoie les cosaques, qu'est-ce qui va se passer ?...

— Ils n'ont pas besoin de ça pour nous courir après — intervint le Lituanien. — La malle-poste détruite nous procurera plus d'ennuis que le Juif non pendu...

— Tu vaux pas mieux que ces panicz ! — répliqua le loqueteux, s'éloignant lentement.

— Ayez ce voyou à l'œil, collègue-chef... Ainsi que quelques autres... — chuchota le Lituanien à Świrski.

Le groupement s'enfonça dans la forêt et après une marche de deux heures s'arrêta près d'une vieille et grande baraque. Quelqu'un amena de la viande, du gruau, des chaudrons, et les cuisiniers préparèrent le dîner, après lequel Świrski alla se coucher dans la baraque sur un lit de feuilles complètement pourries.

Vers minuit Lisowski réveilla Casimir, lui demandant s'il n'irait pas faire un tour de garde, car les gens étaient harassés et on ne pouvait garantir que certains n'allaient pas s'endormir à leur poste. Świrski se leva d'un bond, se frotta les yeux et se retrouva en une quinzaine de minutes dans la clairière, seul, car les autres partisans refusaient de l'accompagner.

— Moi je ne fréquente pas ces panicz !... — bougonna l'un d'eux. Ce propos rendit Świrski perplexe.

Il veilla environ une heure, le browning à la main, regardant autour de soi et prêtant l'oreille. La lune brillait, claire, le silence régnait à l'entour. A plusieurs reprises Świrski eut l'impression d'entendre un bruissement dans les fourrés. Peut-être le passage d'une bestiole, peut-être de la neige tombant d'un arbre... Soudain de derrière lui éclatèrent deux coups de feu, et l'une des balles effleura la manche de Casimir. Świrski se figea, pensant dans un premier temps que les cosaques encerclaient les partisans ; mais simultanément il s'aperçut que c'étaient des coups de feu tirés d'une arme légère, genre browning. Il répondit donc en tirant dans la direction d'où venaient les coups et s'abrita derrière un pin.

Cette fois il entendit avec certitude un bruit de pas s'éloignant furtivement et pensa : « C'est sur moi qu'a tiré ce… » Le vacarme se fit du côté de la baraque, pas très éloignée ; Dziewiątka, suivi de Chrzanowski, accoururent à Świrski. On le releva de son poste et le reconduisit à la baraque, où il se coucha et s'endormit tout de suite, sans se préoccuper beaucoup de sa mésaventure. N'était-il pas ici pour risquer des coups de feu ? quant à savoir qui avait tiré, un cosaque ou un partisan… cela lui était aujourd'hui complètement égal.

Le lendemain, l'après-midi, Zajączkowski le convoqua et ils partirent ensemble dans la forêt, en direction de cette petite clairière. Le capitaine respirait lourdement, visiblement pour se donner plus d'autorité, et se tortillait la moustache de la main gauche, à l'auriculaire de laquelle brillait une grosse bague en or avec un saphir.

« C'est pourtant un bandit fini !... » — pensa Świrski.

— Ces charognes vont vous trucider, chef !... — se manifesta Zajączkowski. — Et moi je ne pourrai rien y faire… Je peux en pendre un… deux… Mais s'ils sont une dizaine, je ne vais pas pendre tout le groupement…

— Vous parlez des coups tirés sur moi ? — demanda Świrski avec indifférence.

— Forcément !... C'est bien que vous ne preniez pas à cœur de telles bêtises, chef, mais je ne permettrai pas qu'ils vous esquintent…

— Qui « ils » ?...

— Ceux à qui Monopolka a expliqué que ce Juif c'était un espion… Du reste, ne le prenez pas mal, il semble que dans le groupement, chef, on ne… enfin…

— On ne m'aime pas trop ?... Je le sens moi-même.

— Non seulement vous… Szczurek et Gorczyca aussi leur sortent par les yeux…

« Alias Lisowski et Chrzanowski… » — pensa Casimir, ajoutant tout haut : — Alors libérez-nous du groupement, capitaine, si on ne nous aime pas.

— Pour vous, chef, ça pourrait être aujourd'hui même… — s'exclama le capitaine. — Mais pour les autres, ils nous sont un petit peu redevables. Quand on les a récupérés en ville, quelques-uns des nôtres se sont tout de même fait prendre !...

— On pourrait trouver une espèce de dédommagement — intervint

Świrski. — Combien par exemple, capitaine ?...

Après un âpre marchandage, Zajączkowski déclara que pour mille cinq cents roubles au profit du parti, il libérerait Chrzanowski et Lisowski du groupement.

— Combattre ou payer !... — conclut le capitaine.

On se mit d'accord que Świrski partirait au plus vite pour s'occuper de trouver l'argent, et que Chrzanowski et Lisowski resteraient dans le groupement jusqu'à son retour.

— Moi, je les laisserais même partir sans rien — dit Zajączkowski — car ils rapportent peu de chose. Mais alors d'autres aussi voudraient se tirer, et ça c'est impossible. Ou tu paies, ou tu combats.

Une heure plus tard, prenant chaleureusement congé de ses deux collègues d'école et du Lituanien, Świrski quitta le groupement en profitant des chevaux qui avaient amené la nourriture. En partant il chuchota une fois encore à Chrzanowski :

— Si tout se passe bien, dans une semaine nous serons en Galilée[151]...

— Puisse-t-il en être ainsi !... — répondit tranquillement Chrzanowski. — En tout cas, ça s'est passé comme nous l'avions prévu. Si tu veux te libérer du parti — il te faut payer...

---

[151] Jeu de mots avec « Galicie »

XV

De la baraque forestière où Świrski avait quitté la bande jusqu'à la ville de X., il y avait douze heures de route à cheval ; mais Casimir parcourut cette route en huit jours, représentant des années entières d'observations et d'émotions.

Son premier arrêt tomba chez le fermier qui avait acheminé la nourriture au groupement. Ce fermier s'habillait à la citadine, portait une veste épaisse, des chaussures à bouts longs et une peau de mouton, et présentait un faciès particulièrement avenant. Dans ses yeux bleus se lisait la sincérité, chacune de ses paroles était sensée et juste ; même sa moustache claire, un peu relevée, inspirait confiance. Pendant le trajet, il disait que le mouvement révolutionnaire était un malheur pour le pays, mais qu'il fallait le soutenir, car il avait amené la constitution[152], qui allait tout récompenser.

— Nous tous souffrons aujourd'hui, monsieur, pas seulement vous — disait-il. — Aujourd'hui on est peut-être plus en sécurité dans les bois que chez soi. Mais il nous faut supporter tout cela, afin que nos enfants, au moins, aient une vie meilleure. Ah monsieur, la constitution, c'est quelque chose !...

La maison où ils arrivèrent tard dans la soirée avait un air de petite gentilhommière avec un porche et plusieurs pièces confortables et bien chauffées. S'y trouvaient des commodes, des armoires, des lits, des tables, et même des fauteuils, tous recouverts de napperons ; mais chacun de ces meubles, parfois de très bonne facture bien qu'abîmés, était de style, couleur, décoration, différents. Świrski fut non moins étonné de voir une horloge dorée placée à côté d'un vase contenant une rose artificielle, et un régulateur[153] ne fonctionnant absolument pas, à côté d'une

---

[152] Nous sommes au début de l'année 1907. Une constitution avait été octroyée par Nicolas II et promulguée en mai 1906, garantissant les libertés fondamentales et une Douma (assemblée) élue. Celle-ci fut dissoute à deux reprises et une nouvelle Douma, favorable aux vues du régime tsariste, dite la « Douma des Seigneurs », sera mise en place à la suite du coup de force du 3 juin 1907, date considérée comme marquant la fin de la révolution de 1905-1907.

[153] Les horloges-régulateurs, d'une grande précision pour l'époque (de l'ordre de la seconde par jour) faisaient la fierté des grandes maisons aristocratiques ou bourgeoises.

horrible reproduction de tableau. Casimir pensa que le maître de maison devait avoir les moyens, mais il ne pouvait comprendre d'où il tenait ces meubles.

Pour le souper, il mangea un excellent cervelas en sauce avec pommes de terre, but un thé non moins excellent, et remarqua que sur les petites cuillères en argent figuraient des marques semblant avoir été martelées. Une jeune mais lugubre servante s'occupait d'eux, commandée depuis des pièces plus éloignées par une invisible maîtresse de maison.

On lui recouvrit le canapé et les fauteuils, lui fournit du linge propre, sommier et matelas, trois oreillers et un édredon. Malgré cela Świrski ne put s'endormir : il avait trop chaud, et cet incroyable amalgame de mobilier lui revenait constamment à l'esprit. Il gardait donc sous son oreiller son browning et des chargeurs, et instinctivement prêtait l'oreille à chaque bruissement, comme s'il était de faction.

Après minuit, Świrski entendit un murmure derrière la fenêtre, le crissement d'un traîneau, un bruit de sabots et des conversations à voix basse. Il se leva en sursaut de son confortable couchage et vit par la fenêtre le traîneau chargé de caisses, une paire de chevaux à vide, ainsi que plusieurs hommes en blouses et peaux de mouton. On descendit les caisses et les emporta quelque part ; on emmena les chevaux à vide, certainement à l'écurie. Au cours de ces manœuvres Casimir eut l'impression que son brave hôte avait traité quelqu'un de voleur et qu'une autre voix avait répondu : « Et toi, t'es encore pire qu'un voleur. » Comme la conversation s'était tenue à voix basse, Świrski considéra qu'il avait mal entendu.

Ensuite Casimir s'endormit, jusqu'à ce que deux bruits le réveillassent. L'horloge dorée sur la commode sonna huit heures, et la lugubre servante lui apporta sur un plateau une cafetière fleurant bon le café, deux petits pots de crème, ainsi qu'un tas de petits pains et de biscuits. (Les petits pains étaient rassis, et les biscuits écrasés). A la vue du beau garçon, bâti comme un Apollon, la lugubre servante sourit aimablement et demanda :

— Vous resterez chez nous jusqu'à demain ?...

Et elle lui lança un regard qui le parcourut d'un frisson. Mais à ce moment il se rappela mademoiselle Jadwiga ; une plainte d'une tristesse indéfinie souleva son cœur et — il haussa les épaules.

Le patron n'était pas là, la patronne restait invisible. Świrski sortit devant la maison, constata que la gentilhommière était somme toute jolie, entourée d'un petit verger, avec dans la cour des dépôts de bois, même de bois d'œuvre ; un peu plus loin, il y avait une petite étable, l'écurie, une petite grange, tout cela en bordure de la forêt.

Il voulut jeter un coup d'œil à l'écurie, où l'on entendait les chevaux hennir. Mais le patron apparut juste à ce moment-là et le fit revenir dans sa chambre.

— Il vous faudra sans doute changer de tenue — dit-il, regardant Świrski avec un air bonhomme. — Une veste et des chaussures comme ça ne conviennent pas pour la ville...

Casimir reconnut qu'il avait raison, tout en faisant remarquer qu'il n'avait rien d'autre, mis à part un peu de linge dans son sac à dos.

— On trouvera peut-être quelque chose ici — répondit le maître de maison, qui sortit de la chambre et se dirigea vers la forêt. Un quart d'heure plus tard, il revint, portant un baluchon rempli d'habits, de linge et de chaussures. Świrski fit des essayages : les habits convenaient faute de mieux, mais les chaussures étaient trop grandes. Le patron reprit les chaussures, partit à nouveau du côté de la forêt et, derechef un quart d'heure après, apporta des chaussures, qui cette fois allaient bien, une vieille peau de mouton et une panetière pour y mettre ses affaires.

— Et vous avez un passeport ?... — demanda-t-il. Et quand Świrski écarta les bras en signe de négation, le patron se rendit auprès de son invisible épouse, lui dit quelque chose, et derechef un quart d'heure après, apporta un passeport en bonne et due forme au nom d'Auguste Schulz, habitant le gouvernorat de Płock[154].

Vers le soir se présenta un homme manchot, ayant l'air d'un mendiant. Lui et le maître de maison s'entretinrent un moment à voix basse, et le patron annonça à Świrski que c'était un guide pouvant l'amener plus loin.

— A X., naturellement ?... — demanda Casimir.

— Oh non, mon panicz !... — se manifesta le guide, un paysan chauve aux yeux rieurs. — Il va falloir rallonger le chemin, car il y a beaucoup de militaires qui se baladent en ce moment.

Il convenait de faire les comptes avec le patron, qui de lui-même épargna ce tracas à Świrski. Il compta deux roubles pour le transport, deux roubles pour la nuit et la nourriture, cinq roubles pour le passeport, et quinze roubles, ainsi que l'ancienne garde-robe, pour la nouvelle tenue. Pour l'ancienne garde-robe il prit en compte tous les habits, le linge fin

---

[154] Ville du centre de la Pologne actuelle.

de Świrski et le sac à dos neuf en cuir. Casimir ne brillait pas par son sens pratique, mais dut cependant s'avouer à lui-même que le brave homme aux yeux clairs l'avait bien arrangé !...

Lorsqu'avec le guide estropié ils se furent éloignés de quelques verstes de l'accueillante gentilhommière, Świrski demanda qui était ce fermier dont ils venaient de prendre congé à l'instant.

— Vous n'êtes pas au courant, panicz ?... — répondit en riant le brave homme chauve. — C'est comme un…

— Comme un quoi ?...

— Ben, comme un chez qui se cachent des chevaux, toutes sortes de choses, du bois, comme ça vient…

— Un voleur ?... — demanda Świrski.

— Noon !... c'est seulement un… Mais c'est un brave monsieur. Il vous accueillera toujours gentiment. Même la police l'aime bien.

A présent il faisait complètement noir. Après avoir parcouru quelques centaines de pas supplémentaires, Świrski demanda :

— Et où avez-vous perdu votre bras, grand-père … A la guerre ?...

— A la ferme, à la batteuse. J'avançais les gerbes, et ça m'a soudain attrapé…

— Et on vous a donné quelque chose pour votre infirmité ?

— Y m'ont conduit à l'hôpital, et quand j'ai sorti, y m'ont pris pour garder le bétail, mais seulement pour six mois.

— Et maintenant vous vous êtes mis à la politique ?...

— Moi j'me suis pas mis, mais y m'ont mis. Moi j'faisais des commissions à la demande, quand, c'était juste Noël, j'ai tombé sur un monsieur qui m'arrête et me dit comme ça :

« Vous avez de bonnes jambes, grand-père, vous marchez comme une horloge… » Et moi je dis : oui, pas mal… Et lui : « Combien vous gagnez pour vos commissions ?... » Et moi j'dis : un zloty par jour. « Et ça vous intéresse — qu'y dit — de gagner un demi-rouble[155] par jour ? » Vous pensez que j'voudrais bien ! — que j'dis. « Alors entrez au parti. » Et qu'est-ce que j'vais faire dans le parti ? — que je demande. « Vous irez — qu'y dit — là où on vous demandera, pour bien regarder où sont les policiers et les cosaques, et le dire aux partisans qui sont dans la forêt. Et des fois, vous apporterez une lettre, ou un petit paquet… » Et si les policiers m'attrapent et me pendent ?... — que je demande. — Alors lui

---

[155] Soit plus de trois zlotys.

dit : « Est-ce qu'y s'fera un trou dans le ciel si on pend un vieux ?... » Et c'est comme ça que j'ai rentré au parti et que j'les ai mis au parfum plus d'une fois déjà...

— Et vous savez pourquoi les groupements se battent... — demanda Świrski.

— J'le sais. Pour qu'on partage les terres des seigneurs, qu'y a pus de fabricants, qu'y reste que des ouvriers et qu'si quelqu'un a un bras coupé on lui paie comme y faut.

Ils arrivèrent à proximité d'un village. L'estropié laissa Świrski dans les buissons au bord de la route et partit en éclaireur. Dans la demi-heure qui suivit, Świrski entendit le crissement d'un traîneau et un cri : allez ! hue !... et quand les voyageurs s'approchèrent, il reconnut l'estropié assis aux côtés du cocher, et sur la banquette il aperçut, prenant ses aises, un individu en manteau de fonctionnaire. L'estropié siffla, le traîneau s'arrêta ; Świrski s'approcha d'eux, se demandant en son for intérieur : que fait ici ce personnage officiel ?

— Hé !... qui est là, de chez Zajączkowski ?... — s'écria l'individu en manteau.

Casimir reconnut la voix, s'approcha plus près et dit :

— Si je ne me trompe, c'est monsieur Vogel ?...

— Et c'est monsieur Świrski ?... — dit à mi-voix l'individu, ajoutant plus bas : — Non pas Vogel, mais Altman...

— Ce n'est donc plus Iwanow ?... — sourit Casimir.

— On disait que vous aviez pris pension chez les Linowski — dit Altman sur un ton aigre. — Et voilà que ce guide me raconte que vous venez de chez Zajączkowski ?...

— J'étais chez les deux, et maintenant je veux rejoindre X. — répondit Świrski.

— Prenez place — dit à contrecœur le dénommé Altman.

Świrski monta dans le traîneau, et le cocher fouetta le cheval. Altman commença à converser avec Świrski en français. Il en voulait à Zajączkowski, qui lors de l'attaque de la malle-poste avait laissé filer quelques dizaines de milliers de roubles, et soutenait que dans le groupement il n'y avait pas une seule tête raisonnable. Ce qui le choquait le plus c'était que Świrski eût choisi ce moment pour quitter le groupement.

— Revenez vers eux — disait-il — je vous nomme commandant à la place de ce bouffon de Zajączkowski.

— D'abord — répondit Świrski — Zajączkowski est un partisan très courageux, et ferait un excellent soldat si on ne lui avait pas tourné la tête avec des théories de brigand. Aujourd'hui c'est devenu un bandit, lui et la plupart de ses subordonnés.

— Qu'appelez-vous « théories de brigand » ?... — explosa Altman.

— Qui met en place une authentique révolution parle de liberté aux gens, les encourage à combattre pour la liberté, leur apprend à respecter les autres et la propriété d'autrui — répondit Świrski. — Et en attendant, chez nous, on encourage les gens à spolier, piller le bien d'autrui, à assassiner… Contre de tels partisans, il faut que la nation entière se dresse.

— Donc revenez au groupement, prenez-en le commandement, et redressez ces gens à qui on a tourné la tête, comme vous dites.

— Pas question !... — s'exclama Świrski. — Si en Russie l'armée se joint à la révolution, je formerai mon propre groupement, avec des gens choisis, et je combattrai comme un soldat ; en attendant, je me retire du mouvement… Je suis resté dans le groupement à peine quelques jours, mais ce que j'ai vu me suffira pour toute la vie…

— Vous vous êtes choisi un rôle confortable — dit, en riant, Altman. — Encourager les gens à pratiquer les vertus apostoliques, et vous-même éviter les dangers…

Świrski sursauta.

— C'est ce que vous croyez ?... — s'écria-t-il, fou de colère. — Alors tirez-vous du traîneau, ou montrez que vous êtes plus courageux que moi !...

— Ne plaisantez pas !... répondit Altman, sentant que Casimir le poussait par terre.

— Je ne plaisante pas du tout… Un héros comme vous ne peut voyager en compagnie de quelqu'un qui évite les dangers…

— Excellent !... — dit Altman, toujours en français. — D'abord ces deux paysans vont comprendre que nous nous disputons, et ensuite… vous risquez de me faire prendre, car les policiers sont déjà à mes trousses…

— Dans ce cas, restez — dit Świrski, soudain calmé, et pendant toute la route n'adressa plus la parole à Altman, bien que ce dernier à plusieurs reprises l'eût provoqué.

Passé minuit, ils arrivèrent dans un bois et s'arrêtèrent devant une chaumière isolée. Altman demanda au maître des lieux d'atteler un cheval et de le conduire jusqu'au hameau voisin, tandis que Świrski resta pour la nuit.

Au moment de prendre congé, Altman dit sur un ton moqueur :

— Vous avez votre petit tempérament, pas de doute !... Ejecter les gens d'un traîneau, la nuit, au milieu de la route, y pas à dire !... Je vous souhaite de déployer la même énergie en présence de gens armés que celle que vous démontrée auprès d'un homme sans arme.

— Vous n'avez pas d'arme ?... — demanda Świrski, pas peu étonné.

— Moi je ne traîne jamais d'arme avec moi... Je laisse ce soin aux chevaliers... — répliqua Altman.

Świrski ressentit des rougeurs lui brûlant les joues.

— Dans ce cas... dans ce cas — dit-il — veuillez me pardonner. Je ne me serais jamais conduit de la sorte — vis-à-vis d'un homme désarmé... Vous êtes fâché ?... — dit Casimir, lui tendant sa main qui, malgré lui, tremblait.

Moi ?... fâché ?... — répéta Altman. — Et je devrais aussi vous provoquer en duel, tant que vous y êtes ?... Il me plaît, ce gentilhomme !...

— Je vous ai honteusement offensé... — dit Świrski, presqu'en larmes.

Altman lui secoua la main vigoureusement et acheva :

— Cher monsieur, je voudrais avoir autant de millions que de fois où l'on m'a éjecté, à vrai dire pas d'un traîneau, mais mis à la porte. Il s'agit ici de la cause, et non de stupides convenances. Bonne nuit.

Le traîneau démarra, tandis que Świrski restait sur la route, abasourdi. Vogel-Iwanow-Altman lui était apparu sous un jour tout à fait nouveau.

Depuis ce moment-là, à côté de sa sincère préoccupation pour Lisowski et Chrzanowski et de sa désaffection pour une révolution engendrant le plus horrible des banditismes, naquirent en Casimir deux nouveaux et très douloureux sentiments. L'un était le souvenir de l'affront fait à Altman, le deuxième — le constat qu'il existait des personnes doutant de son courage...

« Vous vous êtes choisi un rôle confortable — éviter les dangers... » — il se répétait les paroles d'Altman. — Si cet homme était avec et en moi, il ne m'accuserait pas d'éviter les dangers, mais c'est ainsi... Lui prend vraiment des risques, et en plus se déplace sans arme... Świrski était prêt à mourir à chaque instant, du moins en avait-il l'impression ; mais se débarrasser de son révolver, se déplacer sans arme quand on est recherché, il ne pourrait s'y résoudre, n'osait pas... Il était lié à son browning non seulement par un sentiment de plus grande sécurité, mais carrément par une espèce de préjugé. Mourir les armes à la main était chose facile, mais mourir sans arme, sans pouvoir opposer la moindre résistance, semblait à Casimir chose désespérante, impossible.

Il erra encore six jours, éloigné de quelques milles de la ville de X.,

7 *Ville morte*

où il n'arrivait pas à se rendre. En effet, quelle que fût la direction qu'il prenait, à pied ou à cheval, il tombait sur une escouade de policiers, de cosaques, de fantassins ou de dragons. Partout stationnait ou se déplaçait l'armée, ayant pour mission de traquer le groupement de Zajączkowski, avec qui le général-gouverneur avait décidé d'en finir. Les paysans, les Juifs, les fonctionnaires terriens, les bourgeois des petites bourgades que Świrski rencontrait racontaient à l'unisson que de tous côtés l'armée marchait sur Zajączkowski et que tous ceux qui appartenaient à son groupement devaient s'attendre à être pendus sans jugement. Zajączkowski avait fait sauter tellement de caisses, organisé tellement d'attaques, assassiné tellement de gens, qu'il ne pouvait plus escompter aucune clémence, ni lui, ni ses camarades.

Dans un tel contexte, Casimir se mit en route vers la ville de X. comme vers l'antre d'un lion. Il sentait que le danger le guettait de tous les côtés, et cela le flattait, atténuant le reproche d'Altman. Un jour, alors qu'il se trouvait dans un village, les cosaques y débarquèrent un quart d'heure après. Le fermier affolé le dissimula sous une meule. A peine l'avait-il caché que les cosaques déclarèrent vouloir acheter du foin et commencèrent à démanteler la meule. Świrski, couché par terre, les entendait parler, et même tendit le bras pour, s'amusant comme un potache, effleurer la botte froide d'un des cosaques. Par chance, l'intéressé fut sans remarquer cet effleurement, et les acheteurs ne démantelèrent que la moitié de la meule — ce qui épargna Casimir.

Quand les cosaques furent partis, le fermier retira Świrski de là, et pâle de frayeur, demanda :

— Vous avez dû avoir une sacrée peur !...

— Pas du tout — répondit Casimir en riant. — Mais j'ai failli étouffer et si j'avais dû rester encore une demi-heure, je pense que je serais sorti de là...

— Oh, mon Dieu !... et que serions-nous devenus ?... — s'exclama le paysan.

Cette exclamation rappela à Świrski qu'il faisait courir des risques non seulement à lui-même, mais aussi aux braves gens qui lui venaient en aide. Et en conséquence, bien que le reproche d'Altman lui fît mal à l'instar d'un fer chauffé à blanc, Casimir résolut d'être prudent.

Au cours d'une nuitée, il rencontra un fugitif du groupement de Zajączkowski et apprit qu'il ne s'y passait pas de journée sans échange de coups de feu avec l'armée. Jusqu'à présent cependant, Zajączkowski parvenait à se dérober, en dépit du grand froid, des privations, et surtout

— de la fatigue.

Lors de la dernière étape, à quelques verstes de la ville de X., une nouvelle tomba sur Świrski telle un coup de tonnerre : dans les bois autour des Fonderies avait eu lieu un accrochage, au cours duquel avait péri Zajączkowski avec la plus grande partie de ses camarades, mais quelques-uns furent attrapés, enchaînés et amenés à X. Cette nouvelle abasourdit Casimir. Il ressentit que, n'était son départ du groupement, il ferait partie aujourd'hui soit des tués, soit des capturés, et se demandait avec le plus grand effroi ce qu'il était advenu de Lisowski, Chrzanowski, du brave Lituanien et de l'éloquent camarade Jean… La vie passe vite pendant la guerre !...

Le lendemain Świrski arriva à X. en gros coche juif, en tant qu'Auguste Schulz, à la recherche de travail en ville ou à la ferme. Il s'arrêta chez un Juif commissionnaire, qui connaissait des maires, des secrétaires communaux[156] et des propriétaires terriens, tout en étant inscrit au parti.

Après avoir fait plus ample connaissance, Świrski demanda au commissionnaire :

— Est-il vrai qu'ils ont démoli Zajączkowski ?...

— Ils ont démoli sa bande, mais lui-même s'est paraît-il échappé. En revanche, ils ont ramené plusieurs jeunes, du très beau monde…

Le cœur de Świrski cessa de battre.

— Vous ne connaissez pas leurs noms ?... — demanda-t-il.

— Non. Mais je vais vous envoyer des gens qui sauront.

— Pędzelek est en ville ?... Est-ce que je pourrais le voir ?

— Monsieur Pędzelek est là, mais il est très occupé en ce moment… Encore que… peut-être bien que vous allez le rencontrer.

Vers le soir un jeune Juif, à l'air misérable, à la barbe clairsemée, se présenta à l'habitation du commissionnaire. Il portait une pèlerine révolutionnaire et un chapeau très révolutionnaire, avait des rougeurs couleur brique sur les joues, et dans ses yeux brillait une petite lueur malsaine.

— Comment allez-vous, camarade ? — engagea le visiteur sur un ton qui déplut à Świrski. — Moi, c'est Dawid Regen, horloger…

— Aha !... — marmonna Świrski, se rappelant.

— Je vous connais, camarade. Vous vous appelez…

— Aucune importance… — le coupa Świrski.

---

[156] Les secrétaires communaux jouaient un rôle important auprès des maires, parfois analphabètes, d'autant plus que depuis 1870 la rédaction des documents administratifs en langue russe était devenue obligatoire.

— C'est vrai — opina Regen. — Vous êtes venu ici pour mon affaire avec monsieur le politzmeister, camarade ?...

— Je ne connais pas votre affaire avec le politzmeister — répondit fraîchement Casimir.

— Comment pouvez-vous ne pas la connaître ?... — s'étonna Regen. — Soit, mais si vous voulez faire partie du coup, je vais vous raconter...

— Je n'en ai nulle envie !... — répliqua Świrski, ne pouvant s'empêcher de soupçonner qu'il conversait avec un anormal. Mais Regen ne l'écoutait ni ne l'entendait, se contentant de débiter son affaire :

— Ma maman, comme vous savez, tient un commerce de vêtements pour dames. Un jour, après le Nouvel An catholique, ma maman se promenait avec une autre commerçante, très bien, à proximité de la boutique où j'étais en train de réparer des montres, et même me fit un grand sourire, que je lui rendis par la fenêtre. Ma maman avait dans les mains une cape pour dame, ainsi que deux parapluies. Voilà qu'arrive en face monsieur le politzmeister. Sans rien dire, il arrache brutalement des mains de ma maman les deux parapluies et la cape, les jette par terre, les piétine, et moi je vois tout ça par la fenêtre. Je sors donc en courant sur le trottoir et dis : Pardon monsieur le politzmeister, mais maintenant il y a la constitution et on ne peut s'en prendre comme ça à d'honnêtes commerçantes... Il dit : « *Тебе что, ты подлец*[157] ?... » Et moi je dis : C'est ma maman et avec la constitution on n'a pas le droit de procéder ainsi... « *Ах, ты сукин сын*[158]... » — qu'il dit. — Il m'a fait arrêter, conduire à son poste de police et me dit : « *Ты еврей, кричи : ай вайи*[159] !... » Moi je dis : je vous demande pardon, monsieur le politzmeister, mais moi je suis un citoyen russe constitutionnel, je suis libre... Alors il m'a fait renverser par terre, et continue à crier : : « *Ты еврей, кричи : ай вайи* !... » Moi je dis : je ne le ferai pas. Alors deux policiers ont commencé à me tabasser tellement fort que j'ai cru que ma colonne vertébrale pèterait. Et alors, pour que cette saloperie en finisse pour de bon, j'ai crié : ay vayi !...

Ils m'ont relâché, mais je ne peux oublier ces coups. Et j'ai plusieurs fois pensé sortir dans la rue, m'arrêter sur le trottoir, et quand monsieur le politzmeister passerait, le regarder droit dans les yeux et ne pas

---

[157] « Qu'est-ce que tu veux, espèce de voyou » en russe.
[158] « Espèce de fils de pute »
[159] « Toi le Juif, crie : ay vayi » *(cri caractéristique en yiddish, traduisant l'émotion, l'énervement, la protestation, la douleur...).*

m'effacer devant lui. Mais quand je l'ai vu, tout s'est mis à trembler en moi et je me suis retiré contre le mur. Et quand il m'a demandé : « Что, еврей, твоя конституция ? [160]... » — alors moi j'ai mangé mon chapeau et dit : Mes respects monsieur le politzmeister...

Depuis, je n'arrive plus à dormir, ni manger, et ne fais que penser : pourquoi ai-je peur du politzmeister, alors que le politzmeister n'a pas peur de moi ?... Et je n'arrête pas de ruminer, jour et nuit, qu'il me faut lui procurer une peur... une peur énorme !... Quitte à mourir ensuite. Vous êtes venu pour cette affaire ?...

Świrski était certain maintenant que Regen était fou à lier. Il avait pitié de lui et ne voulait pas le contrarier, mais en même temps sentait qu'il ne supporterait pas plus longtemps, ni sa présence, ni ses récits.

Par chance, Pędzelek arriva et congédia Regen. Świrski saisit le visiteur par l'épaule et lui demanda d'une voix étouffée :

— Qui ont-ils pris dans le groupement de Zajączkowski ?

— Tu es déjà au courant ?... Chrzanowski, Starka, et encore un autre... Lisowski est mort... Allons, bon... qu'est-ce qui t'arrive encore ?...

Świrski s'effondra sur une chaise délabrée et pendant un moment se tint la tête entre les mains.

— Chrzanowski pris... Lisowski mort !...

— Ne fais pas la bonne femme — s'écria Pędzelek. — Tous les jours quelqu'un meurt, quelqu'un se fait prendre... Demain ce sera moi, après-demain, toi...

Świrski regardait la petite mine, l'air hébété et le toupet de cheveux qui biquait sur la tête du visiteur. Et pensa : « Si ce crapaud est capable de se comporter courageusement, n'est-il pas honteux, ignoble, que moi je m'effondre de la sorte ?... Et Altman n'avait-il pas raison de douter de mon courage ?... »

— Je suis très fatigué — dit Świrski tout haut. — Depuis dix jours je n'ai pas dormi correctement une seule nuit...

— Alors fais un bon somme et demain à dix heures viens chez Wiera[161]...

— Je viendrai... Il me faut sortir Chrzan de là.

— Tu es stupide — répondit Pędzelek. — Trouver quelqu'un pour t'aider en ce moment, alors que toute l'organisation est occupée par

---

[160] « Alors, Juif, ta constitution ? »
[161] « Véra », prénom d'origine russe.

l'affaire du politzmeister !

Pędzelek sortit, Świrski se prit à réfléchir :

« Qu'est-ce qu'il leur prend encore avec ce politzmeister ?... Personne donc pour m'aider à sauver mon collègue de la potence… Formidable Pędzelek !... Vogel ou Altman ne m'aurait pas répondu de la sorte, il m'aurait certainement donné un conseil, bien que ce bestiau prétende que je n'ai pas de courage… »

Sa colère à l'encontre d'Altman se réveilla, mais simultanément son imagination le lui montra en manteau de fonctionnaire et casquette d'uniforme… Et à ce moment dans son esprit comme deux idées s'entrechoquèrent : la nécessité de fournir une preuve de courage extraordinaire et — l'uniforme…

« S'acoquiner avec quelque gardien de prison ?... se déguiser en gardien ?... soudoyer quelqu'un ?... Ou si je sortais Chrzan de prison et me proposais à sa place ?... »

Son pouls battait à coups de marteau, sa poitrine éclatait sous la pression de sentiments bizarres, et dans sa tête… Dans sa tête s'embrasa un plan génial de sauvetage de Chrzanowski… Świrski se sentit possédé par ce plan, bien qu'il n'en vît pas encore clairement les détails. En même temps, il se rendait compte que s'il n'y avait pas eu la rencontre avec Altman, leur dispute, et la vue de son uniforme, un tel plan ne lui serait pas venu à l'esprit.

A présent, Świrski n'était pas seulement émoustillé — mais carrément exalté par la grandeur du projet qu'il avait ébauché ; il courait dans la pièce et tremblait d'émotion… Il sentait en ce moment naître en son âme quelque chose de si audacieux, de si grand, que même s'il venait à périr en mettant son projet à exécution, on le compterait au rang des individus hors pair du genre humain. A ce moment il cessa d'être un jeune pour devenir un homme.

Et il lui vint à l'esprit cette idée que peut-être, sait-on jamais, il était né, s'était formé dans différentes directions, avait conspiré, pour finalement — en arriver à inventer, mettre au point et réaliser un tel plan !

— Oh, mon bien-aimé… mon vénéré petit Altman !... — s'écria-t-il. S'il l'avait rencontré en cet instant, il l'eût embrassé.

« Même si je dois périr, je sais maintenant pour quoi !... » — pensa-t-il. — Il endossa une méchante capote de ville et courut chez le docteur Dębowski, libéré, joyeux…

Le store était baissé dans le cabinet du docteur, mais il y avait de la lumière. Casimir monta les escaliers, sonna énergiquement, mais voyant que la vieille gouvernante voulait le congédier sans autre forme de procès, il cria très fort :

— Courrier de Leśniczówka !...

Le docteur ouvrit la porte, s'arrêta, releva ses lunettes, regarda d'un œil puis de l'autre.

— Entrez donc, jeune homme — dit-il. — Ça doit beaucoup vous démanger de ne pas bouger pour que vous soyez venu jusqu'ici — ajouta-t-il, introduisant Casimir dans son cabinet.

— C'est ma poche qui me démange... — répondit Świrski en riant.

— Comment cela... vous avez déjà dépensé trois mille roubles ? — s'étonna le docteur.

— Quels trois mille roubles ?...

— Eh bien ceux que votre oncle vous a envoyés la semaine passée par l'intermédiaire de Klemens ?...

Świrski resta bouche bée. Des éclaircissements s'ensuivirent, dont il ressortit que le docteur avait rendu visite à l'oncle de Świrski, que ce dernier en désespoir de cause avait récupéré chez Weintraub le maximum possible, c'est-à-dire trois mille roubles et, par l'intermédiaire de Klemens, les avait envoyés à Casimir, conjurant ce dernier de partir dès que possible en Galicie, avec ou sans ses collègues.

— Moi je n'ai pas touché cet argent — répondit Świrski, racontant son histoire des deux dernières semaines.

Dębowski se prit la tête entre les mains.

— Alors vous, panicz, avez été dans le groupement de Zajączkowski ?... — s'exclama le docteur. — Mais c'est un bandit notoire, et son groupement un ramassis de voleurs... On en a même attrapé plusieurs il y a deux jours, et ils seront pendus, sans que cela fasse un pli !...

— Justement, ils vont pendre... Devinez qui ?... Le garçon le plus intègre qui soit, Chrzanowski — dit Świrski, en proie à la colère. — C'est pour cela que j'ai besoin d'argent... Il faut que je le sorte de là.

Le docteur haussa les épaules, mais il connaissait trop bien les rapports entre Świrski et ses collègues ainsi que le caractère de Casimir pour argumenter. Sur le visage défait du garçon se lisait une résolution irrévocable.

— Faites comme vous voulez — dit le docteur. — Mais pour l'argent, je ne sais pas comment ça va se passer, car Weintraub est parti pour plusieurs jours à Varsovie...

Świrski se tordit les mains, à faire craquer ses articulations. Il dit soudain :

— Alors empruntez l'argent à Pfeferman, pour le compte de mon oncle ou le mien...

— Pfeferman est malade...

— Justement... C'est peut-être pour cela qu'il prêtera — répliqua Świrski, racontant au docteur la mésaventure de Pfeferman avec le groupement de Zajączkowski.

Le docteur fronça les sourcils et leva les bras au ciel.

— J'irai voir Pfeferman demain — dit-il. — Il devrait accepter car, sans parler de reconnaissance, il ne court aucun risque. Votre oncle vendrait tous ses biens pour vous sauver...

Lorsque Casimir revint à l'appartement, le commissionnaire le conduisit dans une cellule à l'écart, où il faisait lourd et sombre. Mais Świrski ne s'en rendit même pas compte ; il se jeta tout habillé sur un lit petit, dur, et s'endormit.

A huit heures, il était déjà sur pied, frais et dispos. Il but un thé horrible accompagné d'une *chała*[162] fraîche, et juste avant dix heures se rendit à l'appartement de Wiera. Dans les rues il marchait courbé et avec difficulté ; mais regardait les policiers hardiment ; à l'un d'eux il demanda même où se trouvait la mairie d'arrondissement. Il se traîna dans la direction indiquée, pour soudain obliquer vers l'énorme maison où habitait Wiera.

Cette dame, une forte brunette aux lèvres charnues, orpheline d'un militaire de haut rang, vivait de leçons de piano, grassement payées ; elle enseignait bénévolement le chant choral aux jeunes artisans et s'occupait, sans qu'on lui fît aucune difficulté, des prisonniers politiques. Elle occupait trois petites pièces en enfilade. Dans la première on apportait des dons pour les prisonniers : argent, vêtements, thé, sucre... Dans la deuxième Wiera recevait des clients plus familiers, et dans la troisième se rassemblaient des conspirateurs de tous bords, de tous les états et nationalités. Świrski la connaissait bien et appréciait sa bonté sans limite et son humeur sereine.

Quand Świrski entra dans la première pièce, Wiera fit semblant de ne pas le reconnaître et continua à converser avec deux dames.

Première dame. Qu'acceptez-vous en nature pour les prisonniers ?

Wiera. Tout, même les protège-fers. Vous savez que pour les condamnés à la *каторга*[163], on leur met des chaînes aux pieds, qui les gênent

---

[162] Genre de brioche de la boulangerie juive.
[163] « Bagne, travaux forcés » en russe.

beaucoup pour marcher…

Deuxième dame. Est-ce que pour les familles de prisonniers également, vous…

Wiera. Naturellement. Il règne parmi elles une misère effroyable. Hier j'ai entendu un petit garçon de six ans dire à sa mère : « Maman, moi je ne peux plus manger de pain, car tout en moi s'est desséché… »

Une dame offrit un rouble, l'autre un zloty, elles prirent congé et sortirent. Wiera se tourna vers Świrski. Elle lui serra la main chaleureusement et dit :

— Savez-vous que Chrzanowski est arrêté ?... Ça peut mal se passer pour lui !... Ce *подлец* (« crapule ») de Starka a dénoncé cinq personnes… Il agit carrément comme un agent de l'*охрана* (« ochrana »). Il est si zélé que même les gendarmes commencent à se méfier de lui…

— Je suis justement venu vous parler de Chrzanowski. Il y a quelqu'un là-bas ? — il montra la porte.

— Hélas oui, et ils délibèrent à propos de ce politzmeister !... — chuchota Wiera, se bouchant les oreilles, et sur son visage mobile se lisait le dégoût. — Moi je ne veux plus de ça… non !...non !... et qu'ils me fichent la paix…

— Je sortirai Chrzan, sinon… — dit Świrski tout bas.

— Mais ici personne ne vous aidera… Ils sont devenus fous…

— Je vais avoir besoin d'un bon cheval et d'un traîneau, d'un cocher sûr… Et cela pour aujourd'hui, demain…

— Le cocher, je peux l'avoir, le cheval difficilement, mais…

— Ce n'est pas tout — poursuivait Świrski, se penchant vers son oreille. — J'ai encore besoin de… — chuchota-t-il.

— Ça, c'est possible.

— Mais encore… — chuchota-t-il plus bas.

Wiera se mit à réfléchir et porta un doigt à chacune de ses tempes.

— Très difficile, mais… je vais essayer.

De la troisième pièce sortirent Pędzelek et Regen, qui s'écria triomphalement :

— Alors, ne l'avais-je pas dit que le camarade participerait à l'affaire du politzmeister ?...

— Foutez-moi donc la paix avec votre affaire et votre politzmeister ! — grommela Świrski en réponse.

— Laisse-le tranquille — intervint Pędzelek. — Świrski fait partie du service de protection des femmes en couches emprisonnées.

Casimir sourit, mais se tut. Wiera prit le relais :

— Je vous dis sincèrement, Pędzelek, que je préfère mille fois l'idée de Świrski que vos affaires. Lui est un véritable héros.
— S'occuper des femmes en couches c'est de l'héroïsme — répliqua Pędzelek.

Il disparut avec Regen, tandis que Świrski conversa encore quelques minutes à mi-voix avec Wiera. Il prit enfin congé d'elle et sortit dans la rue principale de la ville de X. Derechef il traîna la patte ; le visage relevé, il voulut néanmoins vérifier si quelque familier le reconnaîtrait. Et en effet il tomba sur son professeur d'antan à la longue barbe, se frotta à lui, et avec grand plaisir l'entendit grogner : « Abruti !... » Il l'aurait embrassé pour cette injure.

XVI

Au crépuscule, au coin de la rue Wąska[164], il aperçut une sombre, harmonieuse, silhouette féminine, et son cœur tressaillit à sa vue. Il pressa le pas et reconnut — Jadwiga.

— Bonsoir mademoiselle !... — chuchota-t-il.

Elle se retourna, et sur son visage se lirent stupéfaction et ravissement.

— Où habitez-vous ?... — demanda-t-il en la dépassant.

— Chez ma tante, à la pharmacie... — répondit-elle.

— Ah, sur la place du marché ? Est-ce que je peux venir ?...

— J'y vais justement... — dit Jadwiga en pressant le pas. Dans cette ruelle peu fréquentée, leur échange passa inaperçu.

Après avoir louvoyé au milieu des enclos des abords de la ville, Świrski revint sur la place du marché et franchit la porte cochère de la maison où se trouvait la pharmacie. Jadwiga l'attendait dans les escaliers mal éclairés du premier étage, les larmes aux yeux, tremblante mais souriante, et l'introduisit dans sa chambre particulière, où brûlait une lampe recouverte d'un abat-jour couleur rouge foncé.

— Ah, monsieur, qu'avez-vous fait ?... — s'écria-t-elle en lui tendant les bras. D'un mouvement instinctif Casimir lui saisit ses petites mains et, sans savoir ce qu'il faisait, baisait leurs doigts et leurs paumes.

— Mais êtes-vous au courant de ce malheur ?... — dit Jadwiga. — Votre oncle a envoyé par Klemens trois mille roubles à votre intention, chez la bande de Zajączkowski. Et Zajączkowski lui a pris cet argent...

— Mais lui a certainement fourni un reçu... — intervint Casimir en riant. — Parlez-moi plutôt de vous...

— La direction a homologué mon école aux Rożki[165] — dit Jadwiga — Je suis aux anges !...

— Si tout se passe bien pour moi, j'irai vous voir... — dit Świrski.

— Ah, que j'en suis heureuse !... Les Rożki sont une bourgade calme,

---

[164] Littéralement : « Etroite »

[165] Allusion à l'éphémère épisode d'assouplissement de la politique de russification dans l'enseignement, qui permit le développement d'écoles professionnelles, commerciales et aussi de l'enseignement féminin. L'éducation des couches populaires se développa également, sous l'influence de pédagogues tels que Bolesław Prus. Mais cet épisode de « dégel » (*odwilża*) fut interrompu en 1907 par la réaction stolypinienne.

et maintenant on n'y trouve même plus de policiers... Savez-vous qui en est le curé ? votre ancien précepteur, le père Stanisław...

— Et monsieur et madame Linowski ?...

— En bonne santé, contents. Lui sera sous peu à la maison... Mais ne prenez plus de risques, monsieur Casimir... Vous n'avez même pas idée de ce que nous avons souffert quand vous êtes parti avec ces... Vous promettez ?...

Elle lui tenait les mains et se rapprocha si près que Świrski ne se contrôla plus. Il l'enlaça et l'embrassait... l'embrassait... ses cheveux, ses yeux, sa bouche... Et l'embrassa encore... et encore... Elle finit par s'arracher à lui, rouge comme une pivoine.

— On ne peut pas !... chuchota-t-elle.

— Et si je viens là-bas... aux Rożki ?...

— Commencez par venir...

On frappa à la porte.

— Jadzia...

— Vous viendrez ?...

— A moins de mourir d'ici là...

Il se précipita hors de la chambre, grisé... Dans l'embrasure de la porte il bouscula une dame corpulente et, sans savoir quand, se retrouva dans la maison du commissionnaire. L'ivresse de ces premiers baisers dans sa vie était encore plus forte, plus terrible, que son intention de sauver Chrzanowski. Par moment il avait l'impression de ne plus toucher terre, que le monde réel avait disparu et qu'il était entouré d'un insondable océan de beauté et de bonheur.

« Si c'est cela la mort — pensa-t-il — je voudrais bien mourir... »

La moitié du mercredi et tout le jeudi, Świrski arpenta la ville au pas de course. Il alla chez Pfeferman, reçut quantité de remerciements de toute la famille et une traite de deux mille roubles, datée d'octobre de l'année passée. Chez Pfeferman il fit la connaissance d'un commis forestier qui devait partir le vendredi en direction de Gruda et qui s'engagea à prendre avec lui un compagnon de voyage. Il se rendit chez Dębowski et laissa une lettre pour son oncle, au cas où il mourrait.

— Mon cher — dit le docteur au moment de prendre congé — je ne cherche pas à savoir ce que vous projetez de faire. C'est là votre affaire. Mais je ne peux m'empêcher de vous demander si demain vous n'allez pas regretter ce qu'aujourd'hui vous envisagez de faire...

— Non.

— Et vous croyez en Dieu ?...

Świrski restait silencieux.

— Moi j'y crois un peu. Et comme je sais que vous n'allez pas commettre de vilénie, je dis : que Dieu vous assiste !

Il le pressa contre sa poitrine et lui fit signe de s'en aller.

De chez le docteur, Casimir courut chez Wiera et laissa chez elle un billet pour Chrzanowski ayant cette teneur :

Ne t'étonne de rien, réponds brièvement ; tout ira bien, Casimir.

Après un bref conciliabule, Wiera lui dit de revenir encore une fois, ce soir.

Après avoir dîné dans une minable gargote juive, Świrski alla à l'usine de machines agricoles et bavarda avec le portier ; puis il se rendit à la manufacture de tabac, aux abords de laquelle il s'expliqua avec un certain contremaître. Puis il inspecta la clôture autour du cimetière, et vers le soir rendit à nouveau visite à Wiera.

Elle l'introduisit dans une pièce faiblement éclairée, où l'un des trois hommes présents s'en prit avec véhémence à Świrski, criant en russe. Le garçon, sur le coup étonné, se redressa soudain et avec la même véhémence cria en russe :

— Qu'est-ce donc, vous êtes de la police ?...

On lui répondit en riant. Puis on lui demanda de marcher, s'asseoir, s'incliner, tendre la main, tout en lui posant quantité de questions, auxquelles Casimir répondait à voix haute, rapidement et résolument. Cette drôle de discussion se poursuivit pendant environ une demi-heure et s'acheva par une exclamation venant d'un des hommes présents : « Молодец ![166]... » Quand Casimir prit congé de Wiera, elle lui dit :

— On sonne à droite, on passe le portail, puis on monte l'escalier à droite. A l'étage, deuxième porte à gauche, avec une vitre dépolie. Le *надзиратель*[167] Iwan Piotrowicz commence à boire à sept heures, et à huit il est cuit. Le secrétaire est encore pire.

En quittant Wiera Casimir se rendit aux bains, où on lui fit une bonne toilette. Des bains il alla souper, de nouveau dans la modeste gargote, et de là revint dans sa cellule. Pendant la journée, à chaque instant libre, il se rappelait Jadwiga, ses petites mains brûlantes, et ses inestimables baisers. Avec effroi il sentait que, s'il était prêt à se sacrifier pour

---

[166] « Bravo ! » en russe.
[167] « Surveillant en chef »

Chrzanowski, qui sait s'il ne sacrifierait pas Chrzanowski pour elle, pour Jadwiga ?...

C'est avec cette pensée qu'il s'endormit sur le canapé et ne se réveilla que le lendemain matin, à sept heures.

« C'est donc aujourd'hui… » — se dit-il, ressentant un étonnement et une joie immenses.

XVII

Ce vendredi il faisait un temps magnifique. Pas le moindre petit nuage dans le ciel, le soleil, malgré janvier, était chaud. Świrski, heureux et souriant, marchait en direction du Nowy Plac[168] ; il marchait, mais avait l'impression qu'il serait capable de voler, porté par deux ailes : son amour pour Jadwiga et sa pensée pour Chrzanowski.

Dans la rue Stara, à quelques dizaines de pas de la place, il fut dépassé par quelque galopin qui lui marmonna d'une méchante voix :

— On ne traîne pas par ici !...

« Quelqu'un du parti — pensa Świrski — m'aurait-il reconnu ?... En attendant — il faut bien que je passe par ici... »

Au milieu du Nowy Plac se trouvait un grand bâtiment officiel, et sur chacun des quatre côtés, des immeubles que longeaient des trottoirs. Malgré le temps magnifique, il y avait peu d'animation. A un coin stationnaient plusieurs traîneaux à un seul cheval, devant les boutiques bâillaient des petits groupes de Juifs. Un jeune homme croisa Świrski, fermant les yeux à demi, ostensiblement ; à moins que ce ne fût qu'une impression de Casimir.

Une douzaine de pas plus loin, dans l'entrée d'une maison en mauvais état, Świrski aperçut Regen dans sa pèlerine romantique et avec son chapeau taché. L'horloger était d'une pâleur crayeuse ; il avait le regard dirigé vers quelque chose, ne voyait rien, et sur ses fines lèvres bleuâtres flottait un sourire moqueur et douloureux.

« Celui-là va rejoindre les Bonifratres[169] — pensa Casimir — à moins qu'il ne meure de tuberculose... »

Il finit par passer la place et, après avoir prudemment regardé autour de soi, au coin de la rue Niska[170], s'engouffra dans un immeuble. Il dépassa rapidement le premier étage, au deuxième frappa de manière caractéristique à une porte sur laquelle était fixée une plaque de cuivre portant une inscription. Après un moment, on lui ouvrit et Świrski se trouva

---

[168] « Place Neuve »
[169] Frères de l'Ordre hospitalier de Saint-Jean-de-Dieu, qui à l'origine possédaient à Varsovie, dans la rue Bonifraterska, un établissement pour malades mentaux fondé au 18ème siècle. D'où leur vocation à s'occuper d'établissements de soins psychiatriques.
[170] « Basse »

en présence de trois hommes en vive discussion. Ne voulant pas les déranger et après les avoir salués, il entra dans la pièce suivante, dont deux fenêtres donnaient sur le Nowy Plac.

Le mobilier en était pauvre et vieux ; sur le lit métallique se trouvaient un oreiller en cuir et une couverture de feutrine, et seule une petite table, croulant sous les papiers et couverte de cendres de cigare, s'enorgueillissait d'un petit miroir carré encadré d'argent.

A côté, les hommes discutaient vivement, comme s'ils se disputaient ; après un moment, l'un d'eux, en colère, entra dans la pièce de Casimir et regarda à la fenêtre pendant assez longtemps. Apparemment il ne vit rien d'intéressant, car il revint vers ses collègues, où l'on recommença à se disputer en sourdine.

Leur discussion n'intéressait pas Świrski qui en ce moment pensait : « Si demain il fait le même temps, Chrzan fera un beau voyage... »

Il se mit à la fenêtre et machinalement commença à regarder. De la rue Głucha[171] débouchait un cortège de jeunes filles pensionnaires. Elles reviennent en arrière, elles vont certainement aller au parc... Voilà deux domestiques : l'une d'elle en foulard gris avec un panier à la main, une autre en tablier bleu portant une marmite... (« Mon billet est-il bien parvenu à Chrzan ?... On est mal s'il ne l'a pas reçu !... »)

De derrière le bâtiment officiel apparut une jeune femme, de noir vêtue, elle porta un mouchoir à son visage et — revint en arrière, derrière le bâtiment. Par sa façon de se mouvoir, elle ressemblait à Jadwiga... (« Ah, que je serai heureux quand cela se terminera, quand Chrzan sera arrivé en Galicie, et que moi je ferai un saut aux Rożki pour me reposer !... Je la ferai mourir sous mes baisers !... »)

Un détail intrigua Świrski : les groupuscules de Juifs commençaient à se disperser... (« Il y a certainement dans le coin le politzmeister qui n'aime pas les Juifs, et eux se sauvent toujours devant lui, ce qui le flatte énormément... »)

A gauche de la place, un traîneau se détacha du groupe, attelé d'un cheval blanc, et commença à se rapprocher doucement du centre ; du côté droit de la place débuola un garçon cordonnier qui, visiblement content de cette belle journée, faisait des bonds et projetait en l'air des chaussures neuves. Świrski lui fit même un sourire. A ce même moment, de derrière le bâtiment sortit le politzmeister, un homme de petite taille, aux gestes

---

[171] « Sourde »

8 *La bombe*

vifs. A quelques pas derrière lui marchaient deux policiers et deux fantassins armés de fusils.

Voyant cela, Świrski éprouva une singulière inquiétude ; quelque chose parut le repousser de la fenêtre.

« Celui-là serait capable de me reconnaître... — pensa Casimir. — Mais je doute qu'il vienne ici. »

Maintenant, Regen apparut avec sa pèlerine dans le champ de vision de Casimir et, lentement, la tête baissée, alla à la rencontre du politzmeister, qui, l'ayant aperçu, pressa le pas.

« Une nouvelle mésaventure pour Regen !... » — pensa Casimir.

Le traîneau attelé du cheval blanc n'était plus très loin du centre de la place, où accourait également le garçon cordonnier avec ses chaussures. Le politzmeister, devançant son escorte d'une douzaine de pas, s'approchait rapidement de Regen, gesticulant avec force. Là-dessus...le petit manteau de Regen s'envola, pareil à des ailes noires, un éclair de feu tomba aux pieds du politzmeister, un coup de tonnerre retentit, tandis que des bouffées de vapeur jaunâtre jaillirent avec une violence folle dans toutes les directions... On entendit tinter les vitres, les hommes qui discutaient dans l'autre pièce accoururent.

Sur la place la fumée s'était dissipée. A l'endroit où se tenait le politzmeister on voyait une flaque de sang, avec par-dessus des lambeaux de tissu gris et noirs. A quelques pas sur la droite gisait le garçon cordonnier, à quelques pas sur la gauche baignait dans son sang le cheval blanc, auquel l'explosion avait arraché les pattes de devant. Derrière le politzmeister était agenouillé un policier qui, criant de façon inhumaine, se frottait les yeux ; Regen était allongé devant la dépouille du politzmeister, mais soudain il se releva et se mit à fuir.

Alors l'un des soldats s'agenouilla, visa et fit feu sur Regen, qui tomba à nouveau, mais se releva, et en titubant se précipita dans la porte cochère la plus proche.

— Qu'un million de diables les emportent !... — s'écria Świrski en se prenant la tête entre les mains. C'est une vraie boucherie... le summum des meurtres !...

— A Laojan[172] tu serais devenu fou... — se manifesta l'un des hommes. — Tu n'es pas fait pour être soldat !...

— Je ne suis pas fait pour être boucher !... — répondit Świrski.

---

[172] Allusion à la sanglante bataille de Liaoyang de l'été 1904, pendant la guerre russo-japonaise.

Entretemps le Nowy Plac entrait en ébullition. Tous les traîneaux disparurent. La femme à la marmite tomba, criant à tue-tête, et sa compagne balança son panier dans la neige et fila droit devant elle. Les commerçants fermaient leurs boutiques en hâte ; un Juif, les bras en croix, tambourinait de ses poings dans une porte verrouillée. Beaucoup de fenêtres avaient perdu leurs vitres, à la place desquelles se voyaient des carrés noirs. De derrière le bâtiment officiel sortit en courant une escouade de fantassins, de la ruelle Stara arrivaient en galopant les cosaques.

— Ils vont certainement commencer les perquisitions — dit l'un des hommes. — Il faut descendre… Świrski restera ici…

Les trois hommes sortirent. Après leur départ Świrski s'assit sur le lit métallique et se tordit les mains. Il sentait se rompre en lui les derniers fils qui le reliaient encore au mouvement révolutionnaire.

— Ah, si tout cela était fini !... ah, si on était déjà demain !... — se disait-il, désespéré.

Un quart d'heure plus tard l'un des hommes revint et fit à Świrski un rapport plus circonstancié de l'évènement. C'était un certain Juif, un horloger, qui avait lancé la bombe sur le politzmeister ; un soldat l'avait touché d'une balle dans le dos ; le blessé s'était précipité dans une entrée et caché derrière un fût à sucre, où il était décédé. Le garçon cordonnier, gravement blessé à la poitrine et à la tête n'était pas encore revenu à lui. L'un des policiers a les yeux brûlés. Le cheval aux pattes arrachées est mort, et son maître lance des cris, fait des bonds et rit, comme s'il avait perdu la raison. On doit perquisitionner toutes les boutiques et maisons juives, et l'on a même déjà commencé.

L'homme termina son récit et demanda soudain à Świrski :

— Que devient votre projet d'aujourd'hui ?... Vous allez le remettre ?...

— Pas question !... — répondit résolument Świrski. — Je n'ai pas à renoncer à mon projet, ni à le remettre.

— *Молодец* (« bravo ») !... Seuls les audacieux peuvent faire quelque chose… Dans tous les cas, il vous faut rester ici jusqu'au soir. C'est l'endroit le plus sûr.

— Vers les dix heures du soir, soit nous serons en dehors de la ville, soit… je verrai le politzmeister !... — dit Casimir en riant.

— Vous serez hors de la ville — répondit l'homme. — Ce plan est tellement fou qu'il ne peut que réussir. Mais il faut du sang-froid…

XVIII

Ce jour-là, peu de monde déambulait en fin d'après-midi dans la ville de X., et encore moins de militaires : pratiquement toute la garnison avait été réquisitionnée pour la perquisition des maisons suspectes. Les habitants apeurés se racontaient les rumeurs les plus bizarres, entre autres que la bande de Zajączkowski s'était introduite en ville dans le but de perpétrer des attentats sur les hauts responsables du gouvernement. Qui donc n'en ressentait pas l'urgent besoin ne sortait pas de chez soi et se contentait de regarder timidement par la fenêtre dans la rue, se demandant si d'un moment à l'autre lui aussi ne tomberait pas sous le coup d'une perquisition.

Il était près de huit heures quand de l'immeuble à l'angle du Nowy Plac et de la rue Niska sortit un jeune officier, de grande taille, et aux mouvements fluides et énergiques. Il portait une *шинель* (« capote militaire »), était armé d'un sabre et d'un révolver. Il alla rapidement jusqu'au centre de la place, dépassa le bâtiment officiel et se dirigea vers la station des voitures, où l'on ne voyait en ce moment qu'un seul traîneau, attelé d'un cheval noir, robuste, que conduisait son propriétaire, orthodoxe et russe.

— *Матвей*[173] ? — demanda l'officier. Puis il monta dans le traîneau et donna un ordre.

Le cheval noir démarra vivement, parcourut quelques ruelles pratiquement désertes, pénétra sur une vaste place vide, la dépassa et quelques minutes plus tard s'arrêta devant la prison. C'était un édifice de couleur jaune, en forme de grosse boîte percée d'une quantité de petites fenêtres.

L'officier descendit, chuchota quelque chose au factionnaire, s'arrêta au portail et tira la sonnette à droite. La neige commençait à tomber ; l'officier se secoua. Si quelqu'un avait pénétré sa pensée, il y eût trouvé une immense résolution et surpris ce curieux monologue :

« Un !... sortir mon browning... Deux... braquer le canon sur ma tempe... Trois !... appuyer sur la détente. »

Le portail s'entrouvrit, l'officier pénétra d'un pas énergique dans l'entrée et jetant instinctivement un regard dans la cour, aperçut à la lueur d'un lampadaire, à travers les flocons de neige, deux mâts reliés par une

---

[173] « Matthieu » en russe.

poutre, à laquelle se balançaient deux cordes. Puis il tourna à droite, s'engouffra dans les escaliers et dans le couloir du premier étage s'arrêta un instant devant la porte vitrée. Il pressa soudain la poignée et entra dans une pièce voûtée, sale, dans laquelle se trouvaient deux fenêtres grillagées, deux tables, quelques chaises en bois et où l'odeur de pétrole se mêlait à celle du tabac.

A la table près de la porte était assis le secrétaire, bien charpenté, à la tignasse jaunâtre et à la peau du visage couperosée. Le secrétaire faisait semblant d'être très occupé, mais l'officier dit sur un ton ne souffrant aucune réplique :

— J'ai besoin de voir immédiatement Iwan Piotrowicz.

Le secrétaire se leva de sa chaise et jeta un regard par en dessous à son interlocuteur. Simultanément s'entrouvrit une porte au fond de la pièce et entra un homme mince, grisonnant, portant une *шинель* (« capote ») d'officier. Il avait la tête en pain de sucre, un nez pointu, les yeux larmoyants, et sous une grande moustache une bouche invariablement et tristement souriante. Ce qui caractérisait moralement Iwan Piotrowicz, c'était la crainte. Il craignait par-dessus tout le sévère général gouverneur, ensuite les gendarmes, puis les prisonniers, de peur qu'ils ne fussent affamés et ne fissent du grabuge ; il craignait son secrétaire, Kostia[174], et avait encore une peur bleue, démesurée, du gibet installé dans la cour de la prison.

Au fond, Iwan Piotrowicz était un brave homme. Depuis plusieurs mois il demandait sa mutation au poste de *надзиратель* (« surveillant en chef ») hospitalier, et depuis la première exécution par pendaison à la prison, il se saoulait tous les soirs.

— Je suis Aleksiej Kiryłowicz Popow — dit l'officier — sous-lieutenant au régiment... Je viens sur ordre du général gouverneur.

Et il tendit au *надзиратель* une enveloppe, que celui-ci ouvrit en tremblant.

Et ce faisant, l'officier le regardait dans les yeux et pensait :

« Un... je sors mon révolver... Deux !... contre ma tempe... Trois... je tire... »

Le *надзиратель* lut la lettre et la tendit au secrétaire.

— Le général gouverneur ordonne de lui remettre ce Chrzanowski.

— Un prisonnier important — dit le secrétaire.

---

[174] Diminutif de Constantin en russe.

— Un prisonnier important — répéta le *надзиратель*.

— Très important — reprit l'officier. — Un autre n'aurait pas été convoqué par le général à cette heure.

Le secrétaire ouvrit un grand livre, tournait les pages... chuchotait avec le *надзиратель*... L'officier pensait :

« Toi, mon brave, non... mais ce *подлец* (« crapule ») de secrétaire va recevoir une balle dans le ciboulot !... Un !... sortir le browning... Deux... appliquer le canon contre la tempe... Trois !... tirer... »

— Vous n'avez pas d'escorte ?... — demanda le *надзиратель*.

— Pour quoi faire ?... Pour attirer l'attention des bandits ?... — répondit l'officier.

— C'est vrai !... — murmura le *надзиратель*.

— Une cigarette peut-être ?...

— Merci. Ce n'est pas le moment.

Le *надзиратель* eut un nouveau conciliabule avec le secrétaire.

— Peut-être un petit thé ?... — se manifesta-t-il après un moment.

L'officier fit un pas en avant.

— Iwan Piotrowicz — dit-il — je me permets de vous signaler que vous retardez délibérément l'exécution d'un ordre très important...

— Parce que je ne sais pas si je peux vous remettre le détenu !... — s'écria le *надзиратель*.

— Dans ce cas il vous faut m'accompagner chez le général gouverneur et vous expliquer avec lui...

— Alors ?... — demanda le *надзиратель* terrorisé au secrétaire.

— L'ordre est clair — répondit le secrétaire. — Il faut remettre le prisonnier.

Le *надзиратель* sonna, et quand se présenta l'un des geôliers, il lui commanda d'amener Chrzanowski.

— Qu'il prenne surtout son paletot et son bonnet — dit le *надзиратель* et, se tournant vers l'officier, lui demanda une décharge.

— Je n'ai pas encore le prisonnier — répondit l'officier.

Le *надзиратель* hocha la tête et regarda le secrétaire.

— On va vous muter, Aleksiej Kiryłowicz, du front chez les gendarmes... Vous êtes très avisé !...

En guise de réponse, l'officier demanda :

— Iwan Piotrowicz, pourriez-vous me prêter une *шинель* (« capote militaire ») et un calot ?... Ce sera la meilleure des escortes.

— Avec le plus grand plaisir !... — répondit le *надзиратель*. Il sortit dans une autre pièce et rapporta bientôt les vêtements demandés. Au même moment Chrzanowski entra par la porte donnant sur le couloir. A la vue de l'officier il fit un mouvement, mais Popow s'adressa à lui :

— Votre nom ?...

— Chrzanowski.

— Prénom et *отчество*[175] ?...

— Wacław Ludwikowicz.

— Arrêté où ?...

— Zajączkowski m'a récupéré ici...

L'officier fit un geste entendu de la main.

— Ça va, c'est bien le même... Voyons cette décharge...

Le *надзиратель* hocha la tête en regardant le secrétaire. Il était admiratif devant l'énergie et la présence d'esprit de l'officier.

Popow signa la décharge de remise de Chrzanowski et dit :

— Préparez la décharge pour quand je ramènerai le détenu.

Il se tourna vers Chrzanowski :

— Mettez cette *шинель* et ce calot... Aidez le détenu — ajouta-t-il à l'intention du secrétaire. Et quand Chrzanowski fut habillé et boutonné, l'officier prit le bonnet en peau de mouton de ce dernier, le mit dans sa poche, et dit :

— Chrzanowski... vous allez partir avec moi pas loin d'ici... Je vous avertis en présence de témoins (vous entendez, messieurs ?)...

— Nous entendons — répondit le secrétaire.

— J'avertis Chrzanowski en présence de témoins que s'il lui prenait l'envie de sauter du traîneau, ou s'il s'adressait à quelqu'un dans la rue, je serai obligé de l'abattre avec mon révolver...

Le secrétaire se raidit comme un piquet, le *надзиратель* serra la main de Popow avec un zèle indicible et le reconduisit, ainsi que son prisonnier, jusqu'au portail.

— Le mieux sera — dit Popow à Chrzanowski — que dans le traîneau vous me preniez sous le bras et que vous bavardiez agréablement avec moi...

— *Молодец* (« bravo ») !... — s'écria le *надзиратель* admiratif et ouvrit lui-même tout grand le portail, derrière lequel disparurent Popow et le détenu. Le traîneau fila en crissant.

— Ah, des gens comme ça devraient être dans la gendarmerie — dit le *надзиратель* au secrétaire, remontant à l'étage. — *Ну* (« bon »), moi

---

[175] « Patronyme, prénom du père » en russe.

maintenant je vais faire un somme, et quand Popow reviendra, Kostia, tu me réveilleras. Ah, voilà les gens qu'il nous faut !...

— Et moi, l'idiot, j'ai d'abord pensé que c'était quelqu'un déguisé en officier... — répondit le secrétaire.

— Tu parles bien, Kostia, en disant que tu es idiot. Moi j'ai tout de suite compris de qui il s'agissait. Il sera gendarme... Le général sait choisir ses gens... Un trésor !...

— Un homme avisé... un homme large d'esprit... un homme adorable !... — conclut le secrétaire.

Montant dans le traîneau avec Chrzanowski, l'officier le prit sous l'épaule et, le serrant fortement, lui demanda en français :

— Tu m'as reconnu, Wacio ?...

— Toi seul pouvais faire quelque chose de pareil !... — répondit Chrzanowski, tremblant de tout son corps.

— Déboutonne ta *шинель* (« capote militaire ») — dit l'officier redevenu Świrski — et mets ça dans ton paletot... Mais ne te trompe pas de poches... Voilà un browning, un chargeur et des cartouches de réserve... Voilà ton bonnet... et un portefeuille avec ton passeport et de l'argent... Tu as deux cents roubles et un passeport au nom d'Antoni Cieplak... Un commis forestier, avec lequel tu partiras, t'enverra à Gruda, et de là file en Galicie...

— Je ne sais comment je pourrai te remercier, Kazio !... — murmura Chrzanowski.

— Ne dis rien !... — l'interrompit Świrski, d'une voix quelque peu changée.

Il fit arrêter le traîneau devant un restaurant, glissa une liasse de billets dans la main du conducteur et, attirant Chrzanowski à sa suite, entra dans le vestibule. Ils empruntèrent le couloir, traversèrent la cour, puis Świrski entrouvrit un portail, fermé par une cheville, et ils se retrouvèrent dans une ruelle absolument déserte. Ils passèrent vite une deuxième et une troisième ruelle, de moins en moins habitées, pour s'arrêter enfin entre des hangars et des palissades. Là les attendait un homme ramassé sur lui-même, les mains dans les poches.

— Aah !... gloire à Dieu miséricordieux, ça y est... — se manifesta l'homme.

— Les chevaux sont là ?... — demanda Świrski.

— Le commis attend devant notre usine — il prit un paquet de tabac...

— Il n'y a personne ?...

— Seul le préposé aux droits d'accise[176] — répondit l'homme.

— Wacio, porte-toi bien... et suis cet homme ; ta шинель (« capote militaire ») et ton calot, balance-les quelque part dans un fossé... — dit Świrski, l'enlaçant par le cou. L'ex-prisonnier lui saisit la main et voulut la baiser, mais Świrski se déroba.

— A la vie et à la mort... — chuchota Chrzanowski.

— Ne dis rien... rien... Partez !...

— Qu'as-tu, Kazio ?...

— Rien... Je suis juste un peu déglingué... Je commence à sentir mes nerfs...

Il poussa Chrzanowski et se sauva sur la route. Là il franchit une palissade, traversa en courant un verger planté de nombreux pruniers, franchit une autre palissade et se retrouva dans un autre jardin. Tandis qu'il se frayait un chemin entre les groseillers, quelque chose accrocha son sabre. Świrski s'arrêta, pétrifié. Pendant une fraction de seconde il n'osa regarder derrière lui, mais quand il eut, avec difficulté, tourné la tête, il constata qu'un buisson le retenait.

Pendant un quart d'heure environ il arpenta ainsi les enclos en bordure de la ville, tendant l'oreille et épiant par-dessus les palissades. Il finit par déboucher sur une allée de vieux arbres et, l'empruntant en se dissimulant derrière leurs troncs, parvint à l'usine métallurgique, dont les cheminées fumaient et les fenêtres scintillaient de petites lumières jaunâtres. Świrski frappa chez le portier.

— Un... deux... trois... quatre... — il comptait les coups. — Ah, que fabrique-t-il !... Un... deux... trois... Il s'est endormi, ou quoi ?...

La clé grinça dans la serrure, la porte s'entrouvrit... A la vue de l'officier le portier voulut refermer ; mais Świrski se jeta et entra de force dans le vestibule.

— Vous ne me reconnaissez pas ?... — s'exclama-t-il.

— C'est vous ?...

— Il n'y a personne ?

— Personne... tout est calme...

— Mes affaires sont là ?... Je veux me changer...

---

[176] Impôt indirect auquel sont soumis la production et la vente de produits relevant d'un monopole d'état (alcool, tabac...).

Le portier le conduisit au fond de la cour, dans une espèce de dépôt, attenant à une minuscule pièce. Il alluma une bougie.

— Vous êtes gelé... — dit le portier. — Un peu de vodka, peut-être ?...

— Plutôt du bromure... — répondit Świrski.

— Je n'ai pas de rhum, mais un vieux krupnik[177].

— Va pour le krupnik...

Le portier sortit. Świrski instinctivement jeta un coup d'œil sur un petit miroir fendillé et faillit ne pas se reconnaître. Il avait les yeux enfoncés, le visage violacé, et sa mâchoire inférieure vibrait de droite à gauche et de gauche à droite à un rythme endiablé.

Il déposa son révolver et son sabre, se débarrassa de sa шинель (« capote militaire »), sous laquelle il avait une veste civile, détacha de ses bottes ses guêtres vernies et endossa rapidement un paletot civil. Quand le portier réapparut avec sa petite bouteille, Świrski la lui arracha des mains, la porta à ses lèvres et but... but... Puis il fit un petit paquet de la шинель, de sa casquette militaire et des guêtres, y fourra le sabre et dit :

— Dans le four, on peut ?...

— S'il le faut, on peut... — répondit le portier, haussant les épaules.

Ils traversèrent tous deux la cour au pas de course, escaladèrent des marches branlantes, et se retrouvèrent au sommet du four, semblable à une tour au fond de laquelle, comme dans un puits, flambait un brasier aveuglant. Świrski y jeta le sabre et le paquet. L'espace d'un instant, la surface rutilante du brasier s'assombrit, rosit, pour enfin retrouver sa couleur initiale.

Świrski respira profondément. Pour lui le danger n'était pas encore passé, mais au moins personne ne serait plus compromis !

— Je voudrais me reposer — dit Świrski.

Le portier le conduisit au magasin, d'où, par une ouverture de lui seul connue, on pouvait s'échapper dans la nature.

— Il fait froid ici, mais c'est sûr — dit-il à Casimir. Il lui souhaita une bonne nuit et sortit, traînant les pieds.

Świrski se retrouva seul, dans l'obscurité. Il avait l'impression d'entendre respirer péniblement, avec inquiétude ; il voulut demander qui était là... mais s'aperçut que c'était lui-même qui haletait. Et soudain une peur indéfinie et immense s'empara de lui... Il se souvint des deux mâts

---

[177] Vodka sucrée au miel et parfumée aux épices et herbes aromatiques, se buvant parfois chaude.

et des cordes oscillant sur la poutre… il se souvint de la prison, où pendant presque une demi-heure il s'était trouvé derrière un portail fermé, à un doigt du suicide… Il se souvint de l'insolence effrontée avec laquelle il s'était entretenu avec un homme qui aurait pu être son père… Et enfin il se souvint du ramassis de mensonges que traduisaient chacune de ses paroles, chacun de ses gestes. Cette nécessité d'inculquer en soi le caractère d'autrui, de jouer la comédie à une douzaine de pas de la potence, lui parut quelque chose de tellement insupportable, de tellement énorme, qu'il se prit la tête entre les mains, voulut s'enfuir quelque part, et surtout crier à tue-tête.

Mais par un dernier effort de sa volonté il se maîtrisa, s'enfonça son mouchoir dans la bouche et silencieusement se plaignit : « A-ou… a-ou… a-ou !... » Puis il se mit à remuer dans tous les sens, désespérément, faire craquer ses doigts, se frapper les jambes de ses poings, et finit par s'endormir.

Quand le lendemain le portier le réveilla à cinq heures du matin, Świrski se passa de la suie sur le visage et les bras, puis se lava et quitta l'usine avec le poste des ouvriers de nuit, sans être arrêté par personne. Bientôt il se retrouva dans un village en périphérie de la ville, où il loua des chevaux chez un fermier qu'il connaissait et partit avec lui en direction des Słomianki. Lorsqu'ils entrèrent dans la forêt, Świrski avait retrouvé sa bonne humeur.

« J'ai plus de mille roubles en poche — pensait-il — et si je peux arriver jusqu'aux Rożki, je me reposerai pour les siècles des siècles… »

— A votre avis — demanda-t-il au fermier — la route est libre jusqu'aux Rożki ?

Le paysan se retourna sur son siège et hocha la tête.

— Oh, je ne crois pas !... — répondit-il. — Un tas de militaires vadrouillent dans toutes les directions à la recherche de ce Zajączkowski, qui paraît-il n'est pas mort du tout, mais fait à nouveau des siennes…

Świrski fut comme effleuré par un pressentiment.

— Et pour Gruda, on peut encore passer ?...

— Oh, pour Gruda, moi-même je pourrais vous y emmener depuis les Słomianki. Là-bas les routes sont tranquilles.

Gruda, cela signifie la Galicie et la sécurité… la sécurité à une journée d'ici à peine !... Mais les Rożki — c'est Jadwiga… Świrski se souvint des baisers et sentit qu'il ne pourrait partir sans revoir Jadwiga.

— On part à Gruda, monsieur ?... — demanda le paysan.

— Non. On a encore le temps.

Après avoir sorti Chrzanowski de prison, et surtout — récupéré ses forces, Świrski crut en son étoile. S'il était sorti indemne de cette souricière, quel autre danger pourrait le menacer ?

Et entretemps, dès le vendredi à dix heures le soir, la nouvelle du kidnapping, d'une audace sans précédent, de Chrzanowski s'était propagée dans la ville de X., et le samedi à neuf heures du matin l'armée encerclait l'usine métallurgique et procédait à une minutieuse perquisition. On ne trouva rien, cependant on prit des renseignements et le soir on arrêtait le paysan qui avait ramené Świrski aux Słomianki.

Dębowski fut parmi les premiers à apprendre la tragédie de la prison, et que la police recherchait Świrski.

« C'est lui ce petit malin ?... — pensa le docteur tout content. — A présent, s'il le veut, je mettrai ma main à couper pour lui. Et la police s'évertue en vain à le rechercher. Ce finaud dès ce soir devrait être en Galicie... »

En fait, le samedi soir, Świrski était aux Słomianki et, couché dans le foin d'une petite grange, réfléchissait aux moyens de se faufiler entre les escouades de militaires jusqu'aux Rożki.

XIX

L'armée ou les policiers circulaient sur toutes les routes, et donc Świrski, bon gré mal gré, s'était arrêté aux Słomianki, point de départ de sa malheureuse épopée. C'était ici que les Chevaliers de la Liberté avaient leur dépôt d'armes, c'était ici qu'ils s'étaient rassemblés après avoir quitté la ville, ce n'était pas loin d'ici qu'ils avaient attaqué le vieux Linowski. C'était des Słomianki que Świrski était parti pour Leśniczówka, où il avait passé (ainsi le pensait-il aujourd'hui !) une douzaine de jours sans doute les plus heureux dans sa vie. C'était enfin à Leśniczówka que Casimir avait appris que l'ex-compagnon forgeron, Zając, avait pris des armes aux Słomianki et, d'abord avec quelques hommes, s'était mis à guerroyer pour son propre compte...

A peine un mois et demi s'était écoulé depuis l'agression sur le vieux Linowski, mais combien de bouleversements, combien de changements s'étaient produits depuis !... Il y a six semaines Casimir rêvait de former une armée ; aujourd'hui il ne pouvait y penser sans dégoût et horreur... Il y a six semaines Lisowski débordait de joie et d'espérances, et Starka était considéré comme un des candidats les plus aptes à devenir officier ; aujourd'hui Lisowski était dans la tombe, et Starka en prison, dénonçant ses collègues et amis d'antan !...

Ces pensées et d'autres semblables, telles un essaim de mouches importunes, assiégeaient l'âme de Casimir et lui pourrissaient une tranquillité dont il avait grand besoin. Le seul remède contre l'obsession de ces parasites mentaux consistait... à se rappeler mademoiselle Jadwiga... Świrski s'imaginait ses yeux intelligents et mutins, ses lèvres suaves, ses cheveux blond cendré, chaque mouvement, chaque changement de son expression, reproduisait presque chacun de ses airs... Et se pouvait-il qu'elle, si belle, si distante, qu'elle — se fût blottie contre lui ?... Est-ce qu'il avait vraiment perdu tous ses esprits pour l'avoir saisie et embrassée... embrassée... comme un dément ?... Et Jadwiga non seulement ne s'en n'était pas sentie offusquée, mais lui avait même intimé de venir aux Rożki !...

« ... si je pouvais — ruminait Świrski — que signifie : pouvoir ?... s'il m'a fallu prendre un peu de risques pour sortir Chrzanowski, a fortiori me faut-il aller à cheval ou à pied aux Rożki, quand bien même le diable sait quel danger me guetterait... Une femme... Jadzia... m'a fixé un rendez-vous, et moi je devrais lui faire faux bond ?... »

Ces considérations étaient en fait superficielles et superflues. Świrski n'avait pas besoin de faire appel à un impératif de galanterie envers les dames, car il sentait que le souvenir de ses baisers l'avait enchaîné à Jadwiga, qu'elle l'attirait et qu'il devait tendre vers elle, même si la mort s'interposait sur sa route. Un papillon de nuit à coup sûr n'éprouve pas d'autres sentiments en présence d'une bougie allumée.

Il le fallait — et basta !... Le premier baiser dans sa vie l'avait rendu fou. Tant qu'il avait encore l'obligation de penser à sortir Chrzanowski de sa prison, en son âme la folie amoureuse brûlait quelque part au second plan. Mais à partir du moment où Chrzanowski était libre, et certainement en sécurité, l'amour de Świrski se mua en un torrent de montagne grossi par les pluies, qu'aucun barrage ne pourrait plus endiguer.

Casimir sombrait dans l'océan enflammé de la passion. De temps à autre cependant la paroi de feu se disloquait pendant un instant, et alors le jeune garçon commençait à comprendre que quelque chose d'inhabituel et de néfaste se passait en lui. Il était las, très las, tout l'agaçait, il se fatiguait vite, et son sommeil était soit rêverie fébrile, soit pénible perte de conscience, son subconscient continuant cependant à bouillonner et écumer en son âme.

« Aux Rożki !... aux Rożki !... » — telles étaient les expressions qui se présentaient le plus souvent à sa mémoire. Pour de nouveaux baisers de Jadwiga il eût donné quatre vies, s'il les avait eues... il eût même donné l'éternité, s'il y avait cru.

Encore que — même sa non-croyance en l'éternité commença également à évoluer. Car pouvait-il admettre que — par exemple — Jadwiga une fois morte, il ne restât rien d'elle à part une poignée de cendres ?... Non, il ne pouvait en être ainsi, car dans ce cas la nature se livrerait à une, non seulement énorme, mais aussi carrément — immonde injustice... Même Dębowski, homme raisonnable s'il en est — croyait un peu en la vie future... Qui d'ailleurs peut affirmer que cette vie n'existe pas ?... Et si elle existe, alors Dieu aussi doit exister... Et dans ce cas l'homme peut, sans peur du ridicule, se mettre sous la protection de forces supraterrestres, et a quelque part le droit de dire : Dieu, aie pitié du pécheur que je suis !... ainsi que le lui avait enseigné la brave Linowska.

« Il me faut discuter un peu de ces choses-là avec le père Stanisław... » — se dit Casimir, se réjouissant d'avoir une raison supplémentaire de se rendre aux Rożki. Et quelle raison !...

Świrski passa deux jours et trois nuits aux Słomianki ; ce fut une période difficile, de visions enfiévrées et de projets extravagants. Un jour, pendant toute une heure, il cogita de rendre visite à Linowska à Leśniczówka, une autre fois il décida que, après sa visite chez Jadwiga aux Rożki, il irait du côté de Świerków et ferait signe à son oncle afin de le rencontrer. Ces deux projets étaient le fruit d'une nostalgie qui s'emparait de lui, toujours plus forte : il aspirait, pas tant peut-être à revoir son oncle, mais surtout à retrouver son enfance, pas tant à revoir Leśniczówka, mais surtout à retrouver la paix.

Ah, s'il pouvait se reposer, ne serait-ce qu'une semaine !... S'il pouvait dormir tout son soûl, ne serait-ce que quelques nuits... même une seule !...

En outre, une inquiétude indéfinie le tourmentait ; il avait l'impression que quelque chose allait arriver, quelque chose d'inhabituel, d'un jour à l'autre, si ce n'est d'un moment à l'autre... Il désirait ardemment que cela fût déjà arrivé, mais le cours de la vie ne se conformait pas à ses désirs.

Świrski se rappela que le vendredi soir, après le kidnapping de Chrzanowski, alors qu'il était très énervé, le krupnik... de la vodka avec du miel, l'avait calmé. Il demanda donc au garde forestier de la vodka avec du miel. On en prépara toute une bouteille, dont Świrski buvait, à vrai dire avec dégoût — un petit verre toutes les deux heures environ. Il lui semblait être plus calme ; mais en vérité — il s'énervait de plus en plus fort.

Combien de fois, le garde revenant du bois, Casimir courait au-devant de lui et, presque en tremblant, le questionnait : quoi de neuf ?... les militaires ont-ils quitté les Rożki ?... Les militaires n'avaient pas quitté les Rożki, mais ils devaient quitter la bourgade d'un moment à l'autre, on n'en savait pas plus.

Enfin arriva une nouvelle intéressante. Zajączkowski, qui était bien vivant, avait attaqué, il y a quelques jours, les services communaux des Zatory, et quand les policiers et les cosaques étaient accourus, il s'était enfermé dans le bâtiment communal et s'était défendu avec une telle fureur que les assiégeants avaient dû retraiter. Alors le bandit, après avoir abandonné plusieurs des siens tués, et achevé un camarade assez gravement blessé, avait fui avec les survivants !... Quand un nouveau détachement de cosaques arriva, il ne trouva plus personne, du moins de vivant.

Parmi les gardes forestiers circulait la rumeur qu'à partir de ce moment toute maison dans laquelle Zajączkowski se serait réfugié serait détruite à coups de canon.

Świrski était déjà irrité par le fait que Zajączkowski avait dérobé ces trois mille roubles que son oncle lui avait envoyés au groupement ; la colère et le mépris le soulevèrent à l'idée que ce bandit assassinait ses propres blessés. Mais en même temps il ne pouvait s'empêcher d'éprouver un sentiment d'admiration pour ce pauvre et inculte ex-compagnon artisan, qui parfois avait des inspirations géniales, qui en d'autres circonstances eût pu devenir un héros, car il ne manquait pas même d'instincts généreux, ni de volonté de se débarrasser de lourdes tares. Seul l'avait corrompu ce principe de « lutte des classes » et d'« expropriation », continuellement proclamé lors des meetings prérévolutionnaires.

« Ils ont gâté et la cause et les hommes !... » — pensa Świrski avec amertume.

Le pire c'étaient les nuits. En dépit d'une quantité notoire de krupnik, Casimir n'arrivait pas à dormir, et s'il s'endormait, il était assailli par des rêves pénibles. En fait, ce n'étaient même pas des rêves, mais comme des visions. Une nuit, par exemple, lorsqu'il perdit la conscience d'être aux Słomianki, sa mémoire le transporta dans la ville de X., dans cet immeuble sur le Nowy Plac, où il fut l'involontaire témoin du meurtre du politzmeister. Comme alors — il se tenait à la fenêtre, comme alors — il voyait arriver au centre de la place d'un côté le traîneau, de l'autre le garçon cordonnier en train de faire des bonds... Mais cette fois il savait que dans un instant tomberait une bombe et à cette pensée, les cheveux lui dressèrent à la tête... Il voulait fuir — mais ne pouvait... Il voulait fermer les yeux, mais ses paupières devenaient transparentes et il voyait tout... Il voulait se boucher les oreilles, mais en aucune façon ne pouvait lever ses bras, qui étaient lourds comme du plomb... Il se réveilla en criant et — ne put se rendormir.

Une autre nuit, sa mémoire exacerbée lui ressuscita la scène où il avait libéré Chrzanowski. Il voyait le secrétariat voûté de la prison, il voyait la petite figure sèche du *надзиратель* (« surveillant en chef ») et l'abondante tignasse jaune du secrétaire... Mais quand il exigea d'eux qu'ils fissent amener Chrzanowski, le *надзиратель* répondit que le prisonnier n'était pas ici, car on l'avait transféré à la caserne.

— Dans ce cas je vais aller à la caserne — dit Świrski, déguisé en officier. Et il sortit. Mais la lumière s'éteignit dans le couloir et il ne pouvait trouver les escaliers, et quand il finit par descendre, il constata qu'il n'y avait pas de garde avec sa clé au portail. Il ne pouvait ouvrir celui-ci, et n'osait entrer dans la cour, dans laquelle pour rien au monde il n'eût pénétré. Et donc, désespéré, il se cacha dans le recoin le plus obscur et — vit en face de lui une lucarne secrète, dans laquelle riaient silencieusement le *надзиратель* et le secrétaire...

Świrski dormait dans la grange. Avoir rêvé au prisonnier l'effara au point que le garçon roula sur l'aire de battage et voulut — s'enfuir on ne sait où. Seul un froid pénétrant le ranima, sans pour autant le calmer.

Peu après la porte de la grange grinça et le garde forestier entra avec une lanterne.

— Monsieur le chef — dit-il à Świrski — les milis se sont tirés des Rożki...

— Nous pourrions donc y aller ?...

— Et même tout de suite si vous le commandez, chef...

— Mes chéris... mon Teofil[178]... — se manifesta Casimir sur un ton suppliant — cessez donc une fois pour toutes de m'appeler chef... Je ne le suis pas et ne l'ai jamais été...

— Comme vous le voudrez, ch... euh, panicz — se reprit le garde.

En une demi-heure, la maîtresse de maison avait préparé le thé, et son mari attelé un maigre cheval. Świrski but vite fait son déjeuner, les étreignit tous les deux, leur laissa deux billets de trois roubles et monta dans le traîneau. En chemin le garde forestier dit :

— Et vous savez, panicz, qu'hier ce... ce Stasiek a tourné autour de Piasecki ?...

— Ce gamin, qui espionnait pour le compte du groupement de Zajączkowski ? — demanda Casimir.

— Oui, lui. Mais le diable sait quels renseignements il cherche à présent, et pour le compte de qui...

— Vous le suspecteriez ?...

— On ne le suspecte pas, mais on en a peur... — disait le garde forestier. — Ça doit être un *подлец* (« crapule »), monsieur, sans vouloir mal parler...

— Qu'est-ce qui vous fait penser ça ?

— Hier chez Piasecki Stasiek demandait s'ils savaient où était Zajączkowski. Et quand ils lui ont répondu qu'ils n'avaient rien à voir avec un bandit pareil, alors Stasiek il leur a demandé s'ils n'avaient pas vu quelque part le panicz... vous quoi, monsieur le chef Świrski...

— Vous plaisantez !... — intervint Casimir.

— Que je meure si je mens. Alors Piasecki s'est tout de suite dit :

---

[178] Théophile.

attention, danger... et m'a averti. Mais j'ai pas voulu vous réveiller et le temps a passé jusqu'à ce matin...

Świrski pensa que Zajączkowski peut-être le recherchait par l'intermédiaire de Stasiek... « Peut-être veut-il me rendre quelque chose de ces trois mille roubles qu'il a chouravés ?... » se dit-il in petto en souriant. Le garde forestier se manifesta à nouveau :

— Moi, ch..., euh, panicz, je me dis que c'est pas forcément bien, ce qu'y font les révolutionnaires quand y attirent des gamins comme ça dans la révolution...

Świrski rougit malgré lui en entendant l'allusion aux révolutionnaires trop jeunes. Le garde forestier poursuivait son discours :

— L'homme mûr, qu'y fasse ce qu'y veut ; y a son cerveau. Mais un gamin pareil, quand y va s'affainéantir à courir les villages et les bois pour espionner, y voudra pus du tout travailler, même en apprentissage. Y va toujours faire d'la politique. Mentir par-ci, voler par-là, et encore heureux s'y ne tue pas quelqu'un, ou ne met pas les siens dans le malheur...

Świrski écoutait en silence. Il sentait qu'il y avait du vrai dans les paroles du garde forestier, mais ne pouvait décemment s'indigner que les enfants fissent de la politique, lui qui à dix-huit ans voulait former une armée !...

XX

Vers neuf heures du matin, Casimir et son guide arrivèrent aux Suche Stawy[179], où habitait le beau-frère du garde forestier. De là aux Rożki il y avait trois verstes, que Świrski parcourut à pied et seul, s'étant au préalable assuré qu'il n'y avait ni militaires, ni policiers dans la bourgade. A midi il frappait à la porte du curé.

Le père Stanisław en personne ouvrit, regarda et eut un mouvement de recul.

— C'est toi, Kazio ?... — demanda-t-il en baissant la voix.

— Pour aujourd'hui je suis Auguste Schulz — répondit Świrski avec un sourire.

— Toi ici ?... — s'étonnait le curé. — Mademoiselle Jadwiga m'a raconté...

— Qu'est-ce qu'elle a raconté ?...

— Eh bien, ce qui s'est passé vendredi... avec le politzmeister...

— Ah, qu'ils l'ont tué !... Moi, je n'étais pas dans ce coup...

— Tu dis vrai ?... Bien sûr que tu dis vrai... Gloire à Dieu !... — poursuivait le curé. — J'ai été ton précepteur il y longtemps de cela, huit ans déjà ; mais, aujourd'hui encore, je suis bien content que tu n'aies pas participé à cet assassinat. Mais alors, à quoi pensait mademoiselle Jadwiga ?... Entre, Kazio...

Le prêtre, apparemment toujours troublé et inquiet, introduisit Świrski dans son bureau et lui indiqua un siège. Casimir embrassa le curé du regard, ils ne s'étaient pas vus depuis deux ans. Il s'aperçut que son précepteur en peu de temps avait maigri, s'était voûté ; ses yeux sombres s'étaient enfoncés, son visage avait pris les traits d'un phtisique.

— Alors quoi ?... alors quoi ?... — chuchotait le prêtre. — Tu n'as tué personne ?...

— J'ai sorti un collègue de prison... — répondit Świrski sur le même ton.

— Ce... celui que quelqu'un a kidnappé vendredi ?...

— Chrzanowski...

— Aha... aha !... Chapeau... Mais il semble qu'on te coure après...

— Peut-être que je vous dérange, mon père ?... — demanda Casimir,

---

[179] « Les étangs à sec »

se levant brusquement de sa chaise.

Le prêtre le saisit par les bras et le rassit de force.

— Laisse tomber !... — dit-il. — Bénis soient ceux qui libèrent des innocents. Pierre n'a-t-il pas été sorti de prison par un ange ?... Tu resteras chez moi tant qu'il te plaira... On va servir le dîner tout de suite... Tu vas faire la connaissance d'un personnage original mais... je te conseille d'être sur tes gardes...

— Est-ce que je pourrais faire un saut chez mademoiselle Jadwiga avant le dîner ?... — demanda Świrski, sentant qu'il rougissait.

— Mademoiselle Jadwiga n'est pas là, elle est partie pour quelques jours... Au menu, il y a : une pièce de viande avec des lactaires marinés, du canard rôti avec des petites betteraves... Un pauvre curé ne peut se permettre davantage...

A la nouvelle du départ de Jadwiga, le regard de Świrski s'assombrit. L'énergie qui lui restait l'abandonna.

« Comment sans elle pourrai-je tenir ici pendant plusieurs jours ?... » — pensa-t-il, demandant tout haut :

— Et elle est partie loin ?...

A ce moment on frappa à la porte, le curé se leva et dit :

— Monsieur Auguste Schulz... monsieur Lombarcki...

Świrski tourna la tête et aperçut un homme bien charpenté, aux mouvements de militaire, au regard pénétrant et à la petite moustache roussâtre redressée à la Guillaume II[180].

— Vous n'avez pas... enfin, pas tout à fait, l'air d'un Auguste, ni d'un Schulz, mais ce n'est pas mon affaire... — se manifesta le visiteur. — Moi je suis agent de machines à coudre, de bicyclettes, de machines à écrire, de gramophones, de téléphones pour les fermes, et même d'automobiles. Et si quelqu'un me le demande gentiment, je pourrais peut-être lui trouver un peu de brownings, et même de mausers... — termina-t-il en serrant la main de Świrski.

— Monsieur Lombarcki est un Polonais de Poznanie[181]... — intervint le curé.

La petite moustache roussâtre de l'agent multicartes frétilla :

— Je me permettrai une petite correction à ce que vient de dire

---

[180] Empereur du Deuxième Reich allemand et Roi de Prusse de 1871 à 1918.
[181] Le Grand-duché de Poznań, créé par le Congrès de Vienne en 1815, et devenu Province de Poznanie en 1848, était une province autonome du Royaume de Prusse.

monsieur le curé. Je suis un patriote polonais, mais un citoyen prussien... Chose que vous pouvez m'envier, messieurs...

— Allons... vous êtes toujours en train de... — commença le curé.

— Je vous demande pardon !... — interrompit Lombarcki. — Vous croyez toujours que je plaisante, monsieur le curé, alors que moi je déplore sincèrement que vous, messieurs, mes compatriotes de ce pays, ne soyez pas mes concitoyens...

— Oh, nous y gagnerions !... — s'écria Świrski involontairement.

— Et combien !... — renchérit Lombarcki. — Tout d'abord, les gens bien ne seraient pas pourchassés comme du gibier... Deuxièmement — pour obtenir des réformes sociales on ne ferait pas de révolution sanglante ; de simples concertations et des débats au parlement suffiraient... Troisièmement — il n'y aurait pas tant de voleurs et de bandits dans le pays... Quatrièmement — les ouvriers, certes, ne s'arrogeraient pas le droit de faire grève aux frais de leurs employeurs mais, en revanche, auraient une retraite pour leurs vieux jours... Cinquièmement — le paisible citoyen ne tremblerait pas de crainte d'être arrêté, condamné à verser une amende, et même déporté...

Le curé se mit à agiter les bras au-dessus de sa tête.

— Oh, permettez — dit-il — vous parlez du passé, cher monsieur, mais vous oubliez les changements qui sont intervenus. La Russie est devenue un pays constitutionnel et peut-être plus libéral que votre Prusse...

— Je comprends — le coupa Lombarcki. — Un arbre, pendant plusieurs dizaines d'années, a donné des poires sauvages ; mais, à la suite des traitements administrés par Hapon[182] et Chrustalew[183], il va

---

[182] Gueorgui Gapone (1870-1906), prêtre orthodoxe d'origine ukrainienne, initiateur des premières manifestations ouvrières qui débouchèrent sur la révolution russe de 1905. Partisan des réformes promises par le Manifeste du 17 octobre 1905, il s'opposa aux méthodes de la lutte armée. Accusé de collaborer avec les autorités tsaristes, il sera assassiné en mars 1906 par des membres du Parti Socialiste Révolutionnaire.

[183] Gueorgui Nosar, alias Piotr Khrustalyov (1877-1919), juriste d'origine ukrainienne, fut le premier président du soviet des députés ouvriers de Saint-Pétersbourg en octobre 1905 ; il fut arrêté peu de temps après, jugé et condamné en septembre 1906 à la déportation en Sibérie, d'où il s'enfuit en mars 1907 pour poursuivre au sein de l'émigration une activité de journaliste et d'organisateur du mouvement ouvrier et syndical. De retour en Russie en 1914, il fut abattu en 1919, accusé d'activités antisoviétiques par des révolutionnaires bolcheviques.

commencer à produire des ananas… Les poules auront des dents quand la Russie deviendra un état de droit… Nous, nous le sommes déjà !...

— Qui « nous » ?... — demanda Świrski.

— Je vous l'ai dit : je suis un patriote polonais mais un citoyen prussien, vous entendez, prussien… Sur mon étendard il y a écrit d'un côté : « La Pologne n'a pas encore péri ![184] », et de l'autre « *Hoch der Kaiser !*[185]… » Et donc « nous », cela signifie l'état allemand… Et je souhaite à mes compatriotes d'ici de pouvoir en dire autant d'eux-mêmes dès que possible.

— Cela vous ne l'entendrez pas — dit le curé — Nous ne connaissons que trop bien les Allemands…

— Vous ne les connaissez pas du tout ! — s'écria Lombarcki. — Les Allemands c'est le bien-être, l'ordre et la liberté à l'intérieur, et la force à l'extérieur… Les Allemands c'est le travail étayé par la sagesse, c'est l'étroite association d'une inflexible énergie avec la science au plus haut degré… Et vous, ici ?... Des miséreux, ignares, paresseux, chaotiques et tellement dégénérés par la servitude que vous avez cessé d'en ressentir les chaînes… Mais je nourris l'espoir que mes compatriotes, de nature doués bien qu'ayant tendance au laisser-aller, s'apercevront un jour et comprendront que l'alliance avec l'Allemagne représente pour eux la perspective d'intégrer une grande civilisation, d'accéder à une formidable prospérité matérielle, et d'atteindre à la dignité humaine, tandis qu'avec la Russie leur seule perspective est — celle d'une captivité dans laquelle ils pourriront…

— Savez-vous, monsieur — que c'est la première fois que j'entends pareille chose !... — explosa Świrski. — La Poznanie n'est-elle pas submergée par les Allemands, et bientôt peut-être les Polonais y seront une denrée rare ?...

— N'ayez crainte, monsieur Schulz !... — répliqua Lombarcki avec irritation. — Les Poznaniens, grâce à la présence des Allemands, sont dès aujourd'hui de vaillants rejetons de la civilisation ; mais que se passera-t-il lorsqu'ici vous serez, en cadeau de la Russie, submergés par les Juifs russes ?... Mais d'ici là vous allez en revenir !...

— De quoi donc ?... — demanda Świrski, le regardant droit dans les yeux.

---

[184] Début de la Mazurka de Dąbrowski, devenue l'hymne national polonais.
[185] Référence possible à la chanson patriotique *Der Kaiser lebe hoch* (« Vive l'Empereur ») chantée dans les écoles de Prusse avant la 1ère guerre mondiale.

— De ce récent amour pour les Russes... Et ce n'est que lorsque vous vous serez convaincus que vous serez étouffés aussi bien par les révolutionnaires que par la bureaucratie, que vous corrigerez la funeste erreur de vos pères...

— On peut savoir laquelle ?... — intervint Casimir.

— A table, messieurs... à table... — se manifesta le curé, voyant la servante dans l'embrasure de la porte.

— Je serai donc bref — dit Lombarcki. — En 1863 les Polonais avaient la possibilité de demander au roi de Prusse d'unir à ses possessions le Royaume du Congrès. Ils en avaient la possibilité... et l'ont rejetée, ces imbéciles !...

— Allons, venez... venez donc... — insistait le curé. — Assez de cette politique à laquelle nous ne comprenons goutte. Pour nous un Allemand est toujours un Allemand, irréductible ennemi...

Le dîner n'était pas mauvais, mais le curé était sans appétit. En revanche, Lombarcki mangeait, buvait pour deux, et racontait des anecdotes de plus en plus salées. Świrski but deux petits verres de vodka avant le dîner, puis environ deux bouteilles de bière de qualité médiocre, et à la fin du repas ingurgita une telle quantité de vin qu'il s'en trouva même ragaillardi. Après le café l'agent multicarte remercia infiniment le curé et — prit congé.

— Qui est-ce ?... — demanda Świrski.

— Est-ce que je sais ?... — répondit le curé, maussade. — Soi-disant un Polonais de Poznanie, catholique... Je le reçois car il m'a facilité l'achat de quatre apôtres et d'une Vierge, très joliment sculptés, peints et — bon marché. J'observe cependant qu'il tourne surtout parmi les habitants des colonies allemandes[186], parle de l'achat et du lotissement d'un grand domaine ; sauf erreur de ma part, j'ai lu dans les journaux il y a quelques années qu'un certain Lombarcki en Poznanie aidait la commission de colonisation à acquérir des terres auprès des Polonais. Mais s'agit-il du même ?... j'ignore.

Świrski, rouge et les yeux brillants, se tortillait sur sa chaise et, à peine le curé avait-il fini, lui demanda :

---

[186] De nombreux colons allemands venaient s'installer dans le Royaume du Congrès, notamment en Mazovie et dans la région de Łódź, bénéficiant d'un régime protecteur de la part de l'administration russe. Ils contribuèrent au développement de l'agriculture et de l'industrie. Au début du 20ème siècle, ils représentaient de l'ordre de 5 % de la population.

— Où donc est partie mademoiselle Jadwiga ?...

Après un instant de réflexion, le curé répondit, un peu étonné :

— Elle est partie, pour deux jours peut-être, à une petite mille d'ici... Chez la sœur de ce monsieur Klemens, celui qui est régisseur chez les Puchalski...

— Et pour quoi faire ?... — réagit vivement Casimir. — N'est-ce pas maintenant que les enfants vont le plus volontiers à l'école ?

Le curé alluma une cigarette.

— Pff !... — dit-il en parlant lentement. — Mademoiselle Jadwiga est une jeune fille pauvre, sans famille proche, elle enseigne les enfants avec beaucoup de zèle et de talent, elle enseigne même les gens âgés, distribue des brochures. C'est une brave jeune fille, et puis si belle..., mais — pauvre... Et comme ce monsieur Klemens est amoureux fou d'elle, sa sœur, très justement d'ailleurs, voudrait aboucher la demoiselle avec son frère... Qu'est-ce qu'il t'arrive ?

Le curé se précipita vers Świrski qui avait pâli comme de la craie et laissé choir sa tête sur sa poitrine.

— Que t'arrive-t-il, mon petit Kazio ?... — dit le curé. — Tu as peut-être trop bu ?...

— Je suis terriblement fatigué... — murmura Casimir. — Je n'ai pas fermé l'œil depuis plusieurs jours...

— Alors couche-toi...

— Et si les cosaques débarquent ?...

— Je vais veiller — répondit le curé. — Et si ça tombe, ils nous prendront tous les deux...

— Mais ne pendront que moi !... C'est-à-dire... non, ils ne me pendront pas...

— Dieu tout-puissant !... que dis-tu ?... pourquoi te pendraient-ils ?...

Casimir raconta son histoire dans tous ses détails depuis l'attaque du vieux Linowski jusqu'au kidnapping de Chrzanowski. Le curé qui l'écoutait se tenait la tête entre les mains et vacillait de tout son corps de droite à gauche... de gauche à droite...

— Brave homme — dit-il à la fin — tu es le plus grand héros que cette malheureuse révolution ait produit, mais... pourquoi donc n'as-tu pas fui immédiatement à l'étranger ?...

— Je voulais... je voulais retrouver ce voyou de Zajączkowski et récupérer ne serait-ce qu'un peu de mon argent...

— Bonté divine !... qui donc risquerait sa vie, même pour des centaines de milliers ?... Je n'aurais jamais pensé que tu es resté ici à cause d'une pareille bêtise, alors que les militaires circulent dans tous les sens, traquant justement ce malheureux Zając... et — toi avec !... — dit le curé.

Świrski serra les dents. Plutôt mourir qu'avouer qu'il était ici pour Jadwiga... Pour cette Jadwiga qui laissait tomber l'école afin de faciliter son entremise à la sœur de monsieur Klemens !...

Et derechef, comme il y a quelques semaines, quelque chose s'effondra en son âme, il ressentit un vide, un vide terrible, sans fond ni limites...

— Elle est partie flirter !... — dit-il à mi-voix.
— Que dis-tu, mon enfant ?... — demanda le curé.
— Je ne sais pas moi-même ce que je raconte ; mais j'étais en train de penser qu'il était temps que cette horrible pseudo-révolution finisse une fois pour toutes !
— Ce n'est pas une pseudo — saisit le curé — c'est la plus terrible des révolutions que notre pays n'ait jamais traversées ...
— Pas si terrible que ça quand-même !... Elles étaient plus dures en 63, en 31. A l'époque on se battait...
— Que signifient les batailles ?... — dit le curé. — Aujourd'hui il se passe des choses mille fois pires et plus graves au sein même de la population... L'apprenti et le compagnon-artisan se liguent contre leur maître, les ouvriers contre les patrons, les femmes ne veulent plus être épouses et mères, et même la jeunesse, l'espoir du pays, se met en péril au lieu d'accumuler les trésors du savoir...
— Alors, priez, messieurs — dit Świrski sur un ton moqueur — priez, et peut-être que Dieu vous entendra et changera cela !...

Le curé hochait la tête tristement.
— Aujourd'hui on n'est même plus sûr de cela... Aujourd'hui on écrit et proclame haut et fort que Dieu c'est le produit d'une imagination maladive, que Jésus Christ c'était un rêveur, ignorant tout des choses de la philosophie, de l'art, des sciences, et même de l'empire romain et de la Grèce... Il induisait les gens en erreur, n'était même pas philanthrope, mais fanatique. Et il ne pouvait évidemment pas être le Fils de Dieu, puisque Dieu non plus n'existe pas... Et ils jacassent... jacassent... brouillent les esprits, au point que parfois on se demande avec effarement : « tout ce que je dis et ce que je fais — pourquoi le dis-je, pourquoi le fais-je ?... »

Casimir avait commencé par écouter ces épanchements avec un petit sourire, puis avec attention, et pour finir — avec une infinie tristesse. Il se rappela à nouveau le conseil de Linowska : « Au moment du danger dites : « Sous Ta protection » et « Dieu aie pitié du pécheur que je suis… » et il hocha la tête. Manifestement, l'homme n'a plus personne à qui s'en remettre pour sa protection et à qui demander miséricorde. Dieu a cessé d'être visible en ce monde, ses prêtres ont perdu la foi, et les « anges terrestres » nous invitent chez eux pour que, ayant fui les dangers, nous ne les trouvions pas en leur demeure…

« Elle est allée chez la sœur de monsieur Klemens pour lui faciliter sa cour… et il y a quelques jours encore elle m'embrassait !... » pensa-t-il. Il lui semblait que son âme était une immense plaine, inondée par des eaux peu profondes, au-dessus desquelles planaient le vide, l'obscurité et une désespérante tristesse.

— Ah, dormir… dormir… — murmura-t-il.

— Tu sais — dit le prêtre — je vais te conduire chez un fermier qui habite à proximité de la forêt ; là-bas tu pourras passer la nuit en sécurité.

— Je veux me rendre à la frontière… — répondit Casimir.

— Tu as raison — dit le prêtre, le regardant avec attention. — Tu as vraiment besoin de repos, mais d'un repos durable, difficile à trouver chez nous…

Świrski réussit à lui quémander une bouteille de vodka et se rendit avec le prêtre chez le fermier, en bordure de la forêt. Il fut convenu qu'il irait dormir dans la grange et que vers les quatre heures du matin ils partiraient, lui et le paysan, en direction de la frontière galicienne, qui était distante d'environ dix milles.

— Demain à cette heure vous devriez être à Gruda — dit le prêtre au paysan.

— Si Dieu le veut — répliqua le fermier. — Il faudra rester sur les chemins, car sur les routes il y a plein de militaires.

Alors que Świrski raccompagnait le curé jusqu'au portail, ils aperçurent une petite ombre près de la clôture.

— A votre bon cœur, messieurs — gémit l'ombre — donnez un petit sou à un malheureux voyageur… Oh, c'est vous, chef…

L'ombre se précipita sur Świrski et s'agrippa à son bras.

— Vous ne savez pas, chef, où est le capitaine Zajączkowski ?

Casimir reconnut Stasiek, et fut secoué d'un frisson. Il se rappela les soupçons du garde forestier.

— Que fais-tu ici ?... toujours en train de mendier ?...

— Je n'arrête pas de chercher le capitaine… — répliqua Stasiek. — Si je pouvais au moins avoir quelques zlotys…

Świrski lui donna un rouble et de la menue monnaie. Le garçon lui baisa à nouveau la main et — disparut, comme englouti par l'obscurité.

— Qui est-ce ?... d'où sort-il ?... — demanda le curé.

— Personnage très ambigu !... — répondit Casimir. Mais ce n'est pas une raison pour qu'il crève de faim.

Après avoir pris congé du prêtre, Świrski revint à la chaumière et négocia avec le fermier de partir non pas à quatre heures, mais à deux heures du matin. Le paysan, après réflexion, donna son accord et conduisit Casimir jusqu'à la grange, lui souhaitant une bonne nuit.

Depuis le dîner Świrski ressentait un froid désagréable lui pénétrant tout le corps ; à présent il se mit à trembler, au point de claquer des dents par moments. Il sortit donc la bouteille de vodka du curé, la déboucha et — et but d'un seul trait l'équivalent d'un grand verre. La vodka était forte, mais fit sur Świrski l'effet d'une eau froide. Il ne cessa pas de trembler, mais sa peau commença à le brûler, et son cerveau s'illuminait de plus en plus, au point qu'il ne percevait même pas l'obscurité qui envahissait la grange.

Et voilà que sous l'éclat de cette lumière mystique sa propre vie apparut à Casimir sous un angle nouveau, dont il ne soupçonnait même pas l'existence.

Il avait sous les yeux le camp de Zajączkowski, plus précisément cette caverne dans laquelle il s'était couché la première fois pour se reposer. Il voyait le feu de camp, les sombres silhouettes des partisans tout autour, parmi lesquelles se distinguait un homme en burka, avec une bouilloire, un homme qui disait :

« Que vient faire ici ce panicz ?... Moi je ne ferais pas confiance aux panicz... Qu'ils l'attrapent, il s'empressera de tout raconter et ramènera même les gendarmes... »

Lui, Świrski... Il racontera tout et même ramènera les gendarmes !... Et qui avait osé proférer pareille chose ?... Une espèce de loqueteux, à la peau cuivrée, et aux cheveux n'ayant jamais vu de peigne. Lui l'avait dit, mais... les autres ne pensaient-ils pas comme lui ?...

Linowska, quand Władek devait partir pour Gruda, n'avait-elle pas déclaré qu'elle pourrait facilement cacher Świrski ? Et pourquoi ne l'avait-elle pas fait ?... pourquoi lui avait-elle permis de partir avec la bande de Zajączkowski ?... Et qu'avait dit le garde Teofil à propos des jeunes s'occupant de politique ?... qu'on ne pouvait leur faire confiance... Et le curé, pourquoi ne l'avait-il pas retenu (il aurait dû le faire de force !), pourquoi ne l'avait-il pas gardé à la cure, mais l'avait conduit chez un paysan pour la nuit, et lui avait conseillé de partir au plus vite ?...

Et il est à noter que le prêtre Stanisław, qui pourtant l'avait aimé par le passé, aujourd'hui avait discuté avec lui en étant sur ses gardes... Et ce Lombarcki, il avait beaucoup parlé, certes, mais s'était éclipsé tout de suite après le repas, peut-être mis en garde par le curé ?...

— Personne ne me fait confiance... tous me soupçonnent de quelque chose — se chuchota Casimir à lui-même. — Et s'ils m'ont suspecté, cette espèce de bandit, Linowska, le prêtre, l'agent prussien, et même ce brave type de garde forestier, faut-il s'étonner que Jadwiga m'ait fui et soit prête à épouser Klemens qui lui, il va de soi, est hors de tout soupçon ?...

Świrski se reprit. Il avait déjà plus chaud, même trop chaud, mais commençait à avoir un peu mal à la tête. Il se rappela ses délires et dit en souriant : « Des bêtises me tournicotent dans le crâne !... »

Bientôt un demi-sommeil, pesant et fatigant, le gagna. La grange se trouvait à proximité de l'étable, d'où parvenaient par moments d'âcres relents d'ammoniac. Świrski les sentit et se rappela une tout autre odeur, qu'il avait perçue il y a quelques années en visitant un jour une prison avec un juge d'instruction de sa connaissance. On leur avait ouvert la porte d'une pièce où vivaient vingt détenus, et de cette pièce se dégageaient de tels effluves, horribles, rappelant l'hôpital ou la morgue, que Casimir faillit s'évanouir. C'étaient ces effluves qui, justement, lui revenaient présentement à la mémoire, avec toute leur force.

Et maintenant il eût la vision — d'une prison, où il était enfermé dans une cellule étroite et oppressante, dans laquelle on pénétrait par un couloir encore plus étroit. Les murs étaient épais, et la voûte semblait ployer sous le poids de la maçonnerie. Dans la cellule il aperçut, à hauteur d'homme, une fenêtre à barreaux serrés, derrière laquelle se passait quelque chose de terrible.

L'occupant de la cellule, à vrai dire, n'était pas lui, Świrski, mais quelqu'un de très proche, quelqu'un dont il ressentait très intimement les impressions. Il sentait donc que le détenu éprouvait une aversion désespérée pour la prison, que pour en sortir il eût secoué les murs de ses mains. Mais on ne pouvait en sortir. Les murs étaient trop épais, les couloirs trop longs, les portes trop solides. Il n'y avait qu'un seul moyen d'en sortir, qu'on avait proposé au prisonnier, mais qu'il ne voulait pas accepter.

« Plutôt mourir !... » — se répétait-il.

Soudain une lueur tremblotante pénétra par la fenêtre dans la cellule.

9 *Visite aux prisonniers*

On avait allumé un lampadaire dans la cour, à la lumière duquel le prisonnier aperçut deux mâts et une poutre transversale avec des cordes qui pendouillaient. Derrière la fenêtre s'entendaient des murmures, des bruits de nombreux pas, quelqu'un qui se débattait, des gémissements... Une corde s'abaissa... se releva un moment après, tendue... et à la lumière jaunâtre le prisonnier vit — un petit objet gris, comme le sommet d'une tête humaine recouverte d'un sac de toile. L'objet remua avec force à plusieurs reprises, puis — commença à osciller d'un mouvement régulier, vers la droite... vers la gauche...

Świrski en eut le souffle coupé, tandis que le prisonnier commença à pousser des cris inhumains... Alors la porte s'ouvrit et une forme indistincte apparut dans l'embrasure.

« Tu vas parler ?... — demanda celui qui se tenait sur le pas de porte. « Oui... — gémit le prisonnier — mais vous ne me ferez rien de mal ?... » « Rien, si tu dis tout... » « Je dirai tout... » « Et tu nous montreras ?... » « Oui, je vous montrerai... » « Et tu nous conduiras ?... » « Oui, je vous conduirai, je le jure !... »

— Au secours ! au secours !... — s'écria Świrski. Il se leva en sursaut et s'assit dans la paille. Il regarda autour de lui : il n'était pas en prison, mais dans une grange, dans l'obscurité. Et ressentit soudain une peur immonde, abjecte, peur que pour échapper au gibet il ne commît ce à quoi s'était résolu ce prisonnier vu en rêve.

Casimir se rappela ses collègues d'école, la famille Linowski, Jadwiga et son oncle... ah, cet oncle, l'honneur incarné. Il leva vers le ciel ses mains jointes et, pour la deuxième fois de sa vie, jura qu'il mourrait plutôt que de se laisser arrêter.

— L'homme ne répond de lui que tant qu'il est libre — murmura-t-il. — Et ce qu'il peut advenir de lui en prison... seul le diable le sait !...

XXI

Le fermier réveilla Casimir à deux heures du matin, lui donna à boire du lait froid qui le ragaillardit, quelques petits pains gluants pour la route et — vers trois heures — ils partirent en direction de Gruda.

Świrski était un peu plus calme, mais avait un goût désagréable dans la bouche et se sentait faible. Tout lui était indifférent : où il allait, s'il y arriverait ? Il faisait nuit noire, mais Świrski avait l'impression de voir une lumière blafarde, laiteuse. Par moments il lui semblait que le traîneau faisait du sur-place, ou alors qu'il arrivait aux Świerki et apercevait déjà les murs gris du palais de son oncle. Et quand le paysan criait hue, mes petits !... ou quand le traîneau soudain dérapait sur le bas-côté, Casimir revenait à lui et sentait son cœur battre rapidement et irrégulièrement.

« Je dois être un peu malade... » — pensa-t-il. En fait il était très malade, mais, comme d'habitude en pareilles circonstances, il ne s'en rendait pas compte.

Après une heure de route le paysan s'arrêta.

— Qu'est-ce que c'est ?... — demanda Casimir.

— Wólka Szlachecka — répondit le fermier. — Si vous voulez bien descendre, panicz, je vais aller jusqu'au village et vérifier s'il n'y a pas de policiers.

Casimir s'extirpa avec difficulté du traîneau, s'assit sur une butte, certainement de bornage, et attendit. Dans sa tête les pensées s'écoulaient mécaniquement, comme l'eau dans un ruisseau. Il n'en voulait plus à Jadwiga, car pourquoi lui en vouloir ?... Il ne l'aurait pas épousée, c'est clair ; alors à quoi bon ?... Pourquoi une pauvre jeune fille ne se préoccuperait-elle pas de trouver un mari ? Et les baisers ?... Y avait-il un seul de ses collègues qui n'eût embrassé des jeunes filles sans pour autant se marier ou se fâcher quand elles cherchaient à en épouser d'autres, des adultes ?...

L'apathie dans laquelle Casimir se trouvait plongé aurait même pu lui paraître agréable si, de temps à autre, une soudaine terreur n'avait éclaté en son âme. C'étaient soit un coup de vent un peu brusque, soit le friselis d'une branche, soit le passage d'un oiseau nocturne, qui soudain enveloppaient le garçon d'une frayeur énorme. Son cœur battait violemment, il voulait se lever, s'enfuir... Mais quand il mettait la main dans sa poche et effleurait son browning, il se calmait.

— Même si un régiment entier m'encerclait, que pourraient-ils me faire ?... — se disait-il.

Le paysan revint, troublé.

— Il nous faut retourner en arrière, panicz — dit-il — car dans l'autre village il y a des soldats...

Derechef Casimir monta dans le traîneau, derechef ils avancèrent dans les ténèbres, derechef des rêves bizarres s'emparèrent de lui. Il lui semblait tantôt — que quelqu'un était assis à côté de lui, tantôt — qu'il était debout derrière lui et chuchotait... Il se rappela son oncle et... des larmes lui montèrent aux yeux... Ensuite il se vit en train de parler avec Jędrzejczak — « J'ai eu un tas de soucis ! — disait l'ombre — mais j'ai fini par m'en dépêtrer... » Et ensuite il lui sembla entendre la voix de Linowska disant : « Sous Ta protection... »

— Sous la protection de qui ? — interrogea-t-il tout haut, si bien que le paysan se retourna.

Ils s'arrêtèrent encore deux fois en route, Świrski descendit encore deux fois du traîneau, et le paysan partit en éclaireur et revint avec l'information que — il fallait revenir en arrière car à proximité passaient la nuit des policiers, des cosaques, ou une escouade de fantassins. En un endroit, on dit même au paysan que — il y avait un canon.

Casimir sourit ; du reste — ça lui était complètement égal. Il voulait avant tout pouvoir s'endormir, prendre du repos, ne serait-ce que dans la tombe...

Au petit matin le fermier fit une courte halte et derechef reprit sa route. Mais lorsqu'ils débouchèrent dans une plaine sans le moindre espace boisé à l'horizon, exceptés des poiriers isolés, des bosquets de saules ou des buissons, le paysan se prit la tête entre les mains et éclata en sanglots.

— Par pitié, panicz — s'écria-t-il — laissez-moi partir, à la fin !... J'ai une femme et de la marmaille !...

Jamais encore autant que ce jour Casimir n'avait ressenti le besoin d'une assistance, ou tout au moins d'une compagnie humaine, jamais encore il ne s'était apparu à lui-même aussi démuni et désemparé. Mais le désespoir du paysan le ranima.

— Partez-donc, que Dieu vous garde, mon cher fermier !... — s'exclama-t-il. Il lui donna cinq roubles pour la route et l'étreignit ; en échange, le paysan le couvrit de bénédictions.

— Dieu vous récompensera au centuple, mon jeune seigneur !... — remercia le paysan, opérant un rapide demi-tour avec ses chevaux. Cinq minutes plus tard, il avait disparu.

Le temps était beau et calme en ce début de matinée. A une verste environ se voyait un village entouré d'une dense ceinture arborée ; la fumée montait joyeusement des cheminées. Świrski s'étira, but une bonne rasade de vodka et d'un pas décidé se dirigea vers les enclos. A droite de la route il aperçut une petite forge en maçonnerie, dans laquelle retentissait le bruit des marteaux. A quelques centaines de pas au-delà de la forge commençaient les chaumières.

Là-dessus un jeune garçon sortit d'un buisson en criant :

— Oh, vous voilà déjà !... Ils attendent là-bas...

Il ne dit pas qui attendait, mais fonça jusqu'aux chaumières les plus proches et devança Świrski qui, s'approchant du village, remarqua quelques hommes sur la route.

« Qu'est-ce que c'est ? » — se demanda Casimir. Il s'arrêta, regarda avec attention. Et comme il avait une excellente vue, il reconnut — Zajączkowski.

— Ah, c'est bien ma chance !... — se dit-il, voyant que le bandit allait à sa rencontre, accompagné de deux acolytes.

A présent, Zajączkowski lui aussi s'était arrêté, et mettant sa main en visière, regardait Casimir avec attention ; il s'écria :

— Qu'est-ce qu'il raconte, ce petit vaurien ?... Ce n'est pas Wypych... Ma parole, c'est le chef !...

Il courut à Świrski les bras tendus et dit avec émotion :

— Que faites-vous ici, chef ?... Vous ne venez sans doute pas nous voir, car nous sommes cernés de tous les côtés, comme des loups... Et c'est ce morveux de Stasiek qui les guide...

— Mais vous, que faites-vous ici ? — répondit Świrski. — Il fallait décamper en Galicie depuis la nuit des temps...

Les deux acolytes de Zajączkowski dévisageaient Casimir avec une méfiance manifeste.

— Ouais, en Galicie !... Ça fait trois jours qu'on marche dans cette direction, mais ils se fourrent sans cesse dans nos pattes... Nom d'un chien, si je me mets en colère !... — acheva Zajączkowski, sans préciser toutefois quelle devait être la conséquence de sa colère.

— Alors, votre groupement est détruit — dit Świrski pour dire quelque chose. — Et où est Dziewiątka ?

— Oh là là !... — répondit Zajączkowski. — Il a pris une balle dans la nuque... Et Kot, ils l'ont même criblé de coups...

— Et le Lituanien ?...

— Lui aussi a passé l'arme à gauche... Une petite balle dans le cœur et pas même... pas même !...

— Et ce... ce monsieur Jean, qui parlait tant ?...

— Cet imbécile s'est laissé prendre et certainement va pendouiller au bout d'une corde... Ils nous ont bien eu, ces révolutionnaires russes, pas vrai monsieur ?... Ils devaient nous envoyer de l'aide, et nous envoient des cosaques et des policiers, pas vrai ?...

— Visiblement, ils n'ont pas les moyens — intervint Świrski.

— Il ne fallait pas commencer, alors... A cause d'eux on a déglingué un tas de gens, que c'en est lamentable et honteux... Que le choléra, une fois pour toutes, emporte...

— Eux aussi meurent...

— N'importe qui est capable de mourir... Il fallait gagner, et non pas mourir...

— Capitaine... capitaine... les policiers !... — s'écria l'un des acolytes de Zajączkowski, restés silencieux jusqu'à présent.

Świrski jeta un regard sur la route : effectivement, trois policiers à cheval arrivaient.

— Barrez-vous !... — cria Zajączkowski. — Je vais leur montrer, maintenant !... — Il prit son mousqueton, visa et fit feu, peut-être à cent cinquante pas. L'un des cavaliers s'inclina sur l'encolure de son cheval et tomba par terre ; les deux autres se retirèrent à toute allure.

— Dégagez, chef !... — cria Zajączkowski à Casimir. — Ne restez pas dans mes pattes... Moi je vais leur...

Les acolytes de Zajączkowski s'étaient déjà volatilisés. Świrski petit à petit se retira entre les chaumières. Il voyait que des évènements graves s'annonçaient, mais n'en comprenait pas encore tout le sens.

Le cheval du policier touché resta d'abord debout au-dessus de son maître, puis lentement suivit les autres. Zajączkowski commença à le rabattre en direction de la forge. Le cheval accéléra ; mais quand Zajączkowski s'arrêtait, le cheval en faisait autant, et ensuite de nouveau se sauvait en accélérant. Ils se poursuivirent de cette façon pendant plusieurs centaines de pas.

Là-dessus, quand Zajączkowski eut dépassé la forge, apparut sur la route devant lui un petit groupe de cosaques, qui commencèrent à tirer en direction du village. Zajączkowski répondit une, deux fois, et se mit à courir, cette fois en direction de la forge.

Świrski machinalement se retourna et aperçut au-delà du village un détachement de fantassins déployés en tirailleurs. A droite de la route, à une distance d'une verste peut-être, apparut une autre poignée de cosaques, et à gauche, loin derrière la forge s'avançait un cordon de fantassins. Casimir comprit à présent que lui-même, à l'instar de Zajączkowski, était cerné de tous les côtés. En outre, les cosaques se remirent à tirer et quelques balles sifflèrent au-dessus de la tête de Świrski et des toits du village.

Zajączkowski avait disparu quelque part ; en revanche, de la petite forge en briques sortirent en courant le forgeron et ses deux aides, tête nue et les manches de chemise retroussées.

Świrski sauta par-dessus une clôture, et discrètement, entre les buissons, courut à l'est du village ; mais lorsqu'il s'approcha de la frontière, il vit à nouveau un petit détachement de fantassins, émergeant au milieu de saules.

« Je ne vais tout de même pas mourir avec ce bandit !... » pensa Casimir et une indicible frayeur l'envahit, pour la énième fois au cours de ces journées. Il était terrorisé à l'idée de se faire attraper, de trahir en prison tout ce qu'il savait, terrorisé enfin devant la perspective d'être témoin de quelque chose de terrible.

Il commença à courir, trébucha dans la neige et tomba, se releva d'un bond et essoufflé, quasiment inconscient, entra en trombe dans une chaumière dont l'occupante, assise près du feu, épluchait tranquillement des pommes de terre... Cela le ranima. Il respira profondément et dit :

— Mère... je ne suis pas un bandit, mais un voyageur... Cachez-moi devant les militaires, et je vous donnerai cinquante roubles...

— Et vous avez un passeport ?... — demanda lentement la bonne femme.

— Oui... oui...

— Alors grimpez là-haut et enlevez l'échelle derrière vous.

Dans l'entrée il y avait une échelle qui montait jusqu'à l'ouverture du grenier. Świrski l'escalada et la tira prestement derrière lui. Puis il se laissa tomber sur des fripes et fermant les yeux, haletant, prêtait l'oreille aux rares coups de feu. Ceux-ci par moments s'arrêtaient, puis leur répondaient deux ou trois autres, se succédant, auxquels derechef répondaient des salves : une première... une deuxième... une troisième...

« Vont-ils ou non me trouver ?... — pensait-il. — D'ici qu'ils montent jusqu'ici, j'en aurai étendu plusieurs... Mais dans ce cas ne vont-ils pas brûler la cahute et tuer la patronne ?... »

Il but le reste de vodka et — tomba dans une excitation encore plus grande. Il lui semblait que de l'obscurité ambiante émergeaient deux mâts, avec une poutre transversale sous laquelle se balançait une tête humaine, recouverte d'un sac.

« Mon oncle ne survivrait pas à ma pendaison... Pff !... se faire prendre à quelques dizaines de pas de Zajączkowski qui se défend, et ensuite se faire pendre !... »

Et la peur le reprit... une peur... une peur terrible... Pas la peur de la mort, mais la peur d'être capturé... Quelle honte s'il revenait à X. en tant que prisonnier !... Dans la ville où Jędrzejczak était mort en martyr pour ne pas trahir l'association des Chevaliers de la Liberté. Et lui, Świrski, lui le fondateur de l'association, lui... en prison !...

Entretemps les coups de feu isolés et les salves se renouvelaient de plus en plus fréquemment. Dans la paroi du grenier Casimir remarqua une fente et s'y traîna en rampant, et voici ce qu'il vit : les coups de feu isolés venaient de la forge en maçonnerie, dans laquelle visiblement Zajączkowski s'était enfermé tout seul, car ses acolytes l'avaient très vite abandonné. Côté champs, côté route, et côté village, la forge était cernée par un cordon de tirailleurs ; et au milieu des saules, debout au bord de la rivière gelée, veillaient les cosaques. Zajączkowski ne pouvait absolument pas s'échapper.

Soudain les coups de feu se turent, et sur le seuil de la forge Świrski aperçut — un bout de tissu sale, ressemblant à une serviette.

— Zajęc se rend ?... — murmura Świrski.

C'est ce que comprirent selon toute apparence ceux qui le cernaient, et quatre soldats au moins coururent en direction de la forge. Mais lorsqu'ils furent à une douzaine de pas, des coups de feu commencèrent à pleuvoir de la forge. Un des soldats vacilla, les autres le saisirent sous les bras et retraitèrent de la route. Un bruit de mauvais augure se répandit parmi les militaires, le cordon de tirailleurs se mit en mouvement... Visiblement les soldats, rendus fous de rage par la forfaiture de Zajączkowski, voulaient charger ; mais leurs officiers les retinrent, et le champ de bataille redevint aussi silencieux que s'il n'y avait personne.

« Et maintenant ?... » — pensa Świrski. — L'expectative de quelque chose d'extraordinaire lui pesait tellement qu'il en perdit connaissance. Ce n'était ni un endormissement, ni un évanouissement, mais comme — un arrêt de la pensée.

Un nouveau murmure dans les rangs le sortit de cet état. Casimir se frotta les yeux et regarda. Loin sur la route apparut un petit groupe de cavaliers qui tournèrent à droite, puis grimpèrent sur une colline, face à la forge. Lorsqu'ils s'écartèrent, Casimir aperçut — un canon mis en batterie.

Au même moment un panache de fumée bleuâtre monta aux abords de la forge, et l'on entendit des coups de feu de mousqueton : un, deux, trois... Zajączkowski manifestait que lui aussi avait vu le canon.

Silence pendant un instant — puis une détonation puissante, imposante, fit trembler la chaumière où se trouvait Świrski, et un obus éclata à une douzaine de pas de la petite forge. Deuxième détonation — et un morceau de toit dégringola. Le troisième coup de tonnerre — fit un trou dans le mur de la forge, d'où on répondit à nouveau par des coups de révolver.

Świrski ferma les yeux et entendit encore cinq coups de tonnerre à faire tressauter la terre. Puis le silence se fit... puis des murmures s'élevèrent dans les rangs... Quand Casimir rouvrit les yeux, il vit à la place de la forge un tas de gravats, desquels quelqu'un dégageait un objet noir — quelque chose comme un bras ou une jambe.

« Cet homme a eu un sacré enterrement !... — pensa Świrski, un sourire s'ébauchant sur ses lèvres bleuâtres. — S'ils s'en vont maintenant — continuait-il à rêver — et il n'y a pas de raison qu'ils ne le fassent pas, à moi la voie libre jusqu'en Galicie et — des souvenirs dont personne sans doute ne s'est enorgueilli à ce jour... »

En effet, les militaires commençaient à se rassembler en petites colonnes, et le canon était descendu de la colline. Soudain Świrski aperçut, à cent pas au plus de l'endroit où il se trouvait, deux officiers discutant avec un groupe de cosaques et désignant sa chaumière. Son cœur s'arrêta de battre.

« Ils savent peut-être que je suis ici ?... La maîtresse de maison m'aurait-elle dénoncé ?... »

Quatre cosaques se détachèrent du groupe. L'un d'eux, énorme, aux cheveux bruns et grisonnants, marchait devant, deux autres se traînaient lourdement derrière, le quatrième, un peu en retard, couraient en faisant des bonds gracieux, soulevant avec coquetterie les pans de sa шинель (« capote militaire »). Il avait un air juvénile, conscient de sa beauté ; de dessous son calot plat, posé de travers sur sa tête, rebiquait une grosse boucle de cheveux blonds.

Les cosaques arrivèrent à la chaumière, se mirent à frapper à la fenêtre et à la porte.

« Il vaudrait peut-être mieux descendre ?... — se demandait Casimir. — J'ai mon passeport... »

Il sentait ses bras et ses jambes se pétrifier, et dans sa poitrine il n'y avait pas une seule fibre qui ne tremblât.

« Vraiment, il vaudrait peut-être mieux descendre ? — pensa-t-il. — Qui sait, ça marchera peut-être aussi cette fois ?... »

Soudain il s'imagina cet élégant cosaque à la boucle blonde le prendre par la peau du dos et le traîner jusqu'aux officiers, tel un morceau de charogne. Il tressaillit de tout son corps, apposa le canon de son browning sur son oreille droite et — appuya doucement sur la détente... Toutes les cloches de la terre résonnèrent dans sa tête, le globe terrestre se désintégra en fragments de feu et — le silence éternel s'établit...

Cependant, les cosaques n'étaient nullement venus arrêter Świrski ; ils ignoraient même sa présence dans le grenier. Les officiers les avaient envoyés chercher du ravitaillement et les cosaques, constatant que la porte était fermée, s'étaient mis à frapper et, personne ne leur ouvrant, allèrent voir d'autres chaumières.

Cette fois encore, le pauvre Casimir s'était précipité.

FIN

Table des illustrations[187]

1. Meeting d'élèves 16
2. Les brownings 58
3. L'espion 82
4. 45 ans après 116
5. Tribun de rue 146
6. Luttes fratricides 154
7. Ville morte 220
8. La bombe 236
9. Visite aux prisonniers 264

---

[187] Planches tirées de l'album « Duch-Rewolucjonista (L'Esprit Révolutionnaire), croquis des années passées 1905-1907 », d'Antoni Kamieński (1860-1933), édition « Tygodnik Illustrowany » (L'Hebdomadaire Illustré), Varsovie, 1907.

Table des matières

I 9
II 22
III 34
IV 46
V 56
VI 66
VII 78
VIII 96
IX 105
X 120
XI 136
XII 158
XIII 171
XIV 189
XV 213
XVI 230
XVII 234
XVIII 239
XIX 248
XX 254
XXI 266

© 2021, Richard Wojnarowski

Édition : BoD – Books on Demand
12/14 rond-point des Champs-Élysées, 75008 Paris
Impression : BoD – Books on Demand, Norderstedt, Allemagne
ISBN : 978-2-322-40049-2
Dépôt légal : novembre 2021